OS ESCOLHIDOS

OS ESCOLHIDOS

VERONICA
ROTH

Tradução de Flora Pinheiro

intrínseca

Copyright © 2020 by Veronica Roth

TÍTULO ORIGINAL
Chosen Ones

PREPARAÇÃO
Clara Alves
Thaís Entriel

REVISÃO
Júlia Ribeiro

DIAGRAMAÇÃO
Ilustrarte Design e Produção Editorial

ARTE DE CAPA
Jim Tierney

ADAPTAÇÃO DE CAPA
Anderson Junqueira

CIP-BRASIL. CATALOGAÇÃO NA PUBLICAÇÃO
SINDICATO NACIONAL DOS EDITORES DE LIVROS, RJ

R754e

    Roth, Veronica, 1988-
        Os escolhidos / Veronica Roth ; tradução Flora Pinheiro. -
1. ed. - Rio de Janeiro : Intrínseca, 2022.
        464 p. ; 23 cm.   (Os escolhidos ; 1)

        Tradução de: Chosen ones
        ISBN 978-65-5560-486-3

        1. Ficção americana. I. Pinheiro, Flora. II. Título. III. Série.

22-76726
          CDD: 813
          CDU: 82-3(73)

Meri Gleice Rodrigues de Souza - Bibliotecária - CRB-7/6439

[2022]
Todos os direitos desta edição reservados à
Editora Intrínseca Ltda.
Rua Marquês de São Vicente, 99, 6º andar
22451-041 – Gávea
Rio de Janeiro – RJ
Tel./Fax: (21) 3206-7400

Para Chicago,
a cidade que resiste

PARTE
UM

Lago
Michigan

DRAKE
HOTEL

Michigan Avenue

← PARA
UPTOWN

Wabash Avenue

State Street

Dearborn Street

LaSalle Street

Wells Street

Franklin Street

WABASH AVENUE BRIDGE
(IRV KUPCINET BRIDGE)

MONUMENTO
AOS DEZ ANOS

LOCAL ONDE O
SINISTRO FOI DERROTADO

Wacker Drive

CHICAGO

O   MILHAS   ½

O   METROS   500

N. Branch Chicago Road

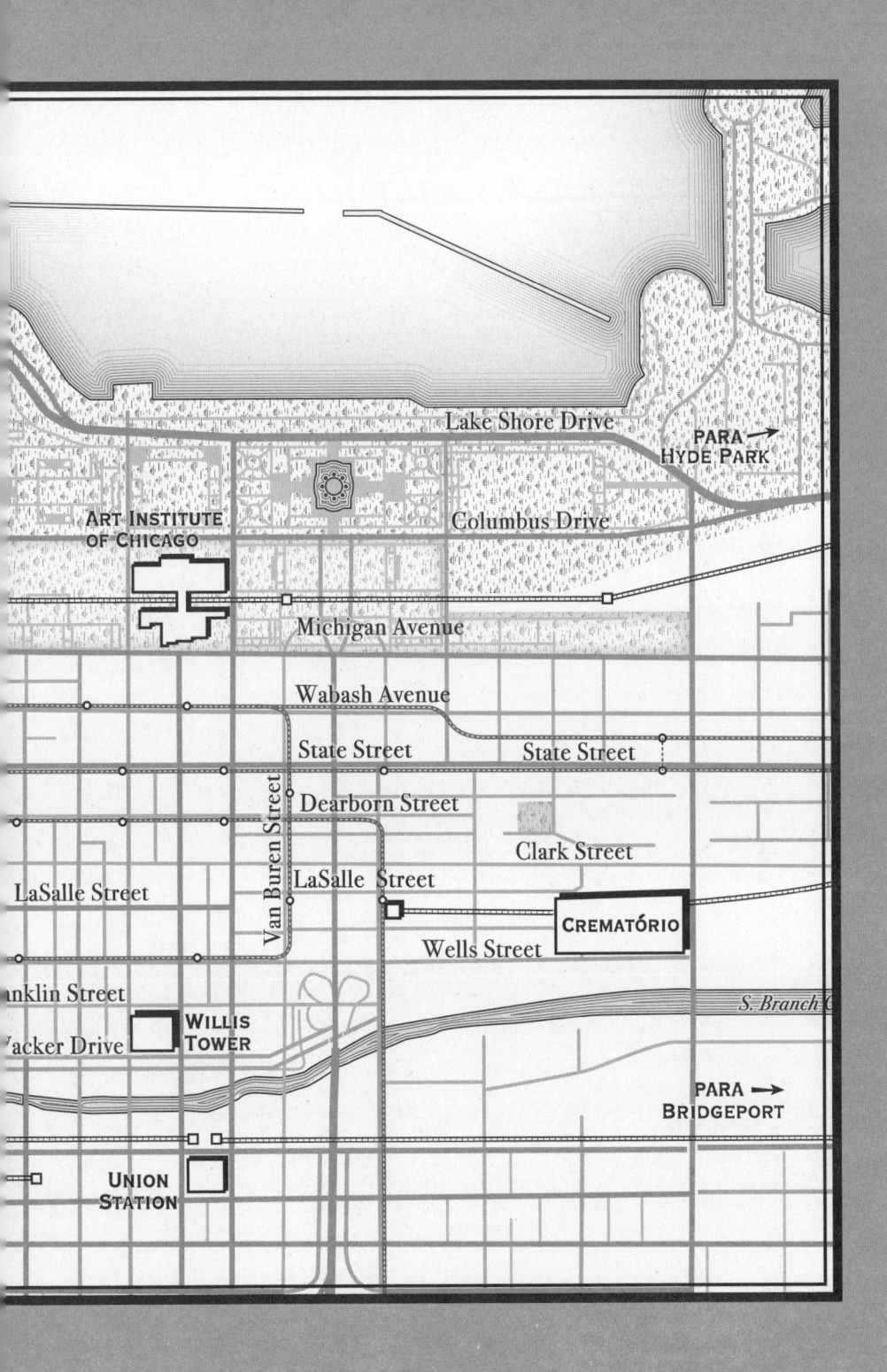

Espetáculo de stand-up da comediante Jessica Krys

Laugh Factory, Chicago, 20 de março de 2011

Eu tenho uma perguntinha para vocês: como é que o título dele acabou sendo "Tenebroso", hein? Sério, um cara aparece do nada em uma nuvem de fumaça ou alguma merda dessas, literalmente desmembra as pessoas — só com o poder da mente, ao que tudo indica —, reúne um exército de seguidores, arrasa cidades inteiras em um grau de destruição até então inédito para a humanidade... e "Tenebroso" é o melhor nome em que a gente conseguiu pensar? Dava no mesmo ter usado o nome daquele vizinho meio esquisito que fica encarando os outros no elevador do prédio. Sabe aquele cara com as mãos suadas e macias? Tim. O nome dele é Tim.

Se dependesse de mim, eu teria escolhido algo tipo "Augúrio da Perdição em Forma de Gente" ou "Máquina Assassina dos Infernos", mas, infelizmente, ninguém pediu minha opinião.

O Tenebroso e o surgimento da magia moderna

escrito pelo professor Stanley Wiśniewski

Há, é claro, quem argumente que a força pouco compreendida informalmente chamada de "magia" tenha sempre existido na Terra de alguma forma. Lendas sobre incidentes sobrenaturais remontam ao início da história da humanidade, desde os *mágoi* de Heródoto, que controlavam o vento, até Dedi, mago do Egito Antigo, que fez uma exibição decapitando pássaros como gansos e pelicanos e depois ressuscitou-os, conforme registrado no Papiro Westcar. Pode-se dizer que a magia tem um papel importante em quase todas as principais religiões, desde Jesus Cristo transformando água em vinho até práticas haitianas de vodu, assim como os monges budistas Teravada levitando no Dīrgha-āgama — embora, deva-se lembrar, esses atos não sejam chamados de "magia" pelos adeptos.

Histórias como essas, grandes e pequenas, aparecem em todas as culturas, em todas as regiões, desde sempre. Antigamente, os estudiosos poderiam ter dito que faz parte da natureza humana inventar narrativas criativas para explicar coisas que não entendemos ou engrandecer aquelas que consideramos superiores ou maiores que nós. Mas, então, o Tenebroso surgiu e, com ele, vieram os Drenos — os infames eventos catastróficos que não podiam ser explicados, por mais que os cientistas tentassem. Talvez as lendas antigas sejam todas falsas. Mas talvez sempre tenha havido uma força supranormal, uma energia pouco compreendida, inserida em nosso mundo.

Qualquer que seja a teoria postulada, uma coisa é certa: nenhuma "magia" foi tão evidente ou poderosa quanto os Drenos que o Tenebroso empregou contra a humanidade. O objetivo deste artigo é explorar várias hipóteses sobre por que isso aconteceu. Em outras palavras, por que agora? Quais foram as circunstâncias que levaram à sua chegada? Qual era seu objetivo antes de ser frustrado pelos cinco Escolhidos? Que efeito ele teve no planeta desde sua morte?

SLOANE ANDREWS NÃO ESTÁ NEM AÍ (É SÉRIO)
Rick Lane
Revista *Trilby*, 24 de janeiro de 2020

Não gosto de Sloane Andrews. Mas talvez eu sinta atração por ela.

Eu a encontro na cafeteria do bairro onde mora, um dos lugares que costuma frequentar — ou pelo menos é o que ela diz. O barista não parece reconhecê-la como uma cliente regular ou como um dos cinco adolescentes que derrotaram o Tenebroso há quase uma década. O que, para ser sincero, é notável, porque, fama à parte, Sloane Andrews tem aquele tipo de beleza boazinha e limpinha que dá vontade de sujar. Se usa maquiagem, não dá para perceber; sua pele clara é perfeita e tem grandes olhos azuis; ela parece um anúncio de cosméticos ambulante. Está usando um boné dos Cubs, com o longo cabelo castanho preso na parte de trás, uma camiseta cinza justa nos lugares certos, uma calça jeans rasgada que mostra pernas longas e torneadas e um par de tênis. O tipo de visual que diz que ela está cagando para roupas e até para o corpo esbelto e magro que as usa.

E a questão com Sloane é a seguinte: eu acredito. Acredito mesmo que ela está cagando, inclusive para mim. Ela nem queria fazer esta entrevista. Segundo ela, só aceitou porque seu namorado, Matthew Weekes, outro Escolhido, pediu que divulgasse seu novo livro, *A escolha continua* (lançamento em 3 de fevereiro).

Quando conversamos, antes da entrevista, ela não deu muitas opções sobre onde poderíamos nos encontrar. Embora Chicago inteira saiba onde Sloane mora — no bairro North Side de Uptown, a poucos quarteirões da Lake Shore Drive —, ela se recusou a me receber em seu apartamento. *Eu não saio*, escreveu ela. *Sou abordada sempre que vou a algum lugar. Então, a menos que queira tentar me acompanhar em uma corrida, só aceito se for no Java Jam.*

Não sei se conseguiria fazer anotações e correr ao mesmo tempo, então optei pelo Java Jam.

Depois de garantir seu café, ela tira o boné de beisebol e deixa o cabelo cair sobre os ombros como se tivesse acabado de se levantar da cama. Mas algo em sua expressão — talvez os olhos ligeiramente próximos demais ou a maneira como inclina a cabeça bruscamente quando não gosta de algo que acabou de ser dito — a faz parecer uma ave de rapina. Ela virou o jogo com um único olhar, e agora sou eu quem está em alerta, não ela. Eu me atrapalho procurando a primeira pergunta e, enquanto a maioria das pessoas teria sorrido, tentando ser simpática, Sloane fica só olhando.

"O aniversário de dez anos de sua vitória sobre o Tenebroso está chegando", começo. "Como você se sente?"

"Sobrevivendo", responde ela. Sua voz dura e fria provoca um arrepio por minhas costas, e não consigo descobrir se isso é bom ou não.

"Não se sente triunfante?", pergunto, e ela revira os olhos.

"Próxima pergunta", diz, e toma seu primeiro gole de café.

É quando percebo: não gosto dela. Essa mulher salvou milhares — não, milhões — de vidas. Caramba, ela provavelmente salvou até a *minha*. Aos treze anos, junto com mais quatro adolescentes, foi nomeada pela profecia como alguém que derrotaria um ser maligno todo-poderoso. Sobreviveu a várias batalhas contra o Tenebroso — e também a um breve sequestro, cujos detalhes nunca revelou — e saiu sã, salva e linda, mais famosa do que qualquer outra pessoa na história. E, ainda por cima, está em um relacionamento de anos com Matthew Weekes, menino de ouro, Escolhido entre os Escolhidos e talvez a pessoa mais gentil do planeta.

Mas mesmo assim não gosto dela.

E Sloane não está nem aí.

É por isso que me sinto atraído por ela. Como se, ao deixá-la nua em minha cama, eu pudesse forçá-la a ter algum tipo de calor ou emoção. Ela me transforma em um macho alfa, um caçador, determinado a conquistar a presa mais esquiva do planeta e a colocar sua cabeça empalhada na parede da sala como um troféu. Talvez seja por isso que ela seja abordada em público — não porque as pessoas a amam, mas porque *querem* amá-la, querem torná-la amável.

Quando Sloane pousa a caneca na mesa, vejo a cicatriz nas costas de sua mão direita. É larga, atravessando o dorso inteiro, irregular e grossa. Ela nunca explicou sua origem, e tenho certeza de que não me dirá, mas preciso perguntar mesmo assim.

"Foi um corte de papel", responde.

Tenho quase certeza de que era para ser uma piada, então rio. Pergunto se ela vai comparecer à inauguração do Monumento aos Dez Anos, uma instalação de arte montada no local onde o Tenebroso foi derrotado, e ela me diz: "Faz parte do trabalho", como se fosse um emprego comum em vez de, literalmente, seu destino.

"Parece que você não gosta", comento.

"Dá para perceber?" Ela abre um sorrisinho.

Antes da entrevista, perguntei a alguns amigos o que achavam dela para ter uma ideia de como o cidadão médio vê Sloane Andrews. Um deles comentou que nunca a tinha visto sorrir de verdade, e, sentado na frente dela, me pergunto se ela sorri. Até faço a pergunta em voz alta — estou curioso para ver como ela vai reagir.

Nada bem, descubro.

"Se eu fosse homem", rebate ela, "você me perguntaria isso?".

Mudo de assunto o mais rápido possível. Isso parece mais uma partida de Campo Minado do que uma conversa, e vou ficando cada vez mais tenso, pois a cada clique aumentam as chances de eu acionar uma das minas. Clico de novo, perguntando se esta época do ano a faz se lembrar do passado.

"Tento não pensar nisso, senão minha vida se tornaria um Calendário do Advento. A cada dia teria um chocolate novo com o formato do Tenebroso, todos com gosto de merda."

Clico mais uma vez, perguntando se há alguma lembrança boa.

"Nós éramos amigos, sabe? Sempre seremos. Nossas conversas se resumem quase exclusivamente a piadas internas quando estamos juntos."

Ufa. Acho que é seguro perguntar a ela sobre os outros Escolhidos: Esther Park, Albert Summers, Inês Mejia e, é claro, Matthew Weekes.

É aí que finalmente a entrevista deslancha. Os chamados Escolhidos ficaram próximos bem rápido depois de se conhecerem, e Matt se mostrou o líder natural. "É o jeito dele", conta Sloane, parecendo quase irritada com isso. "Sempre assume o

controle, a responsabilidade. Lembra a gente de pensar na ética. Essas coisas."

Surpreendentemente, não foi de Matt que ela se aproximou primeiro, mas de Albie. "Ele era na dele", explica, e isso é um elogio. "Todos os nossos irmãos e pais haviam morrido — isso fazia parte da profecia —, mas a morte do meu irmão era a mais recente. Eu precisava de silêncio. Além disso, Meio-Oeste e Alberta são lugares parecidos."

Albert e Inês moram juntos em Chicago — como amigos, já que Inês se identifica como lésbica —, e no ano passado Esther voltou para Glendale, na Califórnia, para cuidar da mãe doente. Segundo Sloane, a distância tem sido difícil para todos, mas, felizmente, eles podem acompanhar o dia a dia de Esther em sua página ativa (e popular) no Insta!

"O que você acha do movimento Todos Escolhidos que surgiu nos últimos anos?", pergunto. Trata-se de um grupo pequeno, embora expressivo, que defende uma ênfase maior no papel que os outros quatro Escolhidos desempenharam na derrota do Tenebroso, em vez de atribuir a vitória principalmente a Matthew Weekes.

Sloane não mede palavras.

"Eu acho racista."

"Há quem diga que botar Matt acima do resto de vocês é machista", aponto.

"O que é machista é ignorar o que eu penso e alegar que não sei do que estou falando", retruca ela. "Acho que Matt é o verdadeiro Escolhido. Eu já disse isso várias vezes. Não finja que está me fazendo um favor ao tentar diminuí-lo."

Em seguida, mudo o foco da conversa dos Escolhidos para o Tenebroso, e então tudo desanda. Pergunto a Sloane por que o Tenebroso parecia ter um interesse especial nela. Ela mantém o contato visual enquanto toma o restante de seu café e, quando pousa a xícara, sua mão está tremendo. Depois, coloca o boné do Cubs sobre sua gloriosa cabeleira bagunçada pós-sexo e diz: "A entrevista acabou."

E, se ela diz que acabou, então acho que acabou, porque Sloane vai embora. Jogo uma nota de dez na mesa e corro atrás dela, sem querer desistir tão fácil. Já falei que Sloane Andrews me transforma em um caçador?

"Eu tinha um assunto proibido", reclama, exaltada. "Você lembra qual era?" Ela está corada, furiosa e radiante, metade dominatrix, metade gata de rua. Por que esperei tanto para irritá-la? Eu poderia estar olhando para essa imagem o tempo todo.

O assunto proibido era, obviamente, qualquer coisa específica sobre sua relação com o Tenebroso. Ela não podia esperar que eu fosse cumprir a exigência, retruco. É a coisa mais interessante sobre ela.

Sloane me encara como se eu fosse um pedaço de papel molhado na poça de um beco, manda eu ir me foder e atravessa a rua fora da faixa para sair de perto de mim. Desta vez, eu a deixo ir.

1

Dreno era sempre igual, a multidão fugindo aos gritos da gigantesca nuvem sombria de caos, sem conseguir correr rápido o suficiente. Pessoas sendo varridas, suas peles arrancadas dos ossos enquanto ainda estavam vivas para que sentissem a dor, sangue explodindo como se fossem mosquitos sendo esmagados, *ai, meu Deus*.

Sloane estava de pé e ofegante. *Quieta*, disse a si mesma. Os dedos dos pés se curvaram; o chão estava frio ali, na casa do Tenebroso, e ele havia tirado suas botas. Ela precisava encontrar algo pesado ou afiado — as duas coisas juntas era pedir demais, é claro; nunca foi tão sortuda assim.

Abriu as gavetas de forma brusca, encontrando colheres, garfos, espátulas. Um punhado de elásticos. Clipes de metal. Por que ele havia tirado as botas dela? Por que um assassino em massa teria medo da Dr. Martens de uma garota?

Olá, Sloane, sussurrou ele em seu ouvido, e ela se engasgou com um soluço desesperado. Puxou outra gaveta e viu vários cabos, as lâminas enterradas em um faqueiro de plástico. Estava pegando o cutelo quando ouviu algo ranger às suas costas, o som de um passo.

Sloane se virou, os pés grudentos no linóleo, e atacou com a faca.

— Puta merda! — gritou Matt, agarrando seu pulso e, por um momento, eles apenas se entreolharam por cima dos braços e do cutelo.

Sloane ofegou quando voltou à realidade. Não estava na casa do Tenebroso, nem no passado, nem em qualquer outro lugar que não o apartamento que dividia com Matthew Weekes.

— Meu Deus.

Sloane afrouxou o aperto no cabo e o cutelo caiu no chão, quicando entre os dois. Matt colocou as mãos nos ombros dela, seu toque quente.

— Você está aí? — perguntou ele.

Matt já havia perguntado isso antes, dezenas de vezes. O supervisor dos Escolhidos, Bert, a chamara de lobo solitário e raramente a obrigara a se juntar aos outros nos treinos ou nas missões. *Deixe-a fazer as coisas do jeito dela*, dissera a Matt quando havia ficado claro que ele era o líder. *Seus resultados vão ser melhores assim.* E Matt obedecera, chamando-a apenas quando necessário.

Você está aí? Pelo telefone, em um sussurro, na calada da noite, ou perto do rosto dela quando estava perdida em devaneios. No começo, Sloane ficava irritada com a pergunta. *Claro que estou aqui, onde mais eu estaria, hein?* Mas agora isso indicava que ele entendia algo a seu respeito que os dois nunca admitiram em voz alta: ela nem sempre podia responder que sim.

— Sim — respondeu ela.

— Certo. Fique aqui, está bem? Vou pegar seu remédio.

Sloane se apoiou na bancada de mármore. A faca estava aos seus pés, mas ela não se atreveu a tocá-la de novo. Ficou esperando, respirando, de olho na curva cinza da lâmina que parecia um velho de perfil.

Matt voltou com uma pequena pílula amarela em uma das mãos e o copo d'água da mesa de cabeceira dela na outra. Sloane aceitou ambos com as mãos trêmulas e engoliu a pílula, sôfrega. Que viesse a calma da benzodiazepina. Certa vez, ela e Inês compuseram uma ode bêbada às pílulas, enaltecendo-as por suas lindas cores, por seu efeito rápido e por fazerem o que nada mais conseguia.

Ela pousou o copo na bancada e deslizou para o chão. Sentiu o frio através da calça do pijama — estampada com vários gatos soltando laser pelos olhos —, mas agora a sensação era estabilizadora. Matt, usando apenas uma cueca boxer, sentou-se ao lado da geladeira.

— Olha... — começou ela.

— Você não precisa dizer nada.

— Claro, quase esfaqueei você, mas um pedido de desculpas não é necessário.

Os olhos dele eram gentis. Preocupados.

— Eu só quero que você fique bem.

Como foi que aquela matéria horrível tinha se referido a ele? "Talvez a pessoa mais gentil do planeta"? Sloane não discordava de Rick Lane, o Tarado, pelo menos não nesse ponto. Matt tinha sobrancelhas unidas em um olhar de perpétua compaixão e um coração condizente com isso.

Ele pegou o cutelo que estava no chão, perto do tornozelo dela. Era grande, quase do tamanho de seu antebraço.

Os olhos de Sloane arderam. Ela os fechou.

— Me desculpe, de verdade.

— Eu sei que você não quer conversar comigo sobre isso — disse Matt. — Mas que tal com outra pessoa?

— Quem, por exemplo?

— A dra. Novak, talvez? Ela trabalha com o Departamento de Assuntos de Veteranos, lembra? Demos aquela palestra juntos no centro de detenção juvenil.

— Eu não sou um soldado — retrucou Sloane.

— Sim, mas ela entende de TEPT.

Ela nunca havia precisado de um diagnóstico oficial — com certeza o que tinha era transtorno de estresse pós-traumático. Mas era estranho ouvir Matt dizer isso com tanta naturalidade, como se fosse uma gripe.

— Está bem. — Sloane deu de ombros. — Eu ligo para ela amanhã de manhã.

— Qualquer um precisaria de terapia, sabe? Depois do que passamos. Quer dizer, Inês fez.

— Inês fez, e ela ainda coloca armadilhas no apartamento como se estivesse vivendo em *Esqueceram de mim* — argumentou Sloane.

— Certo, então ela é um exemplo ruim.

O pequeno holofote na escada dos fundos brilhava pelas janelas, o brilho amarelo-alaranjado banhando a pele escura de Matt.

— Você nunca precisou — apontou Sloane.

Ele ergueu uma sobrancelha.

— Por que você acha que eu vivia sumindo no ano seguinte à morte do Tenebroso?

— Você disse que estava indo ao médico.

— Que tipo de médico precisa ver o paciente uma vez por semana durante *meses*?

— Eu não sei! Achei que tivesse alguma coisa errada com... — Sloane apontou para a própria virilha. — Você sabe. Os meninos ou alguma coisa do tipo.

— Deixa eu ver se entendi. — Matt estava sorrindo. — Você achou que eu tinha algum tipo de condição médica constrangedora que precisou de pelo menos seis meses de consultas regulares... e *nunca* me perguntou o que era?

Ela conteve um sorriso.

— Você parece meio decepcionado.

— Não, não. Só impressionado.

Quando se conheceram, ele era um menino magricela de treze anos com um corpo comprido que parecia não saber onde as coisas começavam ou terminavam, mas Matt sempre teve aquele sorriso.

Sloane se apaixonara por ele várias vezes antes de perceber que estava apaixonada — quando ele gritava suas ordens mais alto que o vento ensurdecedor de um Dreno, garantindo a sobrevivência de todos; quando ficava acordado com ela nas longas viagens noturnas pelo interior, mesmo depois de todos os outros terem dormido; quando ele ligava para a avó e sua voz ficava mais suave. Matt nunca deixava ninguém para trás.

Ela contraiu os dedos dos pés no azulejo.

— Eu já fiz, sabia? Terapia — contou Sloane. — Fui por alguns meses quando tínhamos dezesseis anos.

— É mesmo? — Ele franziu a testa de leve. —Você nunca me contou.

Havia muitas coisas que Sloane não contara para ele nem para ninguém.

— Eu não queria deixar ninguém preocupado. E ainda não quero, então… não conte para os outros, está bem? Não quero ver uma matéria na merda da *Esquire* com a manchete "Rick Lane Avisou".

— Pode deixar. — Matt pegou a mão dela e entrelaçou seus dedos. —A gente devia ir para a cama. Temos que nos levantar daqui a quatro horas para a inauguração do monumento.

Sloane assentiu, mas eles continuaram sentados no chão da cozinha até o remédio fazer efeito e ela parar de tremer. Então Matt guardou a faca, ajudou a namorada a se levantar e os dois voltaram para a cama.

AGÊNCIA DE PESQUISA E
INVESTIGAÇÃO DO SUPRANORMAL

4 de outubro de 2019

Srta. Sloane Andrews

Referência: H-20XX-74545

Prezada srta. Andrews:

Em 13 de setembro de 2019, o escritório da Coordenação de Informações e Privacidade recebeu seu requerimento enviado em 12 de setembro de 2019, relativo à Lei da Liberdade de Informação (LLI), solicitando informações ou registros sobre o Projeto Sósia.

Muitos dos registros solicitados ainda são confidenciais. No entanto, devido aos seus anos de serviço ao governo dos Estados Unidos, concedemos acesso a todos os documentos, exceto aos que exigem uma habilitação de segurança de nível mais alto. Fizemos uma pesquisa em nosso banco de dados de registros liberados anteriormente e localizamos os documentos em anexo, totalizando 120 páginas, que acreditamos atender à sua solicitação. Não há cobrança por esses documentos.

Atenciosamente,

Mara Sanchez

Coordenadora de Informações e Privacidade

2

Quando o alarme de Sloane tocou na manhã seguinte, ela tomou outro comprimido imediatamente. Precisaria da benzodiazepina para o dia que teria pela frente; naquela manhã, participaria da inauguração do Monumento aos Dez Anos, um memorial homenageando as vidas perdidas nos ataques do Tenebroso, e, à noite, iria ao baile de gala dos Dez Anos de Paz, em comemoração ao período após a derrota dele.

A cidade de Chicago havia contratado um artista chamado Gerald Frye para construir o monumento. A julgar por seu portfólio, ele se inspirava bastante no trabalho do minimalista Donald Judd, porque o monumento consistia em uma caixa de metal cercada por uma faixa de terra vazia no meio do Loop, próximo ao rio, onde antes estivera a torre desagradável. Parecia pequeno se comparado aos arranha-céus ao redor, que brilhavam ao sol quando o carro de Sloane se aproximou do local.

Matt tinha contratado um motorista para que não precisassem estacionar, o que acabou sendo uma boa ideia, porque a cidade inteira estava lotada, a multidão tão grande que o motorista do elegante Lincoln preto teve que buzinar para conseguir passar. Mesmo assim, a maioria das pessoas ignorou o barulho até sentir o calor do motor atrás dos joelhos.

Quando chegaram mais perto, um policial deixou o carro passar direto pelas barreiras, e eles seguiram pela rua livre que levava ao monumento. Sloane sentiu um latejar atrás dos olhos, parecido com uma dor de cabeça. No segundo em que Matt abrisse a porta do carro e saísse para a luz, a multidão saberia quem eles eram. As pessoas ergueriam os celulares para gravar vídeos. Estenderiam fotos, cadernos e braços por cima das barreiras em busca de autógrafos. Gritariam o nome de Matt e de Sloane, chorariam, tentariam chegar mais perto e contariam histórias sobre tudo e todos que haviam perdido.

Sloane queria voltar para casa. Em vez disso, secou a palma das mãos na frente do vestido, respirou fundo e colocou a mão no ombro de Matt. O carro parou. Matt abriu a porta.

Ela saiu atrás dele e emergiu em um mar de sons. Matt se virou para ela com um sorriso largo e disse, bem em seu ouvido:

— Não se esqueça de sorrir.

Muitos homens diziam a Sloane para sorrir, na intenção de exercer algum tipo de poder sobre ela. Matt, no entanto, só estava tentando protegê-la. Seu próprio sorriso era uma arma contra uma forma mais suave e mais insidiosa de racismo, que o fazia ser seguido nas lojas antes que percebessem quem ele era, que fazia as pessoas presumirem que ele havia crescido em uma vizinhança pobre, em vez de no Upper East Side, se concentrarem no fato de Sloane e Albie terem salvado o mundo, como se Matt, Esther e Inês não tivessem tido nada a ver com isso. Estava presente em silêncios e hesitações, em piadas insensíveis e desconfortos.

Havia outras formas mais duras e violentas de racismo também, mas sorrisos não eram armas eficazes contra elas.

Ele foi até as pessoas contidas pela barreira, que seguravam fotos dele, revistas, livros. Tirou uma caneta preta de ponta grossa do bolso e assinou cada um deles com seu rápido *MW*, cada letra uma inversão da outra. Sloane ficou olhando de longe, distraída do caos por um momento. Matt se inclinou para tirar uma foto com uma ruiva de meia-idade que não sabia como usar o celular direito; ele pegou o aparelho para mostrar como ativar a câmera frontal. Aonde quer que fosse, as pessoas lhe davam pedaços de si mesmas, às vezes na forma de gratidão, às vezes na de histórias sobre quem haviam perdido para o Tenebroso. Ele suportava tudo.

Depois de alguns minutos, Sloane foi até ele e pôs a mão em seu ombro.

— Desculpe, Matt, mas a gente precisa ir.

As pessoas também pediam seu autógrafo, é claro, acenando exemplares da revista *Trilby* com seu rosto estampado em uma página e a asneira escrita por Rick Lane, o babaca machista, ao lado. Algumas gritavam seu nome, e ela as ignorou, como sempre fazia. As armas de Matt eram generosidade, bondade e educação. As de Sloane eram frieza, sua estatura alta e uma implacável apatia.

Matt olhou para a multidão e viu um grupo de adolescentes negros de uniforme escolar. Uma das meninas usava tranças com miçangas nas pontas, que faziam barulho enquanto ela pulava na ponta dos pés, empolgada. Uma prancheta estava em sua mão; parecia outro abaixo-assinado.

— Um segundo — pediu ele, indo até o grupo uniformizado.

Ela se irritou um pouco por ser ignorada, mas a irritação desapareceu ao ver a mudança sutil na postura dele, seus ombros relaxando.

— Oi — disse Matt para a garota de tranças, sorrindo.

Sloane sentiu um pequeno aperto no peito. Havia partes dele às quais nunca teria acesso, um idioma que nunca o ouviria falar, porque, quando ela estava presente, as palavras sumiam.

Resolveu ir na frente. Não faria diferença se ele se atrasasse para a cerimônia. Todos esperariam.

Caminhou pelo corredor estreito que a polícia havia aberto em meio à multidão. Começou a subir os degraus para o palco, que ficava de frente para a caixa de metal do monumento; era mais ou menos do tamanho de um quarto, erguido no meio de nada.

— Slo!

Esther acenou do palco, com seus saltos de doze centímetros e calça de couro preta. Usava uma blusa branca folgada na medida certa para ser elegante e, de longe, seu rosto parecia quase o mesmo de quando derrotaram o Tenebroso. Porém, quanto mais Sloane se aproximava, mais conseguia ver que o brilho uniforme de sua pele era graças a base, iluminador, bronzeador, pó compacto e só Deus sabia mais o quê.

Foi um alívio vê-la. As coisas não eram mais as mesmas entre os cinco desde que se mudara para cuidar da mãe. Sloane terminou de subir os degraus até o palco, balançando a cabeça para o segurança que lhe ofereceu um braço e puxando Esther para um abraço.

— Que vestido bonito! — elogiou Esther quando se separaram. — Foi Matt que escolheu?

— Eu consigo escolher minhas próprias roupas — reclamou Sloane. — Como…?

Ia perguntar sobre a mãe dela, mas Esther já estava pegando o celular e erguendo-o para uma selfie.

— Não — disse Sloane.

— *Slo*… vamos lá, quero uma foto nossa!

— Não, você quer mostrar uma foto nossa para seus milhões de seguidores no Insta!, o que é bem diferente.

— Eu vou tirar uma, você sorrindo ou não, então é melhor não encorajar os boatos de que você é uma vaca — apontou Esther.

Sloane revirou os olhos, dobrou um pouco o joelho e se inclinou para a foto. Até conseguiu forçar algo parecido com um sorriso.

— Mas essa é a única, está bem? Não estou nas redes sociais por um motivo.

— Eu sei, você é tão *alternativa*, *autêntica* e blá-blá-blá. — Esther sacudiu a mão, a cabeça inclinada encarando o celular. — Vou desenhar um bigode em você.

— Muito apropriado para o aniversário de dez anos de uma batalha horrível.

— Tudo bem, vou postar sem alterações. Você é muito chata.

Era uma discussão recorrente. Sloane e Esther se voltaram para Inês e Albie, que estavam sentados ao lado do púlpito, vestindo ternos pretos quase idênticos. As lapelas de Inês eram um pouco mais largas, e a gravata de Albie era de um tom de azul um tantinho mais escuro, mas essas eram as únicas diferenças, pelo que Sloane conseguia ver.

— Cadê o Matt? — perguntou Inês.

— Com os súditos dele — respondeu Esther.

Sloane olhou para trás. Matt ainda estava conversando com a adolescente, assentindo, com a testa franzida, para algo que ela dizia.

— Ele vai demorar um pouquinho — disse Sloane, voltando-se para os outros.

Albie estava com os olhos vermelhos, mas podia ser só porque eram oito da manhã e ele não costumava acordar antes das dez. Quando acenou para ela, parecia focado o suficiente, apenas cansado.

— Guardei um lugar para você, Slo.

Ele deu um tapinha na cadeira ao seu lado. Sloane se sentou, as pernas cruzadas na altura do tornozelo e dobradas para trás, como sua avó ensinara. *Você quer mostrar a calcinha para estranhos? Bem, então, cruze as pernas, garota.*

— Tudo certo? — perguntou ela.

— Não — disse Albie com um meio sorriso. — Mas isso não é novidade.

Ela deu um meio sorriso em resposta.

— Ei, pessoal — cumprimentou um homem, atravessando o palco em direção ao grupo.

Ele usava calça cinza-escura e um blazer combinando com sua camisa azul-clara, e o cabelo grisalho estava penteado para trás com cuidado. Não era um homem qualquer, mas John Clayton, prefeito de Chicago, eleito em uma campanha com base em "Sou menos corrupto que o outro candidato, provavelmente", que já era o lema da política de Chicago havia alguns anos. Também era o homem mais sem graça do mundo.

— Obrigado por virem — agradeceu o prefeito Clayton, apertando a mão de Sloane, depois as de Albie, Inês e Esther. Matt subiu os degraus do palco bem a tempo de apertar a mão dele também. — Só vou dizer algumas palavras, e aí vocês todos podem caminhar pelo monumento. É tipo uma bênção, sabe? Aí nós tiramos vocês daqui. Eles vão querer uma foto de todos nós juntos. Agora? Sim, agora.

Ele estava gesticulando para o fotógrafo, que os posicionou de maneira que o monumento ficasse visível atrás deles, com Matt no meio, a mão firme nas costas de Sloane. Ela não sabia se deveria sorrir pelo aniversário de dez anos da derrota do Tenebroso. O mundo inteiro estava comemorando aquele dia. Até a cidade de Chicago, que havia perdido tanto: o rio seria tingido de azul, o estádio de Wrigleyville fervilharia de cerveja e o metrô ia virar uma lata de sardinha. Essa alegria era positiva, Sloane sabia disso. Até participara dela nos primeiros anos, mas depois se tornara mais difícil. Tinham lhe dito que as coisas ficariam mais fáceis com o tempo, mas até então isso não acontecera. A explosão de alegria e triunfo sentida após a queda do Tenebroso foi desaparecendo, e restara um sentimento incômodo de insatisfação e a consciência de tudo o que haviam perdido no caminho para a vitória.

Ela não sorriu na foto. Enquanto Esther explicava o que era um *boomerang* ao prefeito, Sloane se sentou ao lado de Albie. Matt conversava com a esposa do prefeito, que o convidou para a inauguração de uma nova biblioteca em Uptown, e Inês balançava a perna, inquieta como sempre. Albie segurou a mão de Sloane e a apertou.

— Feliz aniversário, eu acho — disse ela.

— É — respondeu ele. — Feliz aniversário.

AGÊNCIA DE PESQUISA E
INVESTIGAÇÃO DO SUPRANORMAL

MEMORANDO DE AÇÃO DE SEGURANÇA NACIONAL Nº 70

PARA: AGÊNCIA DE PESQUISA E INVESTIGAÇÃO DO SUPRANORMAL (APIS)

ASSUNTO: DESASTRES INEXPLICADOS DE 2004

Ao aprovar o registro dos eventos da reunião de 2 de fevereiro de 2005 do Conselho de Segurança Nacional, o presidente determinou que os desastres de 2004 fossem estudados para determinar se existe um padrão entre eles. Como os incidentes não foram explicados pelos meios convencionais até agora, essa tarefa é da competência da Agência de Pesquisa e Investigação do Supranormal (APIS).

Portanto, solicita-se que a APIS realize este estudo o mais rápido possível, apresentando suas opiniões preliminares na próxima reunião do Conselho de Segurança Nacional. Em anexo, estão os artigos reunidos pelo Conselho de Segurança Nacional acerca dos eventos mencionados.

Shonda Jordan

Chillicothe Gazette

RELATÓRIOS OFICIAIS SOBRE DESASTRE EM TOPEKA PERMANECEM VAGOS

Jay Kaufman

TOPEKA, 6 DE MARÇO: Até agora, o número de mortos em Topeka, no Kansas, em decorrência do desastre de 5 de março de 2004, é de 19.327 — mas as autoridades não parecem saber o que causou essa perda significativa de vidas. Ou, caso saibam, não estão revelando o motivo.

As previsões meteorológicas da manhã de 5 de março previam céu nublado e máxima de 5 graus, com apenas 10% de chance de chuva. Testemunhas de cidades próximas descrevem áreas ensolaradas e ventos fracos. Exatamente às 13h04, tudo mudou. Um funcionário do Instituto Nacional de Meteorologia descreveu seu escritório como um "caos total" e falou sobre "monitores apitando e muitos gritos".

"Por alguns minutos, foi como se houvesse um tornado, um terremoto e um furacão de uma vez só. As mudanças na pressão do ar foram surreais, e tremores foram sentidos até em Kentucky. Nunca vi algo assim", relatou a fonte. O funcionário pediu para permanecer anônimo por medo de perder o emprego. Desde então, o Instituto Nacional de Meteorologia divulgou uma declaração dizendo que não pode fornecer mais informações ao público, pois há uma investigação em curso.

O posicionamento do governo federal é semelhante. O Departamento de Segurança Interna, incluindo a Agência Federal de Gerenciamento de Emergências, não se manifestou. O FBI disse que a investigação não indica qualquer ação terrorista, estrangeira ou doméstica, por trás do incidente, mas até o momento não descartaram a possibilidade. Mesmo a nível municipal, o prefeito de Topeka, Hal Foster — que estava de férias em Orlando, na Flórida, no momento do desastre —, expressou condolências e tristeza, mas não apresentou nenhuma teoria sobre o ocorrido.

As informações que conseguimos reunir sobre o desastre até o momento vêm de cidadãos. Andy Ellis, de Lawrence, Kansas, foi até os arredores de Topeka com um drone que usava para monitorar a construção de sua nova casa. As imagens de Topeka, que Ellis cedeu a todas as redes nacionais de notícias, são angustiantes. Elas mostram escombros de edifícios, corpos nas ruas e, o mais peculiar de tudo, uma absoluta ausência de plantas. Todas as árvores em Topeka, de acordo com essas imagens, agora não passam de galhos murchos e folhas mortas.

Sem receber explicações concretas, o público se voltou para teorias da conspiração, como uma invasão alienígena, um experimento malsucedido do governo, uma nova arma de destruição em massa ou algum evento meteorológico resultante das mudanças climáticas. A histeria também tomou conta da população, levando alguns indivíduos a iniciarem a construção de abrigos antiaéreos em suas casas ou a desenvolverem novos planos de evacuação que defendem a saída de centros urbanos em vez de buscar abrigos dentro das cidades.

"Precisamos de respostas", disse Fran Halloway, moradora de Willard, uma das cidades remanescentes nos arredores de Topeka. "Merecemos saber por que perdemos tantas pessoas queridas. E não vamos descansar até descobrirmos a verdade."

Portland Bugle

DESASTRE EM PORTLAND; DEZENAS DE MILHARES DE MORTOS

Arjun Patel

PORTLAND, 20 DE AGOSTO: Um evento climático até agora classificado como furacão atingiu Portland, no Oregon, em 19 de agosto, causando inundações e destruição generalizada de casas e prédios. Se a classificação permanecer, este terá sido o primeiro furacão tropical na história a atingir a Costa Oeste.

Com o número de mortos estimado em 50.000, esse seria o desastre natural mais mortal da história dos Estados Unidos, sendo o segundo a Calamidade de Topeka no início do ano, que provocou a morte de quase 20.000 pessoas. Nenhuma explicação definitiva para a Calamidade de Topeka foi apresentada até o momento.

O evento climático confundiu os cientistas, que citam as baixas temperaturas do Oceano Pacífico como a razão da ausência de furacões na Costa Oeste. "Os furacões se alimentam de águas mais quentes", explica a dra. Joan Gregory, professora de ciências atmosféricas da Universidade de Wisconsin-Madison. "Uma coisa que *poderia* explicar esse fenômeno é a mudança climática, mas não temos qualquer registro de um aumento significativo na temperatura do Oceano Pacífico. Parece ter sido uma ocorrência única."

Mais informações provavelmente serão disponibilizadas à medida que os trabalhos de recuperação continuarem. Uma vigília à luz de velas para as vítimas será realizada na Pioneer Courthouse Square às 20h, na quinta-feira.

Rochester Observer

SILHUETA É VISTA NO MEIO DO DESASTRE; TEORIAS DA CONSPIRAÇÃO SE MULTIPLICAM COM NOVOS RELATOS DO VULTO

Carl Adams

ROCHESTER, 7 DE DEZEMBRO: "Foi uma confusão", diz Brendan Peterson, de Sutton, Minnesota, um dos sobreviventes do ataque a Minneapolis, que matou quase 85.000 pessoas este ano. Ele esteve no centro da destruição e descreve um inferno de ventos e detritos voando. "Vi uma mulher ser despedaçada bem na minha frente", relembra, com as mãos trêmulas. "Nunca vi nada assim antes, nem mesmo nos filmes."

Brendan diz que sobreviveu por "pura sorte", e ele não é o único. Vários dos sobreviventes do ataque ofereceram relatos similares de mortes chocantes, cada uma mais sangrenta que a outra. Mas todos viram algo em comum: a silhueta de um homem se movendo, confiante, pela destruição.

"Acho que até poderia ter sido uma mulher", diz George Williams, outro morador de Sutton e vizinho de Brendan Peterson. "Mas, de qualquer maneira, parecia uma pessoa. Foi a coisa mais estranha que já vi."

Os desastres estão sendo classificados como "ataques" pelo governo dos Estados Unidos, mas os responsáveis ainda não foram identificados. Teorias surgiram na internet, algumas mais plausíveis (terroristas, agentes trabalhando para governos estrangeiros hostis) e outras absurdas (alienígenas, um ser divino furioso).

"Mas era difícil de distinguir", esclarece Brendan mais tarde, referindo-se ao que viu durante o ataque a Minneapolis. "Era uma figura aterrorizante, muito sinistra. Eu não estou maluco. Foi o que eu vi."

O discurso do prefeito consistiu em uma série de banalidades sobre a superação do luto, o triunfo do bem sobre o mal e honrar os mortos. Lá pela metade, Inês se inclinou para sussurrar uma citação de *Friday Night Lights* — "Olhos atentos, coração batendo, não podemos perder" —, e Sloane teve que cobrir a boca para que ninguém na multidão percebesse que estava rindo. Albie fingiu um acesso de tosse e Esther deu uma cotovelada nas costelas de Inês. Matt manteve o rosto sério. Por um momento, Sloane sentiu como se tivesse recuperado algo.

Câmeras dispararam por toda a parte quando o discurso terminou, e a multidão aplaudiu. Sloane bateu palmas até as mãos pinicarem. Muito apertos de mão firmes se seguiram e, finalmente, chegou a hora de os Escolhidos abençoarem o Monumento aos Dez Anos com seus passos sagrados ou o que quer que o prefeito Clayton tivesse pedido. Sloane se perguntou se poderia usar aquilo como desculpa para tirar os sapatos, porque seus dedos dos pés estavam sendo esmagados. Sem dúvida era impossível abençoar qualquer coisa usando saltos altos desconfortáveis.

O terreno ao redor da caixa de metal havia sido pavimentado com concreto. Sloane desceu os degraus do palco e sentiu o calor através da sola dos sapatos. Era como se estivesse na superfície de um mar cinzento, o monumento uma ilha de bronze cem metros à frente. Era o único ponto de luz quente em meio à desolação — etéreo, como uma miragem. Olhando para ele, ficou surpresa ao sentir lágrimas brotando nos olhos. Com o tempo, o bronze envelheceria, e o brilho daria lugar a manchas esverdeadas. A lembrança do ocorrido também desbotaria, e o monumento seria esquecido, viraria uma atração para excursões escolares e passeios de ônibus para turistas interessados em história.

E Sloane também perderia o viço. Sempre seria famosa, mas se apagaria, assim como as estrelas de cinema mais antigas, que carregavam fantasmas de seus eus mais jovens no rosto.

Era estranho ter certeza de que havia atingido o próprio auge.

Ela seguiu Albie até o monumento, e os outros foram atrás. Não pôde deixar de olhar para a outra margem do rio, onde Matt estivera no último confronto, segurando o Ramo de Ouro, que banhava seu rosto com uma luz sobrenatural. Um dos vários momentos em que ela se apaixonou por ele.

Havia uma abertura estreita na parede para passagem, e Albie entrou primeiro. Inês estava prestes a segui-lo, mas Sloane a deteve.

—Vamos deixá-lo sozinho um segundo — sugeriu ela.

Os cinco se encaixavam de maneiras distintas, conheciam melhor diferentes aspectos uns dos outros. Esther sabia fazer Albie rir, Inês quase conseguia ler sua mente, e Matt era capaz de fazê-lo falar. Mas Sloane era a especialista em identificar os dias ruins de Albie, e sem sombra de dúvida aquele era um deles.

— Com certeza vão fazer xixi nessa coisa — comentou Inês.

—Você não precisa falar *sempre* que fica um silêncio — retrucou Matt.

— Vou lá ver se ele está bem — disse Sloane. — Me deem um minutinho.

— Claro.

— Sim, assim Esther vai ter tempo de descobrir o melhor ângulo para tirar foto ou algo do tipo — falou Inês.

Esther bateu no braço dela e pegou o celular. Sloane fugiu antes que Esther pudesse convencê-la a tirar outra selfie, deslizando pelo pequeno vão na parede para dentro do monumento.

Palavras minúsculas — o nome de todas as pessoas mortas pelo Tenebroso — tinham sido esculpidas nas paredes de metal. Segundo o artista, levou anos para encontrar e gravar todos os nomes, e a maioria era tão pequena que mal dava para ler. Painéis de luz foram montados atrás do metal para que cada nome brilhasse. Era como olhar para o céu noturno em um lugar remoto, onde a poluição não interferia na luz das estrelas.

Albie estava parado no meio do cubo, olhando para um dos painéis.

— Oi — disse Sloane.

— Oi. É bem bonito aqui dentro, né?

— O bronze foi uma boa escolha. Fica quase aconchegante — observou ela. — Você encontrou o nome do seu pai?

— Não — respondeu ele. — É como procurar uma agulha em um palheiro.

— Talvez a gente possa perguntar ao artista.

Albie deu de ombros.

— Acho que a ideia não é conseguir ver os nomes específicos. Acho que é só para ter a dimensão de quantos foram.

Tantos que já nem importava, pensou Sloane. Ela sabia o número de vítimas do Tenebroso. Qualquer coisa entre cem e um milhão era só um número, sua mente era limitada demais para realmente compreender.

— Eu gosto assim — continuou Albie. — Isso me lembra de que somos só alguns dentre os milhares de pessoas que perderam alguém. Não sofremos nem mais nem menos do que as famílias dessas vítimas.

Ele apontou para o painel à sua frente. Albie só tinha trinta anos, mas seu cabelo ralo era fino como uma pluma e ele já começava a ter entradas. Sua testa exibia rugas profundas o suficiente para Sloane notar. O tempo o estava desgastando.

— Estou cansado de ser especial — comentou ele com uma risada trêmula. — Estou cansado de ser celebrado pela pior coisa que já aconteceu comigo.

Sloane se pôs ao lado dele, perto o suficiente para seus braços se tocarem. Ela pensou na pilha de documentos do governo na última gaveta de sua escrivaninha, em Rick Lane falando dela como se fosse um pedaço de carne no açougue, nos pesadelos que a atormentavam quando dormia e quando estava acordada.

— É. — Ela suspirou. — Sei como é.

Ou, pelo menos, era o que achava. Mas quando viu a mão de Albie tremer ao esfregar o próprio rosto, ela se perguntou se sabia mesmo.

— Ô de casa! — chamou Esther. Segurava o celular em um ângulo lisonjeiro, é claro, enquanto entrava no monumento, o cabelo arrumado perfeitamente sobre os ombros. Ela se virou e a imagem passou a incluir Albie e Sloane. — Digam oi para os meus seguidores do Insta!, pessoal!

— Isso é ao vivo? — perguntou Sloane.

— Não — disse Esther.

Sloane olhou para Albie e depois mostrou os dedos do meio, enquanto Albie levava as mãos até as bochechas para fazer um barulho alto de peido. Inês entrou atrás de Esther, parecendo nervosa, e encontrou Sloane balançando os dedos do meio ao redor do rosto de Albie. Esther baixou o celular, fechando a cara.

— Era para ser um registro da minha primeira vez no Monumento aos Dez Anos! — reclamou ela. — Agora vou ter que fazer tudo de novo e *fingir* que foi a primeira vez.

Saiu batendo o pé, passando por Matt, que entrava pelo vão.

— O que eu perdi? — perguntou ele.

— Espera aí — pediu Albie, aproximando um dedo dos lábios.

Esther entrou de novo, o celular erguido e afastado do rosto, os olhos arregalados de falso espanto enquanto olhava os nomes brilhantes. Albie correu até ela e inclinou a cabeça para aparecer na imagem também, dizendo:

— Esta é a segunda vez que ela entra aqui! Não acreditem nela...

Esther empurrou Albie e guardou o celular.

— Qual é o problema com vocês hoje?

— Com a gente? Você que está com esse celular grudado na mão! — falou Sloane. — Você é pior que Matt.

Matt ergueu as mãos.

— Eu não tenho nada a ver com isso.

— Não sou a primeira pessoa do mundo a usar as redes sociais! — retrucou Esther. — É o meu *trabalho*, vocês não precisam ficar me julgando!

— Esta deveria ser uma ocasião solene — apontou Matt. — E *poderia* ter sido uma boa oportunidade de passarmos um tempo juntos...

— O registro não a torna menos solene — interrompeu Esther.

— Não, desde que não seja com o ângulo ideal de selfie — retrucou Inês, segurando um celular imaginário. Ela posou com o quadril para o lado. — Aqui estão os nomes de todos os mortos e também a minha bunda gostosa.

Sloane não conseguiu segurar uma risada. Saiu tão aguda que ela levou a mão à boca, envergonhada.

— Sloanie Macaroni deu uma risadinha de menina — zombou Albie, as sobrancelhas erguidas.

— Não se atreva a me chamar assim — ameaçou ela.

— Ah, agora vai ficar fingindo que a gente não viu os vídeos do Cameron? — disse Esther. — Você pode se fazer de durona e fingir que não está nem aí, mas no fundo você sempre vai ser a garota que dançou "Diamonds Are a Girl's Best Friend" em um tutu feito de papel alumínio.

Sloane amaldiçoou a câmera de seu falecido irmão e estava prestes a responder quando Matt falou:

— Encontrei Bert.

O nome verdadeiro de Bert não era Robert Robertson, é claro. Ele lhes contara sua verdadeira identidade alguns meses antes de sua morte, para que pudessem encontrá-lo caso perdessem contato com ele. Mas nenhum dos cinco pensava nele como Evan Kowalczyk; para eles, sempre seria Bert.

Todos se aproximaram de Matt e seguiram seu dedo até um pequeno nome: EVAN KOWALCZYK, em letras maiúsculas. Sloane não fazia ideia de como Matt encontrara o nome entre todos os outros, em meio a todos os painéis. Era como encontrar uma árvore específica em uma floresta de árvores idênticas. Matt afastou a mão e o nome de Robert desapareceu na parede outra vez, confundindo-se com os demais.

Todas aquelas perdas, e cada uma delas por nada. Um lorde das trevas e sua fome insaciável.

— Eu me pergunto o que ele estaria fazendo hoje em dia — comentou Matt.

— Provavelmente se recusando a aproveitar a aposentadoria — respondeu Inês.

Sloane se virou para a saída antes que sua expressão a denunciasse. Não queria contar a eles o que tinha lido nos arquivos que recebeu em resposta ao seu requerimento da LLI, indícios de um Bert que ela nunca conhecera.

—Vamos voltar — chamou Sloane. —Vão começar a se perguntar onde nós estamos.

4

O convite para a festa de gala estava preso na geladeira: CELE-BRAÇÃO DOS DEZ ANOS DE PAZ. Como se a derrota do Tenebroso tivesse trazido harmonia ao mundo inteiro. Claro que não trouxera, mas para os Estados Unidos, pelo menos, havia sido um motivo para se retirar de tudo. Uma nova era de isolacionismo, como proclamavam as manchetes. As reações foram... diversas. Um lado comemorou a saída das tropas americanas de outros países, mas protestou contra o abandono das organizações internacionais visando a manutenção da paz. O outro lado aplaudiu o fechamento das fronteiras, mas resistiu à diminuição da presença militar no exterior. Independentemente da visão política, todos tinham a mesma paranoia. Ninguém sabia de onde o Tenebroso havia saído, o que significava que ele poderia ter vindo de qualquer lugar. Poderia ter sido um amigo ou vizinho, um refugiado ou um imigrante. Até a mãe de Sloane comprou uma pistola e começou a treinar no campo de tiro uma vez por mês, como se isso alguma vez tivesse funcionado contra o Tenebroso, que fazia as armas quebrarem por dentro, como edifícios implodindo, entortando o metal sem sequer tocá-lo. Sloane se perguntava quanto tempo levaria para a APIS encontrar uma forma de realizar feitos parecidos. Se é que já não tinha encontrado.

Sloane tirou o vestido do armário e o pendurou na porta. Era cheio de contas douradas e parecia saído dos anos 1920. Devia ser pesado nos ombros, então ela não pretendia vesti-lo até o último segundo. Em um dia normal, jamais usaria algo tão chique, mas Sloane adorava ocasiões formais — não que fosse admitir isso. Mais cedo, até se escondera no banheiro para assistir a um dos tutoriais de beleza de Esther no Insta!, ensinando a fazer delineado de gatinho. Se Esther descobrisse, provocaria Sloane até o fim de seus dias.

Infelizmente, o vestido era justo, o que significava que ela precisaria usar o item de vestuário que mais temia no mundo: roupa íntima modeladora. O maior estrangulador de troncos femininos minimamente imperfeitos desde o espartilho. A última coisa que ela queria era acordar e encontrar sites de fofoca mostrando fotos ampliadas de algum acúmulo de gordura em sua barriga, especulando sobre o estado atual de seu útero. Boatos de gravidez a assombravam desde que ela e Matt começaram a namorar.

Ela não encontrou a roupa íntima modeladora na gaveta de calcinhas ou de meias, então se voltou para o armário de Matt. De repente, a peça podia estar perdida em meio ao mar de cuecas boxer pretas que ele gostava de usar. Tateou em busca da calcinha modeladora, e seus dedos roçaram algo pequeno e duro.

Uma caixa pequena o suficiente para caber na palma da mão. Preta.

Merda.

Sloane olhou para a porta. Ainda estava fechada, e não havia qualquer movimento audível no corredor do outro lado. Ótimo. Abriu a caixa. Dentro havia um anel, é claro, mas não um anel qualquer: era de um estilo antigo, pontilhado com piritas em vez de diamantes. Matt se lembrara de que tipo de joia ela gostava, embora nunca usasse nada.

Fechou a caixa e enfiou-a de volta na gaveta, a garganta apertada. Sloane sabia o que aquilo significava, é claro: ele ia pedi-la em casamento. Em breve, talvez, porque a gaveta não era um bom esconderijo por muito tempo. Dado seu gosto por gestos dramáticos, ele provavelmente faria o pedido na festa de gala daquela noite.

Sloane se sentiu enjoada de pavor. Abriu a porta e olhou para o corredor. Matt estava ao telefone com seu assistente, Eddie. Seu calendário estava cheio de compromissos. Só naquela semana, seria moderador de um painel para discutir o encarceramento em massa, compareceria a um evento para arrecadar fundos para uma escola no oeste da cidade e se reuniria com um senador para falar de um programa financiado pelo estado para oferecer terapia aos sobreviventes do Tenebroso que sofressem de TEPT. Ele ficaria ao telefone por um tempo.

Ela fechou a porta de novo e se sentou na beirada da cama, olhando para os dois apartamentos do outro lado da rua, com as luzes azuis chamativas que ficavam penduradas nos beirais o ano inteiro.

Sloane pegou o celular e discou um número para o qual não ligava havia anos. O de sua mãe.

— Alô? — atendeu June Hopewell, a voz seca como sempre.

— Mãe?

— Sloane?

Ela franziu a testa.

— Sim, sou eu, a menos que você tenha outros filhos e eu não saiba.

— Vi você na TV hoje de manhã — comentou June. — Tem certeza de que não quer repensar essa sua política de "nada de autógrafos"? Parecia que você estava sendo perseguida por lobos.

— Sim, mãe. Tenho certeza.

Sloane não achava que sua mãe realmente se importava se ela dava autógrafos ou não, porém, desde a derrota do Tenebroso, opinava sobre tudo que a filha fazia, talvez em uma tentativa de compensar sua ausência quando Sloane era mais nova. Afinal, havia perdido a adolescência inteira de Sloane após não ter se importado quando o governo levou a garota embora.

— Escute, eu queria conversar com você sobre uma coisa — falou Sloane. — Acabei de encontrar um anel na gaveta de cuecas do Matt. Um anel de noivado.

A mãe ficou quieta do outro lado da linha. Então:

— Certo. E?

— E? — Sloane levou a mão à testa. — E eu estou surtando!

— Slo, vocês estão juntos há dez anos.

Sloane corou.

— Nós nunca conversamos sobre isso! Você não acha que, se ele quisesse se casar comigo, teria falado sobre casamento de maneira casual em algum momento? Até onde ele sabe, talvez eu odeie a ideia de casamento por princípio.

— Embora isso não fosse ser um choque, dada a quantidade de coisas que você odeia — comentou June, com um quê de diversão em sua voz —, talvez ele quisesse fazer uma surpresa.

Sloane observou um gato rondar o meio-fio pela janela.

— Sloane. — A mãe suspirou. — Você não vai encontrar ninguém melhor. Vai por mim.

Ela não respondeu.

— Eu tenho que ir — informou a mãe.

Fazer o quê?, Sloane não perguntou. Desligou sem se despedir. Isso não surpreenderia June. Em geral, elas só se falavam uma vez por ano, no Natal, por cerca de cinco minutos. Não diziam "eu te amo" uma para a outra desde que Sloane era criança. Desde antes de o pai ir embora de casa e aparecer morto em um necrotério no Arkansas — vítima de um Dreno — e June ter que ir identificar o corpo.

Você não vai encontrar ninguém melhor. Ela estava certa, é claro, porque Matt irradiava bondade de forma tão intensa que às vezes até dava vontade de dar um soco nele. Mas não amar Matt seria como não amar a liberdade. Ou filhotes de cachorro.

Mas algo na maneira como June falou aquilo deixou Sloane irritada. *Você não vai encontrar ninguém melhor.* E isso também era verdade — o que mais ela podia fazer, entrar em um aplicativo de namoro? Fingir ter um emprego normal? Em que ponto da conversa iria mencionar que era uma das cinco pessoas que salvaram a humanidade? Era uma conversa para se ter no terceiro encontro ou era melhor esperar o quinto?

Mas teria sido bom, pensou ela, se June tivesse dito algo gentil e tranquilizador ao menos uma vez na vida.

Sloane ficou sentada segurando o celular. O sol estava se pondo, e as luzes azuis ofuscantes do outro lado da rua foram acesas. Ela se sentiu estranha, como se o quarto tivesse mudado ao seu redor. Mas também sabia que, quando Matt a pedisse em casamento, ela aceitaria, porque era a única coisa racional a se fazer. Eles se casariam, e Matt cuidaria dela, e Sloane tentaria ao máximo ser boa o suficiente para ele.

AGÊNCIA DE PESQUISA E
INVESTIGAÇÃO DO SUPRANORMAL

ASSUNTO: DESASTRES INEXPLICADOS DE 2005, TRANSCRIÇÃO DE
REUNIÃO COM AGENTE ▮▮▮▮▮▮▮▮, CODINOME BERT

AGENTE S: Por favor, diga seu nome para o registro oficial.

AGENTE K: Meu nome é ▮▮▮▮▮▮▮, mas, para os propósitos desta missão,
recebi o codinome Robert Robertson.

AGENTE S: Certo. Estamos aqui hoje para fazer um registro da sua coleta do
Elemento 2 do Projeto Sósia, Sloane Andrews.

AGENTE K: Correto. Recebi um aviso em 17 de outubro de que o Elemento
2 havia sido identificado e que sua coleta deveria ser realizada imediatamente.

AGENTE S: Os registros mostram que houve um atraso de vinte e quatro horas, apesar dessa ordem. Pode explicar isso?

AGENTE K: Sim. Solicitei um adiamento de uma semana para permitir que o
Elemento 2 comparecesse ao velório do irmão. Meu pedido foi negado,
mas recebi uma extensão de vinte e quatro horas. Achei que seria insu-
ficiente, mas segui as ordens e cheguei à residência dos Andrews em
18 de outubro, às 15h.

AGENTE S: E qual foi sua impressão da residência dos Andrews?

AGENTE K: Conforme o esperado. Nossas fontes indicavam que a família
Andrews tinha um status socioeconômico relativamente baixo, então
eu estava preparado para a casa em mau estado, bem como o restante
do bairro.

AGENTE S: E você entrou em contato com o Elemento 2 assim que chegou?

AGENTE K: Ela estava sentada nos degraus da frente da casa. Sua aparência era desalinhada. Confirmei o nome dela e, em seguida, me apresentei com o meu codinome.

AGENTE S: E qual foi a reação dela?

AGENTE K: Ela disse: "Parece um nome falso."

AGENTE S: Muito inteligente. Sua resposta?

AGENTE K: Confirmei que de fato era um nome falso. Achei que poderia começar a ganhar sua confiança se ela sentisse que eu estava sendo honesto.

AGENTE S: Certo. Prossiga.

AGENTE K: Perguntei se sua mãe estava em casa e se eu podia falar com ela. A garota pareceu desconfortável. Perguntou quem eu era e o que queria, e eu respondi que só podia conversar com ela se a mãe estivesse presente. Ela respondeu que, se eu fosse esperar a mãe estar "presente", era melhor eu esperar sentado.

AGENTE S: Ah.

AGENTE K: Foi nesse ponto que julguei necessário alterar o procedimento. Normalmente, com os elementos do Projeto Sósia, falo com os pais e o elemento ao mesmo tempo, mas essa era uma situação especial. Pai e irmão mortos; ao que tudo indicava, uma mãe incapaz. O elemento estava basicamente sozinho. Então decidi falar com ela a sós. Perguntei se poderíamos entrar, e ela recusou. Disse que não ia deixar um homem estranho entrar em sua casa. Então simplesmente fiquei onde estava.

AGENTE S: Como você começou?

AGENTE K: Ela perguntou quem eu era mais uma vez. Respondi que trabalhava em um ramo clandestino do governo, cuja natureza exata não podia revelar, e que estava lá por causa de uma profecia.

AGENTE S: Para fins de registro, o agente está se referindo à Visão Precognitiva Nº 545, referente ao Tenebroso e seu igual, coloquialmente chamado de Escolhido. Como o elemento reagiu à ideia de uma profecia?

AGENTE K: Ela disse: "Eu não acredito nessas coisas. Só acredito no que posso ver ou tocar." Perguntei-lhe como ela era capaz de explicar o que o Tenebroso fizera. Talvez tenha sido um comentário infeliz, já que o irmão dela havia acabado de ser morto pelo Tenebroso no início da semana.

AGENTE S: Ela ficou chateada?

AGENTE K: Pelo contrário. Ficou completamente indiferente. Sem qualquer expressão no rosto. E respondeu: "Eu não sei." Decidi que seria melhor apelar para o seu lado racional e sugeri que o problema dela era com a palavra "profecia". Então citei a terceira lei de Newton.

AGENTE S: Para fins de registro, a terceira lei de Newton declara que a toda ação há sempre uma reação oposta e de igual intensidade.

AGENTE K: ...Muito obrigado.

AGENTE S: Nem todo mundo sabe física, agente.

AGENTE K: Então eu expliquei que a profecia simplesmente previa que, para o Tenebroso, haveria um indivíduo igual e oposto. Ou seja, nós havíamos recebido uma lista de critérios de como essa pessoa seria. Em cooperação com o Canadá e o México, uma vez que os ataques até o momento se limitaram à América do Norte, fomos em busca de opções. Quando o irmão de Sloane morreu nas mãos do Tenebroso, ela se tornou uma dessas opções.

AGENTE S: Você foi direto ao ponto.

AGENTE K: Minha teoria era que uma jovem forçada a ser tão independente devido à negligência dos pais interpretaria minha franqueza como respeito à sua autonomia. Parecia que eu estava no caminho certo — ela absorveu essas informações sem esboçar reação. Falei ainda que meu trabalho era preparar todos os cinco potenciais para essa eventualidade, para que a humanidade tivesse uma maior chance de sobrevivência.

Então ela me perguntou: "Você está dizendo que eu sou... 'a Escolhida'?", fazendo aspas no ar ao dizer *a Escolhida*.

Eu respondi: "Sim e não. Estou dizendo que você *pode ser* a Escolhida." Eu citei alguns dos critérios que ela atendia: a morte do pai e do irmão, seu nascimento durante uma lua cheia, uma mãe que não tinha o mesmo sobrenome, o tipo sanguíneo raro — AB negativo...

AGENTE S: Também conhecidos como critérios de identificação preliminar ou CIP.

AGENTE K: Correto. Eu caracterizaria a reação dela como incrédula. Ela perguntou quem havia feito a profecia e por que o governo estava dando atenção a "algum doido falando uns poemas", essas foram suas palavras.

Eu estava autorizado a divulgar detalhes sobre a clarividente. Disse que seu nome era ███████ e que em diversas ocasiões essa pessoa demonstrou um conhecimento além da nossa capacidade de compreensão. Que ela fizera 746 previsões que se concretizaram.

AGENTE S: E qual foi a reação do elemento a isso?

AGENTE K: Foi estranha. Os outros elementos demonstraram descrença, medo ou até, no caso do Elemento 1, uma determinação de aço. Mas o Elemento 2 foi o primeiro a perguntar o que aconteceria se ela dissesse não.

AGENTE S: Não?

AGENTE K: Isso, não. Se ela se negasse a combater o Tenebroso.

AGENTE S: [Rindo] Você disse que ela não tinha muita escolha?

AGENTE K: Acredito que isso teria sido imprudente. Ela lembrava um cão de rua. Se tentar agarrá-lo, pode acabar sendo mordido. Mas se for cuidadoso, pode convencê-lo a vir até você.

AGENTE S: Se descobrir o que ele gosta de comer.

AGENTE K: Correto. E acho que, neste caso, o respeito era a isca certa, por assim dizer. Então respondi: "Acho que, se você dissesse não, aumentaria drasticamente as chances de o mundo acabar." Optei por falar de repercussões em vez de restrições — uma escolha com um resultado inaceitável.

AGENTE S: Funcionou?

AGENTE K: Sim. Ela ficou quieta por um tempo. Raramente encontro uma pessoa da idade dela capaz de ficar quieta. Mas ela simplesmente disse "que droga" e começou a discutir a logística comigo.

AGENTE S: Profundo.

AGENTE K: Ao contrário do que vemos nos filmes, nossos Escolhidos raramente fazem declarações poéticas. Nesse caso, acredito que ela foi a única que realmente compreendeu o que estava por vir.

AGENTE S: Que logística vocês discutiram?

AGENTE K: O treinamento que a esperava em ███████████, os preparativos que precisaria fazer antes de partir e quando eu voltaria para buscá-la. Perguntei quanto tempo precisaria para se preparar e ela me disse um dia. Quando perguntei se ela gostaria de ter mais tempo para se despedir de parentes e amigos e explicar a situação para sua mãe, ela disse que não seria necessário. "Caso não tenha reparado, estou sozinha aqui", acredito que tenham sido suas palavras.

AGENTE S: Ela não achou que a mãe se oporia ao fato de sua filha ser levada por uma agência do governo da qual nunca ouvira falar para combater o Tenebroso?

AGENTE K: Não, não achou. E, pelo visto, estava certa. Quando voltei, um dia depois, estava sentada no mesmo lugar com uma mochila e uma caixa de papelão.

AGENTE S: Tenho que ser honesto com você, não acho que ela seja a Escolhida. Eu aposto meu dinheiro no Elemento 4.

AGENTE K: Vamos torcer para que pelo menos um deles seja o Escolhido.

5

Sloane enfiou outro pequeno spanakópita na boca. Ela e Esther estavam em uma das mesas altas perto do buffet no salão do baile de gala dos Dez Anos de Paz, como se travassem uma conversa séria. Era a única maneira de serem deixadas a sós por tempo suficiente para conseguirem comer alguma coisa. Ser um dos Escolhidos no baile de gala da Paz era como ser uma noiva no dia do casamento.

O grande salão de baile do Drake Hotel era branco e dourado, com um piso de mármore branco, pilares decorados em filigrana de ouro e lustres banhando o espaço em uma luz dourada. Em uma das paredes, as janelas do chão ao teto mostravam a curva da Lake Shore Drive e as luzes dos prédios ao longo da via, assim como a mancha escura que era o lago Michigan à noite.

Ao redor delas, homens de terno e mulheres de vestido longo formavam pequenos grupos, segurando suas taças de champanhe pelas hastes. Sloane fez contato visual com um dos convidados e imediatamente se virou, sem querer dar brecha para uma conversa.

— Você não para de fazer careta — observou Esther.

— Eu irritei as axilas hoje de manhã com o barbeador, e suar é literalmente esfregar sal na ferida — respondeu Sloane.

Uma gota de suor havia acabado de escorrer pela parte sensível de sua axila, e Sloane não gostou nada disso.

Esther fez uma careta.

— É horrível mesmo.

Esther usava um vestido que só ficaria bem nela, com pregas em um plissado elaborado, cor de menta suave. Seu cabelo estava preso em um coque simples e seu rosto, coberto por uma grossa camada de maquiagem, como sempre, mas, naquela vez, combinava com a ocasião: os olhos emoldurados em sombra cinza, como se uma nuvem de fumaça tivesse se posicionado sobre cada pálpebra.

— Eu sinto falta daqui — confessou Esther.

Ela cutucava as azeitonas da salada de macarrão com o garfo, tentando pegar todas de uma vez. Sua extrema concentração no prato completava o disfarce; quando alguém olha para baixo, as outras pessoas pensam que está chorando e evitam contato. Combinado com o olhar mortal de Sloane, isso as manteria seguras por alguns minutos.

— Como está sua mãe? — perguntou Sloane.

— Nada bem. — Esther deu de ombros. — O oncologista disse que não há muito que possamos fazer no momento, a não ser... prolongar as coisas.

— Sinto muito, Essy — disse Sloane. — Gostaria de ter algo mais profundo a dizer, mas... que merda.

Não era justo que eles pudessem salvar o mundo ao derrotar uma entidade maligna *que usava mágica*, mas não conseguissem manter a própria família a salvo de perigos mundanos. Para a humanidade, eles eram os Escolhidos, seus salvadores e heróis — mas o câncer tornava todos iguais.

— Antes honesta do que profunda — respondeu Esther, distante.

Por cima do ombro dela, Sloane viu um jovem elegante de terno e gravata-borboleta azul observando Esther com interesse. Sloane estreitou os olhos e balançou a cabeça quando o desconhecido a olhou. Ele se afastou.

— Mas estamos mesmo com saudade — continuou Sloane. — Por mais mal-humorados que a gente possa parecer.

—Ah, *a gente?* — Esther ergueu uma sobrancelha. — Slo, dá para ver lá da Califórnia que você não está bem. O que houve?

Sloane a olhou torto. Considerou chamar o homem de gravata-borboleta azul de volta para que ele distraísse a amiga.

—Não pense que vai me fazer desistir com essa cara feia — ameaçou Esther. — Eu fiz uma pergunta.

As duas sempre tiveram conversas assim. Ambas eram muito diretas, para o bem ou para o mal, o que significava que com frequência tinham atritos, às vezes catastróficos. Mas também não enrolavam uma à outra. Se Esther estava pensando alguma coisa, ela dizia, sem meias-palavras.

—Solicitei alguns documentos ao governo — contou Sloane. — Ler tudo aquilo... me abriu os olhos.

—Às vezes é melhor continuar de olhos fechados, sabe? — Esther tomou um gole de champanhe. — Certo, tire esse espinafre dos dentes, porque tenho certeza de que Matt está prestes a chamar a atenção para você.

Dito e feito. Os músicos no canto haviam parado de tocar violoncelo, violino e... aquilo era um contrabaixo? Todos olhavam para o outro lado do salão, onde Matt estava em seu terno imaculado com gravata-borboleta dourada, um sorriso largo no rosto. Ele bateu com uma faquinha na taça de champanhe, tentando fazer com que todos ficassem em silêncio.

—Um minuto de sua atenção, por favor!

Sua voz ecoou pelo espaço amplo. Comandante Matt, como foi chamado durante a batalha contra o Tenebroso. Ninguém mais poderia tê-los liderado; nenhum dos outros quatro conseguiria ser ouvido acima do barulho do Dreno.

Sloane enfiou a unha entre os dois dentes da frente para tirar o pedaço de espinafre preso.

O salão finalmente fez silêncio. Todos se voltaram para Matt, obedientes como alunos em uma sala de aula.

—Obrigado, e peço desculpas pela interrupção — disse ele, passando de Matt, o Comandante, para Matt, o Político. — Eu gostaria de pedir sua atenção por um momento. Onde está Sloane?

Ela tirou o dedo da boca e se endireitou.

Matt acenou para que se aproximasse, e ela foi até ele no meio do salão de baile, à luz de um dos lustres, sentindo um aperto dolorido no peito. Matt segurou sua mão. Sloane o encarou com expectativa, e sentiu que as mãos tinham ficado dormentes. Deveria ter tomado uma terceira taça de champanhe.

— Eu soube que estava apaixonado por Sloane há cerca de onze anos — começou Matt. — Encontramos um garotinho perto de um dos locais onde tinha acontecido um Dreno. Estávamos lá para investigar o Tenebroso, e o menino havia se perdido dos pais. Sloane o pegou no colo e começou a levá-lo até várias pessoas diferentes.

Sloane se lembrava do garoto. Ela o pegou no colo porque o menino se recusava a andar, e não estava com vontade de discutir com ele. Ficou surpresa com a facilidade com que ele se encaixou em seu quadril, já que ela nunca havia segurado uma criança antes.

— Ela interrompia conversas para perguntar se alguém o conhecia. Bem daquele jeito dela... vocês sabem do que estou falando.

Uma risadinha percorreu a multidão. Mesmo as pessoas que não a conheciam provavelmente conseguiam imaginar a cena, caso tivessem lido as diversas matérias escritas sobre ela nos últimos dez anos, chamando-a de instável, antipática, mal-humorada, ranzinza e vaca. Uma anti-heroína. Suas bochechas ficaram vermelhas. Por que ele estava fazendo piada com isso?

Matt continuou:

— Sloane é como um daqueles chocolates de Páscoa. Ela tem uma casca dura, mas depois que você quebra essa casca, encontra um recheio de marshmallow.

Ele sorriu, os olhos brilhando. Era para ser fofo. Em vez disso, Sloane se sentia como uma menina usando um vestido de mulher.

Matt tirou a caixinha com o anel do bolso, abriu-a e se ajoelhou. Algumas pessoas ao redor ofegaram.

— Sloane, eu te amo. Eu te amo há muito tempo.

Seus olhos estavam fixos nos dela, mas os convidados haviam pegado os celulares e apontado as câmeras na direção dos dois. Os vídeos, como a maioria das gravações de Sloane feitas por estranhos, provavelmente apareceriam em programas de televisão, jornais e blogs de fofocas e seriam analisados nos mínimos detalhes. Sua expressão, sua postura, sua roupa, até a porra do batom.

— E eu quero passar o resto da vida quebrando sua casca dura de chocolate. Você quer se casar comigo?

A multidão parecia um animal gigante, e soltou um suspiro coletivo.

Não deixe que vejam você, disse a si mesma, assim como dizia quando os lacaios do Tenebroso — todos mortos agora; haviam morrido com ele — estavam à espreita no meio da noite. Mas, neste caso, ela não podia fugir; precisava se esconder diante de todos.

Sloane convocou toda a dissimulação que aprendera com as entrevistas pós-batalha e abriu um largo sorriso, torcendo para que seus olhos estivessem brilhando.

— Sim. — A palavra saiu quase como um suspiro, fazendo parecer que ela estava emocionada, o que era perfeito, porque Matt se levantou e a abraçou, girando-a no ar, e ninguém estava mais analisando sua expressão.

Todos comemoraram; houve um coro de cliques de todos os celulares, e câmeras de noticiário começaram a circular os dois, capturando-os por todos os ângulos: Matt em seu terno, Sloane em seu vestido de contas. O Escolhido e sua noiva virtuosa.

Que era, segundo ele, uma porra de um ovo de Páscoa.

Sloane estava ali no salão, desejando que houvesse uma maneira socialmente aceitável de limpar o suor das axilas para que parassem de pinicar, mas parte dela não estava presente.

Estava no rio, o ar frio queimando seus pulmões, enquanto olhava para o outro lado da ponte na direção do Tenebroso, pouco antes da última batalha. Parte dela sempre estaria lá.

6

Sloane mal havia colocado o anel no dedo quando a multidão a engoliu com suas saudações. Alguém enfiou uma taça de champanhe na sua mão, e ela procurou por Matt, tentando lhe lançar um olhar suplicante por uma fuga. Mas ele estava conversando com um senhor mais velho e bebendo uma taça de champanhe igual à dela. O rosto de Sloane estava corado. Ela sorriu para uma mulher que lhe disse — com lágrimas nos olhos — que os dois eram um "casal perfeito", lembrando-se de uma matéria recente sobre Matt que se referia ao relacionamento como "desconcertante". Estava presa na geladeira deles porque Matt achara os termos engraçados.

Sloane sentiu o suor escorrer do topo de sua barriga até o umbigo. Procurou Albie na multidão e o encontrou perto de uma das grandes colunas, conversando com uma moça que usava um vestido preto justo e o cabelo preso de lado. Sloane pediu licença à mulher com lágrimas nos olhos — que contava a história de seu próprio noivado, vinte anos antes —, largou a taça de champanhe em uma das mesas vazias e caminhou na direção de Albie.

Assim que o alcançou, Sloane o puxou para perto e falou em seu ouvido:

— Preciso sair daqui. Quer vir?

— Hã... — Albie olhou por cima do ombro para o baile de gala. — Pode ser. Está bem. E o Matt?

Sloane procurou Matt na multidão. Não foi difícil encontrá-lo. Seu sorriso já era um farol, e a gravata-borboleta dourada dele reluzia. Afeição surgiu em meio à ansiedade dentro dela. Ele era bom em provocar essa reação. Sempre tinha sido.

— Ele vai ficar bem. Vamos buscar nossos casacos na chapelaria. Você tem cinco dólares?

Albie procurava a carteira no bolso enquanto saíam juntos do salão de baile. A chapelaria era uma reentrância na parede, comandada por um funcionário pouco mais velho que um adolescente, cheio de gel no cabelo, ocupado com algum jogo em seu celular.

Enquanto Albie pegava os casacos, Sloane subiu a saia do vestido para desafivelar os saltos. Andaria mais rápido sem eles.

— Fomos vistos — avisou Albie baixinho.

Um casal de ternos brancos combinando saía do salão, os olhos fixos em Sloane. Por impulso, ela agarrou a barriga e se curvou, fingindo estar passando mal. Albie pegou os casacos do funcionário, deu-lhe cinco dólares e pôs a mão nas costas de Sloane em um gesto tranquilizador.

—Vamos encontrar um banheiro — disse Albie enquanto passavam pelos dois homens que estavam perto das portas do salão. Ele olhou para os desconhecidos. — Não comam o spanakópita.

Os homens se entreolharam, chocados. Sloane e Albie foram andando com dificuldade em direção ao restaurante do hotel, curvados e próximos. Assim que saíram da vista do salão de baile, ela riu e o puxou em direção à cozinha.

Ambos tinham seus pontos fortes, e o de Sloane sempre fora sair de situações ruins. Ela vivia à procura de saídas, mesmo quando não existiam. Nas ocasiões em que Matt decidira que seria melhor ficarem onde estavam e encarar uma batalha heroica, ela ajudara o grupo a escapar. Foram as únicas vezes que sentiu que era realmente uma Escolhida.

E naquele momento tal habilidade a ajudava a escapar de conversas. Não era exatamente como tinha imaginado que a usaria.

— Olá! Oi! Não se preocupem com a gente, estamos aqui a serviço do hotel! — disse Sloane quando entraram na cozinha.

Ela se espremeu por trás de um dos cozinheiros, desviando de uma panela quente, e passou por baixo do braço de um ajudante que abria o freezer. Albie a seguiu, pedindo desculpas ao passar. Sloane abriu a porta que dava para o beco e sorveu o ar frio, os sapatos pendurados pelas tiras na ponta dos dedos.

— Por favor, me diga que você não vai andar descalça em um beco. — Albie lhe entregou o casaco.

— Ah, vou tentar não pisar em cacos de vidro — respondeu, vestindo o agasalho.

Sloane pegou o celular no bolso para iluminar o chão com a lanterna e encontrou um caminho por onde conseguiria pular por cima do lixo, de poças e de montinhos de gelo. Passaram por uma fileira de lixeiras e, quando chegaram à esquina onde o beco ia dar na rua, Albie agarrou o cotovelo dela para detê-la.

— Certo, tem um pé-sujo na esquina — falou ele, apontando para o mapa no celular. — Mas vamos ter que andar rápido para não sermos vistos.

Sloane sorriu.

— Que nem nos velhos tempos, né?

— Sim, mas sem a ameaça de morte iminente — disse Albie, bufando. — Vamos lá.

Juntos, correram pela calçada e dobraram a esquina em direção ao letreiro verde neon do Fred's, pendurado em uma janela. O lugar estava vazio e tinha cheiro de academia. Cascas de amendoim estalaram sob os pés descalços de Sloane quando ela e Albie caminharam até o bar. A banqueta que ela ocupou tinha um rasgo no meio e havia sido remendada porcamente com fita multiuso.

— Perfeito — anunciou Sloane.

— Uísque — pediu Albie ao barman, um homem mais velho cuja expressão comunicava sua profunda falta de interesse. Albie olhou de relance para Sloane. — Dois duplos. Old Overholt, se você tiver.

O homem ergueu as sobrancelhas, mas se virou para servir as bebidas. Sloane começou a tirar os grampos do cabelo, enfileirando-os no balcão do bar.

— Acho que o pedido de casamento não foi como você queria — comentou Albie.

— Se a noite tivesse sido como eu queria, não haveria pedido de casamento.

— Então por que aceitou?

— Havia quinhentas câmeras documentando tudo — explicou Sloane. — O que você queria que eu fizesse? Partisse o coração do Escolhido dos Escolhidos e o humilhasse em rede nacional?

Albie pensou um pouco.

— Você tem razão.

— De qualquer forma, não é que eu não queira me casar com ele. — Sloane fez uma pausa e franziu a testa. — Bem, acho que não quero, mas não faço ideia do porquê. — Ela gemeu e apoiou a cabeça no balcão.

— *Argh*, olha, você precisa parar de encostar seus pés e sua cabeça em todas as superfícies deste lugar — disse Albie. Ele pegou alguns guardanapos e os jogou para ela. — Acho que sei por que você não quer se casar com ele.

— É? — Sloane desdobrou um dos guardanapos e enrolou-o no pé, onde grudou sem dificuldade antes de equilibrá-lo de volta no apoio de metal da banqueta. — Então me diga.

— Bem — Albie franziu o nariz —, parece que ele não conhece você de verdade, Slo. Você não é mole por dentro...

— Tecnicamente, *todo mundo* é mole por dentro...

— ...e não tem *nada de errado* nisso. Muitos bons generais e pais responsáveis e emocionalmente distantes também não eram moles. Alguns deles até são chamados de heróis.

— Eu sempre quis ser um pai emocionalmente distante. — Sloane deslizou um guardanapo pelo balcão e apoiou a testa nele. — Porra, Albie, o que eu vou fazer?

— Bom, você já sabe o que fazer, não sabe?

Sloane suspirou e olhou para o anel em sua mão esquerda, que brilhava sob as luzes amarelas do bar.

O barman colocou dois uísques no balcão. Eles os pegaram ao mesmo tempo, depois viraram a bebida juntos, ambos engolindo a maior parte do uísque em um gole só.

— Matt quer que eu supere tudo, dá para perceber — disse ela. — Ele acha que todos nós passamos pela mesma coisa, então, se ele está bem, eu deveria estar bem.

Albie comprimiu os lábios e terminou o uísque. Com um gesto, ele pediu mais uma rodada.

—Você acha que ele tem razão, e eu devia... superar tudo? — perguntou Sloane.

— Bem, se você descobrir como fazer isso, me avise.

Ela terminou o uísque e olhou para a variedade de garrafas coloridas atrás do balcão.

— Nós nunca conversamos sobre o que aconteceu — comentou ela em um tom inexpressivo. Estava se referindo ao dia em que ela e Albie foram prisioneiros do Tenebroso. O único dia, de todos os dias sombrios que haviam suportado, que nenhum deles jamais mencionara.

— O que dá para dizer? — perguntou Albie.

— É — respondeu Sloane. — Matt também me disse para fazer terapia.

Albie bufou com desdém.

—Terapia. Vivem mandando a gente fazer isso.

— Não ajudou você?

— Sim. E não. Não sei. Só queria que as pessoas parassem de sugerir isso como se fosse resolver tudo. — Quando Albie pegou seu novo copo de uísque, suas mãos estavam tremendo. Ele a encarou. — Por que você pediu aqueles documentos, Sloane? Parece que só deixaram tudo mais difícil.

Ela ficou quieta por um momento.

— Eu sempre me perguntei uma coisa. Sempre quis saber se eles encontraram mais Escolhidos em potencial além da gente. Sei que os critérios eram específicos, mas tem trezentos milhões de pessoas só neste país, então talvez existam alguns outros.

— E isso incomoda você.

Ela assentiu.

— E se... — começou Sloane, inclinando o copo com a ponta do dedo — ...o que nos diferenciou deles, o que fez, na prática, de nós Escolhidos, foi só o fato de nossos pais terem dito sim e os deles terem dito não?

Sloane se lembrou da conversa com a mãe. O quarto escuro, com as cortinas fechadas. As roupas em que pisou ao atravessar o chão em direção à cama. E o corpo da mãe debaixo das cobertas, enrolada como os insetos mortos na luminária acima da mesa da cozinha. O cheiro de suor e bebida.

E a forma como ela disse para Sloane fazer o que quisesse.

Albie lhe lançou um olhar triste.

— Isso significaria que temos pais de merda — respondeu ele. — O que, para ser honesto, eu já sabia.

— Não, não foi assim que aconteceu. — Sloane pronunciou cada palavra rindo. — Bert me chamou em um canto e disse: "Você não parece se sair tão bem com outras pessoas olhando."

— E depois ele disse para você ser a assassina ardilosa! — exclamou Albie. — Estou falando sério, foi assim.

— Como pode estar querendo me dizer como foi? Você nem estava lá! Além disso, nunca assassinei ninguém.

— E eu estou dizendo que *você* era muito mais impressionante como Escolhida do que eu. Eu era tipo... bucha de canhão. O que Bert me disse foi tipo: "Você é um bom homem no meio de uma tempestade, Albie. Matt tem sorte em ter você." Para morrer no lugar de Matt e ele poder salvar o mundo, foi o que Bert quis dizer.

Sloane balançou a cabeça.

—Você sabe que não foi isso que ele quis dizer.

Albie deu de ombros.

— Seus filhos da puta. — Esther se aproximou. Sloane não a tinha visto entrar. Ela usava um casaco de pele falsa que se avolumava em torno do rosto como um rufo à moda antiga. Atrás dela vinham Inês e, na porta, espanando a neve dos ombros, Matt. — Da próxima vez que vocês forem sumir da festa, é melhor avisar a gente primeiro. Eu fiquei conversando com uma mulher sobre a viagem dela a Florença por *vinte minutos*.

Ela largou a bolsa chique no bar, acenou para o barman e pediu uma pequena frota de gim-tônicas.

— Olá — cumprimentou Matt, colocando a mão no ombro de Sloane. Seus dedos estavam frios. — Que maneira estranha de comemorar nosso noivado.

— Ah, não. Acabou a diversão! — reclamou Sloane com Albie.

— Shh — falou Albie. — Ele *está ouvindo*.

— Nossa. Diga o que você está pensando então, Sloane — pediu Matt, ficando tenso.

— Eu gostaria de não ter usado essa roupa íntima modeladora — respondeu Sloane. — Sente aí, tome uma bebida.

— Por que seus pés estão embrulhados em guardanapos? — perguntou Esther.

— Se dependesse de Albie, meu corpo inteiro estaria embrulhado em guardanapos. Embrulhapos. Guardabrulhos.

Matt a fitava de uma maneira que Sloane não gostava. Como se ela fosse um carro quebrado na beira da estrada e ele estivesse olhando embaixo do capô para descobrir qual era o problema. Como se houvesse algo errado dentro dela e ele pudesse consertar. E talvez esse fosse o problema com eles dois: Matt não a via; ele via quem ela poderia se tornar com alguns reparos, e tudo o que Sloane queria era continuar quebrada e ser deixada em paz.

— Sabe — começou ela, apoiando a bochecha na mão —, eu gosto de ser assim, na verdade.

— O quê, bêbada? Sim, muitas pessoas gostam, Slo. — Matt continuava com a mão em seu ombro, mas agora estava quente, aquecida pela pele dela.

— Não bêbada — corrigiu ela. — Do jeito que eu sou o tempo todo. Eu sou completamente assim. Não tenho recheio de marshmallow. Todo mundo sabe disso.

Albie assentiu.

— Talvez tenha... recheio de limão. Ou de alcaçuz.

— Talvez as outras pessoas não conheçam você tão bem quanto eu — disse Matt com um tom gentil.

— Só que quem está dizendo isso sou eu — retrucou Sloane, a voz repentinamente mais firme. — O Tenebroso sugou tudo o que eu tinha aqui dentro. Eu sei disso. Todo mundo sabe. Só você que não.

— Sloane...

— Vou para casa.

Ela tirou os guardanapos dos pés e os colocou no balcão. Saiu cambaleando, segurando os sapatos pelas fivelas. Matt a seguiu e chamou um táxi para eles. Não tentou falar com ela, nem se opôs quando Sloane abriu a janela e enfiou a cabeça para fora enquanto seguiam pela Lake Shore Drive. Quando chegaram em casa, o nariz e as bochechas dela estavam dormentes.

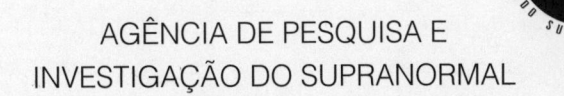

AGÊNCIA DE PESQUISA E INVESTIGAÇÃO DO SUPRANORMAL

MEMORANDO PARA: CORREGEDORIA

ATENÇÃO: DIVISÃO FINANCEIRA

ASSUNTO: PROJETO SÓSIA, SUBPROJETO 5

Sob a autoridade concedida pelo memorando datado de 4 de março de 2008 do diretor de Inteligência Central à APIS em referência ao assunto AR/CO-2, Projeto Sósia, Subprojeto 5, o codinome Mergulho foi aprovado e US$763.000,00 do total dos fundos do Projeto Sósia foram liberados para cobrir as despesas do subprojeto.

Charlotte Krauss,

Diretora de Pesquisa de Artefatos

APIS

7

A combinação da ressaca com a fumaça do escapamento do velho BMW a diesel de Matt estava deixando Sloane um pouco enjoada, então ela encostou a cabeça na janela fria. Esther tinha ido embora de manhã cedo. Eles a deixaram no aeroporto, prometendo ir visitá-la na Califórnia em breve. Albie estava no banco do carona na função simultânea de DJ e navegador, um celular em cada mão. Inês estava ao lado de Sloane no banco traseiro, batendo com os dedos no joelho e o sacudindo sem parar.

— Meu Deus, Inês — reclamou Matt. — Você parece aqueles brinquedos de corda, de tão tensa.

— Bem, se você parasse de dirigir como se não tivesse nada a perder eu ficaria mais calma.

— Falem baixo, por favor — pediu Sloane. — Slo vai botar tudo para fora.

— E daí? Se a gente falar alto vai perder o show? — perguntou Inês, erguendo a sobrancelha.

— Isso. Eu preciso de plateia.

Inês riu e ofereceu a ela um saco de batatas fritas vazio. Sloane tentou fazer contato visual com Matt pelo espelho retrovisor, mas o celular dele tocou.

— Eddie? — atendeu.

Não que fosse olhá-la pelo espelho, de qualquer forma. Não olhava para ela desde a noite anterior.

Sloane lançou um olhar feio para Inês, mas aceitou o saco vazio e se inclinou ainda mais em direção à janela para não ver a perna dela balançando. Ficou vendo o borrão das árvores passando. Estavam ao norte de Chicago, a uma hora de distância da cidade, onde começavam os subúrbios pacíficos, com gramados e caixas de correio perfeitas com formato de celeiros, cães e barcos. Ela se perguntava como devia ser levar dinheiro para a escola em vez de um sanduíche de queijo falso embrulhado em papel, como seria dirigir um carro que seus pais compraram para você, fazer passeios escolares até a cidade e olhar para o horizonte de prédios. Todas aquelas vidas pequenas e seguras seguindo sem interrupção.

—Tenho que desligar, Ed, estamos chegando em uma área sem sinal — disse Matt.

Um segundo depois, ele desligou e largou o celular no porta-copos.

Bert havia lhe ensinado a dirigir quando tinha catorze anos, nos campos atrás da casa onde ela aprendera sobre o Tenebroso. Quase capotara o velho Accord na lama em uma curva fechada demais. Não precisou fazer o exame de direção como todas as outras pessoas: Bert tirou uma foto dela diante de uma parede branca e um dia apenas lhe entregou uma carteira de motorista, junto com um passaporte e um cartão fidelidade da Smoothie Fiend escrito GANHE UM SMOOTHIE A CADA DEZ COMPRAS!, já com dois selos.

Sloane sorriu com a lembrança. Ainda tinha o cartãozinho na carteira.

— Melhor baixar o mapa, Albie — sugeriu Inês.

— Já baixei — respondeu ele. — Depois de todos esses anos, você ainda acha que não sei que o GPS não funciona onde já aconteceu um Dreno?

—Você já soube disso. Mas você teve alguns anos difíceis, então...

— *Anos difíceis* é um excelente eufemismo para frear muito, *muito* chapado...

— Por isso que não gosto de depender da sua memória.

— Compreensível.

Sloane sentiu um arrepio quando Matt saiu da estrada principal. Verificou o celular: sem sinal, e eles ainda estavam a um quilômetro e meio de onde tinha acontecido o Dreno. Nem sabiam por que tinham sido chamados, mas quando os agentes Henderson e Cho os chamavam, eles iam. Era mais fácil ficar de olho na APIS quando eram convidados.

O silêncio recaiu dentro do carro quando os primeiros sinais do Dreno ficaram visíveis no terreno ao redor. As pessoas haviam voltado a ocupar áreas como aquela após a destruição, mas as casas ali não tinham mais os gramados bem-cuidados e caixas de correio originais. Era um mar de estruturas temporárias que nunca haviam sido reparadas direito após a destruição do Tenebroso. Os moradores dali viviam sem água, eletricidade e, às vezes, com buracos enormes nos pisos. Matt havia arrastado Sloane para fazer trabalho voluntário naquela região certa vez, e ela teve que atravessar uma varanda desmoronada só para chegar à porta da frente de uma das casas.

As árvores tinham crescido selvagens e emaranhadas, as raízes cheias de ervas-daninhas tão altas quanto Sloane; uma grama comprida desmoronando sob o próprio peso cobria calçadas quebradas. A estrada em si estava cheia de buracos graças aos invernos rigorosos do Meio-Oeste, então Matt passou a dirigir de maneira ainda mais imprevisível e Sloane voltou a contemplar o saco vazio de batatas fritas.

— Caramba — disse Albie. — Diversão à vista.

Sloane esticou o pescoço para ver pelo vidro dianteiro, quase batendo a cabeça na de Inês quando ela também se inclinou. Mais à frente, a estrada parecia acabar abruptamente, e havia um mar de lonas em cores vivas, como uma pista de esqui irregular. E, mais adiante, em uma pequena colina, ficava a estrutura temporária do governo cercando o centro do Dreno, uma cúpula geodésica branca do tamanho de um estádio de futebol. O telefone de Sloane piscou quando o sinal voltou.

Sempre havia pessoas acampadas nos locais onde tinham acontecido os Drenos, mas Sloane nunca se acostumara a elas. Eram todos fanáticos, mas havia grupos distintos — aspirantes a usuários de magia, em geral, mas também pessoas desesperadas com seu luto atrás de uma cura espiritual e, o pior grupo de todos, acólitos do Tenebroso que queriam trazê-lo de volta.

Matt estava ao telefone, pedindo ajuda ao agente Henderson, Sloane imaginava, porque não havia como atravessarem a muralha de tendas adiante. Ele parou o carro, e ficaram esperando a uma distância segura da multidão.

— Agente, sim, olá, aqui é Matt Weekes — disse ele. — Tudo bem, obrigado, e você? Ótimo. Nós chegamos, mas tem um problema. Ah. Ok, obrigado. — Ele desligou. — Estão mandando um carrinho de golfe para a gente.

— Não quero mergulhar nessa sopa de maluco em um *carrinho de golfe* — reclamou Sloane. — Eles não podem abrir caminho ou algo assim?

— Parece que já tentaram e não conseguiram. — Essas eram as primeiras palavras que Matt lhe dizia desde um "Com licença" na cozinha naquela manhã. — Então, ou nós vamos a pé ou pegamos o carrinho de golfe.

— Você se esqueceu da opção secreta número três — disse Sloane —, que é dar meia-volta e ir para casa porque, quando Henderson e Cho querem alguma coisa, nunca é algo que queremos dar a eles.

— Slo, não vai ser tão ruim assim — falou Inês. — Eu prometo. Até deixamos você ir na frente.

— Ah, que maravilha.

— Leve o saco de batatas fritas — sugeriu ela.

O carrinho de golfe chegou alguns minutos depois, um modelo mais comprido, com várias fileiras de assentos. O motorista, de vinte e poucos anos, era um homem animado com cabelo loiro e um aperto de mão firme. Ele se apresentou como Scott, depois instruiu Matt a segui-lo até o estacionamento e convidou todos a subirem no carrinho. Sloane sentou-se na frente, como lhe fora prometido, deslizando pelo banco de vinil bege para que Scott pudesse se acomodar ao seu lado. Os outros entraram e o carrinho seguiu em direção às tendas.

—As coisas estão agitadas por aqui, hein? — comentou Scott, com um largo sorriso. — Lembra até um festival de música, só...

—Que com roupas ainda piores? — completou Sloane, agarrando o suporte para o braço à direita quando Scott fez uma curva.

Mais adiante havia um círculo de pessoas usando roupas folgadas e sentadas de pernas cruzadas. No meio, uma jovem estava deitada com as mãos sobre o peito. Enquanto Scott passava pelo grupo, Sloane viu um cristal roxo nas mãos da mulher, junto do coração. Revirou os olhos. Uma sessão mediúnica, provavelmente. Muitas pessoas acreditavam que a barreira entre a vida e o que vinha após a morte era mais fina em lugares como aquele, onde tantos haviam morrido, então iam até lá para conversar com seus entes queridos.

Logo além da sessão mediúnica, havia uma tenda com um altar na frente, sobre o qual havia um incenso em um prato. Em outra, uma vassoura — do tipo usado nos rituais da wicca — estava encostada em um pentagrama enorme pintado na lateral da tenda. Ao redor, havia pedras de cores diferentes embrulhadas em barbante ou colocadas em mesas baixas. Havia um forte cheiro de patchuli no ar.

—O ar é sempre meio estranho aqui — comentou Matt. — Como se uma tempestade estivesse vindo, só que ela nunca chega.

—Você deve estar pegando uma marola — disse Albie. — Tenho certeza de que esse cheiro não é só incenso.

—Não, não foi isso que eu quis dizer.

—Eu também estou sentindo — afirmou Inês, do último banco do carrinho de golfe. — Me deixa tonta.

Eles passaram por um velho sem camisa tocando uma flauta de pã. O homem os viu e, assustado, deixou o instrumento cair no colo. Sloane viu Matt aproximar o dedo dos lábios para pedir silêncio. Ele sempre fazia isso para impedir que as pessoas surtassem ao vê-los. Funcionava cerca de metade das vezes.

Por mais que Sloane se irritasse com gente assim, que pensava que estar perto de tanto horror e destruição fosse lhes dar superpoderes ou realizar seus desejos, elas não a incomodavam de verdade. Porque o terceiro grupo de pessoas que se reunia nos locais onde os Drenos aconteceram era, em comparação, muito pior: os acólitos do Tenebroso.

Esses não eram wiccanos bem-intencionados, nem druidas modernos em trajes excêntricos, nem videntes lendo tarô ou astrólogos tentando descobrir a posição de Mercúrio (retrógrado no momento). Eram o tipo de pessoa que não chamava a atenção na rua: a maioria homens, quase todos brancos, vestindo calça jeans e administrando sites secretos sobre como a imagem do Tenebroso foi distorcida pela mídia, como tudo o que ele queria era equilibrar a população do mundo para que não continuassem a devorar os recursos naturais da Terra ou então limpar as impurezas da América do Norte; um monte de racismo disfarçado de reverência a um homem morto. E o pior de tudo era que queriam trazê-lo de volta, como se ele não fosse matar cada um deles caso voltasse.

Sloane viu um grupo desses assando cachorros-quentes em uma churrasqueira portátil e cerrou os dentes. A tenda atrás deles exibia o lema que a deixava fervendo de ódio: REPARAÇÃO — TRAGAM ELE DE VOLTA.

Reparação era a pior parte. Eles achavam que Matt — o restante dos Escolhidos também, mas principalmente Matt — era o erro que precisava ser reparado, o verdadeiro mal que o Tenebroso acabaria por erradicar, trazendo uma espécie de utopia supremacista branca.

Quando estavam prestes a sumir de vista, um dos adoradores do Tenebroso os reconheceu, apontou o cachorro-quente na direção deles e gritou:

— Assassinos!

— Que maravilha — disse Matt no banco atrás de Sloane, um pouco à esquerda. — Scott, tem como a gente ir mais rápido?

— Não, estamos quase no máximo — respondeu Scott. — Mas já vamos chegar, não se preocupe!

Sloane sentiu um latejar atrás dos olhos. Um dos homens estava vindo na direção deles, empunhando o cachorro-quente, os dedos sujos de ketchup, e talvez ele estivesse gritando, ela não tinha certeza, porque seus ouvidos zumbiam.

Olá, Sloane. Conseguiu dormir?

— O que você disse?! — gritou ela para o homem com o cachorro--quente.

—Você me ouviu! — rosnou o homem. — Sua va...

— Slo — chamou Inês. — Não saia do carrinho, por favor.

—Aqueles... *merdas*...

— Sim, eu sei. Mas hoje em dia Deus e o mundo têm celular e podem gravar um vídeo de você descendo o cacete em algum idiota com complexo de inferioridade, então...

— Chegamos! — anunciou Scott como se nada tivesse acontecido. — Vamos passar pela segurança rapidinho e entrarei em contato com a agente Cho.

Às vezes, Sloane se perguntava se o mundo merecia ter sido salvo.

8

Tinha alguma coisa ali.

Sloane sentiu assim que entrou pela porta.

Estar no interior da cúpula geodésica que abrigava a corporação de fachada da APIS, a Recuperação e Investigação de Calamidades (RIC), era como estar dentro de uma bola de golfe gigante. A estrutura era branca e gigantesca, o teto feito de pequenos painéis triangulares que formavam uma curva. Havia luzes fluorescentes entre os painéis, então o lugar inteiro brilhava como se estivesse decorado para o Halloween, deixando a pele de todos esverdeada. As pessoas que corriam para lá e para cá usavam as roupas padrão de funcionários do governo — terno preto ou cinza com gravata sem graça e cabelo impecável — ou traje de proteção branco, com o capuz para trás.

O agente Henderson os esperava na entrada, olhando seu grande relógio de pulso e segurando uma pasta de couro contra o peito. Quando Sloane o conhecera, logo após a morte de Bert, ele era a definição perfeita de *bem-apessoado* — alto, musculoso e enérgico —, mas ganhara uma barriguinha depois da queda do Tenebroso. Sua barba marrom--avermelhada estava ficando grisalha. Ele tinha esposa e dois filhos, uma hipoteca e um plano de aposentadoria.

— Ei, pessoal — cumprimentou ele com um sorriso rígido.

Sloane o olhou com mais atenção. Ele não parecia… bem. Ou talvez fosse só aquela sensação desconfortável dentro dela.

Havia alguma coisa ali, na Cúpula. Ainda podia senti-la.

— Gostaram do carrinho de golfe? — perguntou Henderson.

—Tem um motor impressionante — respondeu Albie.

— Sim, chegava a quanto de torque, uns 500Nm? — indagou Inês. — E as RPMs, uau!

— Tinha esquecido que esses dois são uns piadistas. — Henderson balançou o dedo para Inês e Albie. —Viram alguma coisa estranha lá fora?

— Nós passamos por uma sessão mediúnica, mas isso parece bastante normal para o pessoal daqui — disse Matt. — Alguém já conseguiu falar com os mortos?

— Eles alegam que sim. — Henderson deu de ombros. —Tenho quase certeza de que era charlatanismo, mas não descarto mais nada. Você está bem, Sloane? Não está com uma cara muito boa.

Magia, era isso. Tinha que ser. Ela sentia aquele formigamento no peito, bem atrás do esterno. Mas nunca havia sentido mágica no local de um Dreno antes. Era mais provável sentir o contrário, uma espécie de flacidez no ar, como se algo tivesse murchado.

—Valeu — conseguiu dizer a Henderson. — É o tipo de comentário que todo mundo gosta de ouvir.

Eles se despediram de Scott, que acenou alegremente antes de voltar para seu carrinho de golfe, e Henderson os conduziu pelo piso temporário — cinza — e por um corredor igualmente cinza com paredes também temporárias cercando-os dos dois lados. Já fazia dez anos, mas a estrutura ainda parecia ter sido criada para ser desmontada pouco tempo depois. Não havia escritórios, apenas longas mesas cheias de computadores e emaranhados de cabos.

Se o local onde o Dreno ocorreu fosse uma roda de bicicleta, eles haviam começado a andar pela circunferência, depois dobraram em um dos raios e agora estavam se dirigindo para o centro.

Conforme se aproximaram, Sloane viu que o centro do local estava cercado por painéis de vidro que iam do chão ao teto. Holofotes direcionavam feixes brancos para o interior. O que quer que tivesse sobrado do local do Dreno, a APIS queria ver *bem de perto*.

Mas não era a fonte da magia que Sloane estava sentindo. O formigamento se espalhou do peito para o abdômen. Ela tentou se concentrar na sala de reunião para onde Henderson os levara, onde sua parceira — Eileen Cho — estava esperando. Ela girava um laptop fechado em cima da mesa. A parede direita era cheia de janelas, mostrando o local do Dreno. Dezenas de funcionários em trajes de proteção brancos caminhavam pela borda, gesticulando e colhendo amostras com ferramentas de metal.

O Dreno havia formado uma cratera profunda no chão, tão profunda que alguns dos funcionários pareciam crianças vistos dali. Quando Sloane vira pela primeira vez um dos locais onde ocorrera um Dreno, esperava encontrar algo uniforme, como a superfície da lua. Mas ainda havia detritos lá dentro: tábuas quebradas, tijolos de ruínas, pedaços de asfalto, trapos velhos. Eram lembretes de que aquele lugar já fora a rua de um subúrbio. Pessoas moraram ali. E morreram ali.

— ...as comemorações de Dez Anos de Paz — dizia Cho. — Queria que Bert estivesse aqui para ver isso.

Inês e Matt estavam assentindo, mas Sloane só conseguia pensar na pilha de documentos na última gaveta de sua escrivaninha, os que estivera lendo mais cedo antes de Matt se levantar. O Bert que aparecia naqueles registros não era o mesmo de que ela se lembrava. O Bert de suas lembranças nunca teria chamado Sloane de "cão de rua".

— Tudo bem, Sloane? — perguntou Cho.

Seu cabelo estava preso em um rabo de cavalo frouxo e a blusa tinha sido abotoada errado. Cho sempre parecia ter se vestido no escuro. Era parte do que a fazia boa em seu trabalho: era calorosa e desajeitada, e parecia confiável. Bert tinha a mesma característica quando aparecera na casa de Sloane em seu Honda caindo aos pedaços.

Sloane estava batendo a ponta de cada um dos dedos dormentes contra o polegar, tentando deixá-los normais de novo.

— O que está rolando? — perguntou.

—Vejo que suas habilidades de conversa estão cada vez melhores — disse Henderson. —Vamos nos sentar.

Depois que se acomodaram em suas respectivas cadeiras, Henderson apontou um controle remoto para a parede com janelas. Todas ficaram azuis, mostrando uma área de trabalho com um cursor branco. Cho havia aberto o laptop e clicou em um vídeo chamado 1ICI45G. Eles olharam para o símbolo de carregando enquanto o arquivo abria — como sempre, Sloane ficou surpresa com o fato de os aparelhos do governo serem todos uma lata-velha, e teria feito um comentário se não estivesse tão concentrada na sensação de formigamento nos dedos —, e então o vídeo foi reproduzido nas cinco janelas ao mesmo tempo.

— São imagens de um barco de pesca a oeste de Guam, no Pacífico — contou Henderson. — Isso faz cinco dias.

Por estar sendo exibido em telas tão grandes, o vídeo não era muito nítido, mas ainda assim era o suficiente para Sloane ter uma noção das ondas que se estendiam em todas as direções, as nuvens inchadas prestes a liberar uma chuva torrencial, a oscilação do barco conforme cruzava a água. Parecia até a última vez em que ela estivera no oceano — mas não queria pensar nisso agora.

Então o mar ficou sereno como uma lagoa, e o barco parou. Ela viu algo escuro se mexer sob a água. A coisa perfurou a superfície calma e disparou direto para o ar. Uma segunda figura surgiu, depois uma terceira, todas rápidas demais para Sloane identificar o que eram, mas pareciam do tamanho de uma pessoa. Não, eram maiores ainda; o ângulo da câmera estava distorcendo a perspectiva. O que quer que fossem, os objetos ficaram pairando no ar logo acima da água, que começou a se mover novamente, fazendo o barco balançar como um patinho de borracha em uma banheira.

A câmera deu um zoom nos objetos e Sloane percebeu que eram *árvores*. Não só árvores, mas pinheiros, com as agulhas escuras pesadas por estarem molhadas. Havia trinta delas, talvez, pairando em alturas diferentes, como sinos de vento.

— Que porra é essa? — perguntou Inês.

— Tive a mesma reação — falou Henderson. — Pode abrir o segundo, Cho?

A agente fechou o primeiro vídeo e clicou no segundo, nomeado 2ICI45G.

— Austrália — explicou Cho.

A filmagem mostrava uma praia rochosa com o sol começando a se pôr sobre a água. O terreno ao redor, até mesmo as ervas secas crescendo nas encostas, brilhava sob a luz laranja.

— Tem certeza? — perguntou uma voz masculina por trás da câmera.

— Tenho! — veio a resposta alegre.

A câmera virou para o lado, mostrando um pedregulho enorme, do tamanho de uma casa, com outras pedras inclinadas contra ele, como se parte da encosta tivesse desmoronado há muito tempo e os escombros tivessem sido deixados ali. Havia silhuetas de pessoas nos rochedos, com algumas garrafas de cerveja. Sloane conseguiu ver os laços de biquínis, bainhas desfiadas de shorts jeans, a aba de um boné de beisebol.

A câmera deu um zoom em uma garota que não devia ter nem dezesseis anos, usando um biquíni listrado vermelho e branco, a barriga chapada e bronzeada. O cabelo queimado de sol estava solto, caindo pelos ombros. Ela se virou na direção da câmera e acenou.

— Se não funcionar desta vez, vou cair na água — disse ela dando de ombros. — Você está gravando?

— Sim! — respondeu o homem. — Pode ir!

— Está bem, olha só!

O sol laranja ardia atrás da garota enquanto ela erguia um pé, os braços magros estendidos em *T*, e pisava no ar ao lado do pedregulho, acima da água. Então ela levantou o outro pé e ficou parada no vazio. Sloane conseguia ver a luz do céu sob seus calcanhares. Havia apenas ar embaixo dela, mas a garota não caiu.

Algumas vozes se ergueram em espanto, pessoas comemoraram, brindaram com as garrafas de cerveja, a câmera estremeceu quando o cinegrafista deu um grito.

—Vou dar outro passo! — anunciou a garota, e antes que alguém pudesse protestar, ela avançou, inclinando-se em direção ao céu...

Seu corpo se virou, não para a frente, mas de lado, como se tivesse escorregado. A jovem gritou, de cabeça para baixo, o cabelo queimado de sol parecendo uma cortina. Ela caiu, mas não no mar — caiu em direção às nuvens, balançando os braços, seus gritos ecoando nas rochas. A câmera a seguiu enquanto ela diminuía ao longe, uma minúscula forma negra contra as nuvens. E então sumiu, e o homem com a câmera estava gritando:

—Barbara! *Barbara!*

O vídeo terminou, e a tela ficou azul de novo. Todos permaneceram em silêncio.

—O terceiro, por favor, Cho — pediu Henderson.

O nome do arquivo era 3ICI45G. Esse vídeo fora filmado debaixo d'água; a imagem era azul, nublada e onírica, a superfície ondulando com a luz. Sloane se lembrou de novo do Mergulho, sua última ida ao mar, do cheiro de sal e de algas — e sentiu o formigamento de novo, não só na ponta dos dedos, mas até os cotovelos, como se seus braços tivessem ficado dormentes. Ela os sacudiu e se concentrou no vídeo. Um mergulhador entrou no enquadramento da câmera, os olhos protegidos pela máscara refletora. A figura apontou um dedo para baixo e a câmera acompanhou.

Sloane viu o que pareciam ser algas crescendo no fundo do mar; a pessoa que segurava a câmera se aproximou com movimentos suaves. Raios de luz atravessavam a superfície, sendo refratados pelas ondas, e iluminavam fileiras de plantas, as folhas compridas mexendo-se com a água. O mergulhador se aproximou, e Sloane viu uma grande estrutura metálica com rodas e uma barra se arqueando ligeiramente para longe.

Ela reconheceu o que era: um pivô de irrigação, igual aos usados para regar as plantações nos arredores de sua cidade natal.

Sloane se inclinou para mais perto das imagens quando percebeu que as fileiras ordenadas de plantas no fundo do oceano não eram algas, mas uma plantação de milho. A silhueta de um trator era visível a distância. O mergulhador nadou por cima do milharal, dando zoom nas espigas intactas entre as folhas, depois passou sob o arco metálico do pivô de irrigação, indo até o trator. Lá dentro, havia um homem com os joelhos presos embaixo do volante, os braços flutuando em direção à superfície.

Cho pausou o vídeo, e a imagem permaneceu congelada na tela por alguns segundos antes de ela fechar o arquivo.

— Isso foi no Havaí, há três semanas — contou ela. — Não conseguimos identificar o homem, mas a garota do segundo vídeo, Barbara Devore, está desaparecida há um mês.

— Só pode ser magia — disse Matt. — Não é? Não tem como ser outra coisa.

— Sem dúvida se enquadra na categoria supranormal — concordou Henderson. — Investigamos muito bem cada um desses incidentes, assim como centenas de outros ao longo da última década. Conseguimos confirmar que não são histórias falsas.

— Costumamos registrar ocorrências supranormais aqui e ali — disse Cho. — Mas elas parecem estar cada vez mais frequentes e numerosas.

— Você... — Albie engoliu em seco com tanto esforço que Sloane viu seu pomo de Adão se mexer com dificuldade. — Você acha que o Tenebroso voltou ou algo assim? Foi por isso que pediram para a gente vir aqui?

Sloane sentiu uma ardência no peito e não sabia se a fonte era a mesma do formigamento em seus braços ou se era apenas um terror generalizado. Ela não conseguia mais ficar parada. Levantou-se e contornou a cadeira.

— O que foi? — perguntou Cho.

— O que foi o quê? Uma garota não pode mais andar de um lado para outro sem ser questionada? — retrucou Sloane.

Henderson riu um pouco e disse:

— Não, não achamos que seja o Tenebroso. Não vimos nenhuma evidência do retorno dele. Não há ninguém causando esses incidentes, entendem? Ninguém usando magia, embora a magia esteja acontecendo de qualquer maneira. Achamos que… bem, a teoria mais aceita na APIS, pelo menos, é que seria como um rádio com defeito. É assustador quando começa a tocar música de repente, mas não significa nada.

—Você está dizendo que nosso planeta é um rádio com defeito — começou Matt —, e isso não assusta vocês?

— É claro que ficamos preocupados — disse Cho. — Mas prefiro que a fonte de magia da Terra esteja com defeito… ou seja lá o que for isso… ao retorno do Tenebroso.

Sloane andava, quase sem querer, em direção às portas duplas do outro lado da sala. Seu corpo queimava, e, quando ela se aproximou, sentiu um cheiro sulfuroso, químico e familiar. Era o cheiro de suas mãos sempre que fazia magia.

Com o artefato.

A Agulha de Koschei.

Quando fora com uma equipe de agentes da APIS para o meio do oceano Pacífico, ela não sabia o quanto a Agulha lhe custaria. No fim, ficou tão desesperada para se livrar dela que a arrancara com os dentes.

Os outros estavam quietos. Ou talvez ela apenas não conseguisse ouvi-los com o barulho da própria pulsação nos ouvidos. Sloane não tentou girar as maçanetas das portas, apenas pressionou as palmas contra elas e respirou fundo, bem devagar.

Sentiu Matt parado atrás dela. Não precisava olhar para saber que era ele; Sloane conhecia seu corpo, seu calor. A maneira como ele ousava se aproximar, os braços quase tocando os dela. E não era só porque estavam namorando — porque estavam *noivos*, ela lembrou a si mesma —, mas porque Matt era assim: não tinha medo de se aproximar das pessoas.

— O que foi? — perguntou ele.

—Você não está sentindo?

—Tem uma sensação um pouco estranha, mas nada incomum para um lugar onde aconteceu um Dreno. Por quê? O que você está sentindo?

Sloane olhou para a cicatriz nas costas da mão direita. Uma linha de pele mais grossa e pálida que o restante da mão.

— Estou incomodada desde que chegamos. Eles fizeram alguma coisa nova — respondeu. — E está do outro lado dessas portas. Em algum lugar.

— Entendi. — Matt tocou seu ombro. — Está bem, vamos nos sentar e perguntar a eles.

Sloane assentiu. No fundo, sabia que sentiria vergonha depois. Mas, por enquanto, deixou Matt pegar sua mão e conduzi-la de volta para a mesa. Henderson, Cho, Albie e Inês ainda estavam sentados, com uma expressão confusa.

— Bem, acho que isso já serve como introdução. — Henderson coçou a barba. — Hã... como a frequência desses incidentes têm aumentado, aceleramos alguns programas em que já estávamos trabalhando. Parece importante entender exatamente o que é magia e como usá-la. Por isso, desenvolvemos um dispositivo que acreditamos ser capaz de canalizá-la. Sua reação, Sloane, na verdade é bem encorajadora.

— Vocês não testaram? — perguntou Inês.

— Ainda não — disse Cho. — Esperamos que vocês concordem em nos ajudar. Afinal, vocês são as únicas pessoas que conhecemos que manejaram a magia com sucesso. É menos provável que acabem causando uma catástrofe.

Sloane sentiu gosto de cobre. Arrependeu-se de não ter trazido o saco de batata frita vazio.

— Vocês fizeram uma varinha? — indagou Inês. — Ou, sei lá, um orbe? Ou é um martelo gigante? Por favor, me diga que é um martelo gigante.

— Não — disse Sloane.

— Tem razão, estamos falando do governo, deve ser uma caixa sem graça.

— Não — repetiu Sloane. — Não, não vamos ajudar vocês a testarem a porra de uma arma.

— Slo — disse Matt. — Só porque usa magia não quer dizer que seja uma arma.

Cho se sentou na cadeira em frente a Sloane e cruzou as mãos sobre a mesa. Seus dedos calejados eram grossos nas juntas. Sloane a ouvira dizer, certa vez, que gostava de escalar.

— Para conseguirmos consertar o que está quebrado em nosso mundo, seja lá o que for — explicou Cho —, primeiro precisamos entender como a magia funciona e como pode ser usada. Então criamos uma ferramenta, nada além disso.

— Espera mesmo que eu acredite que vocês desenvolveram essa coisa para impedir que adolescentes caiam no céu? — Sloane fechou a cara. — Vocês acabaram de dizer que já estavam trabalhando nisso antes de perceberem que algo estava errado.

— Somos um ramo do governo interessado no avanço científico… — começou Cho.

— Eu estudei história — interrompeu Sloane, engolindo o gosto de sangue na boca. — E sei quais são as motivações do governo para investir no avanço científico. Só temos foguetes que vão para o espaço porque vocês estavam tentando explodir os soviéticos. Esta é outra corrida espacial.

— Mesmo que seja uma arma — argumentou Henderson —, você prefere que a Rússia ou a China descubram primeiro, Sloane? Não acha que eles vão tentar usar a magia para fins próprios?

— Eu preferiria que os governos parassem de tentar ver quem consegue destruir o outro mais rápido — retrucou Sloane.

Ela sabia, pelo zumbido característico em seus ouvidos, que estava entrando em pânico.

— Bem, e eu preferiria abrir uma sorveteria. Mas todos nós temos que lidar com a realidade.

— Muitas pessoas morreram por causa da magia — disse Matt. — Bem aqui, neste local, na verdade. Já aconteceu bem na nossa frente. E você quer que a gente seja cúmplice em algo que pode fazer isso acontecer de novo? — Sua voz parecia estrangulada. Sloane não via Matt assim havia muito tempo. — Depois do que vimos, do que fizemos?

Ele não sabia da missa um terço, pensou Sloane. Não fazia ideia do que ela fizera, e continuaria sem saber.

Sentado ao seu lado, Albie encarava as próprias mãos, agarrando a borda da mesa. Seus dedos já haviam sido ágeis o suficiente para dobrar o origami mais intrincado que Sloane já vira. Ele tentara ensiná-la a fazer um tsuru, e a aula terminara com um monte de papel amassado. Mas os danos sofridos enquanto ficaram prisioneiros do Tenebroso o fizeram perder a sensação na ponta dos dedos, então ele desistiu do hobby.

Naquele momento, suas mãos estavam tremendo.

— Albie — chamou Sloane.

Ele não olhou para ela.

— Não é... — Ele pigarreou.

Albie era mais baixo que a média, seu cabelo loiro e ralo se arrepiava nos lugares errados e tinha uma má postura devido ao dano permanente causado à sua coluna. Não era o Escolhido de ninguém, nem agora nem nunca.

— Não é importante saber como usar? — perguntou ele. — Para não poderem usar isso contra a gente de novo?

— Albie — interveio Matt, preocupado com o rumo da discussão. — Você não pode estar falando sério.

— Não me venha com essa voz de herói — retrucou Albie, sua própria voz trêmula. — Ninguém nunca usou magia contra você, contra nenhum de vocês, como o Tenebroso usou contra mim. Seja uma ferramenta, uma arma ou um bicho de pelúcia, não vou deixar o resto do mundo descobrir como usar isso contra nós sem eu mesmo descobrir como usar contra eles. Destruição mútua assegurada.

Sloane tentou encontrar palavras e não conseguiu. Ele tinha toda a razão — ela também havia sido sequestrada pelo Tenebroso, mas não sofrera o que Albie sofreu no cativeiro. O Tenebroso não havia atacado o corpo de Sloane, deixando-a sem qualquer sensação nas mãos e incapacitada de voltar à luta.

Ele havia feito outra coisa. Ele a quebrara sem sequer tocá-la.

— Se alguém morrer por causa da sua ajuda — disse ela por fim, sentindo a garganta doer —, você vai ter que viver com isso.

— E se alguém morrer porque eu não ajudei? — perguntou ele, finalmente a encarando. — De um jeito ou de outro, vamos ter que viver com isso. Sempre tivemos.

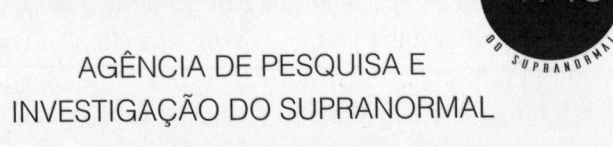

AGÊNCIA DE PESQUISA E INVESTIGAÇÃO DO SUPRANORMAL

MEMORANDO PARA: ROBERT ROBERTSON

AGENTE, AGÊNCIA DE PESQUISA E INVESTIGAÇÃO DO SUPRANORMAL (APIS)

ASSUNTO: PROJETO SÓSIA, ELEMENTO 2, DESDOBRAMENTOS DO MERGULHO PROFUNDO

Caro agente Robertson,

Segue anexo o documento que discutimos. Sloane e eu o desenvolvemos em uma de nossas sessões de terapia cognitivo-comportamental para tratamento de seu TEPT. Em nossa prática de terapia de exposição, é preciso provocar o pânico de Sloane de maneira confiável, para que ela possa se habituar às emoções que decorrem dele. Assim, a exposição em anexo tem o máximo de detalhamento que Sloane conseguiu dar a fim de simular de maneira mais eficiente uma reexperiência do evento, ao qual nos referimos como "o Mergulho".

Devo lembrá-lo de manter o documento em segredo, pois repassá-lo a você já configura uma violação da Lei de Portabilidade e Responsabilidade de Seguros de Saúde. No entanto, dada a gravidade da situação, concordo que ela merece uma exceção.

Obrigada e tenha uma boa semana.

Atenciosamente,

Dra. Maurene Thomas

Estou no navio da APIS. É uma manhã fria. Vejo o brilho do sol na água. Quando puxo o zíper da minha roupa de mergulho, o tecido repuxa os dois lados em direção à minha coluna. O bocal tem gosto de produto químico. Meu nariz parece entupido e tento respirar apenas pela boca.

Ao meu redor estão agentes da APIS, à primeira vista idênticos em seus trajes de mergulho pretos. Porém, quando olho com mais atenção, consigo distinguir os quadris mais largos de Maggie, as pernas longas e musculosas de Marie, o bigode de Dan. Os olhos deles estão escondidos atrás da máscara, o que é um alívio, já que me encaram com ceticismo desde que os conheci.

E eles têm motivo. Tenho só quinze anos. Consegui minha certificação de mergulho às pressas, depois que Bert me informou sobre a missão. Pratiquei poucas vezes.

Mas sou uma Escolhida, e isso significa que precisam me seguir. Então, embora eu esteja tremendo de frio, tenha dificuldade de enxergar por causa da claridade do sol e sinta tanto medo que estou quase vomitando no mar, sento-me na beira do barco e deslizo para a água.

Sou atingida pelo frio. Tento ficar imóvel. Respiro fundo pelo bocal. Solto o ar antes de inspirar de novo, para não hiperventilar. Sinto algo formigando e ardendo em meu corpo todo. Não é por causa da água salgada em contato com a pele ao redor dos meus olhos; é como se um membro que ficou dormente estivesse voltando ao normal. No caminho para cá, perguntei aos agentes da APIS se eles sentiam a mesma coisa. Disseram que não. Eu sou a única. *Será que ela está inventando isso?*, sinto que estão pensando, assim como eu.

Os outros entram na água também. Alguém joga para mim a corda que me manterá presa ao barco, e eu a engancho no cinto, puxando-a para ter certeza de que está bem presa. Todos os agentes da APIS esperam que eu me mexa primeiro. Eles parecem alienígenas com suas máscaras espelhadas, polarizadas para enxergarem melhor debaixo d'água. O Mergulho é profundo demais para uma iniciante como eu, mas não tem outro jeito. Preciso ir.

Penso no poema de Millay enquanto chuto a água com os pés de pato. *Baixando, baixando, baixando à escuridão do túmulo*. Tenho uma lanterna em uma das mãos, presa junto à lateral do corpo. Nado para longe do barco, olhando por cima do ombro de vez em quando para ter certeza de que os outros estão me seguindo.

À minha frente está a vastidão de um azul turvo. Vejo bolhas e partículas de areia. Um ou outro pedaço de alga marinha passando. Uma forma mais escura começa a surgir adiante, e eu sei o que é.

Não estava esperando que o barco fosse se misturar tão bem ao fundo do mar. Ele está coberto por uma fina camada de areia, e é do mesmo azul suave da água. Poderia ser apenas um trecho de coral morto, não fossem as curvas distintas das antenas do radar e do mastro principal, com sua escada anexa, os degraus ainda brancos quando os ilumino com minha lanterna.

Eu conheço este navio, o *Sakhalin*. Pesquisei sobre ele logo depois do briefing, meses atrás. Um navio espião soviético, da classe Primor'ye, construído entre 1969 e 1971. Os navios da classe Primor'ye eram grandes barcos de pesca reformados e equipados para reunir informações eletrônicas e transmiti-las à costa. Em geral, não eram feitos para o combate, mas o *Sakhalin* era especial. Quando nado para mais perto, uso a lanterna para iluminar as protuberâncias distintas dos sistemas de armas, uma delas envolta em algas marinhas.

O formigamento está no meu peito agora, bem atrás do meu esterno. Como se eu estivesse com azia. Quando me aproximo do navio, o formigamento desce para minha barriga, bem no meio do meu corpo. Continuo chutando com os pés de pato, nadando em direção à energia. (Não tenho escolha. Não porque a APIS está me obrigando; é porque seja lá o que for isso, essa sensação, ainda que seja quase dolorosa, não me deixa voltar atrás.)

Alguém puxa a corda presa ao meu cinto, um sinal de que eu deveria parar. Não obedeço. Nado por cima da arma do convés e por baixo da superestrutura traseira. Ao passar pela chaminé, sinto uma pontada de terror, como se fosse ser sugada pela escuridão e então despedaçada. Mas não consigo parar de nadar.

Chego ao mastro da popa e sei que estou no lugar certo. A ardência no meu peito se transforma em um martelar. Na base do mastro há uma porta presa por uma trava em mau estado. Sem pensar muito, bato a base da lanterna na fechadura, uma, duas, três vezes. Já desgastada pelo tempo e pela água, a trava quebra.

A portinha se abre e direciono o facho da lanterna para dentro. No interior do mastro há um pequeno baú do tamanho de uma torradeira, ricamente decorado em ouro e esmalte, formando um padrão de flores e folhas que me faz pensar em *babushkas* e bonecas matrioscas. Sei que devo levá-lo à superfície, deixar que os oficiais da APIS o examinem com seus equipamentos para garantir que é seguro. Mas, se eu fizer isso, eles vão formar um perímetro de proteção em torno do baú, e preciso olhar para ele, segurá-lo, sentir dentro de mim as batidas de seu coração.

Então eu o abro.

Acomodada no interior de veludo preto está uma agulha de prata do comprimento da palma da minha mão.

A Agulha de Koschei.

Li muitas lendas folclóricas para me preparar para a missão. Segundo elas, Koschei era um homem que não podia morrer. Ele tirou a alma do próprio corpo e a escondeu em uma agulha, que guardou em um ovo, o ovo em um pato, o pato em uma lebre e a lebre em um baú. Quebrar a Agulha era o único jeito de matar Koschei.

Estou tremendo quando toco a Agulha. Acho que ela treme também.

E então — uma dor horrível, um clarão. Aquele formigamento de um membro dormente some e, em vez disso, sou envolvida por chamas. A pele escaldada se desprende dos músculos, os músculos cozinham e caem dos ossos, os ossos se transformam em cinzas, essa é a sensação. Grito dentro da máscara de mergulho, que se afasta do meu rosto, deixando a água entrar. Engasgo e me debato, tentando agarrar a corda que me prende ao barco, mas minhas mãos não funcionam.

E depois vem uma pontada tão profunda que a sinto no corpo inteiro, como o barulho de uma torre do relógio à meia-noite. É como querer tanto uma coisa que você está disposto a morrer para tê-la. É mais que almejar, desejar ou ansiar — estou vazia e, mais do que isso, sou um buraco negro, tão absolutamente sem nada que atraio *tudo* para mim.

Ao meu redor, a água começa a girar, com bolhas tão grossas que me impedem de ver qualquer coisa. Pedaços do navio se partem e são arrastados para o ciclone. Formas escuras passam por mim — os agentes da APIS em seus trajes de mergulho. Engulo água quando grito e sinto que consigo puxar algo para dentro, como se estivesse respirando.

Quando abro os olhos, estou encarando o céu. Só vejo nuvens. Eu me inclino para a frente, e a água escorre pelas minhas costas dentro do traje de mergulho. A água ao meu redor não é azul; é vermelha, vermelho-escura. Sinto uma dor insuportável na mão. Eu a levanto para examiná-la. Alguma coisa dura e reta está enterrada sob minha pele como uma farpa, bem ao lado de um dos meus tendões. Eu a aperto. É a Agulha de Koschei.

Há algo boiando na superfície ao meu lado. Parece um pedaço de plástico, mas, quando o pego, sinto que é macio e escorregadio. Grito e o largo de volta na água assim que percebo que é um pedaço de pele. Estou cercada por pele e músculos, ossos e vísceras.

Todo mundo morreu. E estou sozinha.

9

Eles deixaram Albie com Cho para que ele pudesse testar o dispositivo. A agente prometera levá-lo para casa quando terminassem.

Sloane não tinha dúvida de que o dispositivo funcionava — caso contrário, não sentiria sua presença tão intensamente. Todos se relacionavam com a magia à sua própria maneira, e ela reagia com desejo, busca e compreensão. Ela *conhecia* o dispositivo, e o dispositivo a conhecia.

Albie tinha sido mais direto ao usar magia. Ao empregar as *Freikugeln* — as balas do folclore alemão que sempre acertavam seus alvos —, ele fora apenas um homem com uma ferramenta, como se fossem um martelo ou uma serra. Seu artefato não havia se enterrado sob sua pele, tornando-se parte dele, como a Agulha de Koschei fizera com Sloane. Ele simplesmente segurava as balas e, embora não funcionassem como a lenda dizia que funcionariam — assim como todos os artefatos que coletaram —, elas permitiam que Albie realizasse magia rudimentar, acendendo fogo, fazendo objetos flutuarem, essas coisas.

Inês, Matt e Sloane voltaram pelo raio da roda da bicicleta e seguiram pelo corredor que seria a roda até encontrarem Scott em seu carrinho de golfe. Sloane não estava mais com medo do dispositivo; pelo contrário, o que sentia agora era uma dormência, uma separação entre corpo e mente. Sabia que o tempo juntaria os dois novamente; só precisava esperar.

Scott os levou de volta pelo mesmo caminho, serpenteando pelas tendas. Quase um minuto depois, Sloane viu a barraca com os dizeres REPARAÇÃO — TRAGAM ELE DE VOLTA, e o zumbido em seus ouvidos ficou mais forte. A distância entre mente e corpo que permanecera com ela desde que sentira o dispositivo mágico sumiu de repente, como um estalar de dedos. Ela se apoiou na lateral do carrinho de golfe e pulou para fora enquanto Inês e Matt gritavam seu nome.

Sloane passou por um pequeno altar feito a partir de um tronco, com o que parecia ser um esqueleto de esquilo envolto em miçangas e um cordão por cima, e por uma tenda com um apanhador de sonhos pendurado na entrada, que devia ter sido produzido na China e vendido na seção de decoração de alguma loja hipster. Essas pessoas queriam magia, mas não tinham ideia do que era magia de verdade. Elas nunca haviam presenciado um Dreno, a maneira como despedaçava os seres vivos em ossos, tendões, sangue e nervos; era possível ver todos os detalhes que compunham um corpo, enquanto a pessoa ainda estava consciente o suficiente para compreender o que estava ocorrendo.

Quando alcançou a pequena fogueira daquele bando de moleques fingindo ser homens, eles haviam terminado os cachorros-quentes e ouviam música, mas Sloane só escutara o som do baixo. O zumbido em seus ouvidos era alto demais para que conseguisse distinguir muita coisa, inclusive Inês chamando por ela.

Sloane viu o facão em cima de um engradado de água mineral ali perto e se pôs diante da churrasqueira portátil, olhando para o homem que quase a chamara de *vaca* mais cedo. Não seria a primeira vez, nem a última, mas houvera certa violência no seu jeito de falar, algo que a fizera se sentir pequena e mesquinha, reduzida a uma coisa tola e tacanha.

— Olá — cumprimentou Sloane, a voz ganhando um tom suave de repente. — Está me reconhecendo?

Ela sabia que sim, pelos olhos arregalados dele. E, quando começaram a se estreitar e a palavra *vaca* tomou forma em sua boca outra vez, Sloane se inclinou e pegou o facão.

— O que...? — começou o homem, mas ela já tinha desembainhado o facão e o enfiado na lateral da barraca, bem na faixa que dizia REPARAÇÃO — TRAGAM ELE DE VOLTA. — Que porra é essa?

Todos se puseram de pé. Sloane só ouvia o zumbido em seus ouvidos.

— Seu imbecil — xingou ela. — Você acha que, se ele voltasse, aceitaria sua lealdade? Que recompensaria você? Se voltasse, o Tenebroso ia arrancar suas tripas como fazia com todo mundo.

— Ele só atacava os fracos — retrucou o homem. — Aquele moleque teve sorte na primeira vez...

Seus olhos se desviaram de Sloane e se voltaram para o carrinho de golfe, para Inês e Matt. Mas ela não ouviu o que o homem disse em seguida. Apenas deu um soco na cara dele.

O zumbido parou. Suas juntas protestaram. Ela sacudiu a mão, rangendo os dentes ao sentir a dor se espalhar por todo o braço. O nariz do homem sangrava, e os amigos dele estavam em pé ao seu redor, gritando xingamentos, mas sem revidar. Ela ainda era uma mulher, afinal.

Sloane já dera socos antes, mas sempre se esquecia do quanto doía. Inês agarrou seu braço e a arrastou para longe.

— Vão se foder! — gritou Sloane por cima do ombro, antes de voltar para o carrinho de golfe.

Scott ficou encarando Sloane quando ela se sentou.

— O que foi? — perguntou, e ele só balançou a cabeça e seguiu em frente, na velocidade máxima do carrinho.

 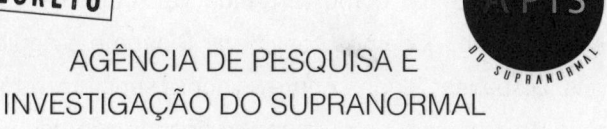

ULTRASSECRETO

AGÊNCIA DE PESQUISA E
INVESTIGAÇÃO DO SUPRANORMAL

MEMORANDO DE REGISTRO

PARA: DIRETOR, AGÊNCIA DE PESQUISA E INVESTIGAÇÃO DO SUPRANORMAL (APIS)

DE: AGENTE ▮▮▮▮▮▮, CODINOME BERT

ASSUNTO: DESDOBRAMENTOS DO MERGULHO PROFUNDO

Prezado diretor,

Sou muito grato por sua carta sobre o incidente do Mergulho Profundo. Estamos imensamente tristes com a perda de alguns de nossos melhores agentes, e tem sido difícil continuar o Projeto Sósia sem eles. Entretanto, como o senhor mesmo lembrou em sua mensagem, devemos prosseguir com nossa luta pela causa. O Tenebroso é uma ameaça muito forte.

Entendo sua preocupação com a capacidade de Sloane Andrews de seguir em frente após esse trauma. Estou escrevendo para fazer minhas próprias observações; a decisão final, é claro, é toda sua. Refleti bastante sobre o assunto e devo me posicionar contra a dispensa de Sloane Andrews do Projeto Sósia pelos seguintes motivos:

1. Apesar de ter custado a vida de vários agentes, cujo valor é inestimável, e mais de um milhão de dólares (dinheiro que não podemos recuperar, obviamente), o Projeto Mergulho foi tecnicamente um sucesso. Conseguimos recuperar a Agulha de Koschei, que no momento está dentro da mão de Sloane Andrews. O que me leva ao meu próximo ponto.

2. Embora tenhamos discutido a possibilidade de remover a Agulha por meio de uma cirurgia, todos no Projeto Sósia estão relutantes em mexer com uma força que não compreendemos completamen-

te. Não sabemos como a Agulha vai reagir se for perturbada. Assim sendo, podemos considerar Sloane e a Agulha indissociáveis. Dispensar Sloane Andrews agora seria um tremendo desperdício de recursos, bem como um desperdício das vidas perdidas na operação para recuperar a Agulha.

3. Embora a própria Sloane tenha pedido para ser dispensada, não julgo que será difícil obter a cooperação dela. Eu a observo há anos. Ela confia em mim. Passou a me considerar uma figura paterna. Se eu lhe disser para ficar, ela ficará.

4. O comportamento da Agulha de Koschei sugere que Sloane tem uma forte afinidade com a magia. Embora o que aconteceu durante o Mergulho Profundo tenha sido trágico, o episódio também indica um tremendo poder, que pode ser necessário para derrotar o Tenebroso.

Sugiro, portanto, incentivar Sloane a empregar as mesmas técnicas que soldados usam na ativa (muitas vezes de maneira inconsciente), compartimentalizando o trauma para que possam continuar em batalha e suprimindo as partes de sua personalidade que não têm serventia em situações intensas. Sloane Andrews atua bem sozinha e com um alto grau de responsabilidade e autonomia. Posso encorajar sua independência, designando para ela missões individuais enquanto faço dos outros uma equipe sob a liderança de Matthew Weekes. Podemos instruir a psicoterapeuta de Sloane, dra. Maurene Thomas, a combinar o uso de medicamentos com técnicas de compartimentalização para que Sloane seja capaz de manter um nível razoável de estabilidade a curto prazo.

Por favor, entre em contato caso deseje discutir este plano ou oferecer sugestões. Obrigado mais uma vez por sua preocupação e pelas flores. Só nos resta nos esforçarmos para seguir em frente.

Atenciosamente,

█████████

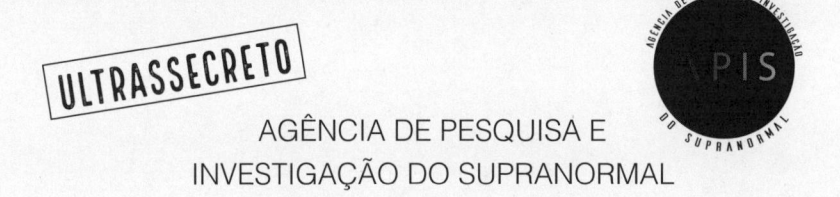

AGÊNCIA DE PESQUISA E INVESTIGAÇÃO DO SUPRANORMAL

MEMORANDO DE REGISTRO

PARA: DIRETOR, AGÊNCIA DE PESQUISA E INVESTIGAÇÃO DO SUPRANORMAL (APIS)

DE: AGENTE ████████, CODINOME BERT

ASSUNTO: RE: DESDOBRAMENTOS DO MERGULHO PROFUNDO

Prezado diretor,

Na minha carta anterior, expus minhas observações sobre Sloane Andrews após o incidente do Mergulho Profundo e apresentei um plano de ação. Em resposta, o senhor expressou sua frustração diante do meu "blá-blá-blá de psicologia" e me disse para "ser mais claro". Gostaria de pedir um tom mais cordato daqui para a frente, mas entendo a necessidade de linguagem simples em assuntos como este, então tentarei colocar em termos que o senhor seja capaz de entender.

Já disse que Sloane Andrews parecia um cão de rua faminto. Se alimentá--lo, terá sua lealdade, mesmo que não o trate bem. No caso de Sloane, sua necessidade de aprovação servirá de coleira, mesmo que ela pense que está andando livremente.

Não podemos perder os elementos do Projeto Sósia. É tarde demais para isso. Ou eles derrotam o Tenebroso ou todos morreremos.

Espero que tenha sido claro o suficiente para o senhor.

Atenciosamente,

████████

10

Sloane estava na entrada da ala moderna do Art Institute of Chicago às nove e meia da manhã — horário em que Rebecca deveria deixá-la entrar, embora o museu só fosse abrir para o público dali a uma hora.

Ela viu a amiga do outro lado das portas de vidro, amarrando a ponta da trança. Rebecca bocejou, destrancou a porta e acenou para que Sloane entrasse.

— Você é pontual demais — reclamou. — Por que não está de ressaca que nem todo mundo da nossa idade?

— Para começar, não somos da mesma idade, porque você tem vinte e dois anos. E, além disso, é terça-feira — disse Sloane.

— E daí? Álcool na segunda à noite é tão bom quanto no sábado.

A presença de Sloane no museu em horários estranhos havia se tornado comum. Os funcionários a conheciam, e ninguém reclamava de a deixarem entrar mais cedo. Talvez fosse a única vantagem em ser uma Escolhida da qual ela realmente gostava.

A ida ao museu fazia parte de sua rotina. Ela não tinha emprego. O governo a pagara por seus anos de trabalho e Sloane entregara o dinheiro a um banco de investimento. Conseguiria se sustentar com os juros por um tempo, desde que não esbanjasse.

A situação financeira dos outros Escolhidos era mais confortável, embora isso tivesse um preço. Matt vendera os direitos de sua autobiografia, para a qual contou com a ajuda de um escritor experiente, e o dinheiro dos livros era suficiente para sustentá-lo. Não que ficasse à toa. Estava sempre viajando, dando palestras em conferências e universidades, aparecendo em bailes e jantares de caridade, encontrando-se com políticos e outras pessoas influentes na comunidade. Esther também transformara sua fama em dinheiro, cultivando seus seguidores do Insta! como quem cultiva um jardim. Inês havia criado sua própria história em quadrinhos sobre o que tinha passado, ilustrando a morte do Tenebroso em redemoinhos de cores. Albie, por sua vez, aparecera em alguns comerciais no exterior, usando seu rosto famoso para recuperar o dinheiro que havia gastado na clínica de reabilitação.

Um dia, Sloane teria que encontrar um emprego no qual sua identidade não fosse um problema, um que não exigisse qualificações profissionais ou experiência, ou então teria que vender pedaços de si mesma, como os outros haviam feito. Ela não os julgava — não muito, pelo menos —, mas parte dela sentia que preferiria morar na garagem da mãe a sacrificar a pouca privacidade que havia conquistado apesar da fama.

A ala moderna do museu era clara e ampla, um largo corredor branco com galerias de ambos os lados. Ela subiu as escadas até o terceiro andar, onde sempre começava a visita, na galeria de arquitetura e design. Estava vazia, é claro — normalmente ficava assim, mesmo quando o restante do museu estava lotado. Sloane passou pelas cadeiras de arame torcido e o vaso que parecia leite derramado até os esboços dos edifícios propostos para Chicago. Então se sentou em um banco e ficou olhando o desenho do Plano de Burnham, o projeto de cidade planejada criado para Chicago que nunca se concretizara.

O irmão dela, Cameron, estudava arquitetura quando atendeu à convocação para combater o Tenebroso. Morreu em um dos Drenos, em Mineápolis. Os dois brigaram quando Cameron decidiu suspender os estudos, embora ela tivesse apenas doze anos na época. *Você não é um soldado*, ela lhe dissera. *Você é um nerd magrelo e vai acabar morrendo.* Um raro momento de presciência, talvez.

Ela levara todas as coisas de Cameron da casa de sua mãe e examinara os esboços em seus cadernos tantas vezes que os decorou. Memorizou todos, desde o desenho de uma casinha de cachorro que o irmão fez quando criança até uma planta detalhada e cuidadosamente medida da casa de seus sonhos. Cameron quisera criar lugares interessantes e aco-lhedores. Lugares que não pareciam com uma casa, Sloane brincou certa vez. Pelo menos, não com a casa *deles*.

Cameron gostava daquele lugar. Então Sloane ia ao museu em vez de ir ao local do Dreno que o matou ou aos que frequentaram juntos em Illinois. Ia visitar o irmão *ali*.

Raramente ficava muito tempo. Meia hora, talvez, e depois ia vagar pelas outras exposições. A nova mostra no andar de baixo consistia em uma série de fotografias de caminhões grandes. Depois de passear por alguns minutos, ela se despediu de Rebecca, que já parecia ente-diada, e saiu. Virou à direita, andou até o caminho à beira do lago e se alongou antes de começar a correr para o norte, em direção à casa de Inês e Albie.

O lago refletia o azul-acinzentado na sua direção. Era um dia nubla-do, e uma névoa pairava sobre a água, embaçando o horizonte. O trajeto era de cerca de dez quilômetros e meio, e Sloane levaria uma hora se corresse no ritmo habitual. Viu um pequeno grupo de ciclistas com rou-pas de lycra e uma mulher de legging rosa-shocking passeando com um cachorro malhado. Um homem de short curto passou por ela.

Assistiu ao bater das ondas, aos cães perseguindo bolas de tênis, às mulheres de viseira andando rápido, os braços mexendo na lateral do corpo. Ninguém prestou atenção nela, não ali, onde era apenas outra pessoa se exercitando. Sloane se afastou da beira do lago e foi até o Java Jam.

Pediu os cafés meio sem fôlego, depois os levou pela rua até o apar-tamento de esquina de Inês e Albie, no andar de cima de um edifício de dois andares. O carpete da escada era verde-escuro e gasto no meio, onde muitos sapatos haviam pisado; o papel de parede era decorado com pequenas flores roxas, vermelhas e azuis.

Quando Sloane chegou ao segundo andar, Inês já estava na porta, de óculos e coque.

— Chegou cedo, hein? — observou ela, pegando o café da bandeja e entrando no apartamento.

Sloane a seguiu, pegando o segundo café. Sentiu o gosto de canela.

—Troca.

Elas trocaram de copo.

— Não sei como você consegue beber isso, é leite puro — disse Sloane.

Seus tênis guincharam no chão de carvalho amarelado típico de Chicago, que sempre rangia, não importava onde se pisasse. A porta do quarto de Albie estava fechada e a de Inês também, mas não da mesma maneira. A porta de Albie estava fechada como se ele não quisesse ouvir o barulho do corredor. A de Inês estava fechada à chave e tinha uma tranca por fora, tão segura quanto um cofre de banco. Até alguns anos atrás, ela botava armadilhas — embora isso fosse ilegal —, e Sloane não tinha coragem de perguntar se ela continuava fazendo isso. Inês fingia estar bem, mas Sloane já tinha visto a fileira de remédios em sua cômoda e a maneira como se encolhia diante de certos sons e gestos.

O apartamento era quente e confortável, com um pufe gigantesco que vivia soltando bolinhas. As cortinas das duas janelas que davam para o beco eram apenas duas bandeiras, uma do Canadá e outra do México.

Inês voltou para o fogão, cutucando os ovos com uma colher de pau. A sala inteira estava com cheiro de cebola.

— Sabe, quando você fizer trinta anos, essa história de viver como se estivesse na faculdade vai ser menos charmosa e só esquisita — comentou Sloane.

— Como assim, como se eu estivesse na faculdade? Você está falando do Frodo?

— Do pufe gigante que você decidiu chamar de Frodo Bolseiro? Sim, é exatamente disso que estou falando.

— Só porque você se recusa a aproveitar sua vida não significa que a gente precise fazer igual — rebateu Inês. —Você tem toalhas de banho brancas e se sente revigorada depois de uma corrida matinal. Você é tipo o pai do *Calvin e Haroldo*.

— Eu sempre gostei do pai do Calvin.

— Que surpresa! — Inês bufou. — Já conversou com Matt?

Sloane balançou a cabeça.

— Ele tinha aquele evento sobre encarceramento em massa ontem à noite e uma reunião hoje de manhã. Por quê?

Inês tomou um gole de café.

— Estou encrencada, né? — perguntou Sloane.

Inês deu de ombros.

— Se ele acha que vou pedir desculpas por dar um soco naquele idiota…

— Não estou aqui para comprar sua briga com o Matt antes mesmo de vocês brigarem — retrucou Inês. — Só não pense que ele está grato por você tê-lo defendido.

Sloane fechou a cara.

— Pronto, falei — disse Inês. —Você viu a última atualização do Diquinhas da Essy?

— Não. É muito ruim?

Inês tirou o celular do bolso do moletom e o entregou a Sloane. O Insta! de Esther já estava na tela.

Sloane reconheceu o cenário familiar dos vídeos dela: o escritório com a decoração impecável saída do Pinterest, cheio de tecidos elegantes com tons pastel, um cordão de luzinhas de um rosa delicado e uma câmera cara que capturava todo o brilho de seu cabelo e cada bugiganga das prateleiras. E, no centro de tudo isso, Esther, vestida com um suéter cinza mesclado de mangas longas e bufantes, bebendo uma xícara de chá com um passarinho na lateral. O título do vídeo era "Diquinhas da Essy voando alto!"

Ela assistiu a Esther apresentar um clipe do dia anterior, mostrando a rotina de cuidados com a pele e maquiagem em velocidade acelerada.

Sloane sempre sentira um fascínio perverso pela quantidade de passos na rotina de beleza de Esther. Nunca conseguiria se lembrar de fazer tantas coisas de manhã cedo. Não sem café. E talvez anfetaminas.

— Eu não vou ficar vendo a Esther colocar maquiagem, me dá nervoso — reclamou Sloane, mas Inês já estava estendendo a mão para o celular.

Ela avançou o vídeo, pulando a aplicação de pó, delineador e outras coisas misteriosas até Esther estar de novo em seu suéter cinza, bebendo da xícara de chá.

— Tenho algumas novidades para vocês — anunciou Esther, movimentando as sobrancelhas. Ela estava falando na voz que usava nos vídeos, alegre e melódica. Era parecida com sua voz normal, só que exagerada. — Não, não estou falando do socão muito bem dado pela minha amiga Sloane, cujo link está na legenda.

Sloane suspirou.

— Maravilha.

— No dia 13 de fevereiro, lançarei a Essy, minha própria marca de estilo! — Os olhos perfeitamente delineados de Esther brilharam. — É isso aí, agora vocês vão ter uma loja única para todas as recomendações e avaliações de produtos! E vocês sabem que querem ser uma garota Essy.

— Bem — disse Sloane, quando Inês pausou o vídeo. — Era inevitável, eu acho.

Inês desligou o fogão e passou os ovos para um prato no balcão.

— Eu a convidei para viajar comigo daqui a algumas semanas. Você devia vir também. Fugir um pouco do frio.

— Eu amo o frio. É o meu sangue nórdico.

— Não, é a sua determinação de amar o que todo mundo odeia e odiar o que todo mundo ama — retrucou Inês. Ela espetou os ovos mexidos com o garfo. — Você devia vir assim mesmo. Vou sequestrar Albie.

Sloane estremeceu ao ouvir a palavra *sequestrar*.

— Você o viu desde...? — perguntou Sloane. — Ele disse se o protótipo funcionou?

Inês franziu a testa.

— Não, ele voltou para casa ontem à noite e foi direto para o quarto. Mas funcionou. Deve ter funcionado.

De repente, Sloane sentiu uma vontade incontrolável de ir dormir.

— Talvez não seja tão ruim assim. — Inês deu de ombros. — Se o mundo está quebrado… aquela garota flutuando para o céu, meu Deus… talvez a gente precise usar magia para consertar.

— Eu acho que a magia é que deve ter quebrado o mundo — retrucou Sloane em um tom sombrio.

— Você odeia tanto magia — disse Inês, acenando com a cabeça para as cicatrizes na mão de Sloane. — Mas nunca explicou o porquê.

Sloane escondeu a mão sob a bancada.

— Não é que eu odeie. É só que já vi o que ela é capaz de fazer.

— Assim como todos nós.

— É.

Mas Sloane não estava falando dos Drenos ou da destruição da torre ou mesmo da morte do Tenebroso. Ela se referia ao gosto de cobre e sal na língua quando voltara à superfície depois do Mergulho.

Percebeu então que seu café tinha acabado e só sobrara espuma.

11

Naquela noite, Sloane recebeu uma mensagem de Esther: *Belo soco. Bert ficaria orgulhoso*. Ela encaminhou o link para um vídeo em baixa resolução de Sloane socando o acólito do Tenebroso. A imagem congelada do vídeo era de Sloane com os dentes à mostra, o punho erguido perto do rosto. Sloane encarou a imagem de si mesma, o suor no rosto pálido, os olhos fundos. Era uma expressão que via no espelho com frequência desde a morte do Tenebroso.

— Merda — disse em voz alta.

Matt tinha acabado de chegar de uma reunião com Eddie. Estava pendurando o casaco no armário.

— Tem um vídeo do soco na internet — contou ela.

— Que surpresa — respondeu Matt, fechando a porta do armário. As mangas de sua camisa azul-clara estavam enroladas até os cotovelos.

— Não me arrependo, você sabe disso. Aquele cara era um escroto. Ele mereceu.

— Esse não é o problema.

— Eu estava defendendo *você* — retrucou Sloane.

— Sim, e *esse* é o problema — disse Matt. — Não preciso que você me defenda, Sloane. Sei me cuidar sozinho.

— Mas você não ia fazer nada. Você é tão... passivo com essas coisas e...

— Passivo? — Matt soltou uma risada fria. — *Passivo?* O que você acha que eu tenho feito todos os dias desde a queda do Tenebroso? Acha que fiquei à toa?

— Não, claro que não. — Sloane ficou séria. — Mas esses caras...

— Não são problema meu — rebateu Matt. — Eles são fáceis de identificar e evitar. Meu problema são as pessoas que estão satisfeitas e se recusam a levantar um dedo pelos outros. É com elas que passo todos os dias brigando, tentando convencê-las a *fazerem alguma coisa*. E seria muito bom se minha noiva entendesse isso, em vez de deixar tudo mais difícil para mim.

— Como eu fiz isso? — explodiu Sloane. — É a *minha* foto que está na internet, não a sua.

— Sim, é a sua foto, mas esses babacas e a "mensagem" deles viraram notícia de novo, e agora como vítimas! Você partiu para cima deles do nada, ameaçou o cara com um facão...

— Eu não ameacei ninguém com um facão!

— Não é o que parece na sua foto *segurando um facão*. Você acha que essa merda não respinga na gente? Não sabe que se você age com violência para proteger Inês e a mim, isso faz *a gente* parecer violento também? E não podemos nos recuperar tão rápido quanto você! Nós é que ficamos preocupados pensando se um grupo de radicais vai vir queimar nossas casas.

— Isso não vai acontecer.

— Bem, deve ser ótimo se sentir tão confiante — rebateu Matt. — Mas eu não tenho a mesma certeza. Não posso me dar ao luxo de perder a cabeça e dar um soco na cara de alguém, não posso estragar tudo. Estou sempre decepcionando alguém, o tempo todo.

Toda a raiva pareceu se esvair dele de uma vez. Matt se sentou no sofá e se curvou para a frente. A bolsa térmica que Sloane tinha usado nos nós dos dedos inchados estava entre as almofadas, já em temperatura ambiente.

Ela queria consolá-lo, mas não sabia como. Nunca tinha visto Matt tão cansado, tão... *decepcionado*. Com o mundo, consigo mesmo, até com ela. Sloane se sentou ao lado dele no sofá, as mãos nos joelhos. A televisão estava desligada, então viu o reflexo dos dois na tela preta, Matt cabisbaixo, ela rígida e ereta.

— Ele chamou você de "moleque" — disse Sloane baixinho.

— É. — Matt virou a cabeça para que seus olhos se encontrassem. — Isso não é novidade.

— Era para eu ter feito o quê? Deixado ele menosprezar você?

— Para início de conversa, você deveria ter ficado no carrinho de golfe. — Ele arqueou uma sobrancelha. — O que aconteceu? Você partiu para cima dele antes de o cara dizer qualquer coisa. Era como se você quisesse botar fogo no mundo.

Esther lhe perguntara a mesma coisa. *O que aconteceu?* A resposta, é claro, estava na última gaveta de sua escrivaninha, na pilha de documentos da LLI que Sloane havia guardado.

Como se tivesse lido sua mente, Matt disse:

— Esther me contou sobre a sua solicitação da LLI.

— Porra, Esther. — Sloane apertou as mãos no rosto por um instante. — Nunca mais conto nada para ela.

Matt ficou esperando. Algo na postura dele a irritava. Seus ombros caídos. Teria sido melhor se tivesse gritado com ela.

— Fiz um requerimento pedindo os documentos do Projeto Sósia — contou. — Queria saber o máximo possível. É a minha vida, e eles têm um monte de... *registros* dela.

— Eu entendo essa vontade de saber. Só acho estranho você não ter me contado. E ter falado sobre isso com a Esther antes de falar comigo.

— Eu ia contar para você na hora. Mas então eu li tudo e... era meio perturbador.

— E daí? Você não queria me chatear?

Ela balançou a cabeça.

— Não é isso.

— Então me conte.

Ele parecia sincero, mas Sloane o conhecia bem demais para se deixar enganar.

Matt usara o mesmo tom quando lutavam contra o Tenebroso. Ela se lembrava de uma noite em especial em que estavam tentando descobrir mais sobre o Tenebroso, quando era apenas um homem, não uma sombra no meio de um Dreno. Inês tinha ido atrás de uma pista promissora que acabou não dando em nada. *Conte o que houve*, Matt pedira. Mas tinha sido apenas a calmaria antes da tempestade. A luta deixara todos eles com os nervos à flor da pele.

Sloane não tinha percebido que a tensão da convivência com ela, ou talvez das comemorações dos Dez Anos de Paz, o afetara tanto.

— Às vezes — disse ela, demorando de propósito —, quando estou chateada com alguma coisa, você só diz por que eu não deveria me sentir assim.

— E isso é ruim?

— Fico me sentindo maluca! Como se eu não pudesse confiar nas minhas próprias reações.

—Todos nós precisamos de outras pessoas que nos ajudem a ver as coisas por outro ponto de vista.

Sloane revirou os olhos.

—Você acha que eu não me obrigo a considerar a questão de outros ângulos?

Ela passara a vida inteira reagindo e, logo em seguida, questionando as próprias reações, sempre se questionando, duvidando de si mesma a todo momento, tentando obrigar o cérebro a pensar sobre as coisas da maneira *certa*.

— Acha que não *consigo*? — Sloane falava cada vez mais alto. — Você já parou para pensar que quando estou chateada pode ser porque eu tenho um bom motivo para ficar chateada?

— Isso explica por que você tem andado tão estranha — disse Matt. — Se eu soubesse, eu...

— O problema é que você acha que essa não sou eu de verdade — reclamou ela. — Assim como acha que um dia como prisioneira do

Tenebroso foi um dia de férias que eu já deveria ter superado a essa altura... que eu devia estar toda animada olhando vestidos de noiva ou algo do tipo!

— É, quer saber de uma coisa? Eu acho que você devia ter passado os últimos dez anos *se esforçando* para superar tudo o que aconteceu, em vez de ficar remoendo e se escondendo como um eremita! — explodiu Matt, depois do que parecia ter sido a gota d'água. — Nunca falei que seria fácil. Só pedi para você tentar e parar de agir como se fosse a única pessoa no mundo que sofre.

Os dois ficaram em silêncio.

As bochechas de Sloane estavam vermelhas. Ela resistiu ao impulso de sair correndo porque sabia que isso a faria parecer ainda mais a criança que ele a acusara de ser, embora estivesse desesperada para se esconder de sua censura.

Toda vez que acreditava ter entendido o que não sabia sobre Matt, o que nunca poderia saber, lembrava que era impossível.

O celular de Matt tocou, brilhando no bolso da calça jeans. Ele rejeitou a ligação. Sloane respirou fundo, lembrando-se da imagem congelada do soco, do vazio em seus olhos, dos dentes cerrados. O cão de rua que havia nela.

— A visão que você tem de mim... — Ela bufou, rindo sem achar graça. — Como pode querer se casar com alguém que enxerga como uma criança egoísta?

— Sloane...

O celular de Sloane, virado para baixo na mesinha de centro, tocou as primeiras notas de "Good Times, Bad Times", de Led Zeppelin — o toque que tinha configurado para Inês. Ela estendeu a mão e silenciou o aparelho.

Um segundo depois, o de Matt começou a tocar de novo. Dessa vez, ele atendeu.

— *O que foi*, Inês?

Ele ouviu por um momento e depois murchou, o corpo todo se encolhendo.

— Meu Deus. — Matt cobriu o celular. — Albie está no hospital — disse a Sloane, depois voltou à ligação. — Não, desculpe, já estamos indo.

12

— Você o viu desde que fomos ao local do Dreno? — perguntou Matt.

Eles estavam no BMW a caminho do hospital, parados no sinal vermelho mais demorado do mundo. Ou assim parecia para Sloane.

Ela olhou pela janela.

— Não, não vi.

Havia chovido, então o reflexo do letreiro néon multicolorido da cooperativa de crédito, na esquina, tremeluzia na estrada. O ruído dos pneus do carro no asfalto molhado e o barulho do motor a diesel do BMW recomeçaram quando o sinal ficou verde. Nenhum dos dois ligou o rádio para preencher o silêncio.

— Desculpa se eu… — começou Matt.

— Por favor, não — interrompeu Sloane, cobrindo o rosto com a mão. — Eu só… vamos nos concentrar em Albie.

Ela havia descoberto um pinguim de origami em um saco de farinha na semana anterior. Todos os vincos estavam perfeitos, o que significava que era um dos antigos. Mas, ainda assim, ele havia pensado em escondê-lo lá, sabendo que isso a faria sorrir. Às vezes, Sloane sentia que Albie era a única pessoa no mundo que a conhecia. E era porque ele não queria nada dela, nem sexo, nem amor, nem segredos. Não havia moeda de troca entre eles.

Inês não dissera por que Albie estava no hospital, mas Sloane tinha algumas teorias. Um acidente, talvez; sempre era possível. Também poderia ser um efeito colateral desconhecido do dispositivo mágico; sabia-se tão pouco sobre magia que Sloane não ficaria chocada se descobrisse que era algo prejudicial, como a radiação, e que só piorava com a exposição prolongada. Mas seu maior palpite era previsível e dolorosamente humano: Albie tivera uma recaída e sofrera uma overdose.

Matt parou no estacionamento do hospital, e ele e Sloane entraram no piloto automático. Ela era melhor em se orientar em lugares novos — em encontrar e interpretar placas — e tinha bons instintos sobre a planta de edifícios e espaços públicos. Matt a seguiu até a passarela que levava ao pronto-socorro, depois até a sala de espera, onde Inês estava sentada, com os olhos vermelhos.

— Eu o encontrei faz uma hora — explicou ela, verificando o horário no celular. — Acho que ele tinha um estoque antigo. Ou então saiu para comprar quando eu estava distraída, não sei. O médico disse que não deve ter sido uma dose maior do a que costumava tomar, mas, como fazia tanto tempo, ele não aguentou.

— Então foi um acidente? Ele não estava... tentando nada?

— Não dá para ter certeza. Ele não é burro, provavelmente sabia que seria demais.

Sloane estava ouvindo, mas também observava as outras pessoas na sala de espera. Todas olhavam para eles. Sussurrando. Remexendo-se nos assentos para pegar o celular.

— Como ele estava quando voltou do local do Dreno? — perguntou Matt.

— Não estava legal — respondeu Inês. — Mas estava fingindo bem. Disse que estava exausto e que já era tarde. Não pensei em olhar...

— Não é culpa sua — disse Matt. — Você não tem como adivinhar as coisas. Ninguém espera que você faça isso.

— Ei — chamou Sloane, erguendo o queixo na direção de um homem de vinte e poucos anos com gel no cabelo, que estava com o celular estendido como se gravasse um vídeo. — Que porra é essa?

— Slo... — começou Matt.

Ela atravessou a sala de espera e arrancou o aparelho da mão do sujeito quando ele tentou guardá-lo, os olhos arregalados. Sloane encontrou o vídeo, deletou-o e depois jogou o celular de volta no colo do desconhecido. O objeto o acertou na altura do estômago, forte o suficiente para fazer um barulho de tapa.

— Cuide da sua vida — repreendeu ela, em voz baixa.

Matt foi perguntar à recepcionista se havia algum quarto onde pudessem esperar por notícias, e Sloane sentou-se ao lado de Inês em silêncio, apreensiva.

Eles passaram as horas seguintes em um quarto vazio do hospital, Inês sentada na mesa de cabeceira, Matt e Sloane nas cadeiras. Tudo era cinza-amarronzado e verde-água, as mesmas cores da cozinha de Sloane. Inês ligou a TV assim que entraram e mudou o canal para reprises de uma sitcom de que gostava quando criança. O corpo de Sloane desligava quando ela estava muito ansiosa, então desabou na cadeira, a cabeça apoiada na parede, e começou a cochilar em poucos minutos, ouvindo o som das risadas do programa.

Era por volta da meia-noite quando a porta finalmente foi aberta, e uma mulher de meia-idade, vestindo um jaleco branco por cima de uma calça social e uma blusa, entrou na sala, com o cabelo preso e uma expressão séria no rosto.

— Olá — cumprimentou ela. — Sou a dra. Hart. Vocês devem ser os amigos de Albert.

Inês se ajeitou, passando as mãos pelo cabelo. Matt já estava de pé; ele tinha ido mudar o canal da TV. Sloane só encarou a médica, porque já sabia o que viria a seguir pelo tom de voz da mulher, pela postura hesitante de seus ombros caídos.

— Tenho más notícias — falou ela.

Tudo depois disso foi como estática de TV, ou o zumbido de uma linha ocupada. Sloane ouviu as informações principais: falência de órgãos, Albie, quem deveria avisar a família. Morto. A médica lhes daria um tempo e voltaria mais tarde para responder a quaisquer perguntas. Ela lamentava muito a perda deles.

Sloane ficou olhando para as duas lixeiras à sua frente, uma vermelha para descarte de resíduos biológicos e a outra branca, para o lixo comum. Na parede, havia um desenho do sistema circulatório, um homem feito de veias e artérias.

Nada como um Dreno para fazê-la se lembrar do que as pessoas eram feitas. Foi o que pensou na primeira vez que viu um acontecer. A maneira como as pessoas eram despedaçadas bem na sua frente, ossos, músculos e órgãos internos à mostra, todos esmagados antes de serem destroçados. Sloane levava jeito para a mecânica; gostava de ver como as coisas funcionavam. Sempre ficara boquiaberta diante da complexidade do corpo humano, exibida de maneira tão horrível nos momentos que antecediam sua compreensão da morte.

Mas os Drenos também revelavam a fragilidade. Como as pessoas eram moles, como podiam ser destruídas facilmente. Ela não teve nenhuma dificuldade de acreditar que Albie havia morrido. Seu corpo era como qualquer outro, macio, frágil.

Mas entender o vazio que ele causara... isso ela não conseguia.

A dra. Hart os havia deixado em silêncio. Nenhum deles chorou. Nenhum deles se mexeu. O tique-taque do relógio continuou e a TV passou a exibir o noticiário da noite.

Finalmente, Sloane precisou se mover, fazer *alguma coisa*, senão acabaria gritando. Tirou o celular do bolso e abriu a lista de contatos.

— Vou ligar para Esther — disse ela, olhando para a tela do aparelho, em vez de para Inês ou Matt. — Algum de vocês pode entrar em contato com a mãe de Albie? Ela nunca gostou de mim.

Matt a encarou como se não fizesse a menor ideia do que ela estava dizendo.

— Eu ligo — respondeu Inês baixinho.

— Valeu. Vou para o corredor; você pode ficar aqui.

Ela se levantou, as costas doendo depois de tanto tempo sentada na cadeira do hospital. Pensou na dor, no ruído agudo que os tênis faziam no piso e no cheiro de produto químico do ar. Uma enfermeira lhe ofereceu um sorriso de boca fechada, e ela o retribuiu por reflexo.

Pelo menos havia um protocolo. Ligar para a família, para os amigos. Fazer as perguntas sobre as quais ficariam pensando nas próximas semanas e meses, mesmo que não se importassem com os detalhes naquele momento. Então ir para casa, dormir.

Sloane não precisou se preocupar com os preparativos para um enterro. Todos sabiam as preferências um do outro — esse era o tipo de coisa sobre a qual haviam conversado na época do Tenebroso, para "caso eu não sobreviva". Albie queria ser cremado. Queria as cinzas espalhadas no local de um dos Drenos, não importava qual. Nada de um grande velório; ele não gostava de lugares cheios.

Esther estava em uma boate quando Sloane ligou; era difícil ouvi-la com o barulho da música. Teve que gritar para fazê-la sair da festa. Deu a notícia da maneira que a médica fizera: direta, clara, concisa.

Depois de desligar o telefone, ela se agachou, as costas contra a parede de concreto pintado. Assistiu às enfermeiras indo de um lado para outro em seus Crocs e uniformes. Pensou nas mãos trêmulas de Albie e em como ele tinha dado guardanapos para Sloane proteger os pés naquele dia no bar.

Ela permaneceu ali, parada, até as pernas ficarem dormentes.

Chicago Tribune

ESCOLHIDO ALBERT SUMMERS MORRE AOS 30 ANOS

por Lindsay Reynolds

CHICAGO, 18 DE MARÇO: Albert Tyler Summers, conhecido por seus entes queridos como "Albie", morreu ontem no Northwestern Memorial Hospital devido a uma overdose. Ele tinha trinta anos.

Albert deixa a mãe, Kathy, e a irmã, Kaitlin. O pai e o irmão foram mortos pelo Tenebroso no ataque a Edmonton, em Alberta, em 2005.

Albert era um dos cinco Escolhidos que derrotaram o Tenebroso em 15 de março de 2010. Foi recrutado aos dezesseis anos pela Agência Central de Inteligência (CIA) em um programa cooperativo com a Agência Canadense de Inteligência de Segurança, quando os elementos de uma profecia secreta o apontaram como candidato a pessoa que derrotaria o Tenebroso. Ele foi educado e treinado em uma base segura com os outros quatro escolhidos: Matthew Weekes, Sloane Andrews, Inês Mejia e Esther Park.

Passou os anos seguintes engajado na luta contra o Tenebroso e seu exército, emergindo ileso de dezenas de conflitos, incluindo a Batalha de Boise e a Fortaleza de Springfield. Ele sofreu lesões permanentes na coluna vertebral quando foi sequestrado pelo Tenebroso em 2010, mas ainda lutou com os outros no conflito final.

Após a derrota do Tenebroso, Albert teve problemas com o abuso de substâncias durante anos, até ser admitido no Centro de Tratamento nos arredores de San Diego, na Califórnia. Em uma entrevista em 2013, ele falou sobre seu vício: "Eu não sabia o que fazer depois que a luta acabou, sabe? Era como se meu cérebro tivesse se acostumado à adrenalina e continuasse atrás dela. É difícil aprender uma nova maneira de viver, mas acho que preciso fazer isso. Um dia de cada vez. Agora tento olhar apenas para o que está na minha frente."

Os amigos e familiares dizem que Albert era gentil e generoso, com uma lealdade inabalável às pessoas que amava. Ele será lembrado por seus sacrifícios inestimáveis.

Seu velório será privado. Podem ser feitas doações em homenagem a Albert para a One Day Foundation, que financia tratamentos de dependência química para pessoas de baixa renda.

13

Sloane lavou as mãos na pia do crematório. O sabão tinha cheiro de Band-Aid.

O dia anterior fora tomado pelos preparativos, com Inês lidando com a família de Albie e Esther organizando o velório de longe. Matt ajudava no que podia, mas a dor da perda o atingiu mais forte, e ele passava muito tempo encarando o nada, acordado, mas de olhos vazios. Eddie cancelou seus eventos e reuniões. Sloane achava que entendia. Para Matt, Albie não era só amigo, era alguém que ele havia liderado, e, para o bem ou para o mal, Matt sempre se responsabilizava por seus soldados.

A tarefa de Sloane era cuidar do corpo de Albie. Não precisaram conversar sobre quem lidaria com essa parte. Ela era a única que tinha estômago para isso.

Sloane assinara todos os formulários e se encarregara de todos os preparativos. O hospital lhe entregara uma sacola com as roupas que Albie usava quando foi admitido na enfermaria, e dentro estava o anel de formatura de seu irmão falecido, um clipe de papel e um aviãozinho de papel dobrado às pressas.

De início, o avião a confundiu. Albie havia desistido de fazer qualquer tipo de dobradura depois da lesão, frustrado pela inépcia das mãos. Seu primeiro impulso foi preservar o avião, assim como jamais lavaria as roupas dele ou usaria aquele clipe de papel. Mas havia algo estranho naquilo.

Sloane secou as mãos com um papel-toalha e depois olhou para o reflexo no espelho. Não estava com uma cara boa. Pálida e exausta, o cabelo oleoso, as roupas amassadas. Prendeu o cabelo, esperando que isso a deixasse mais apresentável, e foi ao encontro do funcionário do crematório, que concordara em lhe dar alguns minutos para usar o banheiro antes de começarem.

Ninguém precisava testemunhar a cremação, mas Sloane queria. Ela havia identificado o corpo, obrigando-se a olhar para o rosto que era de Albie, mas não exatamente. O tufo de cabelo loiro-escuro despenteado era inegavelmente dele, mas sem a vida, em seus olhos, o corpo parecia uma estátua de cera. Ainda assim, Sloane concordou que era ele, e o caixão estava lacrado no carrinho ao lado da esteira que rolaria para a câmara de cremação.

— Pronta? — perguntou o funcionário.

Chamava-se Walter, era mais ou menos da idade dela, tinha a barriga um pouco saliente e o rosto cansado.

Sloane assentiu. Walter lhe mostrou o botão que ela pressionaria para iniciar o processo.

— Não se assuste se o fundo do caixão pegar fogo rápido. Está muito quente lá dentro, então o acabamento também pode se incendiar.

— Não se preocupe — disse ela. — Já vi coisa pior.

Walter assentiu e desviou o olhar quando Sloane se aproximou do botão. Mas ela não estava tão pronta quanto pensava. Estendeu a mão e a descansou em cima do caixão. O avião de papel estava no seu bolso de trás.

— Na verdade, Walter, você se importaria de me dar um minuto sozinha?

Ela conseguia ver que ele estava tentando não deixar a irritação transparecer. Sloane descobrira que as pessoas que interagiam com ela depois do Tenebroso se encaixavam em uma das duas categorias: ou se esforçavam para agradá-la ou pensavam o pior dela. Walter não parava de suspirar desde que ela entrou, então devia estar na segunda categoria. Mas o homem assentiu e saiu da sala. Sloane esperou até que a porta se fechasse, então tirou o avião do bolso de trás.

Ela o desdobrou e o alisou em cima do caixão. Bem no meio do papel, estava escrito:

Me desculpe. Eu não conseguia mais viver com isso.

A visão de Sloane ficou embaçada de lágrimas e ela amassou o papel, apertando-o com tanta força que as juntas dos dedos doeram. Desde que a dra. Hart dera a notícia, ela não havia chorado; não chegara nem perto. Nem mesmo enquanto ouvia Esther soluçar ao telefone. Nem mesmo quando levou a camisa de Albie até o nariz para ver se ainda tinha o cheiro dele.

De um jeito ou de outro, vamos ter que viver com isso. Sempre tivemos.

Sloane caiu por cima do caixão e chorou, abraçando a madeira com força. Era como se estivesse perdendo o irmão de novo, só que pior, porque ela se lembraria de mais do que do vestido de lã que lhe dera coceira enquanto abaixavam o caixão na cova e de como Cameron costumava acordá-la na primeira geada do inverno e arrastá-la para fora de casa, a fim de deixarem pegadas na grama.

Com Albie, ela se lembraria da Cerveja dos Sobreviventes que tomavam após cada confronto com o Tenebroso, dos olhares que trocavam sempre que Matt entrava no modo herói e da maneira como um segurou o outro quando escaparam juntos do cativeiro. Sloane tinha metade de uma vida de lembranças de Albie. Eles entendiam a dor um do outro como ninguém.

Já não havia mais ninguém que entendesse.

Os soluços passaram em um ou dois minutos. Era sempre assim. Como se algo dentro dela não tivesse paciência para arroubos de emoção. Mas ela descansou a bochecha no caixão por mais um tempo, a madeira quente devido ao contato com sua pele. Então se endireitou e esticou o papel amassado em cima da tampa o máximo que conseguiu, dobrou-o e guardou no bolso outra vez. Enxugou as lágrimas e chamou Walter.

Ele voltou ao seu lugar, e Sloane, ao dela.

Tchau, meu amigo, pensou enquanto apertava o botão, um disco de metal do tamanho de seu punho. A porta da câmara de cremação se abriu, soprando uma onda de calor contra o corpo de Sloane. O caixão deslizou para dentro e, como Walter havia avisado, houve um lampejo de luz quando pegou fogo. Então a porta da câmara de cremação se fechou e tudo terminou.

Sloane voltou do crematório de trem, em seu disfarce habitual: boné de beisebol cobrindo os olhos, óculos, um cachecol enrolado do pescoço até as orelhas. Quando visitara Chicago pela primeira vez, ficara maravilhada com os trens, erguendo-se por cima da rua e brilhando ao sol. Ela ainda os pegava quando podia, preferindo o anonimato em potencial do transporte público à certeza de ser reconhecida por um taxista ou um motorista de aplicativo. Naquele dia, ela se sentou no assento da janela e ficou observando o sol se pôr atrás do imponente Loop de vidro e metal.

Era uma caminhada curta até o apartamento, mas ela pegou o caminho mais longo, dando a volta no quarteirão. Havia uma multidão de repórteres e fotógrafos do lado de fora do prédio naquela manhã, e Sloane abrira caminho à força até o carro que Matt chamara para ela, mas não estava com vontade de repetir a experiência. Em vez disso, caminhou pelo beco, passando por lixeiras cheias, móveis descartados e garagens estreitas até chegar ao prédio.

Porém, antes de destrancar o portão, viu um movimento mais adiante, depois da cerca, e em seguida o flash de uma câmera. Praguejando baixinho, Sloane guardou as chaves no bolso e foi para o prédio ao lado. Era fácil subir na lixeira e pular a cerca de madeira para a grama não aparada do outro lado. Subiu três lances de escada até o topo do edifício de três andares, depois usou uma vassoura que estava largada ali para abrir o alçapão para o telhado.

Não havia nenhuma escada por perto, mas Sloane poderia fazer uma flexão de braço caso precisasse. Teve que ficar de pé em uma cadeira —

emprestada da varanda de alguém — para alcançar o teto, mas conseguiu subir no telhado pelo buraco do alçapão. Era da mesma altura que o prédio dela, e o vão que separava os dois edifícios tinha menos de um metro. Sloane já havia pulado por ali antes, quando os repórteres ficavam insistentes demais. Ela correu, pulou e caiu cambaleando no próprio telhado.

Encontrar novas saídas e maneiras de abordar um problema já havia se tornado um reflexo. Sloane sabia arrombar fechaduras e resolver quebra-cabeças. Recorreria a soluções práticas mesmo depois de poder recorrer à magia; parecia mais seguro, dado o que havia acontecido na primeira vez que fizera uso dela.

Sloane ouviu uma voz aguda de soprano ao abrir a porta dos fundos, que não parecia a de Inês ou mesmo a de Esther, que só aterrissaria no O'Hare mais tarde naquela noite.

A agente Cho estava sentada no sofá, com uma xícara de chá nas mãos. Ela parecia diferente fora da cúpula geodésica, de calça jeans e suéter preto de gola alta, o cabelo solto caindo por cima dos ombros. Depois do que acontecera, Sloane não deveria ter ficado surpresa com sua presença, mas ficou. Henderson e Cho nunca haviam ido ao apartamento deles antes.

Mas nenhum deles havia morrido antes.

— Olá, Sloane — cumprimentou Cho com uma expressão séria.

Matt, sentado diante de Cho na velha cadeira de balanço que pertencera à avó dele, olhou para ela como se tivesse acabado de perceber sua presença.

— Como foi? — perguntou, levantando-se e dando um beijo na bochecha de Sloane.

O cheiro familiar de cedro e loção pós-barba a envolveu e, de repente, Sloane quis se aconchegar junto dele na cama, encontrar consolo em seus braços — sentir qualquer coisa que não o vazio dentro dela, onde antes estivera Albie. Mas o metal do anel em volta de seu dedo a lembrou que, depois do velório, ela precisaria encerrar o noivado. Não seria justo com Matt se permitir encontrar conforto nele e partir seu coração mais tarde.

— Normal — respondeu Sloane. — O que houve?

— Eileen veio... dar os pêsames — explicou Matt, recostando-se na cadeira de balanço.

— Ah. — Sloane olhou para ela. A boca de Cho se torceu em uma expressão que parecia menos de luto e mais de... culpa. — É mesmo?

Cho brincou com o barbante do saquinho de chá, enrolado na asa da caneca. Era a da NASA, que Matt tinha desde criança, decorada com estrelas e foguetes, com MATTHEW escrito ao redor da borda.

— Tem outra coisa também — admitiu Cho. — Embora seja informação confidencial e eu...

Ela olhou pela janela. As luzes azuis ofuscantes do vizinho piscavam rápido o suficiente para provocar um ataque epilético, e Sloane conseguia ver a família de quatro pessoas no apartamento em frente ao deles se sentando para jantar.

— Eu não deveria dizer nada, mas acho que há um código de honra que precisa ser respeitado aqui — concluiu ela. — Então...

— Isso tem a ver com o dispositivo, não tem? — perguntou Sloane. Cho assentiu.

— Algo deu errado. Bem, tecnicamente o dispositivo funcionou, então a APIS considerou o experimento um sucesso, mas...

Sloane reparou no movimento rápido do peito de Cho, os tendões visíveis do pescoço dela.

— Albie sempre foi bom com fogo — disse Cho. — Então concordamos que ele tentaria usar o dispositivo para incendiar uma bola de papel em um ambiente controlado. Tínhamos técnicos a postos com extintores de incêndio, e Albie usava um traje à prova de fogo. Tomamos todas as precauções que julgamos necessárias. Então ele apontou o dispositivo para a bola de papel e... — Cho balançou a cabeça. — O fogo saiu do controle. As chamas envolveram três de nossos técnicos. Dois escaparam com queimaduras leves, mas Darrick, que estava bem no caminho das chamas...

— Morreu — completou Sloane.

— Isso.

Sloane já tinha visto Albie manipular fogo antes. Ele segurava as *Freikugeln* na mão esquerda, cerrava o punho e erguia a mão direita... e luz e calor, chamas, dançavam em volta de seus dedos. Nenhum deles descobrira como controlar direito seus artefatos, então, às vezes, ele só conseguia produzir algumas centelhas; em outras, era capaz de destruir um edifício inteiro. Para todos, o uso da magia sempre fora imprevisível, por isso era bom que estivessem sempre juntos, para aumentar suas chances de sucesso.

Se alguém morrer por causa da sua ajuda, você vai ter que viver com isso, dissera ela.

Como uma profetisa.

Sloane deixou escapar uma risada.

— Slo — repreendeu Matt, com os olhos arregalados.

— Bem, obrigada por essa pequena revelação, Cho — falou Sloane. — Você pode ir agora.

— Desculpe, Eileen. Ela não... — Ele deixou a frase pela metade e ficou em silêncio.

— Eu entendo — disse Cho, levantando-se. — Podem me contatar se tiverem alguma dúvida. Obviamente, não posso conversar por telefone, mas vocês podem me convidar para um chá e vou saber o que querem dizer.

Ela entregou a caneca pela metade a Matt, evitando o olhar de Sloane, e pegou o casaco e a bolsa, que estavam na mesinha ao lado da porta da frente. Matt a acompanhou até o lado de fora, mas, antes de sair do apartamento, balançou a cabeça para Sloane.

Quando a porta da frente se fechou, ela pegou as chaves, o boné e o moletom e correu para a porta dos fundos.

Evitar os repórteres parecera importante dez minutos antes, mas ela não se importava mais. Sloane ignorou o flash e o clique das câmeras enquanto descia os três lances de escada e depois virou a esquina para descer até o porão. Cada apartamento tinha um pequeno depósito. O de Matt e Sloane continha principalmente decorações para os feriados mais importantes, até mesmo o Dia dos Namorados. Sloane em geral fazia questão de odiar esse tipo de coisa, mas tinha uma queda por decorações bregas.

Quando se aproximou da porta do pequeno depósito, seu corpo começou a formigar e a queimar. Ela a destrancou e puxou a corrente para acender a luz. Lá dentro encontrou uma pilha de caixas de plástico idênticas, todas rotuladas. Ela as empurrou para o lado e se ajoelhou no canto, onde havia um pedaço de concreto solto. Um segundo coração começou a bater em seu peito, no ritmo contrário ao seu.

Debaixo do concreto havia um kit de costura tão pequeno que cabia na palma da mão e, ali dentro, uma caixa de agulhas para máquina de costura de vários tamanhos e espessuras. Algumas tinham sido partidas ao meio, as pontas irregulares. Ela pegou duas metades de tamanho médio e as segurou contra a luz, as mãos trêmulas.

A Agulha de Koschei.

TRANSCRIÇÃO DO COMITÊ DE INTELIGÊNCIA DO SENADO DOS EUA E DO SUBCOMITÊ DE ATROCIDADES DO TENEBROSO

REUNIÃO RELATIVA AO PROJETO SÓSIA, PROGRAMA DA APIS (AGÊNCIA DE PESQUISA E INVESTIGAÇÃO DO SUPRANORMAL) DE AÇÃO CONTRA O TERRORISTA DOMÉSTICO CONHECIDO COMO "TENEBROSO"

Washington, D.C.

Quinta-feira, 28 de outubro de 2010

Depoimento de Matthew Weekes, Elemento 4 do Projeto Sósia; Sloane Andrews, Elemento 2 do Projeto Sósia; Esther Park, Elemento 1 do Projeto Sósia; e Inês Mejia, Elemento 3 do Projeto Sósia.

MATTHEW WEEKES: Obrigado, sr. Presidente. Gostaria de agradecer a todos no comitê por nos receberem aqui hoje para darmos nossas próprias declarações, algo raro desde o início de tudo isso. E gostaria de agradecer o compromisso de vocês em manterem um registro público exato de todos os eventos, para que eles não caiam no esquecimento. Isso é muito importante para todos nós.

Nós quatro viemos aqui hoje para relatar os eventos de 15 de março de 2010, o dia da derrota do Tenebroso. Consultamos uns aos outros para preparar esta declaração conjunta e, quando eu terminar, estaremos à disposição para perguntas.

Então... vou começar.

Nas semanas que antecederam o dia 15 de março, o Tenebroso e seus seguidores estavam quietos. Ele havia sequestrado dois de nós por um período de vinte e quatro horas, durante o qual Albie — quer dizer, Albert Summers — sofreu ferimentos graves. Albie ainda estava no hospital e, como não tínhamos certeza de até que ponto ele recuperaria a mobilidade, tivemos que mudar bastante nosso plano de ataque.

Tínhamos feito investigações por um ano com a ajuda da APIS, para tentar descobrir as origens do Tenebroso. Mas não encontramos nenhum registro dele. Era como se tivesse aparecido do nada. Mas um de nós...

ESTHER PARK: Eu. Fui eu.

MATTHEW WEEKES: Certo, *Esther* apontou que isso por si só já nos dizia algo...

ESTHER PARK: Nos dizia que, no mínimo, ele não queria ser rastreado. E isso significava que ele provavelmente mandava um de seus seguidores fazer tudo para ele. Afinal, precisava de comida e abrigo como qualquer outra pessoa. Então desistimos de tentar descobrir alguma coisa sobre suas origens e, em vez disso, nos concentramos em investigar seus seguidores mais leais. Levou um bom tempo. Eles escondiam seus rastros muito bem.

MATTHEW WEEKES: Mas cerca de duas semanas depois de Sloane e Albie voltarem...

SLOANE ANDREWS: [inaudível]

MATTHEW WEEKES: Finalmente fizemos progresso. Esther conseguiu identificar Charles Wright, um dos seguidores do Tenebroso, que trabalhava como ███████ em ███████ e morava em um dos apartamentos do que era então a Trump Tower, em Chicago.

INÊS MEJIA: Então fui lá conferir, fingindo ser da equipe de limpeza. Algumas pessoas entraram e saíram enquanto eu limpava as janelas e ninguém achou estranho eu estar ali. Num dado momento, quando a porta do apartamento se abriu, eu o vi no meio da multidão de seguidores — o Tenebroso em pessoa. Isso era inacreditável, porque antes não sabíamos onde o Tenebroso ficava entre os ataques.

ESTHER PARK: O restante de nós estava visitando Albie no hospital. E foi uma sorte, porque, caso contrário, não teríamos a ideia de Sloane... Sloane?

SLOANE ANDREWS: Oi?

ESTHER PARK: Quer contar essa parte?

SLOANE ANDREWS: Hã, tudo bem. Eu sugeri que a gente montasse uma armadilha. Eu usaria magia de alguma maneira chamativa perto da Trump Tower, na Wabash Avenue Bridge — tecnicamente o nome certo é Irv

Kupcinet Bridge. Imaginei que, se chamasse bastante atenção, o Tenebroso ou os seguidores dele me veriam do apartamento.

SENADOR GOO: Perdoem a interrupção. Agradecemos muito o seu relato sobre o que aconteceu. Mas, antes de prosseguirmos, gostaria de fazer uma pergunta à srta. Andrews.

MATTHEW WEEKES: Hã. Eu não sei se...

SLOANE ANDREWS: Pode falar, senador.

SENADOR GOO: Obrigado, srta. Andrews. É que fiquei me perguntando — sempre me perguntei, na verdade — como você sabia que o Tenebroso ia cair nessa armadilha?

SLOANE ANDREWS: Bem, primeiro pensei que, se ele visse uma das pessoas destinadas a destruí-lo — ou o que quer que a profecia dissesse — desafiando de forma tão escancarada, ele não seria capaz de resistir a sair para matá-la.

SENADOR GOO: Sim, já ouvi você expressar esse raciocínio em várias entrevistas desde que o Tenebroso foi derrotado. Mas não posso deixar de pensar que era igualmente provável que ele soubesse que você estava preparando uma armadilha.

[silêncio]

SENADOR GOO: Srta. Andrews?

SLOANE ANDREWS: Desculpe, eu... é difícil de explicar. Eu já tive... acho que tive uma experiência muito particular com o Tenebroso, uma experiência única, quando fui prisioneira dele. Foram só vinte e quatro horas, mas... era o mais próximo que alguém já havia chegado dele sem morrer ou estar sob sua influência. Mesmo seus seguidores, os que conseguimos interrogar, não pareciam saber muito sobre ele.

SENADOR GOO: Entendo que é difícil falar sobre isso, srta. Andrews. Eu gostaria que você tentasse, para que o registro oficial reflita os acontecimentos com a maior precisão possível.

SLOANE ANDREWS: É. Bem, a explicação verdadeira é um pouco mais complicada do que a que já dei antes.

SENADOR GOO: Acho que todos aqui entendem que você contou o que conseguia até agora, srta. Andrews.

SLOANE ANDREWS: Acho que sim. Bem, não era que eu achasse que qualquer um de nós naquela ponte seria capaz de atraí-lo. E o plano era esse, atraí-lo. Tínhamos que encontrar uma isca irresistível para ele. E... hã... era eu. Eu era a isca.

SENADOR GOO: Porque...

ESTHER PARK: Porque ele era obcecado por ela, está bem?

SLOANE ANDREWS: Acho que ele... ele disse que éramos parecidos. Podemos passar para o resto da história? Também não entendo, eu juro. O cara...

ESTHER PARK: Tinha um parafuso solto.

INÊS MEJIA: Ou um monte de porca no lugar dos parafusos.

SLOANE ANDREWS: Na verdade, não importa por que funcionaria, só sabíamos que ia funcionar. Então todos nós nos arrumamos...

MATTHEW WEEKES: Ou seja, pegamos nossos artefatos, que tinham sido adquiridos durante nosso trabalho com a APIS...

SENADOR GOO: E esses artefatos serviam a que fim?

MATTHEW WEEKES: Eram armas. Armas mágicas, para ser mais exato. A APIS nos equipou com objetos lendários, a maioria adquirida graças à generosidade de outros países. O Ramo de Ouro e o Anel de Giges foram emprestados pela Grécia; o Chifre, *Gjallarhorn*, pela Suécia; as *Freikugeln* — as balas mágicas — haviam sido retiradas da Alemanha durante a Segunda Guerra Mundial pelos ██████, então foi mais fácil...

ESTHER PARK: ██████ prefere que você diga "supostamente".

MATTHEW WEEKES: Certo, supostamente haviam sido retiradas. E Sloane tinha a Agulha de Koschei. O Anel de Giges não teve utilidade para nós, mas os outros itens canalizavam a magia de maneira mais ou menos consistente, então pensamos que se os usássemos todos de uma vez, teríamos maior probabilidade de sucesso. Nosso domínio da magia foi melhorando com o tempo, mas não era má ideia ter um plano B...

INÊS MEJIA: Eu fiquei onde estava, para ter certeza de que ninguém sairia do apartamento. Devo ter limpado aquela janela umas vinte vezes, quase fiquei sem limpa-vidro.

ESTHER PARK: Matt e eu nos escondemos, cada um de um lado da ponte. Eu estava na torre ao norte do rio, e Matt estava ao sul, na passarela. Albie queria vir com a gente, mas como ainda estava bastante debilitado, nós o deixamos para trás. Tentamos, pelo menos.

SENADOR GOO: E onde está o sr. Summers hoje?

MATTHEW WEEKES: Ele... ele não estava se sentindo muito bem. Lamenta muito não ter podido vir hoje, mas me deu permissão para contar sua parte. Enfim, Esther e eu tínhamos assumido nossas posições, e Sloane...

SLOANE ANDREWS: Eu fui sozinha, a pé. Parei no meio da ponte. Com a Agulha. Eu queria... Minha intenção era fazer algo difícil de ignorar, a fim de atraí-lo. Eu não tinha certeza do que seria, mas a magia às vezes toma forma sozinha, como se não importasse muito o que a gente quer dela. Uma luz brilhante saiu da Agulha, mais ou menos como... um fio, eu acho. Dourado. Em direção ao céu. Há imagens no registro oficial...

SENADOR GOO: Várias testemunhas enviaram fotos e vídeos do incidente antes desta audiência, e as evidências estão rotuladas como Anexo 23, A-E.

SLOANE ANDREWS: Enfim, funcionou. Ele desceu. E também não foi nada sutil. Abriu um buraco na lateral da Trump Tower e flutuou como se estivesse voando em uma peça de teatro. Pousou bem na minha frente. Ele falou comigo. Eu não... não sei bem o que ele disse. Algo sobre eu o ter chamado, que ele sabia que era uma armadilha, mas precisava de algo de mim. Mas nunca descobri o que era porque...

ESTHER PARK: Nós não lhe daríamos tempo de fazer nada com ela. Agimos imediatamente. Eu estava com o Chifre, Matt com o Ramo, e Inês estava...

INÊS MEJIA: Correndo o mais rápido possível, descendo cinco milhões de lances de escada porque a porcaria do elevador parou de funcionar assim que ele destruiu as janelas...

MATTHEW WEEKES: O Chifre estava emitindo uma frequência baixa demais para que conseguíssemos ouvir, mas que fazia a rua toda vibrar. Acabou rachando o asfalto onde Sloane e o Tenebroso estavam, e o Ramo fazia a rachadura aumentar, mas dava para ver que não seria suficiente. O Tenebroso havia criado algum tipo de barreira protetora ao redor dele e de Sloane, e ela estava gritando...

SLOANE ANDREWS: Não sei direito o que ele estava fazendo comigo. Parecia que estava tentando me despedaçar. Precisei de todas as minhas forças para continuar segurando a Agulha. Eu não tinha condições de usá-la.

MATTHEW WEEKES: Mas então, vindo da ponte a oeste daquela onde estávamos, a que atravessa a State Street...

SLOANE ANDREWS: A Bataan-Corregidor Memorial Bridge.

MATTHEW WEEKES: Sim, essa. Enfim, lá estava Albie. Ele estava com as *Freikugeln* e as apontou pela janela aberta de um táxi. Acho que vocês deram ao motorista do táxi a Medalha de Honra. Um dos poucos civis que a receberam. Enfim, então tudo apenas... quebrou.

SENADOR GOO: Acho oportuno me referir ao Anexo 24, A-R, com filmagens deste evento com... uma grande variedade de ângulos, apresentados por testemunhas antes desta audiência. Basicamente, a Trump Tower se soltou da fundação, levando consigo a Wabash Avenue Bridge, e o Tenebroso e a srta. Andrews junto. Por cerca de 1,23 segundo, tudo ficou suspenso no ar e depois pareceu se expandir a partir de um ponto central dentro do... edifício flutuante. Os projéteis de aço e vidro causaram quarenta e cinco mortes e mais de duzentas pessoas ficaram feridas, sem contar os prejuízos materiais.

ESTHER PARK: Nós... sentimos muito?

SENADOR GOO: Estamos aguardando o dinheiro para os reparos, srta. Park.

[silêncio]

SENADOR GOO: Foi uma piada.

MATTHEW WEEKES: Todos nós apagamos nesse momento, então nenhum de nós se lembra...

SLOANE ANDREWS: Eu me lembro de uma coisa. Eu me lembro de cair. Na água. No rio. Fui até o fundo com o concreto da ponte. Foi aí que apaguei. Acordei na margem do lago. Ainda não sei como cheguei lá e por que não me afoguei. E o Tenebroso, ele... tinha sumido.

14

Sloane avançava por entre as tendas que cercavam o local do Dreno. Tinha chovido mais cedo, então o chão estava macio sob suas botas. Havia menos pessoas circulando por ali do que quando ela viera durante o dia, e as que ainda estavam do lado de fora se reuniam em volta de churrasqueiras portáteis e pequenas fogueiras com lanternas penduradas ou holofotes presos na entrada das tendas. Ela ouviu alguns acordes de "The Times They Are A-Changin", e as palavras a perseguiram, como se carregadas pelo vento frio, até a Cúpula.

Sloane parou na barreira de segurança que separava a multidão que procurava — não importava o quê, todos procuravam *alguma coisa* — do local do Dreno. Não estava muito longe de onde dera um soco na cara daquele sujeito alguns dias antes.

Parecia um sonho distante. Albie havia morrido, e já não importava mais do que um acólito do Tenebroso a tinha chamado ou quais eram as intenções dele. Albie *havia morrido*, e só importava o que precisava ser feito e quem estava disposto a fazer isso.

Ninguém a reconheceu, nem reconheceria. Sloane havia se trocado no carro, vestindo roupas novas. Eram largas e pretas, disfarçando os traços femininos de seu corpo. Ela era alta o suficiente para ser confundida com um homem. O capuz cobria seu cabelo, e ela estava com uma máscara de Neoprene por cima do nariz e da boca, a que usava no auge do inverno. Ficou aliviada por não ter se maquiado naquele dia — não precisaria limpar o rosto. Sem dúvida a APIS suspeitaria dela assim que percebessem o que havia feito. Mas o disfarce lhe daria algum tempo.

Sloane pegou as duas metades da Agulha de Koschei do recipiente no bolso de trás da calça. Ela mesma a havia quebrado. Depois que Bert fora atrás dela e de Albie, desnecessariamente, e morrera por causa disso, e depois de ser prisioneira do Tenebroso, passara a sentir repulsa da Agulha em sua mão. Tinha discutido com os representantes da APIS quando se recusaram a tirá-la; eles disseram que não havia como prever como a Agulha reagiria. Então, uma noite, com um pé em um pesadelo e outro na realidade, Sloane arrancara a Agulha da própria mão com os dentes. Com o gosto de sangue na boca, ela partira o artefato ao meio — mas não tinha sido tão fácil quanto uma agulha que quebra em uma máquina de costura, porque não fora encaixada direito. Precisou de toda sua força e de toda a *magia* da própria Agulha. Ela desmaiou logo em seguida, esgotada, e acordou no hospital uma semana depois com a mão enfaixada.

Não havia tocado a Agulha com as mãos desde então, com medo de que ela de alguma forma voltasse a se enfiar em sua pele. Mas parecia que, quebrada, não tinha o mesmo poder de quando Sloane a encontrara no fundo do oceano. Ela sentiu a magia se agitar como água prestes a ferver. Formigava e ardia dentro dela, mas sua atração não era irresistível.

A magia não era uma arma ou uma fonte amoral de energia — era uma infecção. Onde quer que estivesse, as pessoas morriam, as coisas apodreciam e a ordem virava caos, às vezes de maneira irreparável. Mas não havia outra arma contra a magia que a APIS desenvolvera senão a própria magia.

Sloane ergueu as duas metades da Agulha contra a luz do posto de segurança. Dois pontinhos brilharam na superfície. Eram como dois ímãs com polaridade oposta — ela sentia o elo que se formava entre as duas extremidades e a necessidade irreprimível de se unir. Mas não permitiria isso. Então, foi como se um fogo percorresse seus dedos e o dorso da mão direita, o braço, o ombro, fervendo seu sangue e incinerando sua coluna; sentiu a atração da Agulha e soube que o artefato queria se fundir com ela tanto quanto queria se consertar.

Sloane rangeu os dentes e empurrou o artefato. As metades da Agulha resistiram, tentando alcançá-la, e ela as girou, segurando-as como facas no centro de seu punho.

Era como se tivesse derramado ácido na palma da mão, mas continuou agarrada aos fragmentos da Agulha e caminhou em direção ao posto de segurança. O guarda — não era o mesmo do outro dia, mas usava o mesmo uniforme sem graça — pediu que ela parasse. Sloane seguiu em direção ao portão.

O que aconteceu em seguida pareceu ser um reflexo, o mesmo formigamento desconfortável que se seguia ao martelo de um médico acertando o joelho do paciente. Ela puxou as duas metades da Agulha para cima e a estrutura toda do portão se ergueu acima da cabeça dela. Ficou pairando ali enquanto ela e o guarda o encaravam. O vento balançava a corrente, mas, fora isso, o silêncio era total.

Sloane levantou uma sobrancelha para o guarda. Ele não lhe disse para parar de novo.

O portão continuou suspenso mesmo depois que ela passou por baixo dele. Quando olhou para trás, ainda estava flutuando quinze metros acima de sua cabeça, como se nas nuvens.

A entrada principal da Cúpula teve o mesmo destino. As portas foram puxadas das dobradiças sem dificuldade e atravessaram o telhado. O buraco que deixaram era fino e retangular, como se tivesse sido cortado por uma faca.

O teto da Cúpula estava escuro, mas havia algumas luzes de emergência acesas aqui e ali, iluminando os corredores internos que lembravam os raios de uma bicicleta, os caminhos levando às saídas de emergência. Um guarda com uma arma de eletrochoque se pôs no caminho de Sloane.

— Senhor, abaixe sua… arma — ordenou ele.

A Agulha parecia entender o que ele dizia, e Sloane estremeceu de dor quando o calor na palma da mão ficou mais intenso. Sua voz a denunciaria, então ela não disse nada, apenas balançou a cabeça.

Ele estendeu a arma de eletrochoque.

Ela estendeu a Agulha quebrada.

A arma de eletrochoque explodiu em finas partículas de pó preto. Um fio de luz envolveu a mão do segurança, fazendo-o gritar.

Sloane passou longe dele. Não havia tempo para pena ou medo. Ela correu em direção à sala onde sentira o protótipo. Sentia-o de novo, pulsando, como o coração embaixo do assoalho naquele conto de Edgar Allan Poe. Ele chamava algo dentro dela e dentro da Agulha. A magia chamava magia, como sempre.

Assim como o Tenebroso a havia chamado certa vez.

Olá, Sloane. Conseguiu dormir?

Espero que sim, porque você tem uma decisão importante a tomar hoje.

Ela afastou as palavras do Tenebroso da mente e reprimiu aquela sensação, e só então se permitiu articular o que sempre soubera: que a sensação da magia falando com ela era como voltar à vida. Um novo pulso, o retorno da circulação a um membro não utilizado.

A magia a transformava em algo novo.

As portas do laboratório onde o protótipo ficava se ergueram e permaneceram estáveis, logo abaixo da Cúpula. Sloane atravessou a moldura da porta, mais cautelosa agora do que antes. O laboratório era todo branco: paredes brancas, piso branco, mesas brancas. Havia uma fileira de microscópios em uma mesa, alguns monitores em outra. Chuveiro e lava-olhos de emergência. Dutos resistentes passavam junto ao teto — também pintado de branco —, terminando em aberturas largas.

Sloane registrou tudo isso, mas sua atenção se concentrou imediatamente no protótipo, que estava em sua própria mesa de laboratório, em uma plataforma de metal. Alguém havia colocado uma fita de isolamento ao redor dele. Era, como Inês havia previsto, uma caixa. Feita de metal fosco e estreita o suficiente para caber na palma da mão, mas tinha cerca de trinta centímetros de comprimento. Sloane tremia ao se aproximar, com a Agulha quebrada estendida.

E então: um sentimento tão familiar quanto o ar nos pulmões. Ela havia sentido apenas uma vez antes — aquela fome, aquele vazio que exigia ser preenchido —, pouco antes de a Agulha matar todos os agentes que a acompanhavam no Mergulho. Naquele dia, o sentimento não tinha forma, era apenas um desejo tão potente que a obrigara a ceder.

E agora Sloane só queria uma coisa: destruir aquela merda antes que machucasse algo ou alguém de novo.

Seu desejo se prendeu à Agulha como uma linha, e então...

Luz...

Sloane cheirava a poeira e fumaça.

Quando recuperou a consciência, ainda estava escuro. O chão do laboratório formava um círculo perfeito sob seus pés, intacto e tão imaculado quanto quando entrara na sala. Mas, para além dele, havia apenas escombros. A estrutura da Cúpula estava quase inteira, mas havia um grande estrago na lateral, como se alguém tivesse mordido uma maçã. O laboratório — e o protótipo — não passava de fragmentos de cascalho e metal, pequenos demais para serem consertados.

Por um bom tempo, ela ficou sentada no círculo de piso limpo, tremendo. Mas o sol começava a nascer. Então ela se obrigou a ficar de pé e saiu aos tropeços dos escombros. Viu um segurança caído no chão perto de uma porta externa. Ela tivera sorte de acordar primeiro.

Supondo que ele estivesse desmaiado e não morto.

Sloane não viu mais ninguém. Talvez os outros tivessem fugido ao primeiro sinal de magia. Não os culpava por isso — afinal, o Tenebroso era o único usuário de magia do qual a maioria das pessoas já ouvira falar, e os Drenos haviam ensinado que, diante de qualquer indício de magia, era melhor fugir.

A luz e o barulho haviam despertado as pessoas nas tendas, que estavam paradas o mais perto possível da barreira de segurança. Sloane passou por uma sessão mediúnica e por um grupo de homens conversando animadamente sobre "ele ter voltado". Ninguém prestou atenção nela.

Sloane entrou no carro e dirigiu até uma reserva florestal próxima. Ainda faltavam horas para o velório. Ela se embrenhou na floresta para acender uma fogueira, juntando lenha à medida que avançava. Empilhou-a em uma das latas de lixo de metal em uma das trilhas, acendeu-a com um fósforo, esperou as chamas aumentarem e começarem a queimar os troncos mais grossos, então se despiu, ficando apenas de calcinha e sutiã.

Jogou as roupas que tinha usado no fogo e vestiu as mesmas da véspera. Enquanto o tecido queimava até virar cinzas, ela saiu da floresta, com galhos arranhando o pescoço, as orelhas e os ombros, arbustos roçando os tornozelos. Sacudiu a poeira do cabelo, depois fez uma trança apertada. Quando olhou para seu reflexo na tela escura do celular — que estava desligado desde a noite anterior —, não pôde deixar de sentir que todos os seus esforços para parecer normal haviam sido em vão. Ela parecia louca, os olhos arregalados, a mandíbula tensa. Matt saberia que tinha acontecido alguma coisa. Mas isso não importava.

Sloane ligou o GPS, digitou o endereço do monumento no Loop e dirigiu em silêncio.

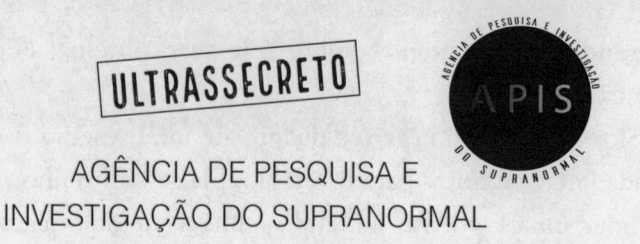

AGÊNCIA DE PESQUISA E
INVESTIGAÇÃO DO SUPRANORMAL

MEMORANDO DE REGISTRO

PARA: DIRETOR, AGÊNCIA DE PESQUISA E INVESTIGAÇÃO DO SU-PRANORMAL (APIS)

DE: AGENTE ███████, CODINOME EDWINA

ASSUNTO: RELATÓRIO SOBRE O ARTEFATO 200 DO PROJETO SÓSIA

1. Para os fins deste relatório, vou me referir ao Artefato 200 do Projeto Sósia por seu nome comum, Agulha de Koschei.

2. A Agulha é um objeto importante no folclore eslavo, e Koschei (também conhecido como "Koschei, o Imortal") em geral é retratado como um antagonista que tem medo da morte. Assim, ele coloca sua alma dentro de um objeto que é então guardado dentro de outros objetos: por exemplo, ele a coloca em uma agulha, depois enfia a agulha em um ovo, depois esconde o ovo dentro de várias criaturas ou, em algumas histórias, em um baú. Ele não pode morrer se a agulha que contém sua alma permanecer intacta.

3. A APIS tem prestado atenção nos chamados objetos míticos desde a fundação da agência, em especial nos objetos valorizados por outros governos. Já se fala na Agulha há algumas décadas, mas a Guerra Fria trouxe o assunto à tona, de acordo com nossos oficiais de campo na Rússia. Conseguimos rastrear o paradeiro da Agulha até um navio espião soviético, o *Sakhalin*, que naufragou em algum lugar do Oceano Pacífico em 1972. A tecnologia de vigilância revelou a localização exata do navio em 2007 e formamos uma

força-tarefa do Projeto Sósia com o Elemento 2, Sloane Andrews, para recuperar a Agulha em 2008. A missão é detalhada nos documentos em anexo.

4. A APIS não acredita que a Agulha contenha a alma de uma pessoa, assim como não acredita que algum dia tenha existido alguém imortal ou um homem chamado Koschei; no entanto, ainda não temos uma explicação para a origem do artefato. A Agulha não é formada por qualquer metal conhecido, embora tenha aspecto metálico. Tem apenas cerca de cinco centímetros de comprimento, e as extremidades irregulares sugerem que é um fragmento de algo maior, mas não encontramos mais nada que se assemelhe a ela. Certas partículas microscópicas batem com o material retirado do fundo do oceano, principalmente o sedimento pelágico característico da Fossa das Marianas. Mais informações sobre sedimentos pelágicos e sua relação com a composição da Agulha seguem em anexo. Uma investigação mais aprofundada na região será necessária se quisermos entender as origens da Agulha.

5. Outros exames das propriedades da Agulha estão em andamento, embora esteja claro que esse objeto possa ser caracterizado como um canal ativo de energia supranormal. Esperamos que, no futuro, seja possível dedicar mais tempo a essa tarefa; no momento, a Agulha é uma das nossas armas mais poderosas na luta contra o Tenebroso.

15

Sloane colocou os óculos de sol, embora o céu estivesse escuro de tantas nuvens, e atravessou a multidão.

A Lake Shore Drive tinha virado um estacionamento. Perto da saída para a Michigan Avenue, ela abandonara o carro no acostamento. O suor pontilhava sua testa, perto do cabelo, e Sloane estava sem fôlego depois de quase correr até o centro da cidade.

Mas ela conseguiu chegar ao monumento; ou, pelo menos, à barreira de segurança que a polícia havia instalado ao redor dele. Caminhou até a policial mais próxima e tirou os óculos escuros. A mulher lhe lançou um olhar estranho, mas assentiu e gesticulou para que passasse.

— Obrigada — murmurou Sloane.

Colocou os óculos de novo, contornou a barreira e se afastou a passos rápidos antes que alguém na multidão descobrisse por que haviam liberado sua passagem. Viu Esther mais adiante, vestida com um longo casaco preto que roçava os bicos pontudos das botas de couro. Esther levantou uma sobrancelha perfeitamente pintada para Sloane.

— Onde você estava, cacete? — questionou antes de abraçá-la. — Matt disse que você surtou.

— Bem, eu não descreveria dessa forma — disse Sloane. — Como as pessoas ficaram sabendo de hoje?

— Não me olhe assim. Não mexo nas redes sociais desde ontem.

Sloane bufou.

— Foi Matt — disse Esther. — Ele entrou em contato com a polícia para avisar que estaríamos aqui hoje, caso algo estranho acontecesse. Alguém deve ter vazado a informação.

Sloane devia ter imaginado que era culpa de Matt. Ele nunca entendera por que ela queria tanta privacidade. Matt não ligava de mencionar o próprio nome quando fazia uma reserva de jantar para conseguir uma mesa melhor ou de piscar para as pessoas que o olhavam na rua. *A gente precisa aceitar o preço de levar esta vida o tempo todo*, dissera ele certa vez. *É melhor aproveitar a parte boa quando dá.*

Ela o avistou ao lado do monumento. Quando Matt a viu, um grande nó se desfez. Ele a agarrou, como se estivesse verificando que Sloane era real, e a abraçou por alguns segundos, a respiração trêmula em seu ouvido. Ele devia ter pensado que ela havia morrido, Sloane percebeu, os óculos escuros apertados contra o ombro dele. Por algum motivo, não passara por sua cabeça tranquilizá-lo.

— Me desculpe — pediu ela, mas não sabia ao certo por que estava se desculpando. Por sair sem avisar, pela briga que tiveram antes de Albie morrer, por destruir a Cúpula ou pelo que ela teria que fazer em seguida, quando se tornasse fugitiva da APIS. Talvez precisasse até sair do país...

— É — respondeu ele, evitando encará-la.

Isso significava que ele não a perdoara, como ela já esperava. Até a misericórdia de Matt tinha seus limites. Ele havia chorado. Seus olhos estavam vermelhos. Talvez tivesse passado a noite em claro.

Inês se aproximou e deu um soco no braço de Sloane, com força suficiente para fazê-la estremecer de dor.

— Caramba, Sloane! — explodiu Inês. — Sua escrota.

— Aham — disse Sloane, sem fôlego. — Espera só um instantinho? Você pode gritar comigo quando eu voltar.

Ela passou direto por Inês e caminhou até o canto do monumento, onde o concreto terminava e o rio começava. Encostou a barriga no parapeito. O cheiro de limo e lama era mais forte que o cheiro de fumaça em seu cabelo.

Ela enfiou a mão no bolso e tateou em busca das metades da Agulha. Sentiu a ponta dos dedos ficar dormente ao tocá-las. Sloane apoiou os cotovelos no parapeito, debruçando-se como se quisesse ver melhor a ponte onde atraíra o Tenebroso para a morte. Virou a mão e os pedaços da Agulha caíram na água.

Ela olhou para baixo bem a tempo de ver o metal cintilando ao atingir o rio. Não precisava ver o local onde foram parar para saber onde estavam. Mesmo quebrada, a Agulha zumbia na mesma frequência que ela. Sempre conseguiria encontrá-la de novo.

Sloane voltou para junto dos outros e encontrou Inês fazendo cara feia para ela.

— Eu só precisava olhar de novo — explicou.

O corpo do Tenebroso nunca fora encontrado. Dez anos depois, todos haviam aceitado que ele devia estar enterrado debaixo do concreto, aço e vidro da torre, fundo demais no rio para que seus restos pudessem ser recuperados. Mas, no começo, todos temiam que ele não tivesse ido embora de verdade. Sloane chegara a se juntar aos mergulhadores que vasculharam o rio atrás de qualquer vestígio dele, não se dando por satisfeita até encontrar alguma coisa: um botão dourado que parecia ter vindo de seu casaco, um fragmento podre de tecido que lembrava o punho de sua camisa.

Mesmo depois disso, ela ainda voltava a cada poucas semanas para se lembrar de que o rio era o túmulo dele, de que o Tenebroso estava realmente morto. Inês ia com ela.

Sloane viu uma figura familiar na entrada do monumento, uma garota de rosto assimétrico e cabelo castanho-claro tão fino e arrepiado que pairava ao redor do rosto como fiapos de algodão-doce. A irmã mais nova de Albie, Kaitlin. Doía olhar para ela.

Sloane tirou os óculos escuros, e Kaitlin abriu um sorrisinho. A mãe de Albie — Sloane só a conhecia como sra. Summers — apareceu atrás dela, segurando um lenço floral junto ao peito. Acenou com a cabeça para Sloane e passou pela filha, saindo do monumento.

A sra. Summers nunca gostara de Sloane, provavelmente pelos mesmos motivos que as outras pessoas não gostavam. Ela era o tipo de gente que acompanhava as fofocas das celebridades e acreditava nas correntes que recebia sobre novos vírus e maldições na internet. Toda vez que a Sloane dos tabloides traía Matt, a sra. Summers ligava para Albie, querendo saber se era verdade.

Naquele momento, porém, tudo o que ela disse foi:

— Obrigada. Por cuidar do... — Os olhos da sra. Summers ficaram cheios de lágrimas. Estava pensando na cremação, sem dúvida.

— Hã... claro. Quer dizer, imagina. Eu... — Sloane balançou a cabeça. Não sabia o que dizer.

Felizmente, Esther estava lá para ajudar.

— Olá, sra. Summers — cumprimentou ela. — Minha mãe pediu para lhe entregar isso.

Ela ofereceu à sra. Summers um envelope em uma caligrafia elegante. A mãe de Albie se afastou de Sloane, parecendo aliviada.

Ao lado de Sloane, Matt franziu a testa para o celular.

— Acabei de receber uma notificação. — Ele encarou Sloane. — Alguma coisa aconteceu na Cúpula.

Ela retribuiu o olhar sem vacilar. Se Matt perguntasse, Sloane decidira, ela não mentiria. Já estava cansada disso. Talvez fosse culpa sua que Matt pensasse que ela era melhor do que realmente era; passara tanto tempo fingindo ser, pelo bem dele. Talvez estivesse na hora de Matt descobrir quem ela era de verdade. Seu rosto corou, e ela estava pronta, pronta para a pergunta dele, pronta para lhe dizer que...

— Bem — disse Inês. — Vamos lá?

Ela segurava a pequena urna que o crematório entregara a Sloane.

Todos fizeram um silêncio pesado.

— Hã, antes da última batalha, todos nós conversamos sobre o que queríamos caso a gente morresse. — Inês fungou. — Albie disse que não queria nada grande, apenas que suas cinzas fossem espalhadas em algum lugar que o Tenebroso tivesse destruído com um Dreno. Ele se sentia... sei lá, ele se sentia ligado às pessoas que morreram na mesma luta. Era um conforto para ele, de certa forma, saber que, caso morresse, não estaria sozinho.

Sloane deu um passo para o lado para que todos formassem um círculo: Kaitlin e a sra. Summers, Matt e Esther, Inês e ela. Inês abriu a tampa da urna. Dentro havia cinzas e, em cima delas, algo amarelo e chamativo. Um tsuru de papel.

A sra. Summers o viu primeiro. E começou a rir.

Todos riram, não porque fosse engraçado, mas porque não era, porque o riso era um soluço de corpo inteiro, selvagem e estranho, assim como a morte era selvagem e estranha.

— Não acredito que ele se foi — disse Sloane, quando o silêncio voltou a recair.

Kaitlin pegou a urna das mãos de Inês e se virou para o oeste, dando as costas para o lago Michigan. Ela jogou as cinzas em um arco amplo, em direção ao monumento. O tsuru amarelo caiu no chão.

A mão de alguém, em uma luva com estampa de *pied-de-poule*, segurou a mão de Sloane. Esther. E, do outro lado, a mão de alguém em uma luva de couro resistente segurou a outra. Matt. Todos os quatro estavam juntos, algumas cinzas dançando ao redor de seus pés. A visão de Sloane ficou turva com as lágrimas.

E então ela ouviu uma voz suave. Parecia sussurrar em seu ouvido, baixa demais, a princípio, para que as palavras fossem inteligíveis. Sloane sentiu o formigamento e a queimação que associava à Agulha e à magia e olhou em volta. Os outros estavam com a cabeça baixa, sem se mexer. As mãos de Esther e Matt ainda seguravam as dela, uma pressão constante.

— Sloane — chamou a voz, e era a de Albie.

Ela procurou pelo amigo, examinando o monumento, o rio, a multidão atrás das barreiras, mas não o viu. Sentiu algo puxando o dorso de sua mão, onde ficava a cicatriz da Agulha.

—Vamos lá — disse a voz de Albie, na frente dela, um sussurro em sua bochecha.

Era estupidez pensar que ele podia estar ali, mesmo que de alguma maneira pequena, só por causa de suas cinzas, só porque eles haviam feito uma magia poderosa naquele lugar. Mas ela vira, sentira e fizera coisas impossíveis, arrancara portas das dobradiças e as mandara em direção às nuvens, assistira a árvores pairando acima do mar, estourara um arranha-céu como se fosse uma uva. Ela se abrira para querer coisas que nunca poderiam ser suas, e as conseguira. O que havia de tão diferente nisso?

O Tenebroso morrera ali. Talvez Albie pudesse estar vivo em outro lugar.

Ela deu um passo em direção à voz…

…e se arrependeu. Tentou dar um passo para trás, voltar, mas era tarde demais. Tudo ficou escuro.

PARTE
DOIS

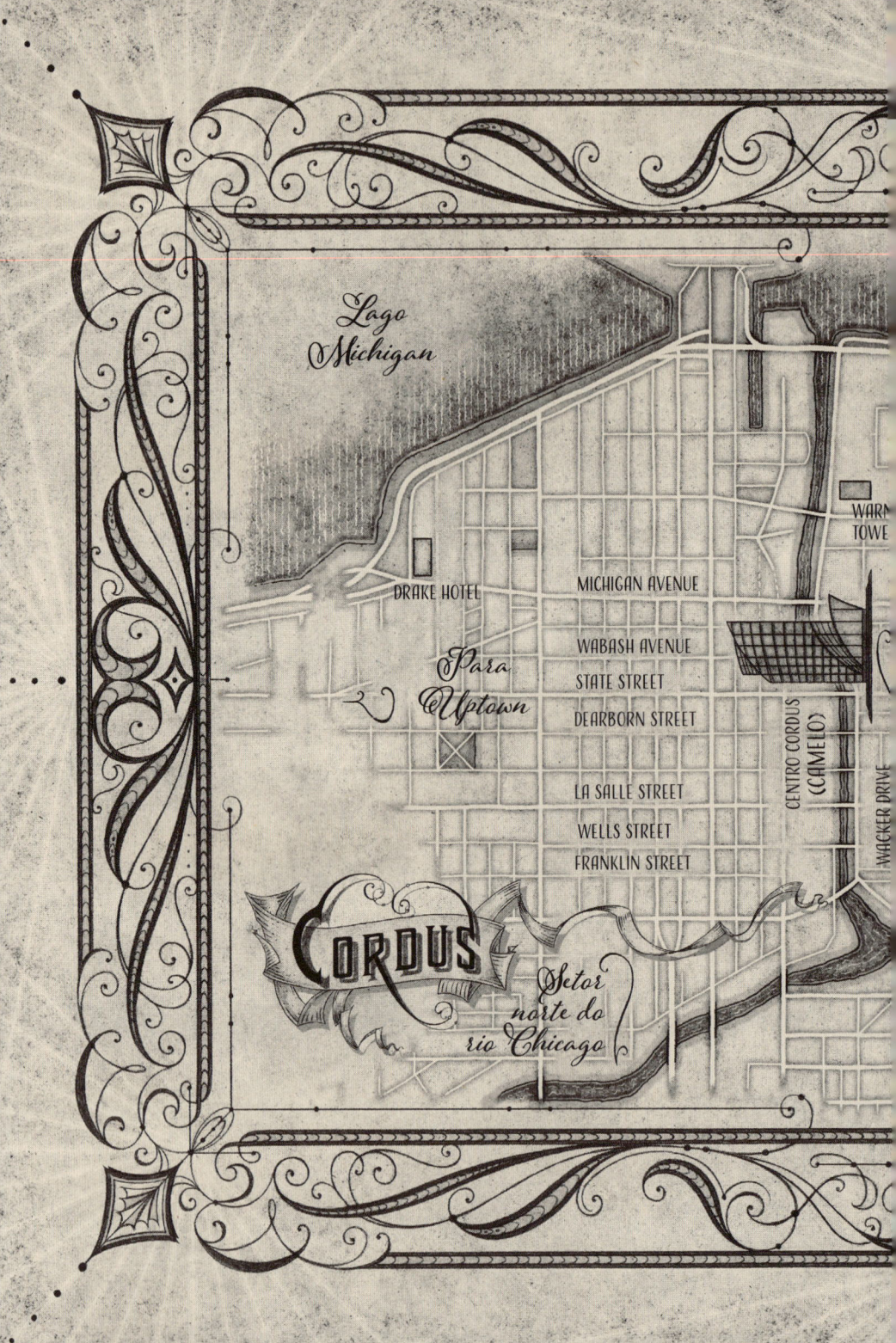

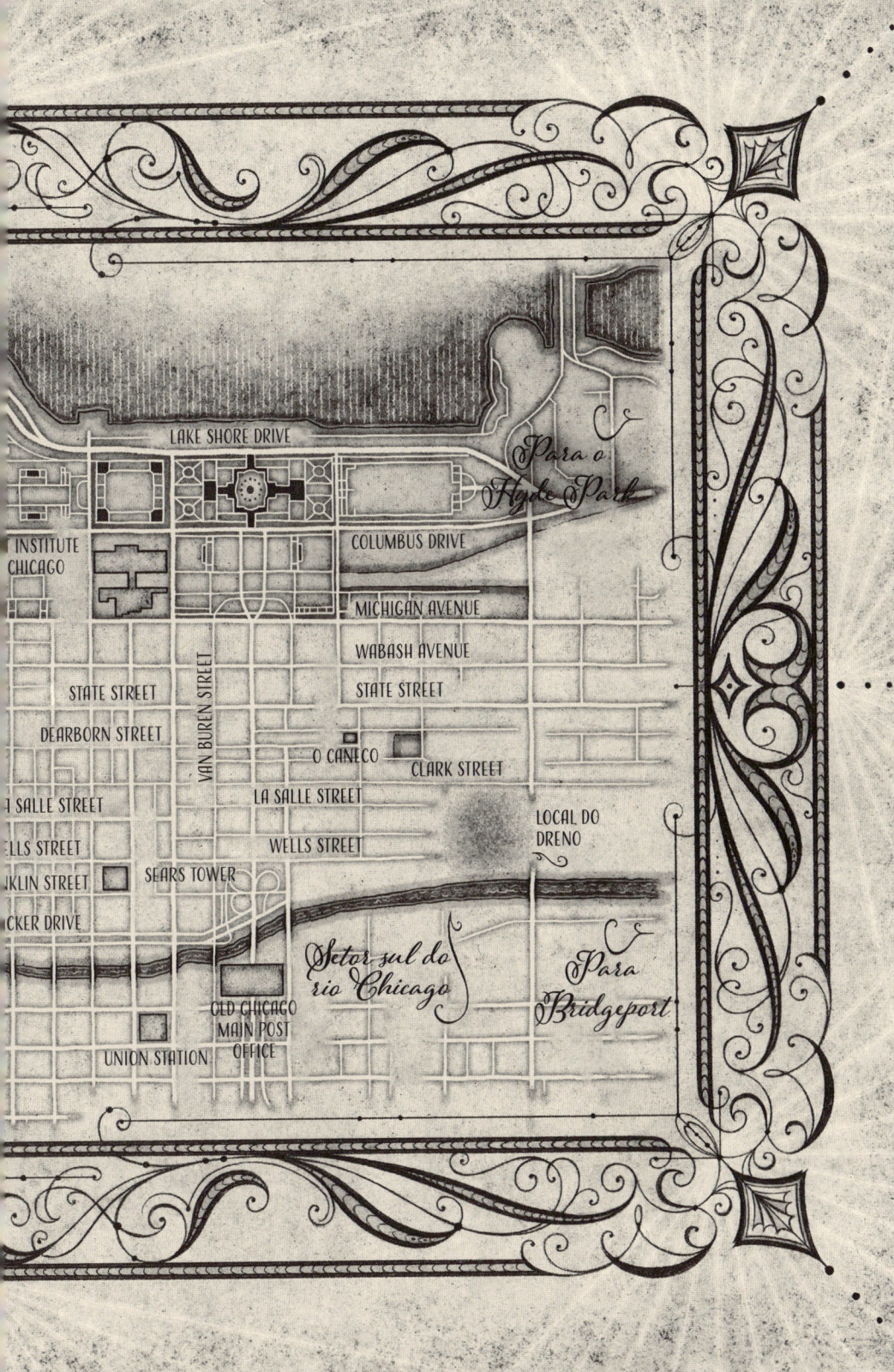

TRECHO DE

É um mundo mágico lá fora! O guia de magia do ensino fundamental, 7ª edição

Agnes Dewey e Sebastian Bartlett

Você sabia que o mundo costumava ser bem menos mágico? Pois é verdade! Até 1969, a maioria das pessoas não acreditava na existência da magia. Para elas, não passava de um conto de fadas. Mas em 1969 aconteceu o que ficou conhecido como o Evento *Tenebris* (falaremos mais sobre ele no Capítulo 3), e a magia se espalhou por toda a Genetrix. Pessoas de todo o planeta viram coisas incríveis — mas assustadoras! — ocorrerem, como certas partes do oceano fervendo sem motivo aparente [fig. 2], bolas de luz brilhantes flutuando perto de suas casas [fig. 3] e edifícios inteiros virados de cabeça para baixo [fig. 4]. Alguém até tirou uma foto de uma baleia flutuando nas nuvens [fig. 5]!

Depois que a magia se espalhou, muitas pessoas adoeceram. O corpo delas não estava acostumado com a energia mágica no ar. E, como não havia cura para a praga mágica, todas elas morreram, o que foi muito triste. Mas se você está aqui hoje, significa que é imune à praga mágica! Então não precisa se preocupar. O importante é saber que a magia faz parte do nosso mundo agora, e é hora de aprender a usá-la! Você conseguirá fazer mais coisas quando ficar mais velho, mas mesmo o que pode fazer agora é bem legal. Primeiro, porém, temos que aprender como a magia funciona.

Na verdade, nem sabemos direito como a magia funciona. Estamos começando a entendê-la. Isso não é emocionante? Talvez um dia você descubra todos os segredos da magia!

A manifestação de desejos impossíveis: uma nova teoria da magia

Arthur Solowell

No próspero campo da teoria mágica, muitas vezes falamos que *intenção* é um componente central das artes mágicas. Um sifão, por exemplo, não funciona sem uma pessoa para manejá-lo e direcionar seu poder; é fundamentalmente inerte, não passando de um instrumento contundente sem uma forma viva para preenchê-lo. E sem dúvida a intenção é importante — de que outra maneira uma pessoa seria capaz de controlar os resultados do uso de um sifão? De que outra maneira seria capaz de, por exemplo, congelar um objeto de forma confiável em vez de incendiá-lo? Certos sifões são sintonizados para tarefas específicas — um sifão ocular é usado com mais frequência para operações visuais, um sifão auricular para operações auditivas etc. —, mas cada um deles é bastante flexível, mesmo dentro dessas categorias. A intenção, portanto, garante que essa flexibilidade não traga uma falta de confiabilidade.

No entanto, eu argumentaria que, embora a intenção seja um *componente* de um ato mágico, sem dúvida significativo, não é a *essência* do que distingue um ato mágico de um ato mundano. Qualquer homem com um martelo pode ter como intenção acertar um prego — isso não é magia, e um sifão não é um martelo. Em vez disso, defendo que a essência de um ato mágico é *o que a pessoa quer*. Ou, para ser mais específico, o que uma pessoa quer e não pode realizar facilmente dentro do campo do mundano. Desejar que um prego afunde em uma tábua é um querer, mas não é mágico. Querer que as tábuas se unam sem o uso de pregos — *isso* é magia.

Em outras palavras, para que algo seja considerado mágico, deve ser um *desejo impossível*.

Discurso do senador Amos Redding em apoio ao Estatuto da Égide
17 de setembro de 1985

Vim me pronunciar no Senado hoje para compartilhar meu ponto de vista sobre uma questão controversa: a proposta do Estatuto da Égide, que, se aprovado, permitiria que os cidadãos de um local proibissem, após votação, o uso da magia, bem como o estabelecimento de empresas que vendam dispositivos que façam uso de mágica ou que facilitem seu uso de alguma maneira. Hoje, pretendo votar sim para a aprovação do Estatuto da Égide, e vou lhes dizer o porquê.

Senhoras e senhores, a magia é um atalho. É o caminho fácil. E não sabemos aonde ela vai nos levar ou quais serão os possíveis desdobramentos. Uma coisa é se animar diante das novas possibilidades, outra é permitir que a magia se espalhe de maneira incontrolável por nossa nação, tornando nossos jovens incapazes de realizar tarefas práticas sem sua influência. Devemos preservar as habilidades que lutamos tanto para desenvolver ao longo de tantos anos de história humana. Devemos honrar o passado enquanto olhamos para o futuro.

Peço a vocês, colegas e amigos, que considerem o futuro que gostariam de ter e o futuro que gostariam que este país tivesse. A magia é vista com desconfiança há muito tempo, desde os primeiros mitos e lendas. Essa desconfiança, e até aversão pela prática da magia, não se deve apenas à ignorância; diz respeito a algo em nosso âmago, algo que avisa que devemos trabalhar na terra em que vivemos, que as grandes realizações devem ser conquistadas pelo trabalho árduo realizado por nossas próprias mãos...

16

Ela se lembrava — logo depois que o prédio explodira, logo depois que a Agulha mandara um raio de luz para o céu, logo antes de o Tenebroso desaparecer — do gosto da água do rio e do brilho pálido da bochecha dele ao luar.

Sloane tentou gritar e engoliu água. Esther afrouxou o aperto de sua mão, depois a soltou; Matt fez o mesmo em seguida. Sloane balançou os braços descontroladamente, tentando encostar em algum deles outra vez, mas seus movimentos eram lentos, e a escuridão ao redor, absoluta.

Tossiu bolhas silenciosas. Água; ela estava cercada por água. Seus pulmões ardiam. Ela chutou e se deslocou, mas não sabia em que direção; podia estar nadando para o fundo.

Então aproximou um dedo dos lábios e soprou uma bolha. Sentiu cócegas na parte inferior do dedo, o que indicava que seu corpo estava virado para cima — as bolhas sempre subiam em direção à superfície. Ela bateu as pernas com mais força. O casaco encharcado a atrasava, então se livrou da vestimenta, depois puxou a alça da bolsa por cima da cabeça, cruzando-a no peito.

Abriu os olhos, ignorando o arder da água enquanto buscava luz.

Nada. Não havia nada.

Com as mãos vazias, ficava mais fácil se deslocar. Cameron lhe ensinara a nadar quando eram crianças, na piscina do parque. Durante um verão, eles foram para lá todos os dias. Competiram para ver quem espirrava mais água ao pular na piscina.

Ela forçou o corpo para cima. Subiu, subiu e subiu.

Viu um lampejo de luz mais adiante. Bem fraca, a princípio, e depois um círculo verde-azulado, meio embaçado. Nadou em direção a ele. Um de seus sapatos caiu. Sloane bateu os pés com mais força, sentindo pernas, braços e peito arderem.

Chegou à superfície, arfando, e se inclinou para trás para boiar, o martelar do coração nos ouvidos.

Acima dela, havia uma lua crescente, fina como um pedaço de unha cortada em meio ao céu roxo da poluição luminosa. Sloane podia jurar que a lua estava minguante quando caminhara em direção à Cúpula com a Agulha em punho. Era como se tivesse passado quase um mês em um piscar de olhos. Esfregou as pálpebras para tirar a água dos olhos.

Sem contar que o velório de Albie tinha sido de manhã.

Sloane sabia onde estava. O cheiro podre de água do rio em suas narinas era familiar, assim como o contorno irregular do complexo Marina City, parcialmente obscurecido pelas linhas retas do arranha-céu da 330 North Wabash. Mas no lugar do monumento comemorando a derrota do Tenebroso havia uma torre. Não a Trump Tower, azul, elevando-se em direção ao céu, mas um prédio diferente de todos os que já havia visto antes: metade cilindro de vidro simples, metade painéis de aço ondulados, como se uma lufada de fumaça se derramasse pelo lado oeste da cidade.

Quando já conseguia respirar, Sloane se endireitou e viu, pela primeira vez, uma fila de pessoas em pé na margem. À luz das lâmpadas antigas ao longo do rio, viu roupas coloridas em tons escuros e tecidos pesados, drapeados de maneira estilosa. Sloane bateu as pernas para se manter na superfície enquanto afastava o cabelo do rosto. Todos os músculos de seu corpo doíam, mas ela não sabia se queria se aproximar da margem e *deles*.

— Quem… — Sua voz saiu áspera e gutural. As palavras cruzaram a água e ecoaram nas paredes de concreto das duas margens do rio, que mantinham as ruas acima do nível da água. — Quem são vocês?

Uma mulher de cabelo escuro e grosso, pele marrom-clara e vestida de verde deu um passo à frente. Ela parecia estar prestes a dizer alguma coisa quando Esther irrompeu pela superfície da água, o rímel escorrendo pelo rosto. Matt apareceu logo em seguida, perto da beira do rio. Ele agarrou a barreira para se firmar enquanto vomitava água aos pés da mulher, que pulou para trás. Seus sapatos eram brilhantes e pontudos.

— O quê… — A mulher se virou para um homem loiro que estava mais afastado da beira do rio e segurava um livro grosso junto do peito. — Por que tem mais de um?

— Eu não… — O homem olhava boquiaberto para Sloane, Esther e Matt. — Eu não sei.

— Cadê a Inês? — perguntou Sloane para Esther e Matt.

Esther balançou a cabeça.

— Não a vi.

Sloane desistiu de ficar na água. Nadou até a beira do rio e se içou para fora, os braços tremendo sob o próprio peso. Ela caiu, quase batendo a cabeça na calçada, mas aparou a queda com os joelhos e se levantou. Era mais alta que a mulher de verde, mas não muito.

A desconhecida deu um passo para trás.

— Eu fiz uma pergunta — disse Sloane.

Infelizmente, o efeito intimidador foi arruinado quando ela se curvou para tossir mais água. Tinha gosto de pêssego mofado.

— Calma, por favor — pediu a mulher. — Nós…

— Calma é o caralho! — exaltou-se Esther, da água. Estava se debatendo para se soltar do casaco.

Sloane viu o rastro branco de sua respiração ao luar.

Matt havia conseguido se arrastar para fora e se sentou, com água vazando da calça. Esther chegou até a margem e afastou o cabelo do rosto.

Sloane examinou a fila de pessoas a poucos passos de distância. Suas roupas eram de estilos variados, mas tinham uma coisa em comum: um broche dourado do tamanho de uma tangerina preso no peito. Várias usavam joias elaboradas, de aspecto mecânico, em volta do pescoço ou nas mãos. Um adorno todo vermelho cobria a orelha esquerda de uma das mulheres, como se fosse feita de rubis.

— Onde nós estamos? — perguntou Matt com a voz grave que usava quando estava falando sério. Achava que soava intimidador, mas, para o restante do grupo, parecia uma imitação ruim do Batman. Todos haviam concordado em não caçoar dele, já que Matt parecia gostar de fazer isso.

— Qual de vocês é o Escolhido? — perguntou a mulher, examinando cada um.

Que grupo pomposo eles formavam, pensou Sloane. Esther estava na beira do rio, esfregando as mãos no rosto para limpar as manchas de rímel. Matt arrancava uma de suas luvas de couro com os dentes. E a calça de Sloane estava tão pesada com a água que ela tinha certeza de que sua bunda estava aparecendo.

—Vocês não vão fazer perguntas antes de responderem as nossas — retrucou Sloane, puxando a calça pelo passador de cinto.

Matt ergueu a mão.

— Eu. Eu sou o Escolhido.

Esther bufou.

— O quê? — Matt deu de ombros. — Ela fez uma pergunta simples.

— Assim, *todos nós* meio que éramos os Escolhidos — esclareceu Esther.

Ela havia espalhado a mancha de rímel para o lado, em direção às orelhas. Sloane se deu conta de que não a via sem uma grossa camada de maquiagem desde a última batalha. Esther parecia... cansada. Tão cansada quanto Sloane.

— Está faltando uma — disse Sloane. — Cadê a Inês?

A mulher franziu a testa.

— Estávamos esperando só um Escolhido, não três. Muito menos quatro. E, para responder à pergunta de antes, vocês estão exatamente no mesmo lugar onde estavam um momento atrás, com a grande diferença de que agora estão... uma dimensão à esquerda. Por assim dizer.

— Em um universo paralelo? — indagou Esther. — Você fumou alguma coisa?

Há muito tempo, Sloane havia aprendido sobre dimensões paralelas, teoria das cordas e infinitas possibilidades que se ramificavam até uma eternidade, que nenhum ser humano poderia compreender. Desde então, evitava pensar no assunto, sem querer considerar que, para cada decisão que tomava, havia uma Sloane idêntica em outra Terra decidindo algo diferente, os universos se ramificando para sempre. Quem era ela, no fundo, se não havia estabilidade em sua identidade, se havia infinitas Sloanes trilhando muitos outros caminhos, levada a outras realidades por pequenas variações nas circunstâncias?

— Quem é você? — perguntou Sloane de novo.

Em qualquer universo, em qualquer dimensão, sua primeira preocupação eram sempre as pessoas.

— Meu nome é Élia — respondeu a mulher. — Sou pretora de Cordus e tribuna do Exército Esplandecente.

— Ela está falando a nossa língua? — perguntou Esther a Sloane. — Você está falando a nossa língua, minha senhora?

Eram palavras antigas e estranhas, com as luzes de uma cidade moderna brilhando atrás da mulher. Mas Sloane entendeu o sentido geral.

— Ela se chama Élia e é ela quem manda — traduziu.

— Outra dimensão — disse Matt. — Como isso é possível?

— Seu mundo não está ciente de outras dimensões? — perguntou Élia, franzindo a testa.

Ela usava um tecido rígido em volta dos ombros, calças de barra curta e uma blusa com a gola para cima. Estilos que Sloane reconhecia, mas não exatamente. O broche dourado em seu peito se destacava contra o cinza e o verde de suas roupas, e em sua mão havia uma espécie de aparelho que parecia uma luva mecânica cravejada de joias.

— Só na teoria — respondeu Matt.

Élia olhou para o homem loiro de novo, o nariz torcido de desprezo.

— Então isso deve ser um choque — comentou ela. Sloane bufou.

— Sei que vocês têm perguntas, e prometo respondê-las. — Élia estreitou os olhos para Sloane. — Mas, para que eu faça isso, terão que confiar em nós o suficiente para virem conosco.

Matt torceu a barra do casaco com as duas mãos para tirar um pouco da água do rio. Agia com a naturalidade de alguém sacudindo um guarda-chuva depois de sair da chuva.

—Tudo bem — concordou.

— Não! — Sloane olhou para ele. Sua calça estava escorregando para baixo de novo. — Nós não vamos simplesmente… ir para outro lugar. Não até sabermos o que está acontecendo aqui.

O canto da boca de Matt se curvou para cima. Por alguns anos, enquanto caçavam o Tenebroso, aquele era o único sorriso que ele tinha. Mas depois que o Tenebroso caíra, Sloane o vira com cada vez menos frequência quando finalmente relaxara, não sendo mais responsável por nenhuma vida além da própria.

A volta daquele sorriso significava que ele estava manipulando Élia, e Sloane havia atrapalhado.

Você precisa deixar que eles trabalhem de acordo com os seus pontos fortes, assim como vão deixar você trabalhar de acordo com os seus, disse a voz de Bert em suas lembranças. Cada um tinha um papel em seu pequeno pelotão e, embora isso a irritasse agora que estavam noivos, Matt era o líder. Ele tomava as decisões. Tinham que confiar nele ou o sistema não ia funcionar.

— Eu pretendo contar tudo — falou Élia —, mas é mais fácil entender certas coisas quando as vemos com os próprios olhos.

Esther parou ao lado de Sloane com uma expressão tão cautelosa quanto a da amiga. Mas ela fez contato visual e assentiu, os lábios comprimidos.

— Está bem. Então mostre — concedeu Sloane.

* * *

Sloane ficou na cola de Élia enquanto subiam o que, na Terra que conhecia, era a escadaria que levava para fora do rio, com degraus amplos e minimalistas de pedra polida. Ali, no entanto, a subida era organizada em plataformas, como degraus, mas com árvores crescendo em cada área plana, dando a impressão de uma floresta bem no meio da cidade. Élia serpenteou por entre as árvores, e Sloane, Matt e Esther a seguiram até chegarem ao nível da rua.

Os demais vieram logo em seguida. O silêncio deles deixava Sloane incomodada, e sua presença atrás de si a fazia sentir arrepios na nuca. Era como se estivesse sendo pastoreada.

Sentia certo receio de levantar a cabeça e ser confrontada com tudo que havia de *errado* no lugar. Mas pelo menos a Wacker Drive parecia a mesma rua de que se lembrava, com carros passando pela curva à frente, e havia a Décima Sétima Igreja de Cristo, Cientista, pousada como uma nave espacial onde a Wacker se dividia. Não havia pedestres nas calçadas, e foi só quando o grupo de pessoas atrás dela se espalhou que Sloane entendeu o motivo. Um homem levantou a mão e soltou um trinado que não era humano. Uma parede iridescente surgiu na frente dele, formando uma barreira pela passarela a quase cem metros de Sloane.

Élia pigarreou. Estava ao lado de uma limusine quadrada e cor de vinho, com rodas cromadas. Abriu a ampla porta de trás e ergueu o painel central da esquerda para poder entrar. O homem loiro ficou esperando ao lado do carro. Ele levantou a mão e, quando a manga se ergueu revelando o pulso, Sloane conseguiu ver melhor o dispositivo que usava. Era mais simples do que o de Élia, mas não menos bonito; parecia uma luva, mas era de cobre, com juntas articuladas. Havia um padrão — trepadeiras de folhas minúsculas — esculpido em cada uma das placas e, ao contrário da manopla volumosa de uma armadura antiga, era mais anatômica, claramente feita sob medida.

— Posso secar vocês, se quiserem — ofereceu.

Sloane olhou para Esther.

— Não teríamos trazido vocês até aqui só para machucá-los assim que chegassem — continuou ele. — Meu nome é Nero. Quem quer ser o primeiro?

Matt levou alguns segundos para se oferecer, embora tivesse sido ele a insistir que os acompanhassem. Ele se pôs na frente de Nero, um pouco inquieto.

— O que eu faço? — perguntou.

— Fique parado, por favor — respondeu o homem.

Ele levantou a mão, com os dedos abertos e a palma voltada para Matt. Murmurou uma nota grave, e a camisa de Matt se mexeu, quase imperceptivelmente, como se fosse soprada por uma brisa.

Nero murmurou de novo, e gotas d'água se afastaram da cabeça de Matt e flutuaram no ar. Ele observou as gotículas, surpreso. Sloane olhou em volta, só para ter certeza de que o tempo não havia parado, impedindo que a água caísse. Não teria sido a coisa mais estranha naquele dia.

Nero cantarolou a mesma nota firme enquanto abaixava a mão para pairar sobre os ombros, o abdômen e a virilha de Matt. A água se soltou do casaco e da camisa dele e ficou suspensa no ar.

Quando terminou, murmurou outra nota, movendo a mão em um círculo. Todas as gotículas que flutuavam ao redor do corpo de Matt voaram em direção a Nero e se juntaram em uma esfera de água. Ele a conduziu na direção da rua, depois a fez cair na sarjeta com um gesto. A bola se desfez ao atingir o chão, virando líquido outra vez.

Sloane já tinha visto magia antes: uma força como um furacão que despedaçava as pessoas, vinda de todas as direções; chamas instáveis surgindo nas mãos de Albie; até a estranha luz que emanava do Ramo de Ouro de Matt. Mas nunca tinha visto a magia ser manipulada com tanta delicadeza, com uma precisão tão magnífica.

Matt estava seco; sua camisa, sem dobras. Nero se virou para Esther e Sloane.

— Quem é a próxima?

Matt, Esther e Sloane se apertaram no banco de trás da limusine. Sloane ficou beliscando o veludo cor de vinho e olhando pela janela. Estavam virando na Upper Wacker em direção à Lake Shore Drive. O reflexo do luar ondulava no lago. O horizonte de prédios era quase desconhecido, embora com algumas construções familiares para Sloane: as linhas brancas verticais do Aon Center; o teto de vidro inclinado do Crain Communications; as colunas jônicas do Museu Field de História Natural.

— O que são essas coisas? — perguntou Matt, apontando para o dispositivo na mão de Nero e depois para o de Élia.

A mulher descansava a mão no joelho, então Sloane podia ver melhor o manguito grosso enrolado em seu punho, com correntes delicadas que seguiam o desenho da mão, terminando em uma espécie de dedal que cobria a ponta de cada dedo. Contas vermelhas adornavam cada uma das correntes, e havia uma joia vermelha encrustada no centro da peça.

Élia ergueu a mão.

— Nós chamamos isto de sifão — respondeu. — Eles canalizam energia mágica.

— Magia... — disse Matt. — Mas parecem aparelhos tecnológicos.

— Na verdade — comentou Esther —, parecem joias.

— São as três coisas — explicou Élia, confusa. — Magia, tecnologia e adornos. Sifões não existem no lugar de onde vocês vieram?

— Nossa tecnologia não usa magia — respondeu Matt. — Nós três somos algumas das únicas pessoas que já conseguiram fazer uso de magia e, mesmo assim, estávamos só começando a entender como manipulá-la.

E a magia havia matado Albie, pensou Sloane com amargura.

Élia se virou para Nero e arqueou uma sobrancelha. Ele abaixou a cabeça.

— Isso é fascinante — observou Élia. — A integração dos dois elementos aqui não é perfeita. Há quem insista que a tecnologia deve avançar sem a magia, caso a magia acabe se mostrando um recurso finito. E tem gente que vê a magia como obra do diabo, até. Mas este é um sifão, um triunfo da tecnologia e da magia, juntas.

Ela virou a mão, fechou o punho e depois abriu os dedos. Assobiou, e faíscas dançaram em sua palma.

— Foi inventado por Liu Huiyin em Xiamen, na China, em 1980 — comentou Nero. — A magia só começou a se difundir em Genetrix em 1969.

Sloane olhou para a mão de Élia. As faíscas já haviam sumido, mas deixaram manchinhas em sua visão.

— O que aconteceu em 1969? — perguntou Matt.

— O Evento *Tenebris* — respondeu Nero.

— Vamos ter tempo para uma aula de história mais tarde, sem dúvida — disse Élia.

— Vocês chamam seu planeta de Genetrix? — questionou Esther. Os punhos dela estavam cerrados e apoiados nos joelhos, as juntas dos dedos brancas.

Sloane voltou a olhar pela janela. Entendia o suficiente de arquitetura para saber que alguns daqueles edifícios não se encaixavam nas categorias que conhecia. As construções modernistas que haviam se tornado tão onipresentes a ponto de passarem despercebidas haviam sumido. No lugar, Sloane viu prédios estranhos iluminados por várias cores diferentes. Antes que pudesse entendê-los, a limusine avançava e eles sumiam de vista. Saíram da Lake Shore Drive e entraram no South Loop.

— Quando a magia se tornou comum, começamos a usar dois nomes para nos referir a cada lugar, um para o mundano e outro para os aspectos mágicos — esclareceu Élia. — Nós usamos tanto Terra quanto Genetrix, assim como chamamos esta cidade de Chicago e Cordus, que significa "segundo".

— Ah, sim, a "Segunda Cidade" — disse Matt. — Reconstruída depois do incêndio.

— Parece que estou sonhando — comentou Esther em voz baixa para Sloane. — Que nem da primeira vez que vi as imagens de um Dreno.

Sloane assentiu. Eles passaram por baixo dos arcos amarelos de um McDonald's, idênticos aos que conheciam.

— Você não estava de mãos dadas com Inês quando nós... viemos para cá? — perguntou Sloane.

Esther balançou a cabeça.

— Eu tinha acabado de soltar a mão dela. Não me lembro de Inês estar na água com a gente.

— Deve ter ficado na Terra, então — observou Sloane. — Talvez haja uma maneira de falar com ela.

A limusine parou em um sinal, e Sloane olhou o carro ao lado. Havia uma mulher no banco do motorista, usando um sifão na mão esquerda e mexendo no botão do rádio com a direita. O brilho do painel era laranja, e ele era analógico, em vez de digital. Havia um relógio entre as saídas da ventilação, com os ponteiros apontando para o 10 e o 12. Eram dez da noite.

— O que você pode fazer com essa coisa? — perguntou Esther a Nero. Ainda havia uma mancha de rímel em sua têmpora.

— Os sifões podem ser presos à maioria das partes do corpo, e a área em que ficam afeta o seu funcionamento — explicou Nero. — Sifões de pulso, como este, tendem a ser usados para atividades práticas, como manipulação de eletricidade, como água, ar...

— Fogo? — indagou Sloane.

Nero assentiu.

— Então é uma arma.

— Qualquer coisa pode ser uma arma, se você se esforçar o suficiente.

— Só estou tentando entender até que ponto somos seus reféns — retrucou Sloane.

Ela ficou surpresa por Matt não a criticar por ser tão ríspida, mas ele permaneceu em silêncio. Talvez quisesse saber a mesma coisa.

Nero torceu a boca em um sorriso brando. "Brando" era uma boa palavra para descrevê-lo, pensou Sloane. Sua voz tinha um tom agradável, não persuasivo, mas delicado. Os movimentos, desde a maneira de andar até os menores gestos, eram cuidadosos, como se escolhesse consientemente cada um deles. O homem virou a palma da mão para cima e soltou um gancho na parte de baixo da luva do sifão. Uma luz piscou entre as placas de metal. Ele tirou o sifão e o colocou no chão da limusine, mostrando as mãos nuas.

— Nós não queremos ameaçar vocês — disse Nero.

— "Nós" quem? — perguntou Matt. — Você e ela?

— O grupo que convocou vocês aqui é o Conselho Especial de Cordus — explicou Élia. — Fomos encarregados de resolver um… problema particular que explicarei mais tarde. Sou a líder de conselho e funcionária eleita do governo da cidade. Pretora, como falei.

Sloane franziu a testa para o dispositivo no chão. Ela não sentia aquele formigamento ardido, a *atração* da magia, como sentia em seu mundo. Estendeu a mão para o sifão, na expectativa de qualquer coisa, mas não sentiu nada. Talvez a magia tivesse impregnado aquele mundo de maneira tão completa que Sloane não a sentisse, assim como uma pessoa para de ouvir um ruído constante depois de alguns minutos. Ela roçou os dedos pelo sifão e sentiu o metal quente pelo contato prolongado com a pele, mas estava inerte.

— Precisa de intenção — explicou Nero.

Era disso que Sloane tinha medo.

O carro parou. Élia abriu a porta e gesticulou para que a seguissem.

Do lado da rua onde estavam, havia lâmpadas de gás à moda antiga, com bases pretas elegantes e vidro manchado de marrom pelas chamas. Do outro lado, havia escombros: pedaços de concreto empilhados contra vigas de madeira rachadas e partidas ao meio, alguns suportes retorcidos de pé e cacos de vidro brilhando ao luar.

Ela ouviu os passos de Esther atrás de si, então sentiu sua mão fria e seca. Sloane a apertou com força, e as duas ficaram lado a lado, observando a cena. As ruínas de um edifício caído por cima do outro, e assim por diante, até onde a vista alcançava sob o luar. Onde antes estivera uma rua sobrara uma carnificina e escombros: um cacho loiro, quase branco, a espinha dorsal de um esquilo, a blusa de uma mulher, com estampa de flores, presa sob uma pedra, o recheio de uma pelúcia na boca de um rato que se afastava.

— O Dreno — disse Esther.

Sloane sentiu como se tivesse voltado no tempo e estivesse parada na extremidade de onde a Cúpula seria erguida depois, cercada por devotos do Tenebroso e pessoas em busca de algo mágico. O Dreno era como uma impressão digital, diferente de todas as outras formas de magia que ela já havia testemunhado. E só uma pessoa seria capaz de deixar aquela marca.

Se aquele era o local de um Dreno, então o Tenebroso estivera ali.

Nero se afastou para colocar as mesmas barreiras que Sloane vira na Wacker Drive, para manter os pedestres afastados. Mas Élia ficou ao lado delas.

— Em seu mundo... — Élia estendeu os dedos no sifão, fazendo com que sua mão parecesse uma garra de metal — ...havia uma força maligna em ação, que vocês derrotaram?

— O Tenebroso — respondeu Matt, bem baixinho. — Sim. Eu... nós, na verdade. Nós o matamos.

— Maravilha. — Élia sorriu, e o sorriso pareceu quase sinistro na penumbra das lâmpadas de gás, com a sombra abaixo das maçãs do rosto proeminentes. — Nós também temos uma espécie de Tenebroso. Nós o chamamos de Ressuscitador.

— Vocês *têm* — ecoou Esther. — No presente.

— Isso. Nosso Ressuscitador ainda está vivo. Ainda nos aterroriza. Ainda faz *isso*.

Élia apontou para a escuridão diante deles. Sloane viu algumas silhuetas escuras entrando e saindo dos prédios destruídos. A área tinha os sinais inconfundíveis de um Dreno, os pedaços de concreto, madeira e aço diminuindo à medida que se olhava mais para dentro. No centro, tudo teria virado uma areia fina.

— Isso aconteceu no ano passado — explicou Élia. — Foi o mais perto que o Ressuscitador chegou do centro da nossa cidade. Eles ficam mais poderosos a cada ano e chegam cada vez mais perto.

— *Eles*? No plural? — perguntou Esther.

— Seu Tenebroso atuava sozinho? — Élia torceu a boca em um sorriso irônico. — Ele tem seguidores; sempre há seguidores. Mas os do Ressuscitador são o motivo de ele ter recebido esse nome. São mortos-vivos.

Diante deles estava a estrutura de uma casa, despida de revestimento e gesso. O material de isolamento era carregado pelo vento, rosa e macio como algodão-doce.

— Como vocês, tínhamos um Escolhido — continuou Élia. — Era corajoso e muito talentoso com magia. E jovem. Talvez jovem demais.

— *Era?* — questionou Esther.

— Ele morreu. — A voz de Élia falhou. — Foi derrotado.

Isso deveria ter sido algo óbvio, Sloane pensou. Até esperado. Se havia um universo no qual ela e seus amigos venceram, é claro que haveria universos em que tinham perdido. Em que morreram. Ou em que nunca existiram.

— Mas ele é *o Escolhido* — retrucou Esther. — Não pode ter morrido. Tem certeza de que era a pessoa certa?

— Temos certeza — afirmou Élia em tom seco. — Nós tínhamos uma profecia. Era bastante específica. E usamos a assinatura mágica dela para convocar vocês aqui.

— Assinatura mágica? — indagou Matt.

Ao mesmo tempo, Esther perguntou:

— Por que chamaram *a gente*?

Matt deu um passo para trás. A pergunta de Esther era a que ele preferia que fosse respondida, imaginou Sloane.

— Não é óbvio? — disse Sloane em tom amargo, a voz trêmula. — Élia quer que a gente mate o Tenebroso dela.

— Ele não é *meu* Tenebroso — retrucou. — E garanto que não recorreria a isso a menos que a situação fosse realmente temerária. Não posso permitir que mais pessoas morram. Não posso permitir que mais do nosso mundo acabe em ruínas.

— Ah, bem, se a situação é temerária, não tem problema nenhum em sequestrar pessoas de outras dimensões. — Sloane sentia a garganta mais apertada, sua histeria aumentando.

— É, eu estava aqui achando que a situação não era temerária o suficiente — acrescentou Esther, amarga.

— Eu garanto que é! — exclamou Élia, a voz quase estridente.

— Não acho que ela entenda sarcasmo muito bem — disse Esther para Sloane.

— Então vai adorar a gente.

— Você precisa entender uma coisa. — Matt ergueu a voz para se sobressair à delas. — Nós já passamos por isso antes e não estamos com muita vontade de passar por isso de novo, ainda mais por um mundo que nem é nosso.

— Sinto dizer que não é tão simples assim — interveio Nero, alguns metros adiante, no meio da rua. Torcia as mãos entrelaçadas diante de si, a luva de sifão de metal em contato com a pele nua. — Os destinos de nossos mundos não são mais tão independentes quanto se poderia esperar.

— Hã... O quê? — perguntou Matt.

— Nossos mundos estão conectados — explicou Nero. — Podemos ver essa conexão. O uso da magia tornou os dois mundos instáveis, e o Ressuscitador se aproveita disso para destruir tudo.

Sloane estreitou os olhos.

— Como?

— Não sabemos. Não sabemos de nada ao certo. A única certeza que temos é de que *isso*... — Élia apontou para os escombros ao redor — ...não deveria ser possível. Ninguém conseguia fazer uma coisa dessas até ele aparecer.

Sloane se lembrou de quando tocou a Agulha pela primeira vez, de como ela se transformara em um estômago vazio, um buraco negro de desejo. Como sugara tudo — *tudo* — para dentro de si, de maneira indiscriminada e frenética, transformando água em espuma, ossos em pó. Como havia voltado à superfície do oceano, encharcada de sangue e repleta de poder.

— Não. — Sua voz falhou. — Não, não pode ser. Isso não pode estar acontecendo.

— Sloane — chamou Matt baixinho.

— Nós o matamos — afirmou Sloane. — Eu o vi debaixo da água; eu o vi morrer.

— Em um mundo — disse Matt. — Ao que parece, não em todos.

— Bem, era o *meu* mundo! Fiz a minha parte, lutei contra o meu Tenebroso. Fiz o meu trabalho! — Ela estava chorando. Sloane *odiava* chorar. — Você pode ficar aqui e ajudar, se quiser. Mas não vou fazer isso de novo. Já foi difícil o bastante da primeira vez.

Matt tocou o ombro esquerdo de Sloane, depois o direito, então ela o encarou. Precisava de uma benzodiazepina. Precisava de uma mãe que não fosse um lixo. Precisava voltar para *casa*.

— Eu não consigo — repetiu, desta vez apenas para Matt.

— Eu sei. — Ele assentiu. — Eu também não, Sloane. Mas acho que a gente precisa fazer isso.

Sloane olhou para Élia, atrás de Matt, fazendo-lhe a pergunta sem perguntar em voz alta.

— É um feito e tanto, mandar ou trazer pessoas de um universo para o outro — comentou Élia. — Só conseguiremos fazer isso mais uma vez, para mandar vocês de volta para casa. E, por necessidade, só podemos fazer isso depois de recebermos a sua ajuda.

— Então você nos sequestrou e agora está nos mantendo prisioneiros até ajudarmos — disse Esther.

Élia olhou para baixo sem responder.

— Só queria ter certeza de que entendi a situação. — Esther soava amarga, mas trêmula.

Por cima do ombro de Matt, Sloane olhou para a faixa escura ladeada por edifícios intactos, com iluminação alegre. Um quarteirão inteiro da cidade, arrasado. Élia os levara até ali para despertar pena, Sloane tinha certeza disso. Para mostrar a eles a destruição que estavam enfrentando. *Isto é só o começo*, aquele lugar dizia, *das coisas horríveis que vou lhes mostrar*.

É uma escolha simples, minha cara, o Tenebroso havia sussurrado.

Sloane sentiu um gosto amargo na boca.

— Sem dúvida vocês precisam de um tempo para processar tudo isso — falou Élia. — Nós preparamos quartos para ficarem enquanto estiverem aqui. Podemos conversar mais amanhã, depois que descansarem.

Esther segurou a mão de Sloane e a apertou de leve. Era quente, firme e familiar. Tinham lutado lado a lado antes, em situações das quais pensaram que nunca escapariam. Sloane se lembrava das duas acordadas de vigia, as costas coladas, cada uma observando um horizonte diferente.

Sloane deixou o calor da amiga trazê-la de volta para si mesma. Sabia como fazer isso. Sabia como examinar paisagens escuras em busca de inimigos, como dormir sem apagar totalmente, como cercar uma casa de alarmes com um pote de bolinhas de gude, como marchar em direção a um único fim, a uma morte quase certa.

Era como uma dança, e ela nunca se esqueceria dos passos.

Vida e morte: ensaios sobre o Ressuscitador e seu exército

Garret Rogers

Trecho de "A possibilidade do impossível: Uma entrevista com Marwa Daud, professora de Teoria Mágica (Universidade de Chicago)"

DAUD: Com a magia, muitas impossibilidades se tornaram possíveis. Mas até o momento, ela ainda obedece a certas regras. Uma pessoa não pode, por exemplo, fazer a si mesma voar como um pássaro ou conjurar comida do nada. Até o Ressuscitador aparecer, acreditávamos que trazer os mortos de volta à vida era um desses limites. Mas o exército do Ressuscitador é, como você já deve saber, composto por indivíduos que parecem cadáveres. No entanto, andam, conversam e até produzem magia. Como isso é possível? Como esse terrorista consegue reanimar um exército inteiro enquanto os usuários de magia mais talentosos do mundo não são capazes de trazer de volta à vida nada maior que um gato doméstico? Será que ele — supondo que o Ressuscitador seja mesmo "ele" — é tão mais poderoso que o restante de nós?

ROGERS: Um gato doméstico — você está se referindo ao experimento do cientista alemão Franz Becker, de cerca de cinco anos atrás?

DAUD: Sim. Ele era brilhante. Que tragédia que tenha sido capaz de trazer seu gato de estimação de volta à vida e que isso o matasse logo em seguida. Franz é um ótimo exemplo do que estou dizendo, de que outras pessoas tentaram ressuscitar os mortos. A magia ainda é algo relativamente novo, por isso não digo que ninguém jamais seguirá os passos do Ressuscitador, mas parece que ainda vai demorar. Isso não significa que não possamos aprender algo com o exército dele nesse meio-tempo. Muito pelo contrário: do ponto de vista teórico, seu exército é um marco. Pontos fora da curva e anomalias são sempre centrais para o meu pensamento, porque expandem nossa compreensão da teoria — a prática informa o possível. Que trazer os mortos de volta à vida seja possível nos diz algo importante sobre a natureza da própria magia. Sobre sua origem ou talvez sobre a maneira como a usamos. O Ressuscitador é o único capaz de tal feito por enquanto, mas por quê? Será que ele tem acesso a uma fonte ou um canal mágico específicos? Será que sua capacidade é inata, instintiva ou é aprendida? Todas essas respostas, quando encontradas, nos revelarão algo profundo sobre magia.

ROGERS: Como o quê?

DAUD: Bem, se a habilidade com a magia é inata, então vivemos em um mundo onde o poder é verdadeiramente herdado. Podemos, portanto, começar a nos perguntar se o manuseio desse poder é genético e, caso seja, se ele segue determinadas linhagens mais do que outras. Esse tipo de pensamento — de que existem certas linhagens superiores — levou a humanidade a caminhos sombrios mais de uma vez. Entretanto, se o Ressuscitador adquiriu sua habilidade por meio do aprendizado, podemos presumir que a magia é um recurso ao qual qualquer pessoa pode recorrer; nesse caso, devemos saber se é um recurso finito ou renovável. Caso seja finito, poderemos começar a alocar o uso da magia a pessoas em determinadas posições de destaque ou influência. Isso reforçaria as estruturas de poder existentes em nossa sociedade. Os ricos e famosos se tornariam os mais mágicos, o que traria ainda mais riqueza e fama.

Se a magia é um recurso infinito, no entanto, não haverá limite inerente ao seu uso. A raça humana mudará fundamentalmente à medida que pararmos de executar as tarefas cotidianas "à moda antiga", por assim dizer...

ROGERS: Então você não vê um desfecho positivo, independentemente das respostas?

DAUD: Acho que não tinha pensado dessa maneira. Mas não, independentemente do poder ao qual a humanidade tenha acesso, acho que nunca acabará bem. Nós somos animais, afinal. E não pense, por causa do seu gato de estimação, que os animais não passam de criaturas de bigodes fofinhas que não nos fariam mal. A natureza é sanguinária e, como um todo, faz prevalecer a força sobre a compaixão.

17

— A cabamos de passar pela prefeitura — informou Sloane a Esther quando o carro parou outra vez. — Este deve ser o Thompson Center.

— Aquele edifício grande e curvo de vidro? — Esther apontou para a fachada de pedra diante delas. — Não parece.

— Acho que a arquitetura é diferente, mas estamos lá. — Sloane franziu a testa. — Por assim dizer.

Eles seguiram por um saguão escuro e espaçoso até os elevadores, mas estava escuro demais para Sloane ver a altura do teto. Nero fechou a porta pantográfica antes de apertar o botão.

— Este edifício foi feito no estilo Saudosista — explicou quando o elevador começou a subir. — Ou seja, foi feito quase sem intervenção mágica, mas combina estilos de muitos períodos diferentes sem se preocupar com a precisão.

— Sem intervenção mágica — repetiu Matt. — Isso é... raro? Construir algo sem usar magia?

Nero deu de ombros.

— Em Chicago, é. A arquitetura é uma indústria muito influenciada pela magia, e as pessoas aqui amam arquitetura.

Cameron teria adorado aquilo, pensou Sloane.

O elevador parou no sétimo andar. Nero os levou até uma varanda com vista para uma cúpula de pedra — o Salão das Convocações, explicou, como se o significado fosse óbvio. Caminharam até a parte de trás do prédio e subiram dois lances de uma escada de ferro em caracol até uma parede de madeira maciça.

Nero encostou a mão coberta pelo sifão na madeira e depois a afastou, deixando uma marca branca brilhante. Ela desapareceu da parede em segundos, e então a madeira polida se abriu para um longo corredor com portas dos dois lados.

— Os quartos são usados de vez em quando para hospedar convidados importantes do Centro Cordus — explicou Élia, apontando para uma das portas e assobiando. A porta se abriu e bateu na parede, tremendo. — A ideia é mostrar o trabalho de arquitetos iniciantes, então são um pouco... excêntricos.

Nero começou a abrir as outras portas com um movimento mais suave do sifão.

— O Centro Cordus — repetiu Matt. — É onde estamos agora?

Sloane percorreu o corredor, passando por quartos de estilos diferentes. Ela absorveu apenas impressões superficiais: um tinha uma simplicidade espartana, outro lembrava uma catedral gótica em miniatura com janelas de vitral e o último era cheio de móveis de madeira delicadamente esculpidos.

— Sim — respondeu Élia. — A função principal deste edifício é a de instituição acadêmica, o Centro Cordus para o Avanço da Magia e Ensino Livre Universal.

— O Camelo — emendou Nero.

— Camelo? — Sloane franziu a testa.

— Centro C-A-M-E-L-U ou, como os alunos chamam, Camelo — esclareceu o homem.

Élia lançou um olhar significativo para ele, e Nero se encolheu.

— Vamos nos encontrar amanhã para conversar melhor — disse ela. — Por favor, tentem descansar. Nero... — Ela balançou a cabeça para o lado. — Posso dar uma palavrinha com você?

Nero se despediu dos três com um aceno de cabeça e seguiu Élia pelo corredor de volta ao elevador. O instinto de Sloane lhe dizia para ir atrás deles e tentar entreouvir a conversa, mas o corredor seguia direto até os elevadores, sem nenhuma curva ou lugar para se esconder, então ficou onde estava.

— Quero o quarto que parece uma igreja — avisou Esther prontamente.

— Pode ficar — disse Matt, olhando para Sloane.

Ele com certeza não queria dividir um com ela.

Matt se virou e entrou no quarto cheio de madeira entalhada.

O quarto de Sloane, a opção que restava, era branco: paredes brancas, lençóis brancos, piso de madeira pintado de branco. Mas, quando deslizou os dedos entre os painéis das paredes, levemente afastados, encontrou gavetas, um pequeno armário e uma estante escondida. O último ocupante do quarto havia deixado alguns livros ali: *A manifestação de desejos impossíveis: Uma nova teoria da magia*, *Uma sociedade dividida: A guerra fria entre magia e ciência*, e *A história mágica e misteriosa do sifão de garganta*. Sloane estava sentindo o peso do último volume na palma da mão quando alguém bateu à porta.

— Reunião — convocou Esther. — Meu quarto.

Sloane largou o livro, deixando o painel da parede branca aberto. Quando entrou no quarto ao lado, Esther já estava sentada na cama, com as costas apoiadas na elaborada cabeceira esculpida. Matt batia de leve em um dos vitrais, como que testando sua estabilidade. Seu rosto estava pontilhado de luzes multicoloridas no formato da Virgem Maria.

Sloane se encostou na base de um dos contrafortes.

— Bem — começou Matt, cansado. — Alguém tem alguma observação a fazer?

Foi como uma deixa para que Sloane voltasse ao papel da pessoa que fora quando lutaram contra o Tenebroso pela primeira vez. Quando deu por si, já estava falando.

— A sobreposição entre o nosso universo e este aqui parece grande — observou. — Vi muitos edifícios familiares no caminho para o local do Dreno. Meu palpite é que o ponto de divergência entre este mundo e o nosso é relativamente recente.

Esther parecia perdida, então Matt explicou:

— Tem uma teoria na física quântica que diz que existe um número infinito de possibilidades de como um evento qualquer pode se dar, e cada uma dessas possibilidades cria um universo diferente. Pense nisso como... uma bifurcação na estrada. Você pode seguir qualquer um dos caminhos, então há um universo onde você escolhe ir pela esquerda e outro onde você escolhe ir pela direita. Slo está sugerindo que a bifurcação na estrada entre Genetrix e a Terra aconteceu há pouco tempo.

— Isso é bom? — perguntou Esther.

— Acho que sim — disse Sloane. — Significa que muitas coisas serão familiares.

— Tirando... e sinto que este é um ponto crucial que você está ignorando... o fato de que não sabemos como voltar para casa — retrucou Esther. — E eles sabem. Então estamos presos aqui.

— Não estou ignorando isso. Só estou dizendo que, se viemos parar em um universo paralelo, pelo menos estamos em um onde as pessoas falam a nossa língua e, sei lá, não têm uma terceira narina ou dormem em cubas de gosma.

Esther bufou e todos se calaram por um momento.

— Eles ficaram surpresos quando nós três saímos daquele rio — disse Sloane. — Esperavam só uma pessoa. Um Escolhido paralelo.

— É, e você não perdeu tempo reivindicando o título, não é, Matt? — observou Esther.

Sloane atravessou o quarto e abriu uma das janelas. Uma rajada de ar frio atingiu seu rosto, fazendo-a tremer. Do outro lado da rua havia um prédio de pedra marrom com uma fileira de colunas. A Câmara Municipal. Ela ouviu os carros avançando pela rua e o rugido de um trem distante em movimento. Parecia a Chicago que Sloane conhecia.

Quando se virou novamente, Matt deu de ombros.

— A raiva de Sloane não estava ajudando, então decidi cooperar.

— Desculpe por ficar sobressaltada por termos sido *sugados para outra dimensão* — respondeu Sloane.

— Sobressaltada é uma forma de chamar. — Matt ergueu as sobrancelhas. — Outra forma seria hostil.

— Ei! — reclamou Esther, parecendo cansada. — Precisamos ficar unidos se queremos sair dessa. — Ela mordeu o lábio. — Nós vamos mesmo fazer isso? — Seu olhar estava perdido, encarando a parede oposta, ou algo além dela. — Lutar contra o Tenebroso de novo?

— Já fizemos isso uma vez. — A cabeça de Matt estava emoldurada pelo vitral, então parecia que a Virgem Maria olhava na direção dele, com os olhos semicerrados, serena. — E aprendemos muito com a experiência. Podemos fazer até melhor desta vez, quem sabe.

— Não — negou Sloane. — Não, não vamos ser melhores.

Matt estava pronto para discutir.

— Slo...

— Não! Não vou ficar de braços cruzados enquanto você tenta nos animar com um discurso motivacional enquanto estamos em um pesadelo. Albie morreu, Inês está em outro universo, o Tenebroso continua vivo, e este mundo está cheio de magia que não sabemos como usar!

— Eu diria que você sabe usar — retrucou Matt friamente. — Senão como você teria explodido a Cúpula ontem à noite? Com uma bomba caseira?

Sloane não respondeu. Não sabia o que dizer.

— Você acha que foi *Slo* quem atacou a Cúpula? — perguntou Esther. — Matt...

— Ele está certo. — Sloane manteve os olhos fixos nos de Matt enquanto falava. — Fui eu. Peguei a Agulha de Koschei e destruí o protótipo mágico.

— Puta merda, Slo — disse Esther. — Eu achei que a Agulha tivesse sido destruída anos atrás.

— Não foi. Eu só não queria que a APIS ficasse com ela.

— Mas você achou aceitável ficar com a Agulha? — indagou Matt. — Porque você é mais confiável que a APIS?

— Sim. Sou.

— Você provavelmente matou algumas pessoas, sabia? — pressionou Matt. — Zeladores, seguranças.

Sloane olhou para as cicatrizes no dorso da mão, as linhas irregulares feitas por suas mordidas.

— Não seria a primeira vez — respondeu, levantando a cabeça.

— O quê? — perguntou Matt.

— Por que você acha que arranquei a Agulha com os dentes? — Sloane brandiu o dorso da mão para Matt como se fosse uma arma. — Porque todas as pessoas que foram buscar a Agulha comigo no Mergulho morreram. Eu matei todas elas. — Sloane estava tensa, os ombros erguidos quase até as orelhas. Preparando-se para o impacto, pensou. — A APIS se recusou a tirar a Agulha de mim até quando implorei. Então eu mesma tirei.

Ela se lembrava do raio X de sua mão após o Mergulho Profundo. Os ossos bem brancos contrastando com o fundo preto, meio acinzentados nas partes em que não eram tão densos. E então, bem no meio, a agulha grossa, com a ponta mais fina.

Está alojada bem fundo, dissera o médico. *Como se achasse que este é o lugar dela.*

Sloane havia passado a vida inteira sem ter o que desejava. Ninguém jamais lhe perguntara o que ela queria. Não fazia listas de Natal ou pedia presentes de aniversário, o que já era esperado, mas também não ia aos passeios da escola, não participava de clubes ou das equipes de esporte ou de música, não tinha dinheiro para almoçar; às vezes não tinha nem comida em casa, ainda mais depois que Cameron foi embora para lutar contra o Tenebroso. Para sua mãe, Sloane não tinha vontades além das necessidades físicas. E, às vezes, nem essas eram atendidas.

Por isso, quando a questão foi tirar ou não a Agulha, Sloane decidira que daquela vez teria o que queria, mesmo que precisasse arrancá-la com os próprios dentes.

— Foi para sua própria segurança — disse Matt. — A APIS não sabia como a Agulha reagiria...

Sloane riu.

— A APIS estava cagando e andando para a nossa segurança, contanto que um de nós sobrevivesse para cumprir aquela merda de profecia. Eles me obrigaram a continuar com a Agulha porque servia a seus propósitos. Foi só isso.

As sobrancelhas de Matt se uniram como sempre acontecia quando ele sentia pena de alguém. Sloane odiava isso.

— E aqui estamos de novo — continuou —, servindo de escudo entre as pessoas no poder e o Tenebroso. Então, como vamos sobreviver desta vez?

Nenhum dos outros dois respondeu. Esther parecia relutante em olhar para ela. Sloane se lembrou das ondas de sangue batendo no barco vazio da APIS. Ela se lembrou de como havia se arrastado de volta para o convés e, ainda de pé de pato, ido até os controles para ativar o sinal de socorro, sentindo o gosto de cobre na língua.

Ela se lembrou da água gelada batendo nas canelas depois de pular do trampolim, abraçando os joelhos. De Cameron esperando por ela na beira da piscina.

E do gosto da água do rio, do brilho pálido da bochecha do Tenebroso ao luar antes de ele desaparecer.

Sloane abriu a porta e estava prestes a sair do quarto quando Matt falou:

— Vamos encontrar uma maneira.

— É — respondeu ela, e saiu.

Sloane não ficou surpresa quando Matt a seguiu até o corredor.

O primeiro beijo deles tinha sido parecido. Depois da queda do Tenebroso, ele a convidara para sair algumas vezes. Ela sempre recusava. Os dois eram amigos, dizia. Não o via daquele jeito.

Mas tinha sido apenas uma desculpa, porque ela não sabia mais como o via. A imagem de quando o conhecera — um menino magricela — desaparecera, substituída pela de Matt derrotando o Tenebroso, a luz quente do Ramo de Ouro em seu rosto, o braço musculoso contraído enquanto ele se preparava para o golpe mortal, o peito arfando, o queixo cerrado...

Seu herói. O herói de todo mundo, na verdade, mas dela, mais do que ninguém.

Ele não tinha aceitado suas recusas, o que a incomodara. A persistência de Matt era insultante, insistira Sloane. Como se achasse que ela não sabia o que queria. Mas, naquele caso em particular, ele estava certo. Porque em uma das festas de Inês e Albie, ela e Matt haviam ficado conversando até as três da madrugada, os braços por cima do encosto do sofá, segurando as garrafas de cerveja com as pontas dos dedos mesmo depois de a cerveja ter acabado. Matt a convidara de novo, e Sloane se esquivara, levantando-se para usar o banheiro. E ele a seguira até o corredor e a beijara.

— Me veja de outra maneira — dissera Matt ao se afastar.

Ela não conseguia se lembrar do fogo dentro de si que a levou a empurrá-lo contra a parede ao lado do banheiro e beijá-lo de língua. Não o sentia mais.

— Sei que não é um bom momento — começou Matt —, mas nós precisamos...

— ...conversar. Eu sei.

Ele ainda usava as roupas formais do velório: uma camisa branca com colarinho, gravata, um suéter preto. Calças de lã que tinham sido passadas e vincadas no início do dia. Agora ele estava todo amarrotado, parecendo exausto, como se aquela conversa fosse mais um item ao fim de uma longa lista de afazeres.

— Eu nem sei por onde começar, para ser sincero.

Sloane riu. Pareceu mais uma tosse. Não precisava que ele começasse. Como se o fato de ter zombado, bêbada, do pedido de casamento de Matt com Albie não bastasse, ela ainda havia explodido a Cúpula, mentido sobre o Mergulho, escondido os registros da LLI, guardado a Agulha no fundo do depósito deles... além de todas as pequenas mentiras que compunham seus dias, todas as vezes que Sloane sentia uma coisa, mas dizia outra, ou permitia que Matt acreditasse em uma versão fantasiosa dela que não correspondia à realidade. Já não havia quase nada verdadeiro na relação dos dois, e a culpa era dela.

Mas a garganta de Sloane se apertava só de pensar no que estava por vir, porque Matt seria mais uma pessoa que não ia querê-la. Como se seus pais, Bert e todos os jornalistas e fãs dos Escolhidos não bastassem.

— Nossa relação está toda errada — disse ela. — Você não precisa me convencer disso.

— Não vai nem discutir comigo?

— Não tem por quê.

— Então você não quer lutar por nós. — Matt falou mais alto. — Você estava... estava só esperando eu terminar tudo porque não tinha coragem de fazer isso?

Ela balançou a cabeça.

— Não é isso. Eu... eu sei que, quando se encontra uma coisa boa, deve se agarrar a ela. Só isso.

— Isso é tão... — Matt piscou algumas vezes. — Isso é tão egoísta, Sloane.

— O quê?

— Foram dez anos. Dez anos que eu podia ter passado com alguém que realmente se importasse comigo, em vez de alguém que mente para mim e não consegue nem *fingir* que se importa de estarmos terminando.

— *Eu me importo!* — retrucou ela. — Só porque não fico me debulhando em lágrimas não significa que não me importo!

— Se você se importasse, não teria fugido logo depois do pedido de casamento para rir de mim com Albie. Se você se importasse, teria ligado para um terapeuta depois de quase ter me assassinado enquanto estava sonâmbula.

— Eu não estava rindo de você com Albie. Ele disse que parecia que você não me conhecia, e eu concordei. Só isso.

— Parecia que eu não te *conhecia*?

— É! — Sloane ergueu as mãos, frustrada. — Do jeito que você fala, parece até que essa merda toda é uma surpresa! Pois sou exatamente quem eu sempre disse ser. Você que passou os últimos dez anos sem me ouvir.

— Então, em outras palavras, a culpa é minha por ter acreditado em você.

— Não, a culpa é sua por agir como se me conhecesse melhor do que eu mesma!

Sloane percebeu, tarde demais, que ele falou "ter acreditado". No passado. Nunca notara o quanto a crença de Matt nela — por mais tola que fosse — fazia parte dela até que sumiu. Sloane se sentia como uma maçã sem sementes, esvaziada de tudo o que poderia trazer vida ou um futuro. Não passava de uma casca brilhante com uma polpa suculenta.

Ela tirou o anel do dedo e o estendeu para Matt. Suas mãos estavam firmes, mas Sloane não conseguia encará-lo nos olhos. Porque, se fizesse isso, ela se lembraria de como antes ficavam calorosos ao olhá-la. Como brilhavam quando ria de uma de suas piadas. Como ficavam ferozes quando algo ameaçava as pessoas que ele amava. Sloane significaria muito pouco para ele dali em diante. Uma velha amiga, uma ex-namorada. Ela desapareceria de sua memória. Era sempre assim: desaparecia para as pessoas depois de cumprir seu propósito.

— Eu lamento muito, de verdade — disse baixinho. — Por não ser mais.

— É. — Matt colocou o anel no bolso. — Eu também.

Ele saiu do quarto dela e fechou a porta. Sloane se sentou na ponta da cama e ficou ouvindo os barulhos de Esther no quarto ao lado, os carros passando na rua abaixo, um som abafado mas perceptível mesmo ali do alto. Quando conseguiu se mexer, arrastou-se em direção à cabeceira da cama, ainda de sapato, e ficou em posição fetal. Pôde senti-los chegando, os soluços ferozes que a tomavam quando o vazio dentro dela ficava insuportável. Pegou o travesseiro e afundou o rosto nele. Acabou adormecendo quando ficou cansada demais para continuar sentindo tudo aquilo.

MEMORANDO PARA REGISTRO

ASSUNTO: Projeto Delfos, Subprojeto 3

1. O Subprojeto 3 está sendo desenvolvido como uma
   forma de dar prosseguimento ao trabalho do campo de
   Verificação e Validação de Adivinhações em █████████
   até 4 de abril de 1999.

2. Este projeto incluirá a continuação do estudo das
   previsões de ██████████, codinome Sibila, com o
   objetivo de verificar o grau de precisão da Profecia
   do Fim do Mundo feita em 16 de fevereiro de 1999,
   bem como outras previsões relacionadas de outros
   "sensitivos" (pessoas com uma percepção inata de
   outros tempos que não o presente). Uma proposta
   detalhada segue anexa. Os investigadores principais
   continuarão sendo ██████████, ██████████ e ██████████.

3. O orçamento estimado do projeto é de US$156.200,00.
   ██████████ servirá de cobertura para o projeto e
   fornecerá os fundos mencionados anteriormente para
   ██████████ como uma bolsa filantrópica.

4. ██████████ têm acesso a arquivos ULTRASSECRETOS e estão
   cientes do verdadeiro objetivo do projeto.

APROVADO:
██████████

MEMORANDO PARA REGISTRO

PARA: Diretor, Agência Central de Inteligência (CIA)

DE: James Wong, Pretor do Conselho de Cordus

ASSUNTO: Projeto Delfos, Subprojeto 3

Prezado diretor,

É com pesar que escrevo este relatório, devido às implicações de nossas descobertas. Vou direto ao ponto:

1. Seguindo suas instruções, investigamos todas as oitenta e sete profecias que supostamente foram feitas por ███████, codinome Sibila, antes da Profecia do Fim do Mundo, realizada em 16 de fevereiro de 1999.

2. Conseguimos verificar que oitenta das oitenta e sete profecias haviam sido feitas antes de 16 de fevereiro de 1999, segundo testemunhas, registros telefônicos, anotações em diário e várias outras formas de evidência física. Em seguida, investigamos essas profecias e pudemos confirmar que todas as oitenta haviam de fato se cumprido, em um prazo que variava de sete dias a treze anos.

3. O Conselho de Cordus acredita que o cumprimento de cinquenta dessas profecias foi inequívoco e específico; isto é, não se trata de previsões de uma vidente (que são vagas de maneira a serem amplamente aplicáveis). Definimos *especificidade* como "detalhes que se aplicam a não mais que 30% da população". Pelo menos cinco desses detalhes específicos precisavam estar declarados na profecia inicial e ser posteriormente atendidos.

4. Portanto, somos forçados a concluir que a Profecia do Fim do Mundo, sendo a mais específica das profecias de Sibila, é provavelmente válida e iminente. O Conselho de Cordus recomenda que a busca pelo Escolhido da profecia seja iniciada com o maior grau de urgência.

Lamento trazer más notícias. Estou disponível para tirar dúvidas, caso deseje.

Atenciosamente,

James Wong

Pretor, Conselho de Cordus

18

Sloane sonhou que o Tenebroso estava de pé ao lado de sua cama, arrastando um dedo frio por sua bochecha. Acordou assustada, pegou o copo d'água na mesinha de cabeceira e bebeu tudo de uma vez.

Poucas pessoas tinham visto o rosto do Tenebroso sem morrer logo em seguida. Até mesmo seus seguidores só viam uma figura saída de livros de fantasia e filmes de ficção científica: um homem de capa com capuz, uma máscara de mistério. Então, a coisa mais surpreendente sobre ele, nas lembranças de Sloane, era sempre o seu rosto: jovem e pálido, uma mecha de cabelo castanho caindo sobre a testa, olhos azul--claros. Parecia o cadáver preservado de um homem bonito, o olhar vazio, a pele que lembrava cera.

Sloane tinha visto seu rosto e vivido para contar a história.

Ela pegou a bolsa que trouxera consigo da Terra e a virou de cabeça para baixo no chão branco. Já havia amanhecido, mas era bem cedo, então a luz que entrava pelas janelas foscas era azulada. Sloane estreitou os olhos para a pilha de objetos. Alguns recibos molhados e papéis de chiclete, fósforos úmidos, um canivete, sua carteira. Ela enfiou os dedos nos cantos da carteira. Ali dentro, entre uma nota de um dólar e o couro, havia um comprimido de benzodiazepina.

Ela o ergueu para encará-lo. Só tinha mais um. Podia tomá-lo, confiando que aquele momento — a manhã seguinte à descoberta que estava presa em um universo alternativo — seria o pior de todos. Ou poderia guardá-lo para quando estivesse quase desmaiando de medo. Tempos mais difíceis viriam pela frente, sem dúvida.

Com um suspiro, Sloane deixou o comprimido na mesinha de cabeceira e colocou a cabeça entre os joelhos.

O quarto estava um pouco mais claro quando Sloane se recompôs o suficiente para ficar de pé. Ela deixou a caixa de fósforos úmida e o restante da bagunça no chão, calçou as botas e saiu para o corredor. Os outros ainda estavam dormindo. Foi ao banheiro para prender o cabelo emaranhado em uma trança e lavar o rosto. Não recebera uma escova de dentes, então ou as pessoas não usavam mais escovas de dentes porque limpavam os dentes com sifões ou simplesmente se esqueceram de lhe dar uma. De qualquer maneira, seus dentes pareciam sujos.

Depois de ficar um pouco mais apresentável, caminhou até o elevador. No entanto, não sabia como chamá-lo. Na véspera, Nero havia usado seu sifão. Mas até elevadores mágicos deviam quebrar de vez em quando, pensou ela, então foi procurar escadas.

Sloane as encontrou virando o corredor, atrás de uma porta com uma placa com os dizeres APENAS EM CASO DE EMERGÊNCIA, o que parecia mais uma ameaça vazia do que algo com o que se preocupar. E, confirmando sua impressão, quando girou a maçaneta, nenhum alarme soou e nenhuma luz piscou para avisar que havia seguranças a caminho.

A escada não parecia ser usada com frequência. Os degraus eram decorados com azulejos pretos e brancos em cunhas e triângulos, e o corrimão era de ferro forjado com arabescos circulares. Ela desceu, roçando a ponta dos dedos pelo corrimão. Sloane se lembrou de suas corridas matinais pelo lago em Chicago, do ar frio e da espuma que se acumulava na areia da praia com o bater das ondas. Pelo menos isso seria igual em Genetrix.

Entretanto, quando chegou ao saguão, todo de mármore, com detalhes em ouro e diamantes art déco combinados com as linhas de Frank

Lloyd Wright, viu uma placa apontando a biblioteca. Um suprimento infinito de informações pareceu irresistível, então ela seguiu a indicação por um corredor de vidros. Os vitrais multicoloridos estavam dispostos em um padrão de semicírculos em leque sobrepostos, cada segmento com um tom diferente de verde. O sol da manhã lançava manchas esverdeadas em suas botas.

O corredor se abria para um espaço enorme que cheirava a papel velho. Sloane parou e fechou os olhos por um instante, fingindo que estava na Terra, na biblioteca do outro lado da rua de seu apartamento.

Os livros tinham o mesmo cheiro, independentemente da dimensão em que se estivesse.

A biblioteca era em formato de C, como se estivesse em posição fetal para se aquecer. Dois andares de estantes assomavam-se em ambos os lados do espaço estreito, com passarelas no segundo andar. No centro do aposento, havia mesas e escrivaninhas, e o local era iluminado por claraboias e luminárias antiquadas de vidro colorido acesas no centro de cada mesa. Não se parecia muito com a biblioteca de seu mundo. Para início de conversa, não havia computadores disputando espaço com as estantes de livros.

Ela franziu a testa. Ainda não vira um computador sequer em Genetrix, e as pessoas que tinha observado nos carros na noite anterior também não olhavam para celulares.

Será que não havia internet ali?

Sloane caminhou ao longo da parede curva da biblioteca em busca de um computador. O lugar estava vazio e silencioso; nada a impediria de fugir com uma pilha de livros. Nada que ela pudesse ver, pelo menos. Mas não sabia do que a magia de Genetrix era capaz.

— Posso ajudá-la a encontrar alguma coisa?

Reconheceu a voz de Nero, mas se sobressaltou mesmo assim. Ele saiu do meio das estantes à sua esquerda, as mãos erguidas em um gesto apaziguador.

— Me desculpe — pediu ele com um sorriso. Nero usava óculos redondos, e o manto que estivera preso em seu ombro na noite anterior estava solto naquela manhã, como uma capa. — Eu não sabia como não assustar você.

Sloane ficou feliz por não ter tirado o sutiã na noite anterior.

—Você me seguiu até aqui? — perguntou ela.

Nero ergueu a sobrancelha.

— Não exatamente. Existem alguns lugares neste prédio nos quais seria perigoso entrar desacompanhada, sabia? Eu mesmo estou sempre trabalhando em pelo menos meia dúzia de experimentos voláteis. Mas seria ainda mais terrível se você esbarrasse em Élia antes de ela tomar sua terceira xícara de café.

— Nossa, então ainda bem que você me encontrou totalmente por acaso — disse Sloane em tom inexpressivo.

— Não foi mera coincidência. Tomei providências para ser alertado caso algum de vocês começasse a vagar por aí.

— Se a sua intenção é fazer a gente *não* se sentir sequestrado, não foi uma boa ideia me contar isso — retrucou Sloane.

— Achei que você ficaria mais desconfiada se eu fingisse que nos encontramos por acaso.

— Eu ficaria mesmo. — Sloane sorriu um pouco. — Como você descobriu? Foi a porta da escada?

— Não vou dizer — respondeu Nero.

O sol estava mais alto, os raios atravessando as claraboias. Se ela escutasse com atenção, conseguiria ouvir as buzinas lá fora. O engarrafamento da manhã já começava.

— Você está procurando algo em particular? — perguntou Nero.
— Quando era estudante, trabalhei aqui, então conheço a biblioteca.

— Talvez. — Sloane suspirou. Em seguida, perguntou: — Vocês têm... computadores?

— Computadores... — repetiu Nero. — Sim, nós temos. Mas não sei de que adiantariam para você.

—Ah, sei lá. Talvez o acesso a informações fosse útil, não? Eu queria saber em que momento nossos universos divergiram. Vai ser mais fácil para nos adaptarmos se entendermos.

— É uma *biblioteca* — disse Nero. — Os computadores são para enge-nheiros e cientistas; se está procurando história, é aqui que vai encontrar.

— Existe internet aqui?

Esther ficaria tão chateada se não existisse.

— Existe, mas não conheço ninguém que use. Por que a pergunta?

— No meu mundo, as pessoas carregam a internet no bolso — ex-plicou Sloane. — Tudo o que você quiser saber, em qualquer idioma, está ali. É assim que estou acostumada a conseguir informações.

— E você diz que seu mundo não tem magia.

— Não é *magia*.

— Eu sei. — Nero abriu um breve sorriso. — Não adiantaria de nada aqui, imagino. Já é difícil se comunicar por escrito sobre a teoria da magia. Não consigo nem imaginar como seria tentar compartilhar infor-mações do seu jeito. É muito mais simples se encontrar pessoalmente.

Sloane não conseguia imaginar algo que não pudesse ser ensinado pela internet. No ano anterior, havia aprendido a substituir o ralo da pia vendo um vídeo no YouTube. Tinha conseguido fazer compras na Alemanha usando um tradutor on-line. Até naquele momento, com o celular encharcado no quarto, ainda sentia seu zumbido no bolso de trás, alertando a chegada de um e-mail ou lembrando-a de uma consul-ta médica. Sloane nunca tivera que explicar a alguém por que isso seria útil. Era como ter que explicar por que seria útil beber água.

—Tudo aqui parece meio ultrapassado para a gente — disse ela. — É como viajar para o passado.

— Vocês também parecem meio ultrapassados para a gente. Mas vou lhe mostrar. Diga algo que deseja pesquisar. Qualquer coisa.

— Certo.

Ela não sabia o que dizer a princípio. Havia tantas coisas que preci-savam saber sobre Genetrix para encontrar um caminho de volta para casa, mesmo que derrotassem o Ressuscitador primeiro, e Sloane ainda não estava convencida de que deviam fazer isso. Mas não queria pedir a Nero para procurar sobre magia. Não queria adquirir informações através de Nero quando não tinha certeza se podia confiar nele. Então talvez Sloane pudesse conferir algo que ele tivesse dito. Só para ter certeza de que ele havia sido honesto com eles.

—Você disse que há uma ligação entre este universo e o nosso. Eu queria encontrar alguma prova.

— Acho que você não vai conseguir encontrar isso aqui — disse Nero. — Nosso conhecimento sobre essa ligação tem como base análises de campos mágicos de energia e...

Sloane parou de prestar atenção. Pensou nas imagens que a APIS lhes mostrara na Cúpula para provar que o mundo estava se quebrando. Árvores de origem desconhecida pairando acima da água; o milharal que surgiu no fundo do mar, sem que o fazendeiro preso no trator tivesse sido dado como desaparecido. Se ela partisse do princípio de que Nero tinha razão sobre a ligação entre os universos, talvez aquele agricultor não fosse da Terra, mas de Genetrix.

— Qual é a data? Dia e ano? — perguntou.

— Estamos em 29 de abril de 2020.

— Caramba. Ainda é março no nosso mundo.

— Discrepâncias temporais parecem ser comuns quando se viaja entre universos. Encontramos algumas maneiras de estabilizá-las, mas só conseguimos chegar a uma data aproximada.

Sloane se permitiu um momento de terror quando percebeu que, mesmo que conseguissem convencer Nero e Élia a mandá-los de volta para a Terra, poderiam acabar milênios no futuro ou, pior ainda, no passado. Então afastou o pensamento. Não podia se preocupar com isso ainda.

— Queria olhar boletins de ocorrência de pessoas desaparecidas de... alguns meses atrás, acho, no nosso tempo. É um caso estranho, um fazendeiro de milho de algum lugar do Centro-Oeste. Ele... desapareceu enquanto estava em seu trator. A marca era John Deere, então provavelmente era norte-americano.

Nero ergueu as sobrancelhas, mas não fez perguntas. Em vez disso, levou um apito aos lábios e se virou para as estantes. Ele ergueu a mão e acenou descuidadamente enquanto tocava uma nota aguda e doce como o trinado de um pássaro.

— Certas frequências são como caminhos para operações específicas — explicou, ao tirar o apito da boca. — E existem muitas categorias para operações. Mas depois que você encontra o caminho certo, a intenção é o que guia a magia, não a nota certa. Então devo saber qual é a intenção em meu coração e ser capaz de moldá-la. Quero encontrar a informação para você. Só que preciso de uma intenção mais específica. O trator desaparecido, eu acho, é mais específico que o período que você indicou.

Ele pôs o apito entre os lábios e tocou de novo, uma nota longa e lenta. Seus olhos se fecharam, e Sloane ficou esperando algo acontecer. Mas quando Nero abriu os olhos outra vez e soltou o apito, nada parecia ter mudado na biblioteca. Ele sorriu e gesticulou para que ela o seguisse.

Afastaram-se das torres de livros e foram para uma sala nos fundos, onde pilhas organizadas de jornais ocupavam todas as superfícies. A maioria das edições era do *Chicago Post*, um jornal que Sloane não conhecia, embora também tivesse visto o *New York Times*. Mas o que à primeira vista tinha parecido um reflexo da luz do dia era, na verdade, um brilho vindo de alguns jornais específicos. Ela foi em direção a um deles com os olhos arregalados e as mãos estendidas, e puxou o periódico certo da pilha, cujo brilho havia diminuído. Leu as manchetes enquanto folheava as páginas: "Ressuscitador é visto perto de mercearia no South Side"; "Novos regulamentos de sifões da União Europeia podem trazer problemas aos refugiados"; "Birmingham: a próxima égide?"; "Baleia assassina voadora é vista perto da costa do Alasca".

O jornal brilhando era o *Peoria Chronicle*, e na primeira página havia a manchete "Fazendeiro desaparece em Iowa — junto com metade de sua colheita". O texto dizia:

Trevor Sherman, dono de uma fazenda de milho na região central de Iowa, desapareceu na semana passada enquanto voltava para casa de trator. Também sumiram um sistema de irrigação e 647 quilômetros quadrados de plantação. Um correspondente do *Chronicle* do Centro-Oeste foi enviado para verificar o ocorrido.

Abaixo do artigo havia uma foto de meia página de um círculo de terra vazia e metade de um pivô de irrigação no meio de um milharal. Algo dividira a área delimitada, e alguns dos milhos haviam sido cortados em uma diagonal precisa. O mesmo acontecera com o pivô da irrigação.

— Antes de virmos para Genetrix, um homem e seu trator apareceram no fundo do mar do nada. Eu estava me perguntando se esse homem era daqui. Parece que sim.

— Não é a primeira pessoa que desaparece. — Nero deu batidinhas no jornal que ela segurava. — Continue lendo.

Sloane passou os olhos pela descrição dos filhos do fazendeiro (três, todos adolescentes) e pelas palavras da esposa, indo até um dos parágrafos mais adiante:

Desaparecimentos e reaparecimentos dessa natureza vêm ocorrendo pelo mundo nos últimos meses, como o incidente na Sunshine Coast, na Austrália, no ano passado, quando um grande iceberg apareceu na praia. Alguns teóricos de magia acreditam que tais eventos podem ser explicados pela teoria do multiverso, mas os cientistas rejeitam a hipótese, pois até agora não houve qualquer prova concreta de que seja possível fazer contato entre os multiversos, muito menos qualquer indício de que seja possível transportar matéria de um universo para outro.

Sloane olhou para Nero, que lia por cima de seu ombro.

— As pessoas não sabem que vocês descobriram uma maneira de acessar outro universo — observou ela.

— Achamos mais prudente ser discretos até entendermos as repercussões disso. Não podemos permitir que qualquer pessoa tente abrir um caminho para outro universo, afinal.

Havia uma seção no *Peoria Chronicle* chamada "Peculiaridades Mágicas". Parte do conteúdo parecia saído do *National Enquirer*: pessoas com asas e caudas que apareciam de repente, histórias de abduções alienígenas, veículos desaparecidos (que mais tarde os donos descobriam terem sido rebocados ou roubados). Mas outras partes pareciam mais críveis: uma caixa de correio que voou aos céus como um foguete, um gato cavando até sair da cova, outro vislumbre do Ressuscitador — desta vez em Iowa.

— Então você é do tipo "só conto o necessário"? — Sloane deixou o jornal de lado. Seus dedos estavam machados de tinta. A luz por trás das manchetes começava a desaparecer, deixando um borrão em sua vista. — Como posso saber se você está me contando o suficiente?

Nero suspirou.

— Sei que devo um pedido de desculpas a você, a todos vocês. É muito pouco, é claro, mas... é impossível expressar o quanto ficamos desesperados depois que o Escolhido foi derrotado. Foi como... como se o mundo estivesse acabando.

Sloane se lembrava das noites em que eles cinco pensavam que o mundo estava acabando. Tiveram algumas assim. A depois que ela e Albie voltaram do cativeiro foi a pior de todas, com ambos hospitalizados e Matt andando pelo corredor entre os quartos, sem conseguir dormir. A mãe de Esther havia sido diagnosticada com câncer dois dias antes. Então empurraram a cadeira de rodas de Sloane até o quarto de Albie e todos encheram a cara.

A parte de que mais se lembrava eram os sentimentos. A exaustão, mas também a necessidade desesperada de escapar, como se estivesse se debatendo para sair de uma camisa de força. Tinha que existir uma saída, uma fraqueza que não haviam descoberto, um caminho que não tinham explorado...

Nunca chegaram a considerar uma dimensão paralela. Mas, caso considerassem, Sloane tinha certeza de que, em seu estado frenético, ela teria sequestrado alguém para salvar o mundo.

— Esse tal de Ressuscitador... — disse ela. — Ele é poderoso?

Nero assentiu.

— Qualquer pessoa pode pegar um sifão e fazer *alguma magia*, mas a variação nos níveis de habilidade é grande. Quer dizer, apesar de eu usar a palavra *habilidade*, não é bem uma questão de perícia. Talvez talento seja um termo mais preciso — corrigiu ele. — Os sifões de pulso são os mais simples. Os de garganta são caros e necessitam de uma afinidade natural. Os demais sugerem um alto nível de habilidade mágica inata. Orelha, olho, boca. Peito. — Ele deu de ombros. — Você pode colocar um sifão em quase qualquer parte do corpo, embora alguns sejam ilegais por causa do tipo de magia que produzem.

— Quais?

— Ah, bem. Dizem que colocar um ao longo da coluna torna a pessoa suscetível ao controle de outra. E um sifão na virilha causa uma desfiguração horrível.

Sloane se encolheu.

— As pessoas realmente estão dispostas a colocar qualquer coisa lá embaixo, não é?

Nero assentiu de maneira sábia, mas sorria.

— Enfim, os sifões são difíceis de dominar, e a maioria das pessoas entra em coma se tentar usar mais de dois ao mesmo tempo — disse ele. — O Ressuscitador usa cinco.

Sloane assobiou baixinho.

— A combinação de sua habilidade inata com sua natureza é... catastrófica — continuou Nero em tom sombrio.

— O que se sabe sobre a natureza dele? — perguntou Sloane em tom cauteloso, sentindo uma mudança no humor de Nero.

O homem ficou quieto. O sol estava alto agora, no canto das claraboias, iluminando as estantes e os espaços entre os livros. A luz chegava até eles mesmo ali na sala dos fundos, parados em meio aos jornais.

— Minha irmã ajudava o Escolhido — contou Nero. — Uma noite ela foi... levada. Torturada. E seu corpo ficou pairando sobre este prédio. Levamos dias para encontrar uma maneira de fazê-lo descer para que eu pudesse enterrá-la.

Sloane pensou no dia em que trouxeram o corpo de seu irmão do local do Dreno. Em um caixão dado pelo governo. Não cabia em nenhum cômodo da casa, então o deixaram na garagem durante a noite anterior ao velório. Sloane foi até lá enquanto sua mãe dormia, só para ficar sentada ao lado dele. Não queria que o irmão ficasse sozinho, por mais tolo que isso parecesse. Sabia que ele não estava mais ali, que dentro do caixão havia apenas ossos e carne apodrecendo, mas ficou ao seu lado mesmo assim. Ninguém deveria ficar sozinho na morte.

— Sinto muito — disse Sloane.

— O nome dela era Cláudia. Como já deve ter notado, os nomes da Roma Antiga voltaram à moda há cerca de quarenta anos.

— Eu estava mesmo me perguntando sobre isso. O nome Nero não tem conotações muito positivas.

— Minha mãe gostava da sonoridade. — Ele abriu um sorrisinho que formou uma linha acentuada em sua bochecha. — Não gosto de falar sobre minha irmã, mas achei que você merecia saber por que foi tirada de seu universo. Ou, mais especificamente, por que *eu* ajudei a tirar você de seu universo.

— Bem… Obrigada.

— Acho melhor eu levar você de volta para o quarto — sugeriu Nero. — Senão Élia vai arrancar minha cabeça.

— Ela parece mesmo um pouco irritada com você.

— Ela me culpa por termos trazido três Escolhidos em vez de apenas um — esclareceu Nero. — Embora eu não tenha sido o único fazendo a operação.

— Que tipo de sifão serve para abrir outra dimensão? — perguntou Sloane.

— Adivinhe.

— Sifão de bunda — respondeu imediatamente.

Nero bufou.

— Não. Na verdade, não é uma parte do corpo. A operação requer várias pessoas ao redor de um enorme sifão fixo no chão, chamado de sifão fortis. Existem alguns bem grandes nas égides, mas os únicos que chegam a esse tamanho são o que fica aqui, no Salão das Convocações, um em Los Angeles e outro no Maine.

— No *Maine*?

Nero sorriu.

— Nossa universidade mágica de maior prestígio fica na costa do Maine. É muito legal, mas bem cara. — Ele olhou o pulso que não estava coberto pelo sifão para ver as horas. — Vamos lá. Tenho certeza de que você gostaria de tomar um banho e trocar de roupa. E talvez tomar café da manhã.

Juntos, caminharam para o elevador. Voltaram ao corredor dos Escolhidos bem quando Matt e Esther estavam acordando.

Chicago Post

BUSCA NACIONAL POR "ESCOLHIDO" TEM INÍCIO

por Lucia Arras

(arquivo, 11 de agosto de 2009)

CHICAGO, 11 DE AGOSTO: Quando a notícia de uma profecia apocalíptica confirmada vazou para a imprensa no mês passado, o medo e o caos se instauraram. Mas havia um fio de esperança: rumores sobre um "Escolhido" que poderia pôr fim à destruição prevista. Agora, uma fonte anônima dentro do Conselho de Cordus, o setor "mágico" do governo, revelou que o órgão vai procurar incansavelmente por esse indivíduo.

"Os critérios listados na profecia são bastante específicos", disse a fonte. "Vamos examinar algumas crianças, principalmente aquelas que já demonstraram uma habilidade mágica avançada."

Grupos religiosos por todo o país estão divididos em relação à profecia do dia do juízo final. Alguns dizem se tratar de um ensinamento falso ou heresia, enquanto outros declaram se tratar de uma mensagem divina. Os moradores de cidades-égide, que proíbem a prática da magia, começaram a protestar contra a decisão do governo de considerar seus filhos na busca para encontrar e aperfeiçoar talentos mágicos, alegando estarem protegidos pelas leis de privacidade e pela separação de Igreja e Estado.

O Conselho de Cordus não fez comentários e não divulgou uma nota oficial sobre o Escolhido ou sobre a profecia. No passado, no entanto, o conselho reconheceu algumas expressões únicas de habilidade mágica na população, incluindo "demonstrações de poder bruto (ou seja, sem o uso de sifão), como telecinesia, a criação de portais de curta distância, leitura da mente e dons divinatórios."

PROJETO DELFOS, SUBPROJETO 17

TRECHO do registro oficial de ███████████ , codinome Merlin:

Vou começar declarando que estou redigindo este relatório uma semana após o ocorrido aqui relatado, depois de verificar que o elemento ███████ , codinome Mago, é, de fato, aquele que foi mencionado na Profecia do Fim do Mundo, de Sibila, como "a última esperança de Genetrix", também conhecido como o "Escolhido". Isso sem dúvida implicará em certa parcialidade no relato, pois sou incapaz de desconsiderar meu conhecimento atual. No entanto, tentarei ser o mais objetivo possível.

Minha primeira impressão do Mago veio a partir de seu arquivo, que digitalizei antes de entrar na sala de exames. Havia uma lista com informações comuns: seu nome, ███████ ; idade, dez anos; cor do cabelo, ███████ ; cor dos olhos, ███████ ; local de nascimento, ███████ . Quando abri a porta, ele estava sentado com as mãos no colo e as pernas balançando. Tinha uma altura média para um garoto de dez anos e era um pouco magricela, como se não tivesse sido bem-alimentado, embora esse pudesse ser apenas seu tipo físico natural.

Não senti nenhum dos sinais que outros relataram ao ver nosso Escolhido pela primeira vez — nada de formigamentos, satisfação existencial, luzes ofuscantes, coros de anjos ou um impulso de me prostrar diante dele. Acho tais relatos ridículos, pois elevam o primeiro contato com o Mago a uma experiência religiosa quando, na verdade, trata-se apenas de uma criança que tem uma habilidade mágica bruta.

— Olá — falei para o garoto, e me sentei do outro lado da mesa, diante dele.

Alguém havia trazido um jogo para desenvolvimento mágico, *Interceptação da percepção*. Pode ser programado para um único jogador, e assim foi feito para o Mago. Até onde pude perceber, ele não havia sequer tocado no jogo. Ficava sentado na sala de exames sem fazer nada por quase uma hora.

— Você não quis jogar?

O Mago balançou a cabeça.

— Tudo bem. O que você ficou fazendo?

— Olhando.

— Olhando o quê?

— Os… fios. — Ele mexeu os dedos. — Se me concentrar, consigo ver os fios.

— Fios — repeti. — Como eles são?

— São que nem quando a gente olha o sol por trás da neblina. Como raios. Brilhantes, mas um pouco enevoados.

— E você sempre conseguiu ver esses fios?

Os olhos do Mago se estreitaram.

— Você acha que sou louco, não acha?

— Não. Acho que talvez você esteja descrevendo uma experiência com magia que ainda não documentamos, só isso. A magia é nova para nós, e estamos começando a entendê-la agora. Então tendo a acreditar em você.

— Ah. — O Mago se animou ao ouvir isso, mas então, quase imediatamente, ficou cabisbaixo. — Meus pais me disseram para não falar sobre isso.

— Acho que seus pais só estavam tentando manter você em segurança. Porque algumas pessoas ficam bravas quando ouvem coisas que não entendem.

Foi triste ver como ele aceitou isso prontamente, perceber como aprendemos essas lições desde pequenos.

— Pode me contar mais sobre o que você vê? Há quanto tempo consegue fazer isso?

Ele se mexeu na cadeira.

— Muito tempo?

— Desde que me lembro — respondeu. — Mas nem sempre, só quando tento muito.

— Bem, faz sentido. Quando falamos sobre uma operação mágica, em geral usamos a palavra *intenção*, que significa ter um objetivo ou um propósito. A magia não funciona sem intenção. Então, quando você se concentra nos fios, como os chamou, sua intenção é vê-los. Entende?

— Sim.

— Você já tentou tocar um deles?

Ele deu de ombros, mas mesmo crianças astutas não são boas em guardar segredos. Ficou claro para mim que ele já havia, de fato, feito algumas experiências com sua habilidade única. E como um dos principais critérios da profecia de Sibila era que o Escolhido teria uma habilidade mágica até então nunca vista em Genetrix, precisei investigar mais.

— Pode me mostrar?

O Mago assentiu. Ele baixou os olhos, não mais olhando para mim, e sim para a mesa. Respirou devagar, pelo nariz. Ficou claro que ele havia passado muito de seu tempo livre realizando aquele truque, porque já tinha um processo, apesar de ter apenas dez anos. Inspirou e expirou, de maneira regular, até que um tipo de energia surgiu em seus olhos, como se tivesse encontrado a resposta para um problema complicado.

Ele estendeu a mão esquerda… e *beliscou*.

Quanto ao que aconteceu em seguida, basta consultar o vídeo para um registro mais completo. A gravidade falhou e tudo na sala — inclusive eu — começou a flutuar. A cadeira onde eu estava sentado ricocheteou no teto.

Lembro-me especificamente de uma das peças do jogo *Interceptação da percepção*, um globo ocular de vidro, passar perto do meu rosto.

E, sentado em sua cadeira, como se nada tivesse mudado, estava o jovem que viemos a chamar de Escolhido.

19

Pouco depois de Sloane voltar da biblioteca, uma mulher chamada Cirila bateu na porta de seu quarto e se apresentou como assistente de Élia. Usava roxo da cabeça aos pés, e a única exceção era o brilho prateado do sifão de garganta, que Sloane agora reconhecia como um símbolo de status. Consistia em uma corrente simples em volta do pescoço com um fio de contas roxas na parte de trás.

Sloane passou o restante da manhã recebendo itens de Cirila: comida, xampu, sabonete, uma navalha em estilo antigo, roupas e uma variedade de sapatos. Já era quase meio-dia quando por fim estava totalmente vestida — com um suéter preto de gola alta com mangas que terminavam antes do pulso e uma calça preta folgada — e alimentada, e Cirila chamou os três para conduzi-los até o Salão das Convocações para uma "orientação".

Sloane viu Esther e gemeu. Como já devia ter esperado, a amiga adotara imediatamente a moda extravagante de Genetrix. Estava envolta em camadas de rosa pastel, creme e bege. Os sapatos bege eram pontudos. Seu rosto havia recuperado o glamour maquiado de antes: a pele coberta de pó, os lábios pintados de vinho, o delineador estilo gatinho.

—Toda arrumada e ninguém para ver. — Esther suspirou.

— Nós estamos vendo — apontou Sloane.

— Estou falando do Insta! — disse Esther. — Vocês não contam.

Matt caminhou ao lado de Cirila, sorrindo e fazendo perguntas. Ele não usava a capa dramática ou o capuz volumoso que haviam visto os homens de Genetrix usarem na noite anterior, mas sua jaqueta era justa nos ombros largos, e Cirila obviamente aprovava o visual, a julgar pela maneira como seus olhos se demoravam nele.

Matt sequer olhara na direção de Sloane naquela manhã. Ela sentia como se algo dentro de si tivesse endurecido em um nó apertado de músculos. Esther também não havia falado direito com ela. Era como se reconhecesse Sloane de algum lugar, mas não conseguisse se lembrar exatamente de onde.

Entretanto, Sloane sabia que lidar com situações assim era só uma questão de adotar os procedimentos corretos. Ela havia aprendido a sumir depois que Cameron morreu e sua mãe se enfiou na cama e nunca mais saíra. Lida-se com algo assim da mesma maneira que se lida com o frio quando não se tem um casaco quente o suficiente: deixando-o atravessar seu corpo e se infiltrar em seus ossos, até não conseguir mais senti-lo.

O Salão das Convocações era enorme e estava vazio. As paredes, círculos concêntricos de pedra, assomavam-se até um óculo coberto no ponto mais alto do teto abobadado. A luz do sol atravessava o vitral, projetando pontos azuis e verdes brilhantes na parede oposta, onde havia uma porta enferrujada.

No chão, diretamente abaixo do óculo, havia uma placa de metal parecida com uma tampa de ralo, mas maior, com cerca de 1,80 metro de diâmetro. A placa tinha floreios decorativos, arabescos se torcendo como videiras. Sloane se lembrou de que Nero mencionara a existência de um sifão fortis poderoso em Chicago. Tinha que ser aquele. O salão parecia estranho, como se o ar estivesse perto demais.

Quando entraram, Élia estava usando seu sifão e um apito para guiar uma grande mesa de pedra até o centro do salão. Nero, ao seu lado, mostrava-lhe a página de um livro tão grande que mal cabia no seu braço.

— Ah! — disse Élia quando pousou a mesa no chão. — Obrigada, Cirila. Bom dia para vocês. Não posso ficar muito tempo, mas passei para perguntar se acharam suas acomodações satisfatórias.

— Bem — retrucou Sloane —, é difícil ficar satisfeita com uma cela de prisão, mas claro. Os travesseiros são ótimos.

Esther lhe lançou um olhar íntimo de esguelha. Então percebeu que não deveria fazer isso e virou o corpo para que Sloane não conseguisse ver seu rosto.

Sloane deixou o gesto atravessá-la. Logo ela nem sentiria.

Élia comprimiu os lábios.

— Como devem ter observado, é essencial que vocês sejam capazes de fazer pequenas operações com um sifão para se movimentarem neste edifício, que dirá para cumprirem sua missão. Portanto, Nero vai lhes ensinar como usar os sifões antes de prosseguirmos. Ele vai...

— Na verdade — interrompeu Matt —, antes de começarmos, tenho um pedido.

Élia contraiu a boca como se tivesse comido algo azedo.

— Pois não?

— Quero saber mais sobre essa ligação entre os nossos universos — disse Matt. — Tudo o que vocês sabem, basicamente.

Sloane havia contado aos dois sobre o jornal que encontrara na biblioteca, e eles concordaram que era suficiente para acreditar na explicação de Nero e Élia, mas não o suficiente para arriscarem a vida.

— Até porque — acrescentou Esther —, sem ofensas, mas se *não* houver uma ligação, vai parecer que vocês mentiram para nos fazer arriscar o pescoço por pessoas e por um lugar que nem conhecemos. E eu já me arrisquei demais na vida.

— Não sei como podemos provar o que sabemos sobre a ligação. Pelo menos, não sem vocês adquirirem um conhecimento um pouco avançado da magia.

Matt sorriu.

— Então é melhor vocês encontrarem uma maneira.

Élia olhou para Nero. Ele pigarreou.

—Vou me dedicar a encontrar uma maneira — afirmou Nero. — Enquanto isso, talvez vocês possam aprender alguns usos do sifão para se moverem com mais liberdade pelo edifício, que tal?

— E fora do prédio? — perguntou Sloane. — Ou não vão deixar a gente ir tão longe?

Élia não caiu na provocação.

— No momento, não achamos que seria seguro vocês saírem do prédio — afirmou ela. —Vocês não sabem nada sobre o nosso mundo e nem usar sifões...

— Mas depois que aprendermos mais, sem dúvida essa regra vai mudar — sugeriu Matt.

Sloane cobriu a boca para esconder um sorriso. Élia a lembrava de um brinquedo de corda; cada exigência deles aumentava sua tensão.

— Vamos reavaliar conforme a situação progredir — respondeu Élia. —Vou deixar vocês nas mãos mais que capazes de Nero e Cirila.

Élia arrumou seu capuz rígido, sorriu com os lábios comprimidos e saiu do Salão das Convocações, os sapatos estalando pelo corredor. Quando o som diminuiu, Cirila foi até a caixa que estava em cima da mesa de pedra e começou a esvaziá-la: formou uma fileira de dispositivos parecidos com gravadores, do tipo que Sloane vira repórteres usarem durante entrevistas. Cirila colocou um ao lado de cada sifão e os ligou. Uma pequena tela na parte superior do dispositivo se acendeu e ficou verde, logo abaixo do que parecia ser um microfone.

— Bem, vamos começar? — Nero uniu as mãos na frente do corpo. — O objetivo da aula de hoje será dominar algo muito simples, que ensinamos às crianças aqui em Genetrix. Chama-se fôlego mágico. Mas, para fazer isso, vocês precisam entender as bases de uma operação, que é como chamamos qualquer ato de magia, por menor que seja.

—Tipo... um feitiço? — perguntou Esther.

— Não envolve um encantamento, então acho que essa definição é imprecisa — respondeu Nero. — Um fator importante aqui é o *som*. Se a energia mágica fosse água, então certas frequências seriam os canais que servem como caminho para operações específicas. E nós ajudaremos vocês a encontrar as frequências certas com um desses aqui. — Ele pegou um dos dispositivos da mesa. — É chamado pela comunidade mágica de precontógrafo, mas não passa de um osciloscópio modificado. Ele mede as frequências com a ajuda desse microfone. Um precontógrafo sofisticado pode ser usado para identificar em qual categoria de operações a sua frequência se enquadra.

— Isso quer dizer que… homens e mulheres fazem tipos diferentes de operações, normalmente? — perguntou Matt. — Porque a voz dos homens em geral é mais grave?

— Sim, quando o som vem da voz — disse Nero, sorrindo. — Temos vários pequenos instrumentos que podem ser usados para produzir uma ampla gama de frequências. E embora algumas pessoas deixem suas operações bastante musicais, até alguém sem talento para a música, ou mesmo alguém surdo, pode produzir um som na frequência correta.

— Que alívio — comentou Esther —, porque já me disseram que, quando começo a cantar, os vidros quase quebram.

— De qualquer maneira, a variedade de operações que podem ser realizadas usando a voz humana é bastante limitada — continuou Nero. — Mas o fôlego mágico é uma delas, o que a torna ideal para crianças. Infelizmente, para os adultos do sexo masculino — ele olhou para Matt —, a frequência é um pouco alta. Cento e setenta megahertz. Tenho um apito, se for aguda demais para você.

— Meu falsete não é ruim — falou Matt.

— Excelente. Bem, primeiro, todos devem pegar um osciloscópio e tentar encontrar a frequência certa.

Sloane se aproximou da mesa para pegar um dos dispositivos. Enquanto estava ali perto, olhou os sifões. Eram simples, feitos de um metal preto granuloso, com uma placa para o dorso da mão e outra para a palma, como uma luva sem as pontas dos dedos. Sloane imaginava que aqueles eram sifões padrão, enquanto os de Nero e Cirila eram para os ricos. Havia um logotipo estampado no dorso: um animal com cabeça de pássaro, tronco de homem e cauda de serpente no lugar de pernas. A cauda se enroscava ao redor de um grande A.

— Abraxas — explicou Nero quando a viu olhando o logotipo. — Eles produzem os melhores sifões.

Sloane deu um passo para trás, com o osciloscópio em mãos, e formou uma fila com os outros. Cirila cantou uma nota. Sua voz era estável — não especialmente bonita, mas o som era consistente, fácil de imitar. Nero gesticulou para que repetissem o barulho.

Sloane sentiu as bochechas esquentarem. Ela nunca tinha cantado na frente de outras pessoas. Sequer cantava no chuveiro. Não era desafinada, só... não fazia isso.

Segurando o microfone do osciloscópio mais perto, Sloane cantarolou sem abrir a boca. Uma linha ondulada apareceu na tela do dispositivo, mostrando o número 165. Precisou de algumas tentativas para chegar exatamente a 170 MHz, mas, depois que encontrou o tom, conseguiu repetir a nota sem grande dificuldade. Ao seu lado, Esther revirava os olhos para o osciloscópio, os lábios contraídos enquanto assobiava. Matt, no entanto, cantava "Ah" como se estivesse fazendo um aquecimento vocal. Sloane se perguntou se ele teria feito parte de um coral caso tivesse sido permitido que levassem uma vida normal.

Sentiu um aperto no peito com esse pensamento.

— Muito bem! — disse Nero. —Agora, sifões. Coloquem-nos na mão dominante, mas não façam barulho ainda.

O sifão estava folgado e frio em contato com a pele. Cirila a viu tentando ajeitá-lo e se aproximou para puxar um pequeno fio do espaço entre as placas. Quando o puxou, as placas se apertaram em torno da mão de Sloane, e ela amarrou o fio em um pequeno gancho para mantê-lo preso. Sloane flexionou os dedos. Seu sifão era maior do que o que Nero usava, mas não era desconfortável, e o metal esquentava com o passar do tempo, como um relógio de pulso.

—Vocês devem ter notado que Élia e eu fazemos pequenos gestos durante uma operação — apontou Nero. — Isso na verdade não afeta a operação em si, é mais uma maneira de ajudar o cérebro a perceber que você está tentando *fazer* alguma coisa. Portanto, podem ou não gesticular, não importa, façam o que for melhor para se concentrar em suas intenções. O que chamamos de fôlego mágico é apenas um pequeno sopro de ar emitido magicamente pelo usuário. Ao meu comando, produzam o som na frequência correta e tentem buscar aquela coisa complicada e nebulosa a que nos referimos no estudo mágico como "intenção".

Ele olhou de relance para Sloane. Aquela havia sido a palavra usada no dia anterior para explicar por que um sifão em si não era perigoso.

— A definição exata de "intenção" é tema da maioria das teorias mágicas — continuou. — Mas existe um motivo pelo qual é mais fácil ensinar mágica a alguém desde criança. Crianças não precisam de explicações detalhadas, ao contrário dos adultos. Elas simplesmente *querem* algo... e então fazem. Portanto, não posso lhes dizer exatamente como ter a intenção certa, vocês terão que descobrir. Quanto menos pensarem, nesta fase, melhor.

—Vai ser bem fácil para Esther, então — disse Matt.

— Cale essa boca, fazendo o favor — retrucou Esther.

Ela ergueu a mão com o sifão e assobiou enquanto fazia um gesto rápido de desdém. Seu cabelo esvoaçou fazendo-a recuar com os olhos arregalados. Um momento depois, um sorriso apareceu em seu rosto, revelando uma manchinha de batom nos dentes.

— Eu consegui! — exclamou, quase em um guincho.

O sorriso a fazia parecer anos mais nova, e Sloane teve a sensação de estar olhando para uma Esther que não havia passado pela guerra, que não havia lutado contra o Tenebroso, que não estava cuidando da mãe doente.

Matt fez um toca-aqui de comemoração com Esther, e Sloane, não muito certa de que seus parabéns seriam bem-vindos, optou por um sorriso.

— Sim, muito bem — elogiou Nero. —Agora vocês dois.

Sloane olhou para a própria mão, envolta no sifão. *Não pense*, disse a si mesma. Ela cantarolou de boca fechada, e o osciloscópio registrou 175 MHz. A segunda tentativa chegou mais perto da nota certa. *Não pense. Faça um gesto natural*. Ela não tinha certeza se algum gesto seria natural com uma luva de metal na mão. Tentou um movimento brusco com dois dedos. Parecia simples o suficiente.

Nada aconteceu.

Do outro lado da sala, Matt cantava seu "Ah" e agitava a mão no ar como se conduzisse uma orquestra. Sloane teria rido se as coisas não estivessem tão ruins entre os dois. O assobio de Esther foi acompanhado por um balançar de dedo, e ela segurou o osciloscópio junto do rosto para ler a frequência.

Não pense, Sloane se repreendeu, voltando a cantarolar de boca fechada. *Intenção*, lembrou a si mesma. Bem, talvez esse fosse o problema. Ela não tinha *intenção* de fazer nada. Não imaginava por que alguém iria querer conjurar uma lufada de ar mágica quando poderia simplesmente soprar pela boca.

Ela fechou os olhos e, em vez disso, tentou pensar em como se sentira diante do protótipo da APIS na Cúpula, segurando as metades da Agulha. Aquele enorme turbilhão dentro de si e depois a avidez da fome, tão essencial para o seu corpo quanto a vontade de respirar ou dormir. Sloane se concentrou na fome, sem nem saber pelo que ansiava, o café da manhã ainda na barriga. Era um desejo sem forma, mas ela o sentia.

Ela *sempre* o sentia.

Sloane ergueu a mão e cantarolou de boca fechada. E então finalmente sentiu o primeiro formigamento de magia em Genetrix. Um momento depois, era mais do que um formigamento; era como se tivesse aberto a fresta de uma porta para ver quem estava do outro lado e encontrado um inferno de fogo. Seu corpo inteiro ardeu, queimando seus olhos, incinerando a garganta. Ela gritou e se debateu, mas aquela sensação de fogo continuava.

Não conseguia ver: seu cabelo tinha sido soprado por cima do rosto e suas roupas esvoaçavam; o ar girava ao seu redor, primeiro como um novelo de seda e depois como fios apertados, prendendo-a, erguendo-a...

Um *crec* alto ressoou. A janela que cobria o óculo havia sido quebrada, e cacos de vidro caíam no meio do salão como uma cachoeira.

— Slo! — gritou alguém.

Algo a atingiu na cabeça e o fogo se apagou. Sloane caiu com força nos ladrilhos; sua cabeça atingiu o chão, fazendo-a estremecer de dor. Esther, que também estava no chão, rastejou até ela, alguns fios de cabelo grudados nos lábios pintados. A luz entrava no salão pela abertura do óculo.

— Você está bem? — perguntou Esther, pondo a mão sob a cabeça de Sloane para sentir seu couro cabeludo. — Caramba, Sloane, você não faz nada pela metade, hein?

— Essy — respondeu ela —, Slo vai botar tudo pra fora.

Pelo menos teve a presença de espírito de virar a cabeça para o outro lado antes de vomitar.

OS SIFÕES DE GARGANTA CHEGARAM — MAS POR UM PREÇO ALTO

Corey Jones

Revista *Revelações Mágicas*, nº 240

Desde que a Abraxas (na época operando sob o nome de sua antiga empresa controladora, a IBM) deu seus primeiros passos na fabricação de sifões nos Estados Unidos na década de 1970, ela passou a dominar o mercado de tecnologia na América do Norte. Seu lançamento mais recente, o primeiro sifão de garganta focado no consumidor, não é exceção — embora seu custo proibitivo de mais de US$5.000,00 por unidade tenha provocado muitas reclamações sobre as prioridades da empresa. A companhia deixou a busca pela redução de custos para os fabricantes menores e inferiores e decidiu se concentrar apenas na inovação. Esse foco parece ter valido a pena. A presença da Abraxas no mercado nunca foi tão grande.

Os pesquisadores do Centro Cordus estimam que apenas 20% da população possui as faculdades mágicas necessárias para fazer uso de um sifão de garganta. Portanto, o desenvolvimento do dispositivo tem provocado controvérsias desde a sua concepção: parecia improvável que a fabricação fosse lucrativa para qualquer empresa, grande ou pequena. Mas o atual CEO e fundador da Abraxas, Valens Walker, insistiu. "Não precisamos vender todos os sifões que produzimos para todos os consumidores", declarou em uma entrevista ao *New York Times* no inverno passado. "Nós só precisamos vender os melhores do mercado." Até agora, é o que tem sido feito. As resenhas da revista *Revelações Mágicas* sobre os produtos Abraxas têm rendido, em média, conceito A, enquanto o maior concorrente da Abraxas, a Trench, tem uma média B- com seu carro-chefe, um sifão de pulso surpreendentemente barato.

Mas e o sifão de garganta da Abraxas? Bem, eu o recebi em uma caixa dourada elegante, então a Abraxas está claramente buscando a imagem de exclusividade. O dispositivo em si está longe de ser discreto — é uma placa de metal inteiriça, na cor cobre, oferecida em três padrões: floral, retângulos em zigue-zague ou damasco. Tem cinco centímetros de altura, então não há como escondê-lo por trás de uma gola; esse sifão foi feito para ser exibido, e tenho certeza de que os estilistas vão acomodá-lo desenhando roupas que deixam o pescoço à mostra, assim como fizeram mangas encurtadas quando os sifões de pulso foram lançados.

Para ser sincero, a aparência é um pouco chamativa demais para mim, mas o sifão é leve e ajustável, então quase não reparei nele enquanto o usava. Quanto ao desempenho, bem... Se você já experimentou uma operação de garganta antes, então entende por que as pessoas com essa habilidade optam quase que exclusivamente por essa maneira de fazer magia. Um sifão de garganta é particularmente sintonizado a quem canta ou cantarola suas operações. Estando tão perto das cordas vocais, capta as vibrações da pele, o que significa que a operação pode ser feita silenciosa e discretamente. Ao contrário de outros sifões, não transmite suas intenções com um apito barulhento. E o leque de possibilidades de um sifão de garganta é, obviamente, ampliado. É possível fazer qualquer operação básica sem esforço — abrir portas, acender velas, mover objetos —, e eu finalmente realizei algumas mais complexas fora de uma sala de aula. Programei um temporizador em uma operação que manteve meu lápis girando, com a ajuda de um osciloscópio, na privacidade do meu apartamento.

Esta é uma das desvantagens: faz-se necessário o uso do osciloscópio. Os sifões de garganta são mais sensíveis a pequenas oscilações de tom, então você tem que ser *preciso* e, a menos que tenha um ouvido absoluto, necessitará desse equipamento extra. Se quiser uma operação com temporizador indeterminado, ainda vai precisar do apoio de uma assembleia. Porém, com a potência de suas operações, essas assembleias podem ser menores e consumir menos energia. Se estiver fazendo uma operação sequencial, não precisa parar entre as mudanças de tom, como faria com um sifão de pulso, mas precisa ser bem preciso na transição ou terá resultados inesperados. Como com qualquer novo sifão, o governo estará de olho nos usuários, então não tente convocar seu exército de mortos-vivos ainda. (Isso é uma piada, pessoal. Um Ressuscitador já é mais que suficiente, não é?) Mas essa tecnologia pode muito bem mudar a magia para sempre.

O sifão de garganta 1.0 da Abraxas estará disponível a partir da sexta-feira, 3 de fevereiro.

20

Sloane adormecera quase imediatamente após o incidente no Salão das Convocações e, quando acordou, já era a manhã seguinte.

Matt e Cirila a ajudaram a voltar para o quarto. Ela contara os passos deles e tentara não pensar na destruição que havia deixado para trás. Os sifões e osciloscópios espalhados. O ar frio entrando pelo óculo aberto. Cacos de vidro azuis, verdes e vermelhos caídos por toda a parte. A capa de Nero, arrancada do fecho, voando pelo chão. A trança em coque de Cirila se soltando dos grampos.

Os dois a sentaram na cama e, quando Matt saiu para buscar um copo d'água, ela olhou para Cirila e perguntou:

— O que isso significa? O que eu fiz?

— Para falar a verdade, eu não sei — respondeu Cirila. — Mas o importante é que ninguém se feriu. Você vai tentar outra vez, e nós tomaremos... precauções.

— Não vai ter outra vez — afirmou Sloane, e adormeceu sem tirar os pés do chão.

Não sabia que horas eram. Acordou como se tivesse tomado um porre na noite anterior, tentando se recompor. Ela se sentou. Esfregou os dedos debaixo dos olhos. Penteou o cabelo com as mãos. Endireitou as roupas. Matt deixara um copo d'água em sua mesinha de cabeceira branca e Sloane o bebeu de um gole só, procurando os sapatos. Alguém os tirara de seus pés e deixara ao lado da porta.

Sloane os calçou, amarrou os cadarços bem apertado e olhou o corredor à procura de um sinal dos outros. As portas dos quartos estavam fechadas, as luzes apagadas. Ainda dormiam. Ninguém notaria se ela saísse por um tempo.

Élia não queria que eles deixassem o prédio, então, naturalmente, foi isso que Sloane decidiu fazer.

Sabia que Nero tinha alguma maneira de vigiá-los, mas não fazia ideia de qual era. Como não podia chamar o elevador, decidiu se arriscar novamente descendo as escadas. Se não poderia ser furtiva, teria que ser rápida. Sloane chegou ao fim do corredor, de onde conseguia ver a porta da escada, e *disparou*. Empurrou a porta e desceu as escadas três degraus de cada vez, depois quatro, ao estar mais bem orientada.

Já fazia um tempo que não corria, mas as batidas aceleradas de seu coração e a dor nas pernas eram uma distração bem-vinda de tudo o que havia acontecido. Ansiava por ar fresco e frio e por sentir a calçada sob a sola das botas. Quando chegou ao térreo, viu uma saída de emergência, mas o aviso de ALARME SERÁ ACIONADO a impediu de abri-la. Sloane pegou a outra porta, que levava ao saguão.

Havia passado por ali algumas vezes com os outros. O espaço amplo parecia o santuário de uma igreja com a decoração ornamentada (barroca, Sloane achava), arcobotantes (góticos) e os detalhes geométricos dourados (art déco). As portas de madeira pesadas da entrada apenas aumentavam essa impressão. Cameron teria gostado dali, pensou ela. Foi direto até as portas, sem obstáculos até que...

— Sloane.

Um homem que ela não reconheceu parou em sua frente. Era militar, concluiu ela, a julgar pela postura impecável, o físico musculoso e... claro, o uniforme. Calça azul-marinho, casual, enfiada por dentro do coturno. Camisa cinza de manga comprida, enrolada até o cotovelo, com o mesmo símbolo que as pessoas às margens do rio usavam pregado no peito costurado no lado direito.

Ela considerou disparar na direção das portas, mas decidiu que não era a hora certa para uma atitude desesperada — ainda não, pelo menos. Então apenas tentou mostrar que não estava intimidada.

— Escute aqui, quanto mais determinados vocês estiverem em me manter presa aqui, mais determinada vou ficar em sair. Então que tal a gente pular essa parte de aumentar as tensões?

— Tudo bem — respondeu o homem. — E se eu dissesse que meu trabalho não é impedir que você saia, mas acompanhá-la para garantir que não tenha problemas?

Sloane olhou para a rua lá fora, obscurecida pelos painéis de vidro grossos das janelas. Quase sentia o gosto da água evaporando do lago Michigan.

— Devo acrescentar que, se você não concordar em me deixar fazer o meu trabalho, teremos muitas discussões tediosas — continuou o homem.

— Está bem — concordou Sloane. — Pode ser.

— Eu me chamo Ciro. — Ele estendeu a mão.

Aperto de mão firme, pensou ela. Não era surpresa.

— Sou capitão do novo Exército Esplandecente. Não que isso queira dizer alguma coisa para você.

Ele usava um sifão de pulso, mais simples do que os que Sloane tinha visto até então, apenas placas de metal polido cobrindo o dorso e a palma da mão, deixando os dedos de fora. O logotipo do sifão que ela usara na véspera — a criatura com cabeça de pássaro, tronco de homem e cauda de serpente — estava gravado em uma das placas.

— Exército mágico — comentou ela. — Certo. Por que ele é novo?

— O exército antigo foi massacrado pelo Ressuscitador. Aonde você quer ir?

Vamos deixar essa história de massacre passar batida, então?, pensou ela.

— Ao lago — respondeu.

O lago sempre fora uma espécie de bússola para Sloane; caso se perdesse, bastava encontrá-lo para identificar o leste. Sabia o nome das ruas paralelas: Lake Shore, Columbus, Michigan, Wabash, State,

Dearborn, Clark, LaSalle, todas até o rio. Talvez ir até a água a ajudasse a encontrar algo firme dentro de si, mesmo em Genetrix.

Ciro mexeu o indicador para abrir as portas duplas. O controle dele, Sloane notou, era impressionante; as portas se abriram apenas o suficiente para os dois passarem, em vez de por completo, como haviam feito para Élia. Mas, independentemente disso, parecia um motivo frívolo para usar magia.

— Só para você saber, da próxima vez — disse ela ao cruzar a entrada —, eu sei abrir uma porta.

— Peço desculpas. É automático para mim.

Um mundo de magia ao seu alcance, e você a usa para abrir uma porta.

Do lado de fora, entraram de imediato no ritmo das pessoas caminhando pela calçada. Sloane reparou em seus sapatos — calçados pontudos com solas duras e barulhentas, quase como sapatos de sapateado —, nos tecidos pesados envolvendo a clavícula, deixando à mostra sifões de pescoço; nas mangas largas que paravam na metade do antebraço para revelar sifões de pulso, nos penteados com tranças intrincadas que deixavam à vista sifões de orelha adornados com joias — o tipo mais ornamentado, pelo que Sloane podia observar. Foi reconfortante ver o prédio marrom-escuro do Daley Center, que claramente sobrevivera à separação de seus dois universos. Entretanto, do outro lado da rua, onde em seu mundo ficava uma estrutura alta e moderna, com janelas azul-claras, havia um aglomerado de pináculos que lembravam a Sagrada Família em Barcelona, igreja feita de pedra ornamentada.

Aquele pensamento trouxe uma pontada de dor familiar. Cameron havia pegado um livro de arquitetura emprestado na biblioteca e devia ter se esquecido de devolver porque, depois da morte do irmão, Sloane o encontrou em seu quarto. As páginas com seus prédios favoritos tinham sido dobradas na pontinha. A Sagrada Família era um deles.

— Então, esse tal de Ressuscitador... Se eu o vir, e imagino que vou saber que é ele quando o vir, o que devo fazer?

—Você deveria aprender algumas manobras defensivas básicas com seu sifão — disse Ciro. — Existe um escudo fácil de fazer que parece dar mais tempo para as pessoas que enfrentam o Ressuscitador, porque o impede de realizar sua operação favorita.

— Que é...?

— Pulmão colapsado — respondeu Ciro, com a mesma franqueza de quando lhe contara sobre o massacre do exército anterior. — É difícil encher o pulmão de novo antes que a vítima sufoque, e ela não consegue fazer barulho para usar magia e se curar.

Sloane reprimiu um calafrio.

—Tudo bem. Então... escudo.

— Olha só. Eu vou lhe mostrar.

Ciro pôs a mão no cotovelo de Sloane e a conduziu até um beco cheio de caixas de papelão e sacos de lixo. Ela teria protestado se não estivesse curiosa para ver o escudo. Ciro estendeu a mão, a palma virada para ela, e deu um assobio tão agudo que a fez tapar os ouvidos. Sloane ficou se perguntando como era possível produzir tal som até ver algo brilhar na boca dele. Seria um dente falso? Um piercing? Ela não sabia.

Fosse o que fosse, depois do assobio, o ar parecia mais *denso*, como quando o gás vaza de um fogão, e ondulava na frente de Ciro a cada expiração.

Quase sem se dar conta, Sloane tentou tocá-lo, sua criança interior sempre ansiosa por fazer descobertas pelo toque. O ar estava viscoso e sedoso, como água parada.

— Isso não vai impedi-lo — explicou Ciro, a voz abafada pela barreira. — Mas vai atrasá-lo.

— Pena que sou péssima com sifões.

—Você tem que se esforçar para ser menos "péssima" — retrucou Ciro, o queixo contraído de maneira determinada. — Senão põe a si mesma e a todos ao seu redor em perigo, especialmente se insistir em deixar a segurança do Centro Cordus sozinha.

— Está bem.

Sloane tinha a impressão de que o homem não gostava muito dela.

Ciro extinguiu o escudo com um olhar grave, e os dois continuaram andando.

Passaram por comércios que pareciam familiares: padarias, lancho-netes, pizzarias. Foi só quando viu uma cafeteria com um toldo azul que Sloane percebeu que estava procurando por uma Starbucks... e não havia nenhuma. Aquela cafeteria se chamava Grãos Mágicos do João e o logotipo era, é claro, o contorno branco de um pé de feijão desaparecendo em uma nuvem.

Na esquina da Randolph e State, Sloane se deu conta de que o sinal de pedestres não mostrava um homem branco brilhante, como estava acostumada, mas sim uma peça de metal que virava cada vez que o sinal mudava, exibindo uma série de círculos concêntricos. A imagem de *pare* era um círculo solitário. Ela se perguntou como aqueles sinais eram visíveis à noite.

Conforme se aproximaram da Michigan Avenue, Sloane inclinou a cabeça para trás e procurou o prédio preto que ficava na curva da Lake Shore Drive, mas não o encontrou. Em seu lugar, havia uma torre de vidro ampla com um buraco no meio — e, pairando ali no centro, sem contato com os lados, uma esfera feita do mesmo vidro e metal que o restante do edifício.

— Como... — Ela se sentiu estranha, como se não estivesse mais no próprio corpo. — *Como...?*

— Ah, isso. Não sei bem como funciona. — Ciro parecia estar se divertindo. — Mágica, obviamente, mas não conheço os detalhes.

— Não é uma ilusão?

— Não. Gostaria de entrar e dar uma olhada?

Sloane balançou a cabeça. Não, não queria entrar em uma esfera de vidro flutuante. Levou a mão até a têmpora dolorida. Do outro lado da rua, viu algo familiar — o Chicago Cultural Center — e caminhou até lá, sem nem olhar para o sinal de pedestres ou checar se o caminho estava livre. Era coisa demais, rápido demais. Sloane precisava se sentar e respirar.

Ciro a seguiu pela rua e pelos degraus de pedra. O centro cultural era antigo — então, refletiu ela, provavelmente ambos os universos o te-riam —, um edifício neoclássico com uma fileira de arcos encimados por outra de colunas, como camadas em um bolo. Mas o prédio era um de seus lugares favoritos, graças ao interior, com as cúpulas de vidro Tiffany que brilhavam coloridas e lindas ao sol da manhã. E também ao silêncio permanente do espaço.

Lá dentro, Sloane afundou em um banco frio de mármore, colocando a cabeça nas mãos. Ciro se sentou ao seu lado — não perto demais, felizmente, ou ela lhe daria um soco — e ficou quieto enquanto Sloane respirava profundamente pelo nariz.

— É muita coisa — explicou, quando se sentiu mais calma.

Ciro assentiu.

— Tenho certeza de que é.

— Você se importaria se eu fosse lá em cima... — Ela apontou para as escadas em direção à cúpula de vidro Tiffany. Só conseguia ver um pedaço de verde brilhante de onde estava sentada, mas a visão prometia familiaridade e, se Ciro permitisse, solidão. — ...sozinha? Só preciso de alguns minutos.

Ciro estreitou os olhos para ela.

— Prometo que não vou a nenhum outro lugar.

— Tudo bem — concedeu ele. — Mas daqui a alguns minutos vou atrás de você.

Sloane se levantou, sentindo-se um pouco mais firme. Subiu os degraus e parou em um dos patamares para observar a citação de Francis Bacon — *A verdadeira utilidade do conhecimento é a seguinte: dedicar a razão que nos foi dada por Deus para o uso e benefício do homem* — em minúsculos azulejos que cobriam as paredes, emoldurada de todos os lados por padronagens verdes, amarelas e azuis, em formato de espirais, losangos e fitas.

Quando Sloane virou no corredor, viu a cúpula de vidro Tiffany brilhando à luz do sol. As paredes que se arqueavam até a estrutura eram cobertas por pequenos azulejos formando figuras orgânicas, como trepadeiras verde-claras se enrolando umas nas outras. A cúpula em si era mais simples, dividida em seções retangulares que se afinavam conforme se aproximavam do centro. Dentro de cada retângulo, o vidro era disposto em pequenos semicírculos azuis e verdes, como as escamas de um peixe, e no meio ficavam os símbolos de cada signo astrológico. Um lustre pairava acima, no mesmo formato e padrão da cúpula.

Diante da parede dos fundos havia três telas. As duas das pontas não continham figuras: eram grandes e vazias, como as pinturas de Rothko. A do meio mostrava indícios de luz, como uma coisa se abrindo para revelar algo luminoso no interior. Sloane se aproximou da parede para ler a plaquinha perto das pinturas e ficou diretamente abaixo do lustre.

E então... algo agarrou seu tornozelo, com dedos frios e rígidos, e puxou seu pé em direção ao teto. Sloane perdeu o fôlego quando seu corpo foi virado de cabeça para baixo, e se lembrou da adolescente flutuando em direção às nuvens no vídeo que Henderson e Cho lhes mostraram. As paredes começaram a girar ao seu redor — ou *ela* começou a girar, guiada pela mão no tornozelo, que não parecia estar lá de verdade. Suas roupas flutuaram para longe do corpo, mas não chegaram a cair completamente. O cabelo também começou a flutuar, como se estivesse mergulhada em uma piscina, em vez de içada no ar, encarando o chão como se fosse o teto.

Fique em silêncio, pensou automaticamente como sempre fazia quando do entrava em pânico. Porque o silêncio a ajudara a escapar do Tenebroso com Albie; o silêncio a ajudara a escapar da morte dezenas de vezes. Sloane contraiu a mandíbula e ficou imóvel, deixando-se girar, pendurada, como um enfeite de Natal recém-colocado no galho da árvore. Se conseguisse soltar a perna... mas então cairia de cabeça em um piso duro que devia estar a mais de 1,80 metro de distância. Encarou o tornozelo preso, como se a força invisível que a segurava pudesse falar e lhe dizer o que fazer.

— Olá — disse uma voz abaixo dela.

Sloane se encolheu e olhou para cima. Ou, melhor dizendo, para baixo.

Ainda girava, mas o rosto do homem estava logo abaixo do seu, talvez a um metro de distância — então ela estava a mais de 1,80 metro do chão, porque ele devia ser alto —, o que o fazia parecer o centro de um cata-vento.

— Precisa de ajuda? — ofereceu, a voz grave, mas estranhamente musical para um rosto tão sério.

O homem era pálido, com um nariz que poderia ser descrito educadamente como "pronunciado" e olhos escuros que não tinham se desviado dos dela desde que o encarara pela primeira vez. Sua atenção era inquietante.

— Que. Porra. É. Essa? — perguntou Sloane.

Ele sorriu brevemente.

— Uma pegadinha irrealista, eu acho. Segure a minha mão que eu tiro você da armadilha.

A última coisa que Sloane queria fazer era pegar a mão de um homem desconhecido em uma dimensão paralela, mas não parecia ter escolha. Ela estendeu a mão para cima — para baixo — e os dois se seguraram com firmeza. O homem ergueu a outra mão, envolta em um sifão preto que parecia uma luva sem as pontas dos dedos. Como todos os sifões que ela vira, era feito de metal, mas já tinha sido verde. A tinta estava descascando nos cantos e as duas placas do sifão tinham arranhões. Conseguia ver parafusos nos cantos e dobradiças de cores diferentes, o que indicava que havia sido consertado mais de uma vez.

Ele cantarolou sem abrir a boca, um zumbido grave que Sloane pensou conseguir sentir nos dedos. A tensão em volta do tornozelo sumiu, como se uma corda se partisse. O homem manteve a mão na dela e continuou a cantarolar, mudando o tom levemente. As pernas de Sloane desceram devagar, o corpo se endireitando aos poucos. Logo se viu diante dele, os dois de mãos ainda dadas até perceberem que isso não era mais necessário.

De volta ao chão, Sloane percebeu que ele era um palmo mais alto que ela, que já era alta. Além disso, o homem usava cores escuras e discretas — cinza, azul-marinho e preto — com aquela faixa de tecido estranha em volta dos ombros, parecendo um capuz. Estava presa ao ombro dele não por um broche dourado elegante como os de Élia e seus colegas, mas pelo que parecia ser um parafuso. Sloane sorriu de leve. Parecia uma maneira de zombar das pessoas que a haviam convocado até Genetrix.

— Obrigada. Você disse que isso foi… uma pegadinha?

— Sim, o coletivo dos artistas irrealistas vem espalhando armadilhas pela cidade há alguns meses. Eles as chamam de alça-pés. Li o manifesto outro dia, alguém cobriu um trem inteiro com ele.

Sloane estava prestes a perguntar o que eram irrealistas, mas então se lembrou de que deveria parecer uma habitante de Genetrix o máximo possível e engoliu a pergunta.

— O que dizia? — perguntou, em vez disso.

Parecia uma pergunta inocente.

— Eles afirmam que a introdução da magia nos desancorou do prático e, portanto, da própria realidade — explicou. — E questionam se fatos são reais quando metade das coisas que considerávamos fatos foi pelos ares. Daí veio a inversão da gravidade que você acabou de experimentar.

Era um bom argumento, pensou Sloane. A gravidade era uma lei natural, e a magia trouxera uma reviravolta. Ou a fizera ir pelos ares. O que mais a magia tinha feito ir pelos ares?

O tempo. O espaço. E, talvez, dimensões inteiras.

— Bem… — começou ela. — Interessante ou não, eu os odeio.

O homem riu. Seu rosto todo se enrugava quando ele ria, e os lábios se abriram para revelar uma fileira de dentes levemente tortos.

— Eles são irritantes, mas inofensivos na maioria das vezes. — Seus olhos se voltaram para as mãos de Sloane. — Nada de sifão? Uma escolha ousada.

— Está no conserto — mentiu ela, com a maior naturalidade possível.

Era a pior mentirosa de todos os Escolhidos. Até Albie tinha sido um mentiroso mais convincente do que ela, mas Sloane já havia praticado o suficiente para não ser um fracasso completo.

— É uma merda — acrescentou, para soar mais autêntica.

— O meu também — respondeu o homem, mexendo os dedos. — Conheço um cara que conserta e não cobra caro.

Um silêncio caiu entre eles. Sloane sabia que deveria encerrar a conversa, agradecer mais uma vez e descer as escadas para encontrar Ciro. Mas fazia muito tempo que não conversava com alguém que não sabia quem ela era ou *o que* era. Fazia uma vida inteira, na verdade. Não estava disposta a abrir mão disso.

— Então você gosta das pinturas? — perguntou ele, apontando para as três telas.

Sloane se aproximou para ler a plaquinha na parede:

— *Tenebris, Charlotte Lake, 2001.*

— Eu fui a uma palestra da artista ontem à noite — contou. — Ela disse que as pessoas costumam supor que é uma visão do USS *Tenebris* antes do incidente, mas na verdade a pintura é da perspectiva da magia, olhando através do véu para as luzes do *Tenebris*.

Sloane não sabia o que responder. Não sabia o que era o USS *Tenebris* — além de um navio da Marinha, obviamente — ou a qual incidente ele estava se referindo, embora soasse familiar.

— Não sei interpretar arte — confessou ela. — Não tive muito espaço na minha vida para isso.

— O que ocupou tanto espaço?

Ela considerou a pergunta por um momento, então respondeu, com um leve sorriso:

— O caos.

O homem riu um pouco, mas seus olhos se demoraram nos dela, como se soubesse que não estava brincando.

— Eu me chamo Mox — apresentou-se, estendendo a mão envolta no sifão.

— Sloane. — Os dedos dela envolveram o metal. Estava frio. — Então... você gosta de arte.

— Não muito. Reparo e customizo sifões que não sejam da Abraxas; vim aqui entregar uma encomenda para um amigo.

—Ah. Então o cara que cobra barato para consertar sifões que você conhece é... você mesmo.

— Sorte a minha.

—Talvez eu procure seus serviços se meu técnico fizer uma cagada com o meu sifão — comentou.

Pela primeira vez em muito tempo, Sloane sentia que estava sendo ela mesma. Não era uma Escolhida, nem o cão de rua de Bert, nem Sloane Andrews, a vadia escrota que um repórter qualquer da *Trilby* odiava, mas ainda queria comer. E, no segundo em que teve um pouco de si de volta, ficou desesperada para ter o resto.

— Preciso ir — disse.

Não queria que Ciro subisse as escadas e estragasse aquele momento.

— Bem, se quiser fazer alguma coisa mais tarde, às vezes trabalho em um bar na Printer's Row. O Caneco.

— O Caneco, é? Vou ver se consigo dar uma fugida.

Ela sorriu. Ele sorriu. Então Sloane foi em direção à escada.

Mas, no térreo, não resistiu e olhou para trás. Mox continuava parado no mesmo lugar, olhando atentamente para a cúpula de vidro Tiffany, o rosto ainda mais pálido sob a luz.

MEMORANDO PARA: CORREGEDORIA

ATENÇÃO: DIVISÃO FINANCEIRA

ASSUNTO: Projeto Delfos, Subprojeto 17

Sob a autoridade concedida no memorando de 9 de
março de 2004 do diretor da Central de Inteligência
à Superintendência Mágica acerca do Projeto Delfos,
Subprojeto 17, codinome Esplandecente, US$1.000.000,00
do total dos fundos orçamentários do Projeto Delfos
foram alocados para cobrir as despesas do subprojeto. O
Exército Esplandecente é aqui definido como uma pequena
força militar destinada a servir e proteger a valiosa
entidade chamada Mago até que seu objetivo, ditado pelas
previsões de ███████, codinome Sibila, seja cumprido.

Fatima Harrak

Diretora de Segurança

Superintendência Mágica

21

— O incidente do *Tenebris*? — Ciro franziu a testa e segurou a porta para Sloane enquanto saíam do centro cultural. — Ninguém contou sobre o incidente do *Tenebris* ainda?

— Deveriam ter contado?

— Bem, é o acontecimento mais fundamental do mundo moderno — disse Ciro. — Então... vamos lá. Aconteceu em 1969. O navio USS *Tenebris* tinha como objetivo testar como um míssil balístico responderia às grandes pressões da Depressão Challenger.

Sloane parou para esperar o sinal abrir.

— Hum... o ponto mais fundo do oceano, certo?

— O ponto mais fundo da Fossa das Marianas, que é a parte mais funda do oceano — complementou Ciro. — Os Estados Unidos queriam demonstrar sua superioridade naval depois da Segunda Guerra Mundial. Devido a um pequeno problema no equipamento, o submersível de águas profundas do *Tenebris* teve que descansar em um local particularmente precário da Depressão Challenger. A rocha onde estava desabou, revelando uma parte ainda mais profunda da região que mais tarde ficou conhecida como Garganta do Tenebris. Ninguém sabe ao certo o que aconteceu em seguida, mas o míssil balístico que iam testar disparou contra a garganta recém-descoberta, e os homens no submersível do *Tenebris* morreram soterrados. Depois disso, a magia começou a se espalhar pelo mundo… às vezes com resultados catastróficos.

As calçadas estavam mais cheias do que antes — e mais *barulhentas*. Assobios e notas cantadas ou cantaroladas vinham de todas as direções, em vários tons diferentes. A maioria das operações, pelo que Sloane conseguia perceber, era pequena e prática: um clarão para chamar um táxi, uma chama para acender um cigarro, uma bolha de ar para impedir o café de derramar. Um grupo de adolescentes sentados do lado de fora da Grãos Mágicos do João interligou os dedos mindinhos e cantarolou em uníssono, como se estivessem fazendo uma sessão mediúnica. Como tiraram os agasalhos logo depois, a operação devia ter sido para se aquecerem.

— Como assim, resultados catastróficos? — perguntou Sloane, ainda com a cabeça virada para os adolescentes.

Uma das garotas atirava bolhas pelos dedos na direção de um dos garotos. Ele assobiou e tocou uma das bolhas como se fosse estourá-la. Em vez disso, a bolha ficou sólida e brilhou como se fosse feita de vidro.

Ciro tinha voltado a falar:

— O primeiro incidente registrado foram avistamentos do leviatã, mas pode não ter sido verdade. Tem sempre alguém vendo monstros em algum lugar. Mas depois aconteceu a Perturbação Graves. A gravidade na garganta falhou, de maneira que um barco de pesca enorme saiu flutuando junto com um grande volume de água e, segundo alguns relatos, com uma baleia.

— Uma *baleia*?

— Sim. Tempestades elétricas causaram quedas de energia em muitos lugares, inclusive na Inglaterra inteira, e a Flórida toda ficou sem eletricidade por duas semanas. Partes do oceano ferveram, e a vida marinha acabou cozinhando. Foi bastante desagradável limpar os mares depois, mas descobrimos algumas iguarias interessantes nesse período. E depois veio a praga que matou um oitavo da população mundial.

O Camelo estava do outro lado da rua e, daquele ângulo, Sloane conseguia ver um pedacinho do prédio interno, inclusive o Salão das Convocações, na parte onde as paredes externas ficavam mais baixas. O design do prédio não era coeso; parecia que várias ideias diferentes haviam sido batidas em um liquidificador e despejadas na planta do edifício.

— Ciro — chamou Sloane —, alguém já comentou sobre a maneira como você fala sobre catástrofes?

— Não. Por quê?

— Por nada.

Quando entraram, Cirila estava parada no saguão. Usava apenas azul: batom azul, uma pena azul presa no cabelo, calça azul justa e uma blusa azul leve com gola alta. Um sifão feito de delicadas correntes douradas que se cruzavam por cima dos nós dos dedos e em volta do pulso. Não parecia muito feliz.

— Estávamos procurando você — anunciou ela em um tom seco.

— Fui passear. Ciro fez a gentileza de me acompanhar.

— Mesmo assim, você deveria ter perguntado antes de...

— Eu não sabia que precisava pedir permissão para sair do prédio.

— Não é uma questão de *permissão* — retrucou Cirila. — Se não se importa com a minha reação ou com a de Nero e Élia, poderia ao menos pensar nos seus amigos, que não faziam ideia do que tinha acontecido com você.

Sloane não conseguiu formular uma resposta.

— Você está perdendo outro treino — disse Cirila. — Venha.

Ciro assentiu para Sloane, que seguiu a mulher com relutância. Aparentemente, ela precisava aprender pelo menos um escudo.

— Puta que pariu, hein, Sloane — reclamou Esther assim que a outra entrou na sala onde estavam treinando.

O Salão das Convocações, como Cirila explicara no caminho, havia sido fechado para reparos após a "proeza" — palavra que Cirila usara para o incidente da véspera. Então iam praticar em uma sala vazia no quarto andar do Camelo, que costumava ser usada pelos alunos para confraternizarem. Não havia janelas, e os móveis — alguns sofás surrados — tinham sido empurrados até as paredes, deixando um grande espaço livre para a prática.

Matt nem olhou na direção de Sloane quando ela entrou, apenas continuou a cantarolar diante do osciloscópio.

— Desculpe — pediu Sloane, sentindo-se um pouco impotente. — Eu só...

— Que seja. — Esther ergueu a mão com o sifão. — Comece a praticar.

Sloane pegou o sifão que Cirila lhe ofereceu, determinada a fazer algo útil durante o treino. Ela puxou o fio do sifão com os dentes e flexionou os dedos.

Infelizmente, *determinação* e *intenção* não pareciam ser equivalentes, porque a única coisa que conseguiu fazer nas duas horas seguintes foi cantarolar de boca fechada a 170 MHz. Enquanto isso, Esther havia descoberto como modular a intensidade de seu fôlego mágico, Matt adquirira precisão suficiente para encher um balão com uma sucessão de fôlegos mágicos, e Nero havia liberado os dois para outras atividades. Cirila, que instruía Sloane sozinha, parecia prestes a atirar o sifão — ou a própria Sloane — contra uma parede quando o treino terminou.

Sloane voltou para o quarto e desabou na cama, a cabeça latejando. Era impossível "parar de pensar tanto", como Cirila a instruíra a fazer, enquanto tentava não despedaçar os amigos com magia ao mesmo tempo em que se preocupava com a possibilidade de morrer sufocada pelo Ressuscitador caso não aprendesse mais rápido.

Houve uma batida na porta e Esther surgiu, recostando-se na abertura com os braços cruzados. Ela adotara o delineado grosso que as pessoas de Genetrix pareciam usar. Esther sempre fora adaptável.

— Tudo bem, então — disse ela. — Você é uma idiota egoísta e, pelo visto, já matou pessoas.

Sloane a encarou. Não tinha certeza do que responder.

— Imaginei que seria melhor deixar tudo às claras — continuou Esther. — Enquanto você passeava hoje de manhã e todo mundo ficava doidinho sem saber do seu paradeiro, aceitei que você tinha morrido e fui até a biblioteca procurar alguns nomes.

—Você aceitou minha morte bem rápido.

— Eu estava puta com você — frisou Esther, mexendo em uma de suas cutículas. — Enfim, primeiro pedi à bibliotecária para procurar os *nossos* nomes, só para ter certeza de que não havia versões paralelas nossas circulando por aí. Felizmente, ela não encontrou nada, senão eu provavelmente teria surtado de vez.

Sloane estivera tão ocupada processando os outros aspectos de se estar em um universo paralelo que não havia sequer cogitado uma Sloane alternativa. Ou pais paralelos. *Pairalelos*, pensou, e era uma piada que poderia ter feito para Albie, que era incrivelmente paciente com trocadilhos.

Mas Albie tinha morrido.

Sloane se sentou e afastou o pensamento com firmeza.

— Acho que os universos divergiram em 1969. O que significaria que nossos pais existem nesse mundo também.

— Foi o que perguntei em seguida, é claro — disse Esther. — Sabia que a internet aqui é basicamente um grande catálogo de fichas de biblioteca? Susan, a bibliotecária, explicou tudo para mim. Enfim, daria bastante trabalho descobrir se meus pais ou os de Matt estão vivos, já que moram em outros estados.

— E a minha mãe?

Esther deu de ombros.

— Isso é assunto seu, então deixei para você decidir se quer saber sobre ela ou não. Mas procurei por Bert.

Sloane vacilou entre a esperança e o desprezo. Ler as cartas sobre ela que Bert enviara a seu superior havia talhado seu afeto por ele como leite azedo. Mas Bert fora uma figura paterna melhor para Sloane do que sua família biológica, e a morte dele, poucos meses antes da derrota do Tenebroso, tinha sido devastadora.

— O Bert paralelo mora em Chicago. Em Hyde Park. Eu me lembro de nosso Bert dizer que tinha uma tia lá. Parece que ele mora na antiga casa dela, se os registros públicos estiverem atualizados.

Sloane ficou de pé. Não tinha se dado ao trabalho de tirar as botas antes de desabar na cama.

— Então a gente vai falar com ele, certo?

Esther foi até a mesinha de cabeceira de Sloane e pegou o livro que ela começara a ler, *A manifestação de desejos impossíveis*. A capa era branca, com a ilustração de um sifão de pulso preto. Folheou as páginas, rápido demais para conseguir ler.

— Matt acha que é uma ideia idiota.

— Matt não precisa ir. — Sloane deu de ombros. — Você não quer saber como ele é?

— Quero, mas... — Esther mordeu o lábio. — Sei lá. Ele não tem nada a ver com o nosso Bert, tirando a mesma combinação de genes.

— Isso não é *nada*.

Esther largou o livro.

— Precisaríamos ter plena noção de que ele é uma pessoa diferente daquela que conhecemos. Nada de expectativas. Acha que isso é possível?

— Claro que é — afirmou Sloane, apesar de não ter certeza. — Essy, se os eus paralelos forem parecidos, então o Ressuscitador pode ser uma versão paralela do Tenebroso. O que significa que já saberíamos mais sobre ele do que qualquer outra pessoa. Então é um teste importante. Mais informação é sempre melhor.

— Quanto mais velha eu fico, menos acredito nisso.

— Mas nós vamos, né?

Esther suspirou.

— Sim, nós vamos.

ULTRASSECRETO

PROJETO DELFOS, SUBPROJETO 17

ASSUNTO: Transcrição da deposição do membro do Conselho de Cordus ██████████, codinome Merlin, testemunha dos incidentes destrutivos

AGENTE L: Posso pegar alguma coisa para o senhor? Aceita outra água?

MERLIN: Não… não, obrigado, essa já está boa.

AGENTE L: Pode informar seu nome para o registro?

[Silêncio.]

AGENTE L: Senhor? Seu nome?

MERLIN: Ah, sim. Meu nome é ██████████, mas, para nossos propósitos, sou conhecido como Merlin.

AGENTE L: Obrigado. Estamos aqui hoje para uma deposição oficial dos eventos da noite de 2 de julho de 2006. Estamos em 3 de julho de 2006, então ficará registrado que essas lembranças são recentes e, portanto, menos propensas a serem manipuladas. Faremos uma operação de compartilhamento de memória, uma técnica com a qual Merlin é particularmente hábil. Senhor, de que frequência precisa?

MERLIN: 65,4 MHz.

AGENTE L: Antes de começarmos, pode descrever a técnica que será usada?

MERLIN: Claro. Essa operação é uma magia mental, envolvendo uma pequena alteração de consciência, durante a qual compartilhamos temporariamente uma imagem mental. Vou prover essa imagem mental compartilhada a partir de minha lembrança do…

incidente. E você descreverá o que vê para fins de registro. Você formará a conexão em 65,4 MHz com seu apito e eu a manterei em 63,2 MHz conforme as imagens são descritas, por meio de um implante dentário.

AGENTE L: Obrigado. Posso começar?

[Som grave.]

[Um segundo som grave pode ser ouvido.]

AGENTE L: Estou em um escritório, olhando pela janela. Está escuro lá fora, mas reconheço alguns edifícios por conta das luzes. Tem a prefeitura, que consigo identificar pelos pilares. Se tivesse que chutar, diria que estou no Camelo... quer dizer, no Centro Cordus para o Avanço da Magia e Ensino Livre Universal, olhando para o sul. Há um copo de uísque na mesa à minha frente, em cima de uma pilha de livros antigos. Na verdade, há livros empilhados por toda a parte.

Alguém está batendo na porta. Eu me viro e assobio, movendo o dedo. As portas se abrem e um homem entra. Está de moletom militar, como os que usamos para dormir. Está tão sem fôlego que nem consegue falar. Ele gesticula para Merlin segui-lo, e Merlin vai com ele. Os dois seguem para o elevador e descem para o quinto andar. Este é conhecido por todos no Camelo como o Andar do Escolhido, porque é onde o Escolhido mora e treina com seu exército. Quase ninguém tem autorização para ir a esse andar, então eu nunca estive lá antes. O homem precisa escanear seu distintivo antes de o elevador começar a andar.

[O som grave continua.]

O elevador se abre para um corredor vazio. Só que algo parece errado. Está um pouco abafado, como o ar fica quando há pessoas demais em um lugar só, porém não há ninguém à vista.

— Estou cobrindo o turno da noite. Eu subi... ouvi um barulho... — O soldado tinha recobrado o fôlego o suficiente para se explicar. — Vi... não sabia quem chamar...

— Você fez a coisa certa — digo. Quer dizer, Merlin diz. — O que aconteceu?

— O exército se foi — responde ele.

Chegamos ao fim do corredor, onde há duas portas com barras antipânico. Acima delas, uma placa indica que aquela é a área de treinamento. O soldado deixa Merlin abri-las. O chão é macio, como o de um ginásio. Também é de borracha, então os sapatos guincham quando se anda. Mas está escuro aqui dentro, só as luzes de emergência estão acesas. Vejo apenas algumas formas escuras aqui e ali, pequenas saliências no chão. Parece… parece que alguém deixou um monte de tapetes largados, que se esqueceu de guardá-los. Merlin assobia, acena com a mão do sifão. Todas as luzes se acendem ao mesmo tempo. São tão fortes que ele protege os olhos por um segundo, e eu…

[O som grave continua.]

Quem me dera ele continuasse cobrindo os olhos.

[O som grave continua.]

Estão todos caídos, vestidos com as roupas de ginástica. Camisas brancas e calças cinza. Todos caíram em posições diferentes, alguns de costas, outros de cara no chão, outros de lado, com os braços por baixo do corpo, as pernas torcidas, como se estivessem correndo e tivessem tropeçado antes de morrerem. Seus olhos estão abertos — ninguém conta que, às vezes, as pessoas morrem com os olhos abertos. Alguém tem que fechá-los, só que ninguém fez isso aqui. Então estamos cercados por esses olhos, olhos vazios. Bocas abertas também, babando. Meu Deus. É…

Um deles está vivo. Levantando-se bem no meio da sala. Não é um militar — está vestido com roupas civis. Alto. *Muito* alto. O tipo de cara com quem você não começaria uma briga. Ele nos vê, e não consigo enxergar seu rosto direito porque seu cabelo está caído para a frente, e então ele levanta a mão e há som e luz… *dói*. Meu Deus, é tão estridente que não consigo deixar de cambalear e proteger a cabeça. Após um segundo, tudo para, e eu pisco forte para recuperar a visão, mas leva um minuto até as manchas sumirem.

O soldado que me trouxe até aqui está deitado no chão, e eu estendo a mão para sacudir seu ombro. Ele não se mexe. Não se move — está morto. O homem alto sumiu, e eu estou sozinho com os mortos.

[Tom grave cessa.]

AGENTE L: Quem era ele? Você o conhece?

MERLIN: Sibila disse que haveria outro. Um Tenebroso que poderia acabar com o mundo, assim como o Escolhido poderia salvá-lo. Acho que finalmente o conhecemos.

22

Uma hora depois, Esther e Sloane se apertaram em um táxi com Ciro e uma soldado robusta chamada Edda. Através da chuva, Sloane olhou para o Merchandise Mart, largo e achatado, iluminado de baixo para cima. Antes de lembrar onde estava, quase se sentiu em casa — no carro com Matt, a caminho de um restaurante onde se sentariam nos fundos, em uma cabine reservada, para que ninguém pudesse ver o rosto deles. Comeriam bife e tomariam uma taça de vinho. Contariam histórias que tinham vivido juntos. Sobre aquela vez em que foram até uma casa de fazenda antiga onde achavam que o Tenebroso estava e só encontraram uma velhinha de bobes no cabelo e espingarda apoiada no quadril. E aquela vez em que pregaram uma peça em Bert, colocando açúcar no saleiro, e ele fingiu achar gostoso para não dar o braço a torcer. E aquela vez...

— Matt vai ficar puto — comentou Esther.

— A gente deixou um bilhete — respondeu Sloane.

— Ah, sim, tenho certeza de que um bilhete vai resolver tudo.

— É só colocar a culpa em mim. Ele já me odeia mesmo.

— É. — Esther suspirou e se acomodou no assento. — Você fez de tudo para que isso acontecesse, né?

O táxi era do tamanho de um barco pequeno, todo quadrado, e o ornamento do capô tinha o formato de disco. Parecia um disco voador para Sloane. Ciro havia começado a conversar com o motorista sobre os líderes no campeonato universitário de arremesso de peso assim que se sentara no carro. Ao que parecia, o atletismo ganhara muitos fãs em Genetrix nos últimos dez anos. Era mais popular que o beisebol.

— Então só tem um time de beisebol aqui? — Sloane não conseguia acreditar nisso. — Qual o nome deles, os Cubsox?

— Chicago Cornhuskers — informou Edda.

— *Cornhuskers?*

Sloane não conseguia imaginar a cidade sem a rivalidade de dois grandes times, que dirá unida por uma mascote inspirada nos desfolhadores de milho.

— Sloane, você nem gosta de beisebol — apontou Esther.

— Morar em Chicago significa gostar de beisebol por osmose.

— Precisamos de um plano. — Esther parecia impaciente. — Não podemos surgir na porta do cara e dizer que somos… — ela abaixou a voz, olhando o retrovisor para ter certeza de que o motorista ainda conversava com Ciro — …de uma dimensão paralela.

Eles seguiram pela Lake Shore Drive. O lago Michigan estava cor de aço e agitado, batendo com força contra a parede que protegia a rua. Esther tamborilou os dedos no joelho. Tinha feito as unhas antes do velório de Albie, mas o esmalte já estava descascando.

— Poderíamos dizer que é algo militar — sugeriu Sloane, olhando para o distintivo do Exército Esplandecente na jaqueta de Edda. — Dizer que é uma informação secreta ou algo assim.

Esther revirou os olhos.

— Claro, isso não parece nem um pouco absurdo.

— Vocês não conhecem esse homem? — interveio Edda. — Pensem em um motivo pessoal, não oficial.

— Nós o conhecemos e ao mesmo tempo não conhecemos — explica Sloane. — Mas acho que podemos tentar usar as informações que temos sobre ele de antes do provável ponto de divergência entre os universos. Então, antes de 1969.

— Ele se casou aos dezoito anos — lembrou Esther. — Tinha um irmão mais velho que se afogou quando tinha dezesseis. Nasceu em Idaho...

Elas relembraram tudo o que conseguiram sobre o início da vida de Bert enquanto o táxi passava pelo Museu de Ciência e Indústria, a cúpula verde e as colunas imponentes sobre o terreno impecável, assim como na Terra. Mais adiante, havia prédios amplos de tijolos vermelhos com as calçadas rachadas; edifícios municipais compridos e baixos com janelas de vidro canelado; árvores com galhos nus que se torciam entre os cabos de energia. Tudo isso era familiar. Mas de vez em quando passavam por algo que nunca teriam visto em seu mundo: pessoas protestando em frente a uma loja de sifões com cartazes que diziam MAGIA PARA TODOS e ABRAXAS: INIMIGOS DOS POBRES e até mesmo MINHA MÃE VENDEU UM RIM PARA COMPRAR UM ABRAXAS; um drive-thru que parecia pertencer ao grupo Howard Johnson, há muito extinto na Terra; uma escola chamada Escola Timuel Black de Prática e Teoria Mágica.

Eles saíram da 57th Street para uma rua transversal cheia de casas, e o táxi parou em frente a uma casa antiga estilo American Craftsman com os números 5730 pintados acima da porta. Esther e Sloane encararam a construção enquanto Ciro pagava o motorista com o que pareciam ser duas moedas de vinte dólares. Sloane ouvira um tilintar enquanto pessoas caminhavam e vira que várias usavam saquinhos pendurados no cinto, mas não tinha ligado o barulho a moedas antes.

Eles saíram do táxi, que se afastou do meio-fio. Sloane olhou para a casa antiga, cinza com detalhes brancos, a pintura descascando, o gramado opaco e coberto de gelo.

— É melhor vocês ficarem aqui fora — disse Esther a Ciro e Edda. Ciro pareceu hesitar.

— Se algo ruim acontecer, dou um grito ensurdecedor e vocês podem vir correndo. Que tal? — sugeriu Sloane.

— Ele é só um velho — falou Esther, em tom mais tranquilizador.

— Tudo bem — concordou Ciro.

Sloane sentiu um calafrio e se obrigou a seguir Esther até a porta. Havia uma pequena coleção de gnomos de jardim, todos de chapéu vermelho, ao redor de um dos canteiros de pedra.

— Então você vai ser a sobrinha da esposa dele — repassou Esther. — Tenho quase certeza de que o nome dela era Shauna.

— Isso ou algum nome polonês que nenhuma de nós consegue pronunciar — respondeu Sloane, e elas chegaram à porta.

Tenho uma sobrinha da sua idade, Bert lhe dissera uma vez. *Não a vejo há anos.*

Sloane tinha uma lembrança nítida de Bert saindo do Honda Accord diante da casa dela, usando um terno com caimento estranho, calça cinza, sapatos pretos, gravata azul. O cabelo curto, mas não curto demais, nem loiro nem castanho, e os olhos cor de mel. Bert tinha uma aparência tão comum que Sloane mal conseguiria descrevê-lo depois que ele partira. A única característica marcante era que um de seus olhos lacrimejava, e ele o enxugava com um lenço a cada poucos minutos.

O Evan Kowalczyk de Genetrix pressionava um lenço em cima do olho quando abriu a porta.

— Pois não? — perguntou ele.

A garganta de Sloane se apertou. Ela não conseguia falar. A voz dele era idêntica, apenas um pouco monótona.

— Desculpe incomodar — interveio Esther, dando uma cotovelada em Sloane.

— Ah! Sim. — Sloane pigarreou. — Eu sou... a filha da irmã da sua esposa. Sua sobrinha. Shauna.

— Shauna. — Ele coçou atrás da orelha com uma das mãos enquanto guardava o lenço no bolso com a outra. — Quanto tempo, né? Da última vez que nos vimos, tinha uns onze anos.

— Doze, eu acho — disse Sloane, porque lhe pareceu natural. — Eu só estou visitando a cidade. Conhecendo algumas faculdades. Para fazer mestrado. Esther está me ajudando a decidir. E eu lembrei que você morava aqui. Então...

— Então viemos fazer uma visita — complementou Esther. — Se não estiver ocupado.

Evan ficou em silêncio por um momento.

—Tenho tempo para uma xícara de café, se quiserem.

— Perfeito! — Esther sorriu.

— Claro — disse Sloane. — Café. Parece bom.

Esther lhe lançou um olhar que comunicava tão claramente quanto se tivesse falado em voz alta: *Por que você está se comportando como um robô?*

Ele deu um passo para trás, deixando-as entrar. O vestíbulo era apertado, capaz de acomodar os três só se ficassem próximos. Elas seguiram o rangido dos passos de Bert — não, de Evan — pelo chão de madeira escura até a sala de estar. Um fogo ardia na lareira e havia um toca-discos ligado: podiam ouvir o violão e a voz aguda e suave de Neil Young cantando "Harvest Moon".

Sloane se lembrou de entrar no Honda Accord bege de Bert, com os faróis que saíam do capô do carro quando eram ligados, para que ele as levasse às instalações de treinamento onde conheceria os outros Escolhidos. Sloane perguntara se ele tinha música, e Bert lhe dissera para olhar o porta-luvas, onde encontrara três CDs de Neil Young, dois de Neil Diamonds e um de Phil Collins. *Não tinha como você ser um cara branco mais clichê?*, perguntara ela.

Sloane olhou para Esther, que encarava o toca-discos sem expressão.

— Não sei como você ficou tão alta — comentou Evan, franzindo a testa.

— Nós também não — respondeu Sloane. Ela estava tentando se lembrar de alguma coisa, qualquer coisa, sobre a cunhada de Bert, sua suposta mãe. — Já insinuaram que sou filha do padeiro, mas...

— Mas você tem os olhos do seu pai — completou Evan. —Vou pegar o café.

Sloane nunca se sentira tão grata por ter olhos azuis. Ela reprimiu uma risadinha histérica e se virou para a estante ao lado da lareira. A prateleira de cima estava cheia de romances antigos: *Moby Dick, Caninos brancos, O som e a fúria, O apanhador no campo de centeio.* Pareciam as leituras indicadas de uma aula de Introdução à Literatura Americana. Ao lado deles estava *Para vivos e mortos*, com "Lee" escrito na lombada. Quando pegou o exemplar para olhar a capa, viu que a autora era Harper Lee.

A prateleira abaixo era ainda mais interessante. *Monstros e maldições no folclore russo. Objetos míticos da Grécia e Roma antigas. A arca da aliança: fato ou ficção?*

—Você estava estudando para ser arqueólogo? — perguntou Sloane, projetando a voz na direção da cozinha, onde a máquina de café rangia.

— Não — respondeu Evan, erguendo a voz também. — Era só um hobby. Perdeu o charme quando a magia se tornou realidade.

— Por quê?

Sloane se virou para ele quando voltou à sala, a mão ainda pairando sobre o livro de folclore russo.

— Não sobrou mistério em nada, eu acho.

Evan trazia o bule de café em uma das mãos e três canecas na outra, segurando-as pelas alças. Deixou tudo em cima de um livro sobre castelos na mesa de centro, a sobrecapa marcada com círculos de outras xícaras.

— O que você faz, sr. Kowalczyk? — perguntou Esther.

—Trabalho para os correios — disse ele, sentando-se. —Não lembra, Shauna? Você me mandava suas cartas para o Papai Noel quando era criança.

Sloane sorriu.

— É verdade. Eu achava que você tinha o endereço dele.

Evan retribuiu o sorriso.

— É estranho uma criança entender que ter contatos é util.

Sloane passou para as fotos expostas acima da lareira. O Bert delas havia perdido a esposa em um incidente misterioso — nunca tinha entrado em detalhes — que mais tarde o fez querer ingressar na APIS, em busca de explicações.

— Nunca tinha visto essa foto de Anna — comentou Sloane, pegando uma das molduras.

Na fotografia, um Evan Kowalczyk jovem estava sentado ao lado de uma mulher gorducha, Anna Kowalczyk, com o cabelo preso em um lenço e uma pilha de tricô no colo. O retrato de uma vida doméstica.

— Ah, não tinha como. Sempre fui relapso em mandar cópias para a sua mãe. — A boca de Evan se contraiu. — Ou em manter contato.

— É uma via de mão dupla — respondeu Sloane, torcendo para que fosse verdade.

— Como ela morreu? — perguntou Esther.

— Você não sabe? — Evan ergueu uma sobrancelha. — Ela foi morta pelo Ressuscitador.

Esther e Sloane se entreolharam. Sloane pensou nos escombros do local do Dreno, uma tumba de corpos e memórias que nunca seriam recuperados.

— Como vai sua mãe? — quis saber Evan. — Sei que o aniversário sempre foi difícil para ela.

— Ah, ela está bem. — Sloane deu de ombros. — Papai a enlouquece, como sempre.

Parecera um comentário inofensivo em sua cabeça, mas soara errado, como uma nota desafinada. Evan ficou paralisado com a xícara de café no colo, os olhos fixos nela. Sloane não se atreveu a desviar o olhar.

— Quer dizer... — começou Sloane.

— Pete morreu faz dez anos. — Evan colocou o café na mesa, a mão tremendo. — Você não é Shauna, é?

Ele ficou rígido. Sloane sentiu o coração bater pelo corpo inteiro: peito, dedos, garganta, bochechas.

— Merda — disse Esther.

— Não — respondeu Sloane. — Não sou.

— Quem é você?

Evan se levantou e deu um passo em sua direção. Sloane cambaleou para trás, rumo à porta da frente. Esther também ficou de pé e foi saindo da sala de estar aos poucos.

— Alguém que sabe quem você poderia ter sido — disse Sloane com frieza. — Ainda existem muitos mistérios no mundo, Evan.

— Quem é você? — repetiu Evan. — Como me conhece?

Sloane sentiu seus olhos arderem de repente, como se estivesse prestes a chorar. A violência se acendeu dentro dela, tão semelhante ao arder da magia em seu peito que teve medo de provocar outro vendaval como o que havia quebrado a janela do óculo do Salão das Convocações.

— O Ressuscitador matou sua esposa — continuou ela, erguendo a voz —, e você está aqui, entregando correspondência, morando na casa da sua falecida tia, como se não houvesse nada para vingar!

— Como você sabe de quem é essa casa? — Evan ficou lívido. Ao piscar, uma lágrima escorreu por sua bochecha, já que ele se esquecera de enxugá-la com o lenço. — Como você sabe tudo isso sobre mim?

— Ela tem habilidades... clarividentes... — Esther agarrou o braço de Sloane. — E também é meio babaca, desculpe...

— Saiam daqui! — ordenou Evan.

— Como você pode ser tão... — começou Sloane, mas Esther a puxou em direção à porta da frente.

Sloane cedeu ao aperto de Esther, deixando a outra arrastá-la porta afora e escada abaixo. Ouviu a porta bater, a fechadura ser girada. Esther disse alguma coisa para Ciro e Edda, que ainda as esperavam perto do meio-fio, mas Sloane não conseguiu distinguir as palavras.

Ficou sentada no concreto, tentando respirar. A mão de Esther nas suas costas era firme e quente. O sol estava se pondo, e um vento brutal vinha da direção do lago, atingindo sua pele como punhais.

Todos ficaram parados ali fora por um bom tempo, até os ouvidos de Sloane arderem de frio e Esther começar a tremer.

Finalmente, Sloane disse à amiga:

— Eu não leria aqueles documentos da LLI se fosse você. Não é um Bert que você gostaria de conhecer.

— Então por que você leu?

Sloane deu de ombros e inclinou a cabeça para olhar o céu. A lua surgia atrás das nuvens.

— Mais informação é sempre melhor, não é? — Ela riu. — Que merda.

— Que merda — ecoou Esther. — Quer ir tomar alguma coisa?

— Quero — concordou Sloane, deixando Esther ajudá-la a se levantar e passar o braço em volta do seu. — Eu conheço um lugar.

Esther riu, o som estridente ecoando na rua vazia. Edda estava parada na esquina, a mão do sifão erguida e brilhando com uma luz etérea, chamando um táxi.

— Estamos em um universo paralelo! — exclamou Esther. — Como você conhece um lugar?

Sloane conseguiu sorrir.

23

les pararam na frente do Caneco, que não tinha um letreiro de verdade, apenas uma caneca antiga de cerveja em neon rosa brilhando pela janela da frente. O interior parecia um pub, com painéis de madeira por toda a parte, superfícies grudentas e quente. Sloane ergueu uma sobrancelha para Esther quando elas entraram; o homem sentado em um banquinho perto da porta não demonstrou interesse em olhar suas identidades. Sloane afastou o cabelo do rosto com as duas mãos enquanto procurava por Mox.

— Parece um set de filmagem — comentou Esther, bufando com desdém.

Ela estava certa. Os recantos escuros, as paredes de pedra, as mesas com velas acesas em cima: parecia o cenário de um filme de fantasia ou de um parque temático. Só que ali a magia era real: uma fatia de limão flutuava sobre um gim-tônica, espremendo-se a cada vez que uma mulher tomava um gole; uma azeitona brilhante pulava em um martíni; as chamas de um copo de uísque flamejante não se apagaram quando um homem bebeu.

Esther encontrou uma mesa nos fundos, onde todos podiam se apertar em bancos baixos de madeira, e Sloane foi até o bar. A atendente não estava vestida como as pessoas do Camelo, nem de longe. Suas roupas eram justas, para início de conversa, e tinham vários rasgos artísticos. Tinha um piercing horizontal no nariz, com uma haste de metal que se expandia quando suas narinas se dilatavam.

— Oi — cumprimentou Sloane quando a atendente se aproximou. — Estou procurando por Mox.

— Mox, é? — disse a mulher. — Quem é você?

— Sloane. Ele me disse que eu poderia encontrá-lo aqui.

—Vou ver se ele está.

— Posso... — mas a mulher já tinha se afastado — ...pedir uma bebida também? Não? Tudo bem.

Sloane voltou para a mesa, onde Esther e Ciro estavam conversando.

— Então eles me seguem, o que significa que toda vez que posto um vídeo ou uma foto, aparece no feed deles...

— Feed?

— Isso, é tipo uma lista de todas as pessoas que eles seguem.

— E seguir alguém significa que você quer ver vídeos dessa pessoa falando?

— Isso.

— E por que não conversam com as pessoas que estão em volta?

— Uma excelente pergunta — comentou Sloane, sentando-se em um banco.

— Porque é mais difícil — explicou Esther, rindo. —Tem que fazer uma dança social complicada. Com as redes sociais, você pode ficar em casa de cueca e ainda sentir que tem uma vida social.

Esther estava de batom rosa-Barbie e usava o sifão padrão com o qual Sloane tivera dificuldade no início da tarde. Não era decorado o suficiente para Esther; não combinava com o tecido amarelo pálido em volta de seu rosto, que se dissolvia em um vestido de losangos que se afilava nos tornozelos.

— Não sei se eu ia *querer* que pessoas seminuas e antissociais assistissem aos meus vídeos — observou Ciro.

Sloane olhou para Edda, que examinava o bar. Seu sifão era rudimentar, como o que Esther usava, mas estava na orelha, deixando seu rosto assimétrico. Quando viu Sloane encarando-a, arqueou uma sobrancelha.

— O que foi? Tem alguma sujeira no meu rosto?

— Não — respondeu Sloane. — Só não sei o que os sifões de ouvido fazem.

— Aprimoram a audição — explicou Edda. — Sons distantes ou baixos demais para o ouvido humano. Algumas pessoas os usam para interpretar melhor o tom de outra pessoa, mas não sou boa nisso.

Sloane o viu, então, curvando-se para passar pela porta atrás do bar, o cabelo escuro e ondulado preso para trás em um coque baixo. Seus olhos encontraram os dela imediatamente, como se fossem atraídos por magnetismo.

— Oi — cumprimentou Sloane quando ele chegou perto o suficiente para ouvi-la. — Eu falei que fugiria.

Mox era tão alto que, quando se agachou ao lado de seu banco, o rosto dele ficou quase na altura dos olhos de Sloane.

— Bem-vindos.

— Meu nome é Esther. Esses são Ciro e Edda — apresentou Esther, estendendo a mão para Mox. — Fiquei sabendo que você ajudou minha amiga a sair de um apuro.

— Um alça-pé irrealista — informou Mox.

— Irrealistas. — Edda bufou. — São um bando de estudantes de arte pretensiosos.

— Mas eles podem ser brilhantes — rebateu Mox. — O próprio alça-pé é uma operação avançada, provavelmente requer uma assembleia de pelo menos cinco pessoas com um alto nível de dissonância. É difícil de se manter.

— Só porque algo é difícil, não significa que vale a pena ser feito — retrucou Edda.

— Se vamos ter essa conversa, vou precisar de uma bebida — interveio Ciro. — Ou sete.

— Certo. — Mox ficou de pé. — O que vocês vão querer?

— Eu vou querer aquela coisa com a azeitona brilhante — disse Esther.

— O martíni do gênio. Uma boa escolha.

Ciro e Edda pediram cervejas que obviamente lhes eram familiares. Mox olhou para Sloane.

— Eu... vou até o bar — disse ela. — Quero ver o que vocês têm.

— Claro que quer — zombou Esther, e Sloane olhou feio para ela. Seria bom se afastar da mesa e do olhar avaliador da amiga.

Mox foi para trás do bar, e Sloane se apoiou contra a bancada, fazendo questão de semicerrar os olhos em direção às garrafas alinhadas atrás dele.

Ela ergueu uma sobrancelha quando Mox pegou uma folha de papel e a arrastou para perto. Nela estavam escritos os ingredientes para o martíni do gênio.

— Minha memória é ruim — explicou ele. — Esqueci como operar a azeitona.

— Isso parece um eufemismo para outra coisa — comentou Sloane.

Ele riu e pegou o pote de azeitonas. Sloane observou com curiosidade enquanto ele pescava uma com a colher e a colocava no fundo da coqueteleira. Mox a cobriu com a mão do sifão, e Sloane o ouviu cantarolar num tom muito mais grave do que o esperado. Um quicar molhado começou dentro da coqueteleira, que passou a tremer, mas ele a manteve no lugar com a mão do sifão. Mox cantarolou outra vez, em um tom menos grave, e, quando afastou os dedos um pouco, a azeitona emanava um brilho azul. Ela pulou, quase escapando, então Mox fechou a coqueteleira outra vez.

— Aposto que vocês acabam quebrando um monte de coisas enquanto experimentam novas receitas — observou Sloane. — Você serve alguma coisa que não pule, flutue ou fique zumbindo?

— Eu posso preparar um *old fashioned* estilo *old fashioned*, das antigas — sugeriu Mox.

— Tudo bem.

— Ainda sem sifão? — perguntou, indicando as mãos nuas dela com um aceno da cabeça.

Mox colocou um pouco de gelo na coqueteleira, tomando o cuidado de deixá-la tampada até o último segundo, para que o gelo pudesse prender a azeitona no fundo. Serviu um pouco de gim e vermute por cima, e então a azeitona se livrou da prisão gelada. Ele cobriu a coqueteleira e deixou o ingrediente mágico misturar a bebida.

— Talvez eu esteja usando um no meu peito direito agora — disse ela. — Como você consegue fazer essa coisa se acalmar o suficiente para alguém beber?

— Se você fosse rica e poderosa o suficiente para ter um sifão de peito, estaria cortando buracos nas suas roupas para exibi-lo — retrucou Mox, rindo. — E esta operação é uma minguante. Só precisa esperar um pouco.

Ela tentou não parecer confusa, mas não sabia se tinha conseguido.

— Talvez eu não goste de ostentar meus sifões — argumentou.

— Não é um juízo de valor, é uma questão de instinto de sobrevivência. Nós exibimos o que temos de melhor para atrair parceiros ou intimidar predadores. Como o pavão, por exemplo. Você está sugerindo que está acima de milhões de anos de evolução?

— Sim, eu sou o ponto alto da espécie — brincou Sloane, em tom solene. — Parabéns por me conhecer.

— Me sinto tão honrado.

Mox pegou um coador e serviu a bebida em um copo de martíni, depois acrescentou a azeitona. Ela dançou no fundo do copo, sem ameaçar se tornar um projétil perigoso.

— Meu sifão ainda está no conserto — mentiu Sloane. — Só faz um dia.

— O que deixaria a maioria das pessoas maluca.

Mox descartou o gelo e enxaguou a coqueteleira, depois começou a preparar o *old fashioned* das antigas com um socador e um torrão de açúcar em um novo copo.

— Eu acho bom não depender de magia para tudo.

— Você está no lugar errado, então. Talvez seja melhor ir para uma das égides — comentou Mox.

Sloane não sabia o que isso significava.

— Você já esteve em uma?

— Nasci em uma. Em Arlington, no Texas — contou ele.

— Mas você não tem sotaque.

— Tive alguns problemas com a magia quando era mais novo. Então eu me mudei para cá ainda criança para aprender a não destruir as coisas com ela.

Mox parou, copo em uma das mãos e coqueteleira com uísque na outra, os olhos escuros fixos nela. Sloane sentiu que ele esperava por algo, e quanto mais tempo passava sem esboçar reação, mais grave era o deslize. Mas ela não tinha o vocabulário daquele lugar — não sabia o que era uma égide e a relevância de ele ter destruído coisas com magia quando criança e o que o fato de ela conseguir passar um dia sem um sifão indicava.

— Seus pais ficaram aqui? — perguntou, sabendo que era a pergunta errada a se fazer, mas sem conseguir pensar em mais nada.

— Nancy e Phil, morando em um centro mágico? Nem pensar! — Ele serviu uma cereja no copo com uísque, gelo e açúcar. — Não, para começar, eles nem vieram.

— Ah. — Ela procurou desesperadamente por outro assunto. — Bem, eu venho do meio do nada. Minha turma de formandos do ensino médio era de vinte e três alunos.

Na verdade, tinha sido o ensino fundamental, e em outra dimensão, mas ele não precisava saber disso.

— E agora você está aqui na cidade grande — comentou Mox, ainda com aquele olhar de quem esperava alguma coisa. Sloane sabia que a atitude mais inteligente seria terminar a conversa, voltar para a mesa e nunca mais encontrá-lo. Mas continuou sentada no banco. — Fazendo o quê, exatamente?

— Eu já falei. Caos.

Ele não riu. Seus olhos refletiam o brilho azul da azeitona e pareciam quase pretos no bar escuro. Sloane observou o azul ricochetear na íris de Mox enquanto a azeitona se movia no copo. Finalmente, ele abriu um sorrisinho.

— É verdade — concordou ele. — Aqui está a sua bebida.

Sloane pegou o *old fashioned* e tomou um gole, depois seguiu Mox de volta até sua mesa. Ele entregou a bebida de Esther e as duas cervejas como se nada tivesse acontecido. Mas algo acontecera — Sloane só não sabia o quê.

Edda e Ciro estavam cantando. Os quatro caminhavam do bar até o hotel mais próximo, onde seria mais fácil pegar um táxi. Estava escuro, e Esther observou que pelo menos metade dos postes por onde passavam eram do tipo antigo, a gás.

Sloane achava que a disseminação da magia tinha sido acompanhada por uma profunda afinidade pelo passado, mas não tinha certeza do que uma coisa tinha a ver com a outra. Talvez fosse como aquela aparência de cenário de filme do Caneco: todas as histórias mágicas eram ambientadas em clássicos mundos fantásticos ou em épocas tão antigas que a magia era associada a deuses, anjos e demônios, então olharam para o passado para descobrir como serem mágicos, em vez de olharem para o futuro.

Esther cruzou seu braço com o de Sloane.

— Então, esse Mox... — começou ela.

— Eu sei o que você está pensando — interrompeu Sloane. — E você está enganada.

— Eu só ia dizer que se por acaso você quiser ficar com aquele louva-a-deus sexy para superar o término do seu relacionamento, não precisa esconder de mim. Só isso.

— Bom saber.

— Mas eu esconderia do Matt.

— Obviamente.

Esther inclinou a cabeça e encarou Sloane como se estivesse tentando se lembrar do nome de uma música.

— Você parece melhor aqui — observou ela.

— Melhor? — Sloane riu. — Diga isso a Evan Kowalczyk.

— Eu não cheguei a dizer que você parece *normal*, só... Melhor, mesmo. Mais firme do que antes.

— Bem — respondeu Sloane —, eu sei como fazer isso. Lutar contra um vilão, evitar os capangas do governo. Mesmo roteiro, filme novo.

Esther assentiu. Sua voz falhou um pouco quando disse:

— Eu não *quero* fazer isso de novo.

Edda e Ciro haviam terminado de cantar a música que aprenderam no treinamento do exército, ao que parecia. Estavam embaixo do pequeno toldo brilhante do hotel, conversando com um homem uniformizado com um apito na boca.

— E se eu morrer aqui? — Esther estava rouca. — E se minha mãe morrer sem nunca saber...?

Sloane não aguentaria ouvir o resto. Conhecera a mãe de Esther quando ambas eram adolescentes e o rosto de Esther ainda era redondo como um prato. Era uma mulher calorosa, mas distante, como se vivesse em dois mundos ao mesmo tempo, e cada um a distraísse do outro. E anos mais tarde, após o diagnóstico, com metade do peso de antes e a cabeça enrolada em um lenço, ainda assim continuava sempre sorridente.

Os pais de nenhum dos Escolhidos eram os pais dos sonhos. Todos haviam aberto mão de seus filhos. Mas a mãe de Esther era a que chegava mais perto do ideal, preocupada com a perda de peso da filha e oferecendo biscoitos e chá para o grupo mesmo quando estavam na casa de outra pessoa.

Sloane apertou a mão da amiga com força e torceu para que a pressão a estabilizasse.

Não era boa em consolar as pessoas; esse sempre fora o papel de Albie no grupo.

— Sua mãe sabe tudo o que precisa saber. Que a filha dela salvou o mundo. E que a ama.

Esther assentiu.

— Está bem. — Ela engoliu em seco. — É.

Um táxi parou no meio-fio. Todos se apertaram dentro dele e ficaram em silêncio durante o trajeto de volta ao Camelo.

Sloane olhou pela janela, mas não viu a paisagem. Só conseguia pensar em como tudo o que estava acontecendo — inclusive ser puxada para uma dimensão paralela — viria Depois de Albie. Como uma nova era. Sloane D.A.

Certos eventos dividiam a vida ao meio.

MEMORANDO PARA REGISTRO

PARA: Diretor, Projeto Delfos

DE: Capitão Ciro Stasiak, Força de Proteção de Cordus

Assunto: Elsberry, MO

Prezado diretor,

Entendo seu ponto de vista acerca da destruição em Elsberry, MO — inicialmente, compartilhei de sua opinião. Entretanto, depois de entrevistar dezenas de pessoas e observar as consequências por conta própria, quero lhe assegurar que os relatórios não foram exagerados. Testemunhas de fato observaram uma figura que se encaixava na descrição do homem visto por Merlin no local do massacre do primeiro Exército Esplandecente; ele era seguido pelo que parecia ser uma tropa de cadáveres reanimados. Ainda não se sabe se realmente há algo de sobrenatural nos supostos cadáveres, mas as descrições são consistentes, específicas e confiáveis.

Estamos trabalhando para reconstruir a prefeitura, que foi destruída, e oferecemos indenizações modestas às famílias dos mortos para cobrir os custos do velório. Mas o que gastaríamos de oferecer é uma explicação de como seus entes queridos morreram e quem é o responsável. As pessoas começaram a chamá-lo de "o Ressuscitador". Vamos torcer para que seja preso antes que passe a ser conhecido pelo apelido.

Atenciosamente,

Capitão Ciro Stasiak

Força de Proteção de Cordus

ULTRASSECRETO

MEMORANDO PARA REGISTRO

PARA: Diretor, Projeto Delfos

DE: Capitão Ciro Stasiak, Força de Proteção de Cordus

ASSUNTO: RE: Elsberry, MO

Prezado diretor,

Dois dias atrás, fomos informados de uma violação de sepultura no cemitério de Roe's Hill, ao norte de Chicago. Segundo relatos, grandes quantidades de terra foram deslocadas de uma maneira aparentemente mágica, expondo inúmeras sepulturas. O caso ficou parado nas mãos de policiais locais (não mágicos) por alguns meses antes de perceberem o envolvimento de magia e nos encaminharem a investigação. Enviamos um agente para coletar informações sobre o incidente. Descobrimos que dezenas de túmulos foram violados; os caixões, abertos; e os corpos, roubados. Após uma investigação mais aprofundada, parece que todos os corpos pertenciam a soldados do primeiro Exército Esplandecente.

Não posso deixar de estabelecer uma relação entre o último ataque do Ressuscitador em Peoria, Illinois — onde foi novamente avistado com uma pequena tropa do que foram descritos como cadáveres reanimados (para ser mais específico: pele apodrecida, ossos visíveis, unhas compridas, alguns segurando os próprios braços ou pernas decepados) — e esse caso. Os caixões foram desenterrados na época do primeiro ataque do Ressuscitador. Levanto a hipótese de que o Ressuscitador tenha feito alguma operação doentia que atualmente não compreendemos e ressuscitado com sucesso um exército de mortos.

Creio que o senhor achará isso tão perturbador quanto eu. Perdoe minhas palavras, mas que tipo de filho da puta massacra um exército e depois o ressuscita para derrotar seu antigo líder?

Gostaria de ter notícias melhores.

Atenciosamente,

Capitão Ciro Stasiak

Força de Proteção de Cordus

24

Sloane tinha visto Matt pela primeira vez na Fazenda, que era como chamavam o prédio onde treinavam para derrotar o Tenebroso: um garoto magrelo, o cabelo em dreadlocks curtos, segurando a corrente do balanço da varanda. Ele achara seu nome estranho e perguntara de onde tinha saído. Quando Sloane respondera que ela e o irmão receberam nomes de personagens do filme *Curtindo a vida adoidado*, Matt abrira um sorriso tão largo que Sloane gostara dele na hora.

Matt parado no corredor, segurando a moldura da porta, a fez se lembrar do adolescente que conhecera. Mas ele tinha deixado de sorrir daquele jeito havia muito tempo. Desde muito antes de começarem a namorar.

E não estava sorrindo agora.

— Adorei o bilhete — comentou Matt, segurando o papel que Sloane havia deslizado por baixo da porta dele antes de partirem.

Matt,
Vamos conhecer o Bert da dimensão paralela. Temos que saber. Estamos levando nossas babás, então não se preocupe.
Slo e Essy

Ele amassou o bilhete e o jogou aos pés de Sloane. A bola de papel bateu em sua canela e foi parar perto da parede.

— Bem, pelo menos eu disse para onde estava indo desta vez — retrucou ela friamente.

— Esse não é o problema. Nós deveríamos ser uma equipe, Sloane.

—Você não quer uma *equipe*. Você quer obediência.

Matt se encolheu como se tivesse sido estapeado e deu um passo para trás. Sloane sentiu uma pontada de arrependimento. Mas estava cansada de se conter toda vez que queria fazer alguma coisa, dizer alguma coisa ou ir a algum lugar. E não só em Genetrix, mas onde quer que estivesse. Matt era um homem bom, mas sua desaprovação era paternalista, na melhor das hipóteses, e, na pior, opressiva.

— Epa, nada disso! — interveio Esther antes que ele pudesse responder, se colocando entre os dois e levantando as mãos na direção de cada um. — Não é como se Sloane tivesse me arrastado contra a minha vontade, Matt. Concordei que seria útil, e sabia que você não ia querer ir, então...

— Não, vocês sabiam que, se me contassem antes de ir, eu discutiria com vocês — reclamou Matt, fechando a cara. — Não podem fazer as coisas pelas minhas costas só porque sabem que vou discordar! Já fiz isso com vocês?

— Bem, para isso você teria que querer *fazer* alguma coisa...

— Sloane, *cala a boca*! — explodiu Esther. — Pare de ser tão infantil.

Sloane sentiu o rosto ficar quente enquanto a amiga apertava o nariz como se estivesse forçando a tensão para longe do rosto. Sloane volta e meia se esquecia de como Esther parecera cansada ao se arrastar para fora do rio. Sloane não havia deixado nada para trás em seu mundo, a não ser familiaridade e um apartamento do qual precisava se mudar. Mas Esther tinha uma mãe moribunda que precisava dela. Cada momento que passavam ali, para Esther, era tempo demais.

—Você tem razão — disse Esther para Matt. — Certo, Sloane?

— Você não precisa pressioná-la a concordar com você — falou Matt.

— Ela não está me pressionando. — Sloane se forçou a dizer. — É um bom argumento mesmo. Desculpe.

Esther suspirou, obviamente aliviada, e tirou um dos sapatos, chutando-o para dentro do seu quarto. O par logo se juntou ao primeiro, e ela ficou descalça. Seu batom rosa havia desbotado, exceto no contorno da boca, e a maquiagem dos olhos estava borrada sob os cílios inferiores. A famosa Essy do Insta! tinha sumido.

— Tudo bem — aceitou Matt. — Então, como ele era?

— Um idiota — respondeu Sloane.

— Ele não era um idiota — discordou Esther. — Era um carteiro viúvo. Sem interesse em trabalhar para o governo ou em magia.

— Então ele não era como Bert — concluiu Matt, triunfante. — Eu disse a Esther mais cedo que só porque alguém tem os mesmos genes que seu paralelo...

— Ele era muito parecido com Bert, na verdade. — Sloane cruzou os braços e se encostou na parede. — Estava ouvindo Neil Young. Tinha um monte de livros sobre objetos mágicos lendários. Ele falava como Bert, lacrimejava como Bert e tinha até gnomos na porra do quintal da frente. Ele *era* Bert, mas a propagação da magia o desviou de seu caminho.

— Como a propagação da magia faria isso? Bert era fascinado por magia. Adoraria que ela se propagasse.

— Não, Bert era fascinado por *mistério* — rebateu Sloane. — Ele gostava de saber coisas que ninguém mais sabia e descobrir quais mitos eram reais. Então, quando a magia se tornou algo conhecido que pode ser controlado com tecnologia e frequências, ele perdeu o interesse. — Sloane encarou os próprios sapatos, sujos de poeira e lama das poças. — Era parecido o suficiente para me fazer perder a cabeça. Era parecido o suficiente para eu achar possível, talvez até provável, que o Ressuscitador seja a versão alternativa do Tenebroso.

— O Tenebroso usava magia que a maioria das pessoas na Terra acreditava não existir — observou Matt. — Acho que faz sentido que, em um mundo onde a magia é disseminada, ele tenha se aprofundado ainda mais no limite do que é possível, como trazer um exército de mortos de volta à vida.

Sloane assentiu.

— Se uma pessoa normal descobrisse como trazer alguém de volta à vida, não construiria a porra de um exército. Ressuscitaria entes queridos, familiares, amigos — comentou Esther.

Sloane pensou em Cameron na piscina do bairro, ensinando-a a dar um mortal de costas para cair na água. Havia tantas coisas que ela não lhe dissera. Coisas que poderia dizer se soubesse como ressuscitar os mortos.

— Mas o Tenebroso não era... não é normal. — Esther soava cansada, como se estivesse pensando no próprio pai, morto pelo Tenebroso, e na mãe, que não viveria muito mais tempo.

— A boa notícia... bem, a notícia ligeiramente menos horrível é que conhecemos um pouco o Tenebroso — lembrou Sloane. — Então não estamos enfrentando um inimigo completamente desconhecido. Como você disse outro dia, Matt, já fizemos isso antes.

Foi um pedido de desculpas melhor do que o anterior, de certa forma: reconhecia que ele estivera certo em ter esperanças uma vez que já haviam passado por isso. Sloane estava se lembrando, mas não parecia ser uma memória. Era mais como a sensação de se tornar algo que ela já era. Uma Sloane reduzida a seus elementos mais essenciais. Com a mandíbula cerrada, a mente focada e um único objetivo: o fim do Tenebroso.

— Sei que detesta os sifões, Slo, mas você precisa continuar praticando — falou Matt. — Todos nós precisamos. Aprender a usar magia é nosso próximo passo aqui, porque é a melhor arma que temos.

— Nunca pensei que fosse lamentar a Agulha não estar mais presa na minha mão — comentou Sloane. — Mas estou começando.

Ao longo da semana seguinte, Sloane passou a detestar ainda mais o sifão. Odiava seu peso, sua frieza, a sensação do cordão apertado nos nós dos dedos. Era inútil e inerte em sua mão, independentemente de qual operação tentasse fazer. Cirila desistira do fôlego mágico e tentara lhe ensinar meia dúzia de pequenas operações, sempre com o mesmo resultado: nenhum. O Ressuscitador não passava de um fantasma ou uma lenda, mas o sifão era um inimigo que ela podia ver e tocar.

Os outros estavam dominando os sifões sem grandes dificuldades. Matt levava jeito para mover objetos sem tocá-los. Esther tinha sido um pouco desajeitada com as operações usando o sifão de pulso, mas Cirila, em um momento de genialidade, conseguira um de garganta para Esther, que se tornara capaz de imitar a voz de qualquer pessoa.

Toda manhã, Sloane considerava esmagar o sifão com um dos livros na sua mesa de cabeceira. As únicas coisas que a detinham eram o medo do Ressuscitador e a lembrança dos Drenos.

Sloane considerou voltar ao Caneco para ver Mox de novo, mas decidiu não ir. Em vez disso, encontrou outras maneiras de ocupar seu tempo. Levava Ciro para correr à beira do lago, apesar do ar gélido. Leu a pilha de livros que havia encontrado em seu quarto. Até conseguiu arrastar Esther para o Art Institute, onde havia uma ala inteira dedicada a Operações Artísticas. Passou horas vagando por uma exposição de fotografias que se transformavam em cenas tridimensionais, para fazer o espectador que se aproximava se sentir dentro delas. Estava começando a entender os irrealistas: como confiar na realidade quando a realidade era tão facilmente manipulada?

A única vantagem daquela frustração constante com o sifão era o quanto a cansava. O sono pesado afastava os piores pesadelos, embora nada pudesse eliminá-los por completo. Com frequência, Sloane tinha sonhos com Albie, nos quais o perseguia por ruas vazias ou subindo e descendo escadas. Em um sonho vívido, ele correu para o meio do tráfego na interestadual e foi esmagado entre dois caminhões que colidiram de frente um com o outro. Então a cena inteira explodiu em chamas.

Quando Sloane acordava desses sonhos, desistia de voltar a dormir e tentava ler para se acalmar. Os três tinham juntado todos os livros deixados em seus respectivos quartos e os empilhado no corredor, criando uma pequena biblioteca comunitária. Sloane ficou com *A manifestação de desejos impossíveis: uma nova teoria da magia* para si, mas também pegou uma coletânea de poesia do quarto de Matt e um livro de história do quarto de Esther.

O livro de história abrangia o período após o fim da Segunda Guerra Mundial, o estabelecimento da Cortina de Ferro e uma Guerra Fria ao mesmo tempo familiar e estranha. Sloane estava esperando pelo desenvolvimento da tecnologia de satélite e pela Corrida Espacial, mas não aconteceram; em vez disso, foi desenvolvida uma tecnologia para mergulhar mais fundo no oceano, para chegar mais longe com o canal SOFAR — o nível do oceano em que o som viajava mais rápido —, para colocar hidrofones mais fundo no mar sem que perdessem sua eficácia. E tudo isso resultou, é claro, no Evento Tenebris, o acidente com o teste de míssil subaquático que espalhou a magia pelo mundo inteiro.

Certa manhã, Sloane estava sentada no corredor, o livro no colo e uma xícara de café pela metade ao seu lado, quando ouviu um tinido suave — o som do elevador chegando.

Nero saiu, as mãos no bolso, um polegar coberto pelo sifão cromado. Usava o cabelo penteado para trás, revelando rugas que ela não havia notado antes. Sloane se perguntou, pela primeira vez, quantos anos ele tinha.

— Oi? — cumprimentou quando ele se aproximou.

— Fui alertado de suas andanças pelos corredores todas as noites desta semana — disse Nero. — Finalmente vim ver se você é sonâmbula ou algo do tipo.

— Então o tal alarme mágico que você montou está no meu quarto — observou Sloane. — Você fica me olhando enquanto eu durmo, Edward Cullen?

— Hã? Edward? — Nero se agachou ao seu lado, os cotovelos nos joelhos. — Não, eu não fico olhando você dormir. Só sou informado de que alguém saiu de seus aposentos.

— Eu tenho insônia — explicou Sloane.

— Sempre?

— Desde que meu irmão foi assassinado por um ser maligno que estava destruindo o mundo — respondeu Sloane. — Em geral tomo remédio para dormir, mas ficaram no outro mundo.

Nero inclinou a cabeça.

— E você não parou para pensar que também fabricamos medicamentos em Genetrix?

Sloane riu.

— Acho que não. Vocês têm benzodiazepina?

— É tipo um Valium? — perguntou Nero.

— Acho que serve.

— Vou pedir para arranjarem um pouco para você. Sei como é frustrante não conseguir dormir regularmente.

Sloane não tinha se dado conta de que seria assim tão simples.

— Bem... obrigada.

— Disponha. — Nero cutucou seu livro para poder ver a capa. Tinha um desenho da baleia que Ciro mencionara, flutuando nas nuvens acima da Depressão Challenger. — História. Imagino que ajude a pegar no sono.

— Você não gosta de história?

— Não muito, na verdade. — Nero deu de ombros. — Talvez em grande escala, o surgimento do mundo, os primeiros organismos vivos, o início da humanidade. Mas os pormenores das picuinhas entre nações... *essa terra é minha; não, é minha; vamos nos matar por ela...* não. Isso não me interessa.

— Sem essas picuinhas, você não teria mágica — observou Sloane. — Não haveria um míssil balístico sendo disparado acidentalmente na Fossa das Marianas.

— E a magia por si só é uma coisa tão boa assim?

— Não — respondeu Sloane. — Mas... você não gosta dela? Você trabalha aqui, afinal.

— Às vezes eu gosto. Ela me proporcionou um conhecimento sobre o universo além dos sonhos de meus ancestrais. Mas esse conhecimento não é suficiente para evitar uma catástrofe, aparentemente.

— Não é responsabilidade sua impedir que todas as coisas ruins aconteçam.

— Só algumas delas. Eu sei. — Ele abriu um leve sorriso. — Mas carrego o peso disso.

Sloane se perguntou se Nero estava pensando na irmã, atraída para as garras do Ressuscitador. Sua morte horrível, o corpo suspenso acima do Camelo, rígido e frio. Às vezes, Sloane também pensava em Cameron, morto no caixão, o rosto coberto de pó compacto pelo agente funerário, parecendo uma boneca. Ela era nova quando o irmão se juntara à guerra contra o Tenebroso. Nova demais para detê-lo, provavelmente, mas nem tinha tentado.

— Acho que entendo — disse ela.

— Não tive a intenção de interromper sua leitura com a minha melancolia — falou Nero. — Fiquei sabendo que você vem se esforçando com o sifão.

— Mas em vão.

Nero assentiu.

— Existe um livro que pode ajudá-la a entender melhor a teoria mágica. Chama-se *A manifestação de desejos*...

— ...*impossíveis*. Sim, eu já li. — Talvez Sloane estivesse sendo convencida, mas achou que ele pareceu um pouco impressionado. — Magia tem a ver com desejo, não só intenção, blá-blá-blá. Não adiantou muito. Não dá para se forçar a *querer* alguma coisa.

Nero inclinou a cabeça outra vez.

— Não mesmo?

Sloane nunca tinha parado para pensar nisso antes. Passara a primeira metade da vida querendo apenas uma coisa — salvar o mundo — e a outra metade querendo ficar sozinha, o que se parecia com não querer nada. Não sabia como seria querer alguma coisa entre esses dois extremos. Não sabia nem se era capaz disso.

— Eu não sei — respondeu.

— Bem, então essa é a questão central — disse Nero. — Você nunca conseguirá fazer magia a menos que encontre uma maneira de querer.

— Ele se levantou com um gemido, os joelhos estalando. — Estou velho demais para me sentar no chão, infelizmente. Providenciarei seu remédio com um médico assim que o resto do mundo estiver acordado.

— Mais uma vez, obrigada — agradeceu Sloane.

Nero seguiu pelo corredor, cantarolando.

25

Sloane parou na esquina e olhou para cima, tentando ver o pináculo em espiral no topo do edifício mais alto da Chicago de Genetrix, a Warner Tower. Era a torre com um lado reto e o outro ondulado. De acordo com Cirila, tinha sido construída "sem magia, mas com influências da escola Irrealista".

Se Sloane acreditasse em almas, torceria para que Cameron existisse em Genetrix, fosse um arquiteto e construísse casas que desafiavam a lógica e a razão.

Ela não acreditava. Mesmo assim, às vezes ela ainda torcia.

Cirila e Matt caminhavam na frente do grupo. Esther estava ensinando Edda e sua terceira babá, Perun, a dizer alguma coisa em coreano. Ciro percebeu Sloane se demorar próximo à Warner Tower e ficou para trás, aguardando-a, as mãos nos bolsos do casaco.

— Teve mais sorte hoje? — perguntou ele.

— Para mim, o sifão não passa de um peso de papel caríssimo — disse Sloane.

Ela olhou por cima do ombro, convencida de que tinha ouvido um zumbido.

Mas a rua estava vazia.

Ciro abriu um sorriso severo.

— Bem, pelo menos você sabe que *consegue* fazer alguma coisa. Certas pessoas nem sequer têm a habilidade.

— E o que elas fazem? — Sloane correu para alcançá-lo. As ruas estavam cheias de carros, alguns tão antiquados quanto o táxi que pegara com Esther, outros parecendo pequenas bolhas com rodas. — Se mudam para égides?

— Ah, então você sabe sobre as égides?

— Mox... o barman com quem fiz amizade, lembra? Ele disse que vinha de uma. — Sloane havia mantido distância de Mox desde aquela conversa. Sentia que havia cometido um erro crítico, mas não entendia qual. Não lhe ocorrera que podia perguntar a Ciro. — Ele disse que teve que aprender a parar de destruir as coisas com magia quando era criança, então se mudou para cá.

Ciro ergueu as sobrancelhas.

— Ah.

— Eu não entendi — continuou Sloane. — Mox parecia antecipar uma reação específica, e eu... não reagi dessa maneira. Por isso não voltei lá.

— Provavelmente é uma decisão sábia — concordou Ciro. — É bastante raro uma criança ter uma magia incontrolável. Se fosse mais comum, talvez não precisássemos de sifões para canalizar a magia. Então as poucas crianças com esse talento foram convocadas enquanto procuravam o Escolhido de Genetrix. Se você não esboçou reação ao ouvir isso, é um indício de que não é daqui.

— Ele não teria como suspeitar da verdade, certo? — perguntou Sloane, sentindo uma pressão estranha na lateral da cabeça, como se tivesse acabado de mergulhar até o fundo de uma piscina.

— É pouco provável. As pessoas daqui sabem que existem outras dimensões, mas não que podem ser acessadas.

Sloane apertou os dedos contra as têmporas, onde a pressão ainda não havia diminuído.

— O que foi? — perguntou Ciro, pousando a mão no ombro dela com gentileza.

— Não sei. Só sinto que tem alguma coisa *errada*.

E então tudo atrás deles explodiu.

O início do Dreno foi repentino. Houve uma mudança de pressão e então, em um piscar de olhos, surgiu o tornado: uma parede opaca de detritos, que ia da rua até o céu. Só que não era vento, eram fios de energia que arrastavam tudo em seu caminho para o centro do funil. E quando as pessoas se aproximavam daquele ponto — o núcleo da força destrutiva — eram despedaçadas, vivissecadas pela magia. Às vezes, acontecia rápido demais para a pessoa se dar conta e morrer, então seus últimos momentos de vida eram passados em pedaços.

A primeira vez que estivera perto de um Dreno, Sloane tinha dado meia-volta e fugido. Todos fizeram o mesmo. Não havia pensamentos corajosos quando o Dreno chegava. Não havia pensamentos e ponto; apenas sobrevivência. Ela considerara fugir da APIS, do país e do Tenebroso. Mas a profecia a prendia a ele e, quando sua honra fraquejara, essa verdade a mantivera sob serviço da APIS. Se fugisse do Tenebroso, ele a encontraria, porque Sloane era uma Escolhida.

Então, como a fuga não era uma possibilidade, havia aprendido a não dar meia-volta e fugir.

Ela se abaixou sob o braço estendido de Ciro e agarrou Esther logo abaixo do cotovelo. Esther agarrou Sloane no mesmo ponto, aproximando-as. Cirila gritava, o cabelo em turbilhão e a capa arremessada para trás, o broche de ouro do tamanho de uma tangerina agora encostado no pescoço.

— Retirada! Três grupos! — gritou Matt. — Perun e Cirila! Sloane, Esther e Ciro! Eu e Edda! Sloane, você está aí?

A pergunta provocou um aperto em seu peito. Sloane assentiu. Era o procedimento familiar: nunca se aproximar de um Dreno com mais pessoas do que armas. Nunca correr em direção a uma batalha; era melhor sobreviver para poder lutar outra vez. Eram princípios que estavam incutidos em seus músculos, gravados em seu cérebro.

— Prestem atenção. Nos encontramos no Camelo.

Matt lançou um olhar desesperado por cima do ombro quando o grupo se dividiu em três. Sloane não conseguia pensar nele — não conseguia pensar em nada, a não ser no turbilhão de concreto, aço, carne e terra à frente deles.

Sloane ajustou o aperto no braço de Esther quando assumiu a dianteira do grupo. Ela se curvou, resistindo à força que tentava puxá-la para trás. Tinha aprendido como era estar em um Dreno, como ele empurrava até começar a puxar, como a pressão em sua cabeça seria liberada quando chegasse muito perto, como tudo cheirava a ozônio e poeira no começo, e depois a terra úmida e sangue. Ela olhou ao redor em busca de Ciro, que estendia a mão com o sifão, os dedos bem abertos.

Prestem atenção. A única informação concreta que tinham sobre os Drenos antes de estarem em um pela primeira vez era que o Tenebroso havia sido avistado em todos — ou seja, provavelmente precisava estar presente para controlá-los. E embora fosse um ser com grande poder mágico, ainda era um mortal. Quando a própria magia não fosse suficiente, pensaram os Escolhidos, facas e balas dariam conta do recado. Se o procurassem, talvez o encontrassem. E talvez conseguissem matá-lo.

Sloane virou a esquina e atravessou um beco em direção ao funil. Viu o Dreno sugar uma enorme onda de água do lago Michigan e a espalhar pelo ar. Parte da água escapou da atração poderosa do Dreno e molhou a rua, as paredes de tijolos dos edifícios que ainda não haviam desmoronado e as bochechas de Sloane. Ela deu mais um passo, e o magnetismo do Dreno puxou suas pernas e braços. Sloane recuou, empurrando Esther para trás.

— Esquerda! — gritou ela.

Mal conseguia ouvir a própria voz por cima do rugido de magia e poder, dos gritos daqueles que foram sugados pelo Dreno, dos alarmes dos carros e das sirenes. Empurrou Esther de volta para a rua, e Ciro veio tropeçando atrás delas. Sloane ainda não conseguia ver o centro do Dreno, onde o Ressuscitador devia estar, ancorado por sua própria magia. Ele era o olho da tempestade e, para encontrá-lo e matá-lo, Sloane precisaria ir a algum lugar mais aberto. Talvez uma das ruas mais largas, onde conseguiria ver mais longe, sem obstruções.

Clark, Wells, Franklin, Wacker, pensou. A última placa de rua que vira tinha sido arrancada do poste, mas a Warner Tower ficava na Franklin Street, a apenas uma quadra ao norte da Wacker Drive. Era o melhor caminho a seguir, quer ela conseguisse ver o Ressuscitador ou não — as ruas menores estavam cheias de gente, difíceis de navegar.

Sloane se curvou e correu, puxando Esther. O ar estava coberto de poeira; ela puxou a gola da blusa para cobrir a boca e o nariz. As calçadas estavam cheias de gente fugindo do Dreno, uma expressão de horror em cada rosto coberto de fuligem e borrado de lágrimas. A multidão era impenetrável; Sloane seguiu para o meio da rua, onde carros tinham sido abandonados. Passou por cima de dois táxis que haviam colidido de frente e contornou a traseira de um ônibus, cuja frente atingira um prédio de tijolos. Os assentos estavam vazios, bolsas e pastas abandonadas no chão.

— Slo! — chamou Esther, tossindo.

— Wacker! — respondeu Sloane, e quase riu da palavra engraçada.

Sentia a camisa grudada nas costas, empapada de suor, e as pernas ardiam quando pulou por cima de outro carro. Ao pisar no capô, viu que o motorista ainda estava atrás do volante, com uma bolha de sangue na boca. Ela parou para observá-lo por um momento. O peito não se mexia.

Continue. Ela pulou para o chão e se viu no cruzamento das ruas Monroe e Wacker. Wacker Drive, a grande confusão em dois níveis de Chicago, com a parte superior e a subterrânea. Ali a rua era larga, com um canteiro central elevado e ladeada por edifícios altos, titãs de vidro e aço. Atrás dela estavam o pináculo em espiral da Warner Tower e as duas pontas da Sears Tower, e, à sua frente, o Dreno. Viu quando uma mulher com um sapato só, mancando para fora de um prédio, chegou perto demais da força inexorável do Dreno. Um chicote de energia a ergueu, fazendo-a gritar, e a arrastou em direção à parede cinza de destruição.

Porém, longe de todas as pessoas, carros, árvores desenraizadas e blocos de concreto havia uma figura solitária.

O peso da inevitabilidade recaiu sobre os ombros de Sloane. Um calafrio subiu por suas costas. Através da nuvem de poeira e detritos, viu um rosto revestido de sifões de metal, com faixas finas de pele pálida visíveis entre eles. As mãos pesadas ao lado do corpo e o que podia ver do pescoço acima da gola alta de suas vestes, também estavam cobertas de metal. Um capuz cobria seu cabelo, e o restante do homem estava escondido sob um tecido grosso.

O Ressuscitador.

— Retirada! — gritou Esther, a voz rouca.

Mas Sloane não conseguia se mexer. Se a teoria que propusera a Esther e Matt após visitar Evan Kowalczyk — a de que o Ressuscitador era a versão paralela do Tenebroso — estava correta, aquele era o homem que ela vivera para matar. O homem que quebrara meticulosamente o corpo de Albie. O homem que havia testado o coração de Sloane.

É uma escolha simples, minha cara.

— Sloane!

Ela estava descalça, na casa do Tenebroso. Ele tinha pegado as botas dela.

Sloane precisava encontrar algo pesado ou afiado. Avistou uma pedra do tamanho de seu punho, uma lata de refrigerante amassada e, no canteiro central, uma vara de metal, usada para as placas de rua. Sloane a pegou. Estava descascando, enferrujada sob sua palma, e tinha sessenta centímetros de comprimento. Teria que chegar mais perto. Teria que bater com força na cabeça dele — para atordoá-lo, para conseguir escapar...

Sloane não conseguia respirar. Ele estava vindo em sua direção com passos confiantes, a mão erguida, como se fizesse uma saudação e a cabeça inclinada para o lado, como a de um pássaro.

Ela estava descalça, na casa do Tenebroso, e Albie estava gritando.

— Sloane!

Ela gritou e avançou, trazendo a barra de metal para trás como se fosse um taco de beisebol. Sloane atacou, usando todo o peso do corpo no movimento, e aguardou o som do impacto, a sensação de metal atingindo metal...

Mas tudo o que ouviu foi uma nota baixa e metálica vinda da máscara do Ressuscitador. Ele sacudiu os dedos como se a dispensasse, e a barra de metal explodiu em uma nuvem de pó prateado que cobriu a palma das mãos de Sloane. Então o Ressuscitador ergueu a mão, fechando-a em um punho — Sloane se lembrou de Ciro dizendo que o método de execução preferido do Ressuscitador eram pulmões colapsados que não voltavam a se encher de ar...

Algo pesado atingiu a lateral de seu corpo, lançando-a na direção do canteiro. Sloane viu a terra entre a palma das mãos e aproveitou o impulso para se lançar na rua do outro lado. Antes de entrar em um beco, olhou para trás. Ciro tinha tomado seu lugar na rua, a mão do sifão estendida. O ar ondulava à sua frente enquanto ele soltava um assobio agudo e alto. Mas o Ressuscitador sibilou por trás de sua máscara, desmanchando a barreira, e apertou a mão em um punho.

Ciro se engasgou. E caiu.

— Es... es ...! — Sloane tentou gritar, mas sua garganta parecia estar cheia de areia. Esther ficou na rua, curvada sobre o corpo de Ciro.

Sloane começou a avançar até eles com um grito estrangulado, mas o Ressuscitador se afastou de Ciro e Esther e veio na direção *dela*.

Se Sloane aprendera uma coisa em seu dia no cativeiro era que, quando se tratava do Tenebroso, ela era a única isca que ele não conseguia deixar de morder. E o Ressuscitador parecia ser igual.

Ela forçou um pé para trás, depois o outro. Passou por cima de saltos altos abandonados. Uma pasta aberta, papéis espalhados pela rua. Um cachorro-quente pela metade coberto de molho, ainda com a embalagem. Começou a recuar mais rápido, olhando para ter certeza de que o Ressuscitador continuava se movendo em sua direção e se afastando de Esther e Ciro...

Ciro, que provavelmente tinha morrido...

Ela recuou outro passo e esbarrou em algo. Quando se virou, viu... uma pessoa. Mas sua pele esverdeada havia descascado da mandíbula, revelando uma faixa branca de osso e dentes cerrados. Viu uma língua se mexer quando a coisa lambeu os lábios pálidos e arroxeados.

Não era uma pessoa.

— É essa aqui? — perguntou uma voz rouca e metálica.

— Sim.

A resposta veio de longe, com o mesmo eco metálico da nota que o Ressuscitador emitira para transformar a barra de ferro em pó.

A coisa morta agiu rápido, forçando um pano branco sobre o nariz e a boca de Sloane. Ela se debateu contra o aperto desumanamente forte, mas só por um segundo. Então desmaiou.

Chicago Post

PODERIA O ESCOLHIDO ESTAR VIVO?

Alexander Marshall

CHICAGO, 3 DE MARÇO: *Será que estamos condenados?*, pergunta o cartaz apoiado no prédio da prefeitura. Uma participante do movimento Escolha a Verdade — que exige transparência da Superintendência Mágica em Chicago em relação ao Escolhido — parou para fumar um cigarro. Os adeptos do movimento estão protestando em frente ao Centro Cordus desde terça-feira. Por quê? Porque acreditam que o Escolhido morreu.

A nação comemorou o dia em que Cordus anunciou que havia encontrado o Escolhido, destinado a salvar a humanidade. Entretanto, desde o massacre do Exército Esplandecente, há três anos, o Escolhido permanece trancado a sete chaves. Talvez não seja surpreendente que a população esteja começando a especular.

"E se ele tiver morrido?", pergunta Eleanor Green, mãe de dois filhos e moradora do subúrbio de Deer Grove, em Chicago. Ela é a fundadora do movimento Escolha a Verdade, embora faça questão de lembrar que não é a primeira pessoa a pedir uma prova de que o Escolhido ainda está vivo. "E se tiver morrido no massacre e eles simplesmente não quiseram nos contar? Por acaso alguém o viu desde então?"

A maioria dos seguidores do Escolha a Verdade segura cartazes com a ilustração do Escolhido divulgada depois que ele foi encontrado. Ou "supostamente encontrado", como diriam os membros do movimento.

"Eles nos disseram que encontraram o Escolhido", diz Althea Grange, que se descreve como a "vovó do bairro" de Rockford. "E então nos disseram que ele era jovem demais para que sua foto fosse publicada no jornal, e é para a gente confiar na palavra deles? Acho que nunca encontraram ninguém. Só querem evitar que a população entre em pânico."

Os membros do Escolha a Verdade começaram a cantar palavras de ordem. "Escolhido, Escondido!" é o refrão do momento. Há duas horas, estavam cantando uma paródia da canção do R.E.M. "It's the End of the World". A letra afirma que, se é mesmo o fim do mundo, então deveríamos ser informados. Ontem à noite, trouxeram um pastor para fazer uma oração pedindo a Deus para poupar Genetrix.

Após dias de protestos em frente ao seu escritório, a vice-diretora da Superintendência Mágica, Élia Haddox, finalmente respondeu às queixas dos manifestantes do Escolha a Verdade: "Isso não é uma conspiração. Depois do massacre, aumentamos as forças que guardam o Escolhido para sua própria segurança. Ele tem apenas dezoito anos e merece um pouco de privacidade até estar pronto para se apresentar. Essas pessoas precisam ir para casa e encontrar outra coisa para fazer."

loane mexia os quadris no ritmo da música. As mãos estavam cobertas de farinha. Albie abriu a jarra de granulado e inclinou a cabeça para trás para derramá-los na boca.

— Eca! — exclamou Sloane, ainda dançando. Mas estava rindo. À sua frente havia uma fileira de biscoitos em formato de árvores de Natal, nos quais ela polvilhara açúcar verde. — Decore seus biscoitos, caramba. Estamos criando uma nova tradição.

Albie estava com as bochechas infladas de tanto granulado e os lábios azuis devido ao corante alimentar. Então a cor sumiu de seu rosto. Ele se tornou cada vez mais pálido e acinzentado. Um cadáver de lábios azuis.

Sloane acordou em etapas. Na primeira, notou que seu sangue fluíra para as mãos e a ponta dos dedos pulsava. Na segunda, percebeu que sua barriga estava pressionada contra algo duro e levemente curvado: um ombro. Na terceira, lembrou-se do pano em seu rosto. E, na quarta, abriu os olhos.

Havia um tecido bem na sua frente. A bainha de uma camisa. Sloane virou a cabeça de leve para ver o chão passando por baixo de si. Era um piso de mármore quadriculado em branco e bege-acinzentado. Quem quer — ou o que quer — que a carregasse usava botas de segurança marrons com cadarços roxos desamarrados.

Com a orelha grudada nas costas do ser, Sloane conseguia ouvir sua respiração entrecortada. A mão segurando sua perna parecia um torno. Ela pensou na bochecha podre, nos molares cerrados com a língua ondulando que tinha visto antes de desmaiar. Élia havia contado como o Ressuscitador ganhara esse nome em Genetrix. Graças a seu exército de mortos-vivos.

Seu instinto foi se debater e chutar. Pegar o captor de surpresa, se soltar e correr para o mais longe possível. Mas Sloane não se mexeu. Não sabia o suficiente sobre quem a carregava — ele sentia dor? Quão forte era? — ou sobre onde estava. A fuga teria que esperar.

Em vez disso, observou a direção da luz (vinha das janelas à direita) e o ângulo (estavam voltados para o leste, e era de manhã, logo após o nascer do sol). Uma pontada de dor no peito era sinal de que estava em pânico. Sloane já havia acordado prisioneira antes, e não acabara bem.

Ficou ouvindo o murmúrio de vozes, todas secas e ofegantes, como uma pessoa arfando. O exército do Ressuscitador, ao seu redor. Os ecos e o reflexo das janelas altas no piso brilhoso indicavam que o espaço era amplo. O ar cheirava a mofo e poeira, com uma pitada de ozônio que o Dreno deixara em suas roupas, cabelo e pele. Sloane sabia por experiência própria que levaria dias para o cheiro desaparecer, por mais que se lavasse.

Se sobrevivesse tanto tempo.

Ainda usava suas botas. Já era alguma coisa, uma âncora para mantê--la no presente, em vez de em suas memórias. Durante o mergulho, usara pé de pato. O Tenebroso tinha pegado suas botas. Mas naquele momento ela ainda tinha as botas.

— Ela acordou — avisou alguém, algo. A voz veio da sua direita.

— Que bom — resmungou seu captor. — Estou cansado.

Ele soltou as pernas de Sloane, que caiu no chão, o corpo golpeado pelos azulejos. Estava em um longo corredor ladeado por pilares largos e piso de mármore branco. Luminárias geométricas de vidro azul pendiam em uma fileira no centro. As janelas altas de um dos lados do aposento tinham sido tapadas com tábuas de madeira, exceto pela fileira de vidro superior. Na parede oposta, uma faixa fina de sol brilhava em pequenos azulejos dourados.

Seus cotovelos doeram ao bater no chão com força. Sloane rolou e ficou de joelhos, respirando pelo nariz enquanto a dor diminuía. Tinha razão sobre o exército do Ressuscitador estar ao seu redor. Havia mortos-vivos por todos os lados, em grupos de pé ou sentados com as costas apoiadas na parede, conversando. Usavam uniforme, calças largas azul-marinho e camisas com gola alta, as capas presas no ombro por botões dourados. Não fosse o tom esverdeado antinatural da pele e as manchas podres no rosto, nas mãos e no pescoço deles, pareceriam apenas soldados.

Sloane ficou de pé. O homem — se é que podia ser chamado assim — que a carregara era alto e tinha ombros largos, com olhos azuis leitosos e apenas uma orelha. A mulher com o osso da mandíbula visível que a deixara inconsciente estava atrás dele, o cabelo escuro e ralo preso em uma trança por cima do ombro. Sloane sentiu o gosto de bile na boca.

— Anda — ordenou o homem.

Ela queria obedecer. Queria mesmo. Mas suas pernas tremiam, então ficou parada olhando para os dois.

A mulher revirou os olhos, agarrou o cotovelo de Sloane e a arrastou para a frente. Suas botas rangeram ao caminhar por um corredor de azulejos quebrados e paredes descascando e subir uma escada de metal. Quanto mais alto e mais fundo Sloane se embrenhava no prédio, menor ficava a probabilidade de escapar. Ela tentou fazer um mapa mental — *Oeste, você está andando para o oeste* —, mas só conseguia se concentrar em suas botas.

As botas significavam o presente. Pés descalços significavam o passado.

A mulher parou na frente de uma porta e a destrancou com uma chave guardada em seu cinto. Lá dentro havia um laboratório caindo aos pedaços. Todas as paredes tinham sido pintadas de azul-ciano, assim como a frente de cada gaveta e a porta de um armário, preso precariamente à bancada de laboratório no centro do cômodo. O piso — linóleo sobre madeira — estava torto em alguns pontos e cheio de lascas de gesso e tinta azul.

Não era uma cela. Isso era bom. Significava que não tinha sido feita para mantê-la presa. Significava que havia uma saída.

A mulher a empurrou para dentro do laboratório e fechou a porta. Sloane a ouviu ser trancada e começou a andar pelo espaço para ter uma noção do tamanho. Estava vazio, exceto pela bancada no centro e uma torneira nos fundos. Foi até lá. Havia um cano na parte de baixo que devia levar a algum ralo da pia, mas não havia mais pia.

Sloane ligou a torneira, que sibilou por um instante antes de espirrar gotas laranja em todas as direções e depois cuspir uma água amarelada que provavelmente não era potável. Mas Sloane estava coberta de terra e poeira do Dreno e desesperada para se livrar do cheiro de morte. Tirou o casaco e o virou do avesso para poder arrancar um dos bolsos com os dentes. Daria um bom pano.

Esfregou as mãos com o pano enrolado até ficarem quase da cor certa, então enxaguou o tecido e limpou o rosto até as bochechas formigarem, depois passou para o pescoço e a nuca. Por último cuidou do cabelo, que deixou a água preta.

Ela fechou a torneira e torceu o cabelo, depois o amarrou na nuca, para que não a atrapalhasse. Vestiu o casaco, esfregando os braços para se aquecer um pouco. A água a deixara gelada, ou talvez só estivesse com medo.

Sloane se agachou com as costas apoiadas na bancada do laboratório, de frente para a porta, e respirou o mais fundo que conseguiu.

Aquilo já tinha acontecido antes. Acordar em um lugar estranho e ter que esperar até que seu captor, o Tenebroso, decidisse fazer alguma coisa. Pegar no sono por pura exaustão. Sloane não sabia o que havia acontecido com ela antes de ser levada para o quarto, enquanto estava inconsciente, e não tinha certeza de quanto tempo ele passara ao seu lado, olhando-a antes de tocar seu rosto para acordá-la. Aquela lacuna de tempo a atormentara mais do que esperava — a ideia de que seu corpo não tinha memória, de que ela não podia interrogá-lo para obter respostas.

Ficou agachada, contando cada respiração para ter certeza de que o tempo estava passando, até os pés ficarem dormentes. Tinha acabado de se pôr de pé para fazer o sangue circular quando uma chave girou na fechadura. Sloane recuou rápido, até esbarrar nas tábuas que cobriam a janela. Seu peito doía. Não conseguia ouvir nada além do Tenebroso sussurrando seu nome.

O Ressuscitador estava parado na entrada, a morta-viva visível logo atrás de seu ombro largo. Nero dissera que o Ressuscitador usava cinco sifões. Tinha contado errado. Havia um cobrindo cada olho do homem, um sobre o nariz e a boca, um no pescoço, um sifão para cada mão e um na orelha. Todos eram simples, feitos de um metal escuro que lembrava estanho.

Ele andava de maneira ligeiramente desigual, instável e predatória, mas sem chegar a mancar. Fez um gesto rápido, acompanhado de um assobio agudo, e a porta bateu atrás dele.

Os dois estavam sozinhos.

A visão de Sloane começou a ficar escura nas extremidades. Ela sentiu um formigamento no peito e nas mãos, a mesma sensação de quando encontrara a Agulha no *Sakhalin* naufragado e a arma mágica na Cúpula. Quem ou o que quer que fosse o Ressuscitador, estava impregnado de magia.

— Foi Ziva quem reparou — disse ele, a voz distorcida pelo sifão. Tinha aquele tom metálico que Sloane havia notado na rua quando ele assobiara. O Ressuscitador falava como se estivessem no meio de uma conversa. — Aquele monte de feiticeiros com suas roupas caras, correndo por aí como ratos. Era óbvio que algo estava acontecendo. — Ele inclinou a cabeça para o lado. — Tenho informantes onde preciso. E as coisas que meus informantes disseram sobre você... Nada de sifão. Sempre acompanhada por aquele soldado grandalhão...

— Quer dizer, aquele que você *matou*? — perguntou Sloane, em um tom alto e feroz. Ela respirou fundo e com dificuldade.

— Aparentemente sem saber nada do nosso mundo — continuou ele, como se não tivesse sido interrompido. — Você está hiperventilando?

— Vai se foder — xingou Sloane, os dedos se curvando sobre a tinta e o gesso.

— Não usou magia, mesmo quando não tinha outra escolha. Isso significa que não consegue usá-la? Fiquei me perguntando. — Ele inclinou a cabeça para o outro lado. — Mas por que convocariam uma soldado de outra dimensão para me matar se ela não soubesse usar magia?

O gesso se enfiou na pele sob suas unhas. Ele sabia. Sabia de onde ela vinha, qual era sua missão...

Mas como?

Sloane se lembrou da expressão de Mox no bar, de como estivera esperando por algo que ela não lhe dera. *Tenho informantes onde preciso.* Mox devia ter sido o informante do Ressuscitador: resgatando-a do alça-pé, atraindo-a até o Caneco e fazendo as perguntas certas para confirmar que ela estava no mundo errado.

Sloane praguejou contra si mesma por ter sido tão burra. Élia e Nero queriam que ficasse a salvo dentro do Camelo, mas ela fora arrogante, convencida, uma criança brincando de ser heroína. E estava prestes a morrer por isso.

— Seria simples acabar com isso de uma vez, mas *os outros*... — continuou o Ressuscitador. — Quantos são?

— Se você encostar um dedo neles — ameaçou Sloane, avançando —, eu vou...

— Me bater com um cano que posso transformar em pó? — completou o homem, a voz ficando untuosa. — Que injustiça. Você e seus amigos vêm me matar e não posso revidar?

— Você está destruindo este mundo — rebateu ela. — E o meu mundo. O que tem de justo nisso?

— Destruindo o mundo? *Eu*? — Ele soltou uma risada sombria. — Acho que devia me sentir lisonjeado por você pensar que sou capaz de controlar uma destruição daquele nível enquanto brigo no meio da rua.

Sloane se lembrou da silhueta sombria do Ressuscitador contra o borrão turbulento do Dreno, que não havia cessado nem por um segundo, nem mesmo quando ele derrubou Ciro e começou a persegui-la pelas ruas ao redor.

— Este mundo e o seu mundo se destroem sozinhos. Todos os mundos são assim. — Ele estava agitado, talvez até inquieto, ancorado pelo peso dos sifões. — Não precisam de mim.

— É assim que justifica suas ações?

— Como você está sendo compensada? — perguntou ele. — Dinheiro, ouro? Um poder para levar de volta para seu mundo? O quê?

— *Compensada?*

— Ah, então você é uma verdadeira heroína. — Ele parecia se divertir. — Escandalizada só de alguém sugerir uma troca...

— Não foi escolha minha vir para cá! — retrucou Sloane. — E se eu pudesse voltar para casa, já teria ido embora.

Mas ele não pareceu ouvi-la. O Ressuscitador inclinou a cabeça para o lado, como se escutasse um som distante. Então se virou e saiu às pressas. A porta se fechou em seguida.

Sloane permaneceu imóvel por um tempo depois que ele se foi. Seu medo ardia em uma chama branda. Ela conhecia o Tenebroso. Conhecia a sensação de estar perto dele, o revirar do estômago ao receber sua atenção. Não sabia?

Já chega, pensou Sloane, e se virou para a janela fechada. Era sua melhor chance de escapar. Madeira quebrava. Placas queimavam. Janelas se abriam para andaimes, ruas e o ar frio da noite.

Começou a puxar as gavetas e abrir as portas dos armários. Os móveis eram feitos de madeira compensada frágil, e o tempo os deixara quebradiços. Serviriam para acender uma fogueira, talvez, mas isso não a ajudaria em nada, a menos que quisesse botar fogo no laboratório. Ainda assim, Sloane tirou as gavetas dos trilhos e as empilhou em cima da bancada. Eram ferramentas.

Força bruta era a primeira coisa a se tentar. Sloane pegou uma das gavetas maiores e bateu com força nas tábuas que cobriam a janela.

A gaveta se espatifou, e Sloane acabou apenas com o puxador e metade do painel frontal na mão. Ela a descartou.

Entre as tábuas da janela, havia frestas largas o suficiente para seus dedos. Sloane agarrou uma das tábuas e colocou os pés na parede para se alavancar. Forçou os pés enquanto puxava a madeira com as duas mãos, usando toda a sua força para quebrá-la ou até soltá-la. Mas... nada aconteceu. As mãos começaram a doer, e ela engoliu um grito frustrado.

Não ia morrer ali. Não ia morrer em uma sala podre em uma dimensão paralela.

Precisava de mais pressão do que seu corpo era capaz de aplicar. O que conseguiria fazer se usasse mais força — o que não era uma possibilidade — ou uma área de superfície menor.

Sloane encarou as tábuas por alguns segundos, agradecendo o que quer que houvesse estabelecido as leis do universo e lhe dado a capacidade de se lembrar delas. Então foi até o cano que saía da parede. A porca que o prendia no suporte em forma de U era velha, fácil de soltar com a mão. Segurou a ponta do cano e puxou com força. A peça — barra, aba e suporte — se separou da extensão e da placa fixadora da parede. O cano era sólido e pesado. Ela o colocou na bancada.

Sloane tirou o casaco e a camisa, ignorando o frio repentino. Então, pôs o casaco de volta e o abotoou até o pescoço. Torceu a camisa até formar uma corda e enfiou a ponta na fresta entre as tábuas.

Era irritante, como tentar colocar uma linha na agulha com as mãos trêmulas. Mesmo com os dedos enfiados no vão estreito entre cada tábua, ela não conseguia manobrar a corda improvisada para puxá-la pela outra extremidade. Tentou várias vezes sem conseguir passar o pano por onde queria. Sua nuca estava começando a suar. Quanto mais tempo gastava nisso, pensou Sloane, maiores as chances de alguém interrompê-la.

Finalmente conseguiu capturar a corda do outro lado da tábua. Então teve que repetir o processo. Precisava usar duas tábuas lado a lado, como as barras de uma cela antiga. Foi mais fácil manobrar a corda na segunda vez; ela puxou a ponta pelo outro lado da tábua adjacente e amarrou as pontas da camisa em um nó apertado. Então pegou o cano, enfiou-o pelo centro do nó e começou a girá-lo.

No começo, não viu diferença. Porém, quanto mais girava o cano, mais o tecido da camisa se apertava ao redor das tábuas, e logo ficou difícil girá-lo. Sloane teve que subir no parapeito da janela e forçá-lo para baixo. A mão dela latejava de dor. Mas as tábuas estavam começando a ranger.

Outra volta, e a pele de suas mãos começou a descascar. As tábuas gemeram.

Outra volta, e elas racharam.

Rindo, Sloane desfez o nó da camisa para soltar o cano, depois o usou para pressionar o ponto mais fraco das tábuas, que ficaram mais fáceis de vergar após terem cedido. Ela logo conseguiu abrir uma passagem grande o suficiente para o seu corpo — mas por pouco. Teria que rastejar.

Passar a cabeça foi até simples, embora a madeira quebrada arranhasse seu couro cabeludo. Ainda era dia, mas o sol começava a se pôr. O prédio tinha andares como os de um bolo de casamento, e Sloane estava um pouco acima do telhado do andar superior, que era coberto de cascalho. Não sabia como desceria *dali*, mas pelo menos poderia aterrissar no cascalho sem partir o crânio.

Forçou caminho por entre as tábuas, mordendo o lábio para não gritar quando a madeira se enfiou em seus ombros. Encolheu o abdômen ao máximo, contorceu-se para terminar de passar e depois caiu no telhado de cascalho, dolorida.

Sabia que ainda não era hora de comemorar. Então se levantou, limpou o cascalho das roupas e mancou pela beirada do telhado, procurando por uma escada de incêndio. A liberdade se encontrava tão perto — apenas sete andares abaixo —, mas fora de alcance, a menos que estivesse disposta a quebrar a coluna. A Sears Tower estava à vista, um gigante escuro contra as nuvens, assim como a Warner Tower, não muito longe, as ondulações do lado oeste produzindo reflexos cinza.

Sloane estava de frente para o lago, no prédio que ocupava o lugar que seria do Congress Parkway em seu mundo. Tinha passado de carro por baixo do edifício, mas não sabia como se chamava.

Percorreu o perímetro do telhado inferior, mas não havia escada externa à vista. Se quisesse escapar, teria que voltar para dentro do edifício.

No outro extremo do telhado encontrou o que supôs ser a entrada para uma escada. Provavelmente não seria muito diferente da que havia descoberto no Camelo. Com sorte, seria capaz de chegar até o primeiro andar do prédio, e então poderia tentar uma fuga desesperada.

Sloane forçou a porta — ou estava destrancada ou a fechadura havia quebrado — e chegou a uma escada escura com cheiro de podre. Tateou até encontrar o corrimão e o segurou com força enquanto descia. Fazia um bom tempo que não comia ou bebia água. Sua boca estava tão seca que parecia cheia de algodão. Mas ela continuou a avançar, imaginando um copo de água diante de si como uma cenoura pendurada em um barbante.

Já tinha descido cinco lances quando uma luz se acendeu. Sloane pulou para junto da parede, deixando os olhos se ajustarem. Ouviu passos. Pessoas conversando. Quem quer que fossem, estavam perto e se aproximando cada vez mais, conforme subiam as escadas. Pé ante pé, Sloane desceu os últimos degraus até uma porta e tentou abri-la sem fazer muito barulho, mas era pesada demais para isso; precisaria usar mais força.

Sloane fez uma contagem regressiva mental, então abriu a porta. As dobradiças rangeram, e ela disparou para o corredor, onde o linóleo cedia exatamente como no laboratório que servira como sua cela.

Pedaços enormes de gesso descascavam das paredes e havia vários no chão, e metade dos ladrilhos do teto tinha sumido ou balançava precariamente. Sloane passou por portas que levavam a escritórios antigos com carpete marrom-avermelhado e lâmpadas fluorescentes. Ainda havia alguns gráficos pendurados na parede de um dos cômodos, marcando em azul as tendências de licenças médicas.

Ela olhou por uma das poucas janelas restantes para ver em que direção seguia. Avistou a Sears Tower, mais próxima do que quando estava no telhado, o que significava que rumara em direção ao norte — mais perto do lugar onde havia entrado mais cedo e do exército do Ressuscitador.

Ouviu um barulho atrás de si e entrou em um dos escritórios para se esconder. Só que não era mais um escritório. As paredes finas demarcando cubículos continuavam ali, mas o chão havia sido limpo. Em um canto havia um colchão com um lençol estampado com flores desbotadas e uma fronha combinando. Ao lado do travesseiro ficava uma pilha de livros, dos quais ela reconheceu apenas um: *A manifestação de desejos impossíveis*.

Em uma das escrivaninhas embutidas perto da entrada, havia pilhas organizadas de parafusos, fios e placas de metal. Dentro de uma caixa debaixo da mesa estavam sifões velhos em vários estágios de deterioração — um sem as placas que cobriam a palma da mão, outro sem a parte dos dedos. Uma jarra ali perto continha diversos tipos de chaves de fenda, guardadas com cabo para cima, esperando para serem usadas.

Alguém morava ali.

Sloane não sabia muito sobre zumbis — ou qualquer que fosse o termo certo para os soldados do Ressuscitador, já que pareciam inteligentes demais para serem zumbis —, mas duvidava que eles precisassem dormir. Então, se aquele era o quarto de alguém, era o do Ressuscitador.

O que significava que ela não poderia ter escolhido um esconderijo pior.

Ouviu vozes de novo. Sloane entrou em outra sala que antes servira como um espaço para reunião, a julgar pela mesa frágil e comprida e pela abundância de janelas. Nem todas estavam cobertas por tábuas, permitindo-lhe alguma luz para enxergar. Inclusive...

Tinha quase certeza de que conseguiria abrir uma.

Sloane mexeu na alça da janela, testando para ver quão solta estava. Conseguiu movê-la para a frente e para trás. Olhou por cima do ombro e parou para ouvir as vozes. Estavam mais altas. Conseguia distinguir algumas palavras:

— ...costurar de volta, mas...

— Merda — sussurrou, empurrando a janela com toda a força.

Ela bateu na moldura, e Sloane colocou a cabeça para fora. Estava dois andares acima do chão. Alto o suficiente para quebrar a perna caso pulasse.

Olhou para trás outra vez. Não via nada, mas as vozes tinham se calado. Sloane prendeu a respiração e aguardou. Houve um rangido, a pressão de um pé contra o piso antigo. O guincho do linóleo.

—Tudo bem — sussurrou para si mesma. —Tudo bem, tudo bem.

Ela passou as pernas para fora e se posicionou no parapeito da janela. Então, preparando-se para a dor, pulou.

Sloane não olhou para o tornozelo direito. Não queria saber.

Seus olhos estavam cheios de lágrimas. Ela mordeu o punho e mancou o mais rápido que pôde, encostando-se na parede do beco para ter algum apoio. Dali a alguns metros, ficaria sem parede e teria que apoiar o peso no pé direito.

Sloane parou para enxugar os olhos. A sensação era a de que alguém estava apunhalando sua perna direita repetidas vezes. Todos os seus pensamentos pulsavam com o latejar da dor. Ela se afastou da esquina e gritou.

Mais um passo, disse a si mesma, ofegante, embora estivesse a pelo menos cem passos do rio, onde havia um gradil no qual poderia se apoiar. Olhou para trás, por entre as lágrimas, para ver se algum carro estava vindo. Não viu nada. Deu mais um passo. E outro.

Ela caminhou até o rio, onde finalmente viu faróis.

Até que enfim:
uma coleção de ensaios sobre o Escolhido

Do ensaio "Como um sonho"
Laura Bryant

E foi lá, ao ver minhas compras se esparramarem pela rua
— a cebola rolando na sarjeta,
uma garrafa de leite partindo-se e vertendo nas rachaduras da calçada
— que eu o vi pela primeira vez.

O vendaval destrutivo do Ressuscitador havia começado, o puxar, o triturar, o mastigar da matéria. Ao redor, pessoas gritando, gritando, correndo.

Correndo para salvar suas vidas.

Eu tinha caído, torcido o tornozelo. Uma das mais fracas do rebanho, agora vulnerável ao ataque do predador mais terrível do mundo, nosso futuro destruidor, nosso diabo em pessoa. Minha morte era certa...

Mas então...

Como um sonho...

O Escolhido apareceu. Cabelo dourado reluzindo ao sol. O brasão do Exército Esplandecente abaixo do ombro, um tributo aos companheiros caídos, seus homens massacrados. Um simples fio de metal ao redor do pescoço, seu sifão, sua espada. Um apito entre os dentes, seu escudo. Um novo exército, refeito das cinzas dos mortos, atrás de si.

O nosso defensor.

O Escolhido de Genetrix.

Do ensaio "Meu primeiro pensamento"
Xevera Ibáñez

Vi uma foto dele no jornal no dia seguinte ao ataque a Cordus. Ele tinha lutado, cantado operações poderosas, sacudido janelas, balançado portas, mas não ganhou nem perdeu. Ainda estava entre nós, então ficamos felizes, mas também decepcionados. Que ele não tivesse salvado o mundo com um apito.

Isso significava que teríamos mais angústias à nossa frente. Mais ruas se partindo ao meio, mais mães com rosto petrificado, crianças vagando sozinhas, homens sentados no meio-fio olhando para o nada. Mais prédios destruídos pelo vento sobrenatural, mais buscas nos escombros, cortinas rasgadas e janelas quebradas. Mais de tudo isso; mais perdas, mais de ter menos.

Vi uma foto dele de pé ao lado de uma placa de pare, o cabelo dourado, a corrente dourada em volta do pescoço, com a placa dourada na garganta, os lábios contraídos, as covinhas nas bochechas, apertando a mão do prefeito.

Meu primeiro pensamento foi *eu achei que ele seria mais alto*.

27

Sloane mancou até o meio da rua, agitando os braços. O táxi parou cantando pneu, e ela abriu a porta antes que o motorista decidisse que aquilo não valia a pena.

O taxista, um homem pálido, de barba feita, com vinte e poucos anos, voltou-se para encará-la. Ela pôs a perna para cima, no banco.

— Senhora — começou ele, de olhos arregalados —, você está...?

— Eu preciso ir para o Centro Cordus — informou ela.

—Tenho que levá-la para o hospital, senhora...

— Não — retrucou Sloane, entredentes. Não queria encarar um hospital em Genetrix sozinha. — E se me chamar de senhora de novo, vou rolar para fora do carro.

Ela ficou olhando para os talismãs pendurados no espelho retrovisor durante a maior parte do caminho — a medalha de um santo, a metade de um coração, um pequeno apito de plástico. O rádio estava em uma estação cristã, e o refrão de uma das músicas — "Jesus, você fez uma operação no meu coração" — a fez se sentir muito longe de casa.

Foi só quando o táxi parou na calçada em frente ao Centro Cordus que ela se lembrou de que não tinha dinheiro. Estava discutindo com o motorista em uma voz cada vez mais alta quando Cirila correu para fora do prédio. Sloane nunca estivera tão aliviada em ver um batom laranja brilhante.

— Ai, meu Deus! — exclamou Cirila quando Sloane pôs o tornozelo extremamente inchado para fora do carro.

Cirila pegou uma moeda no saco que trazia na cintura e a jogou para o taxista, depois passou um braço ao redor de Sloane para ajudá-la.

Foi então que Sloane percebeu que conseguira. Tinha escapado.

Só se permitiu relaxar quando chegaram dentro do Camelo. Cirila a sentou em um banco perto da entrada, e Sloane ficou olhando os losangos alaranjados espalhados no chão pelo sol que brilhava pelos minúsculos painéis de vidro acima. O ar estava quente e pessoas corriam de um lado para o outro diante dela, pisando com botas pesadas, sapatos finos e pontudos ou tênis com solas brancas de marshmallow que guinchavam. Seu pé direito estava descalço — havia tirado a bota no táxi ao perceber que o couro apertava seu tornozelo inchado — e ficando roxo. Quase não sentia mais a dor.

Algo chamou sua atenção. Levantou a cabeça e viu Matt andando rápido pelo saguão. Seus olhos estavam vermelhos; estivera chorando. Quando seus olhares se encontraram, ele começou a correr e quase derrubou uma senhora de cabelo grisalho. Sloane usou a parede para se levantar bem a tempo de colidirem.

Os braços de Matt envolveram sua cintura e ele a ergueu até ficar na ponta dos pés. Era bom sentir seu corpo sólido contra o dela. Da última vez que dormiram juntos, Sloane não o apreciara o suficiente. Não só porque Matt era magro e musculoso, mas porque era quente, familiar e gentil. Nos últimos anos, ele não a havia feito pegar fogo, mas uma parte sua ardia por ele em uma chama baixa e constante. Sentia falta daquilo, da chama piloto que nunca se apagava.

As mãos dela subiram automaticamente para o meio das costas de Matt, que estava úmida de suor. Ele a colocou no chão com gentileza, mas não a soltou. De repente, Sloane percebeu que ele estava tremendo.

— Ei — sussurrou em seu ouvido. — Está tudo bem. Estou bem.

— Eu... só conseguia pensar... — A voz dele estava abafada pelo casaco. Havia enterrado o rosto no ombro dela. — Eu só conseguia pensar *de novo não*.

De novo não. Ela estivera pensando a mesma coisa desde que haviam chegado a Genetrix: de novo não, mais um Tenebroso, mais um sequestro, mais uma fuga. Mas ela não tinha parado para pensar em como Matt se sentiria ao testemunhá-la sendo sequestrada uma segunda vez, sem saber se a veria de novo, sem saber o que ela estava passando.

Na verdade, ela também não tinha parado para pensar no que ele sentira da primeira vez. Matt era o líder do grupo, sem sombra de dúvida, e duas das pessoas que ele liderava tinham sido capturadas e torturadas pelo inimigo. Com certeza se culpara por isso. Provavelmente estava se culpando de novo.

Sloane virou o rosto na direção de Matt e falou no pequeno espaço que os separava:

— Não foi que nem da outra vez. — Sloane passou a mão pelo cabelo curto dele. — Ninguém me machucou. Está bem? Eu estou bem. Só... bem fedida, provavelmente.

Uma gargalhada engasgada — um tanto histérica — foi a resposta de Matt. Ele relaxou o aperto, e ela ofereceu um pequeno sorriso. Sloane sentiu o primeiro lampejo de esperança desde que havia devolvido o anel — esperança de que um dia, quando a dor diminuísse, eles pudessem ser amigos outra vez.

Esther estava esperando ali perto. Descobrira as estampas de Genetrix e usava todas de uma vez só: um lenço de caxemira em volta dos ombros, baixo o suficiente para revelar o sifão no pescoço; uma blusa quadriculada preta e branca; calça com listras bem fininhas; meias de retângulos laranja.

Quando Matt e Sloane se afastaram, ela avançou e abraçou a amiga um pouco mais delicadamente.

— E Ciro? — perguntou Sloane quando Esther a soltou. O nome saiu baixinho. Mal aguentava dizê-lo.

—Vivo, mas não está consciente. Não sabem se vai acordar. Fiz uma operação. O fôlego. Os pulmões dele voltaram a se inflar — contou Esther, com um brilho nos olhos que parecia orgulho.

A dor no peito de Sloane diminuiu um pouco. Evitara pensar em Ciro desde que tinha sido capturada, mas a imagem dele desabando diante do Ressuscitador não lhe saíra da cabeça.

—Você está machucada? — perguntou Matt, apontando para o tornozelo inchado.

— Pulei pela janela para fugir — explicou Sloane. — Com certeza preciso de um médico. Ou talvez de uma perna nova.

— Cirila foi buscar. Um médico, não uma perna — falou Matt. Sloane nem tinha percebido que Cirila saíra, mas não havia nada laranja assombrando os cantos de sua visão. — Disse que alguém viria ver você.

— Que bom.

Esther se pôs à esquerda de Sloane, Matt à direita. Os dois abraçaram sua cintura para apoiá-la enquanto ela mancava em direção ao elevador; quase não precisava firmar os pés no chão. Esther cantou a nota certa para chamar o elevador.

Sentiu certo alívio com aquilo: apesar do que escondera deles e apesar do que todos passaram, ainda estavam com ela.

Nem tudo estava perdido.

À noite, Sloane sonhou que cambaleava descalça por um campo, o braço em volta da cintura de Albie enquanto ele respirava com dificuldade em seu ouvido. Seu braço estava escorregadio com o sangue dele. Sloane parou para ajustar o aperto ao redor de seu corpo. Albie gritou por entre os dentes cerrados.

Estava escuro, mas ela sabia que era de manhã pelo orvalho na grama, que molhava seus tornozelos.

Sloane acordou com a mandíbula latejando de tanto ranger os dentes e engoliu o último comprimido de benzodiazepina.

Dois dias depois, ela se viu no escritório de Élia com muletas debaixo dos braços.

Na véspera, o médico instalara seu equipamento no quarto espartano de Sloane e se curvara na ponta da cama com o pé dela no colo.

Ele tinha um apito elaborado nos lábios, um osciloscópio modificado que lhe informava a frequência do som até a terceira casa decimal e um sifão no olho que parecia uma meia viseira. Usando os três instrumentos juntos, soprou o apito para encontrar o tom no osciloscópio e depois gesticulou para começar a operação que lhe permitira ver o osso quebrado. Na sonolência depois de tanto tempo sem dormir, aquilo parecera um ritual sagrado.

Ele havia ajeitado o osso com mãos fortes e frias e sem muita delicadeza, prometendo colocar um gesso no dia seguinte — e um sifão que aceleraria a recuperação.

O sifão e o gesso já estavam enrolados em sua perna, e Sloane fora instruída a usar muletas por duas semanas.

Tinha limpado a fuligem e a sujeira do Dreno, mas a sensação ainda se agarrava à pele, como um sonho lúcido.

O escritório de Élia era, em uma palavra, limpo. Piso de madeira, paredes brancas, uma única prateleira com livros organizados por cores. Havia orquídeas brancas em grandes vasos brancos perto da janela. A porta se fechou com um baque pesado depois que Sloane entrou.

Ela passara pela oficina de Nero a caminho dali, e as portas de ambos eram iguais: grossas e de madeira, com dobradiças e maçanetas de metal pesado, trancadas por magia. A aparência intimidadora a fez se perguntar o que era guardado dentro dos dois espaços que exigia tanta segurança.

Sloane ainda imaginava sentir o cheiro de enxofre de vez em quando, embora seu cabelo estivesse impregnado pelo aroma do shampoo de alecrim que Cirila lhes trouxera. Ela o sentiu de novo quando Nero se adiantou para pegar suas muletas e encostá-las na parede, de forma que Sloane pudesse se sentar. Nero se acomodou na cadeira ao lado dela.

Élia cruzou as mãos em cima da mesa branca e limpa, as placas de metal delicadas do sifão do pulso tilintando ao se tocarem. Suas unhas tinham sido pintadas de um rosa-fosco e lixadas em semiovais perfeitos.

Sloane escrevera sua declaração no dia anterior e a passara para Élia e Nero por Cirila. Mas eles a convocaram naquela manhã mesmo assim, alegando ter necessidade de fazer algumas perguntas. Sloane não conseguia imaginar o que mais poderia dizer sobre o ocorrido. Já havia se revirado ao avesso por eles.

— Então... — começou Sloane, porque ninguém havia falado por alguns segundos. —Vocês queriam fazer perguntas?

— Como está se sentindo, Sloane?

O sorriso de Élia devia ser forçado. Sloane não era alguém para quem as pessoas sorriam e Élia não era alguém que sorria.

— Ótima — respondeu. — Quais são as perguntas?

Élia olhou para Nero, que pigarreou. Ele se inclinou na direção de Sloane, as pernas cruzadas no tornozelo. Suas meias tinham pequenas varinhas mágicas. Sloane reprimiu um sorriso.

— Ficamos preocupados com você porque detectamos certa... compaixão na sua declaração — explicou Nero.

— Compaixão pelo Ressuscitador — esclareceu Élia.

— O quê? — Sloane franziu a testa. — Ele me sequestrou; é claro que não tenho compaixão por ele.

— Mas na sua declaração você disse algo sobre ele parecer... perturbado.

— Ele é diferente do que eu esperava, só isso.

— Diferente como, exatamente?

Nero inclinou a cabeça, parecendo a terapeuta com quem Sloane se consultara depois do Mergulho, sempre de sobrancelhas unidas e cabeça inclinada.

— Ele não é o Tenebroso — disse Sloane. — Achei que talvez ele fosse a versão paralela do Tenebroso do meu universo. Mas agora vi que não é esse o caso. Só isso.

— Nossa preocupação não é descabida — prosseguiu Élia. — O Ressuscitador já fez com que pessoas abraçassem sua causa. Ele tem um charme especial.

— Charme? — Sloane ergueu as sobrancelhas. — Onde na minha declaração vocês me viram dizer qualquer merda sobre ele ser charmoso?

— Bem, não começa assim — ponderou Nero. — Suspeitamos que ele possa usar algum tipo de operação persuasiva...

— Com quem ele já fez isso antes? — interrompeu Sloane.

Nero e Élia se entreolharam.

— A identidade dela não é relevante — disse Élia.

— A identidade dela obviamente devia ser relevante, ou você não me alertaria sobre isso — retrucou Sloane.

Nero olhou para Élia de novo.

— Como falei, nós só queríamos conversar com você para ter certeza de que...

— Bem, na verdade, eu também queria falar com vocês — interrompeu Sloane. — Porque pareceu que o Ressuscitador já tinha lidado com alguém na minha posição antes. Quero dizer, outro Escolhido. Por acaso eles já tinham se encontrado?

— Não supervisionamos as atividades da última esperança de Genetrix com o rigor que deveríamos, talvez porque acreditássemos que tudo correria conforme o planejado, de acordo com a profecia — admitiu Élia.

— Como pode ver, não cometeremos esse erro novamente.

— Mas reparei que você ainda não está se oferecendo para lutar com ele — observou Sloane.

— Não é errado conhecer os próprios limites — respondeu Élia, as bochechas corando.

— Ah, não? — Sloane deu de ombros. — Nunca tive o luxo de conhecer os meus.

— Então você é tão imprudente quanto sua antecessora — retrucou Élia. — Ela também acreditava que o Ressuscitador estava apenas ferido, que era possível chegar a alguma espécie de acordo ou reconciliação. Ela estava errada e pagou o preço máximo por isso. Era isso que queria ouvir?

As palavras atingiram Sloane, uma de cada vez. *Ela estava errada.*

Entretanto, nos escombros do local do Dreno, quando Élia lhes dissera que o Escolhido de Genetrix tinha morrido, a mulher o havia chamado de "ele". Ele *era corajoso e muito talentoso com magia. Ele morreu. Foi derrotado.*

— Então essa pessoa manipulada pelo Ressuscitador... era a sua Escolhida — disse Sloane, tentando parecer natural. — Você poderia ter me dito.

— Bem, eu não queria assustá-la sem necessidade, principalmente depois de um evento traumático.

Élia endireitou a camisa impecável.

Sloane se recostou na cadeira. Acabara de flagrar Élia usando dois pronomes diferentes para a mesma pessoa. Mas não queria chamar atenção para isso; ainda não.

— Eu pareço alarmada? — perguntou Sloane. — Ou pareço irritada por você estar testando a minha paciência quando tudo o que quero é matar esse idiota e ir para casa?

Élia comprimiu os lábios.

— Ótimo — prosseguiu Sloane. — Agora, se puder me entregar minhas muletas, vou mancar de volta para o meu quarto.

— Isso é... — Esther franziu a testa. — Estranho.

Sloane havia se sentado na porta em frente ao elevador, para poder ver caso alguém se aproximasse. A perna direita estava esticada sobre o piso de tábuas largas do quarto de Esther; as muletas, encostadas na pia de água benta surreal fixada na parede, que Esther usava para guardar suas joias.

— *Estranho* não é bem a palavra que eu teria usado — opinou Sloane. — *Alarmante* ou *suspeito*, talvez.

— Acho que não entendi o que tem de tão alarmante — falou Matt. Ele desabotoara os punhos da camisa e estava dobrando as mangas. Passara a usar o sifão o tempo todo. Ele e Esther. Naquela manhã, Sloane flagrara os dois transformando seus cafés em gelo. — As pessoas se atrapalham na hora de falar. Não deve ser nada.

— Você já me chamou de "ele" alguma vez? — questionou Sloane.

— Bem, não. Mas talvez o Escolhido fosse trans e Élia tenha escorregado nos pronomes, ou talvez não o conhecesse na época, ou...

Esther o interrompeu:

— Por que você não perguntou a ela na hora que aconteceu?

— Eu imaginei que, se ela havia mentido uma vez, poderia mentir de novo — explicou Sloane. — Pareceu mais seguro ficar quieta por enquanto.

— Eu ainda acho... — começou Matt.

Esther o interrompeu de novo:

— Não seja burro. Élia obviamente estava falando sobre duas pessoas diferentes. Nero e Élia estão mentindo para a gente. Mas não sabemos por quê. Pode ser por um motivo bom ou ruim.

— Eu não estou acreditando. — Sloane bateu no chão com a palma da mão. — Essas pessoas sequestraram a gente para outra dimensão. Estão nos mantendo presos até lutarmos contra o vilão deles. E vocês estão custando a acreditar que mentiriam para a gente? Por quê? Porque foram educados?

— Sempre dramática. — Esther revirou os olhos. — Só estou tentando não surtar. Não estou fazendo campanha para eles receberem o Prêmio Nobel.

Matt estava brincando com a cordinha de apertar o sifão, torcendo-a na ponta dos dedos.

— Mesmo que Élia tenha mentido e feito isso por algum motivo traiçoeiro, o que devemos fazer? Nossa única maneira de voltar para casa ainda é por meio dela.

Matt não estava errado, pensou Sloane. Independentemente do que Élia estivesse escondendo e do que estivesse acontecendo com Genetrix e com a Terra, os três ainda fariam o que fosse preciso para voltar para casa, certo? A ideia de passar o resto de sua vida ali, cercada por tafetá e pelo tilintar das placas dos sifões, a fazia se sentir sufocada. Aquele não era o planeta dela. Não era a vida dela.

Embora não tivesse nada além de um coração partido esperando-a na Terra — sair do apartamento que dividia com Matt, ficar de luto por Albie, navegar pelo escrutínio da mídia —, pelo menos aquela era a sua vida. Mas Sloane não conseguia esquecer o alívio estranho de ouvir o deslize de Élia, de finalmente poder botar em palavras o que estava sentindo desde que saíra do rio Chicago: estavam mentindo para ela. E Sloane odiava mentiras, a menos que fossem as suas.

—Vou encontrar provas — afirmou Sloane. — E vou confrontá-la. Ela não vai poder mentir para mim se eu fizer isso.

— Eu posso falar com Cirila — ofereceu-se Matt. — Casualmente, não como um interrogatório.

Sloane reconheceu a oferta de paz e deu um sorrisinho.

— Nada como uma conversa casual sobre Escolhidos mortos durante o jantar — disse Esther.

— Cirila, hein? — sugeriu Sloane. A intenção era provocá-lo de brincadeira, mas acabou saindo em outro tom, quase acusador.

— Algo mais que você gostaria de perguntar? — perguntou ele baixinho.

Sloane sentiu aquele inchaço horrível dentro de si — na garganta, no peito, no estômago — que significava que estava à beira de lágrimas. Colocou as mãos no batente da porta e se levantou.

— Não — disse ela, quando estava mais firme. — Vou indo. Estou cansada.

Claramente não era verdade. Mas Matt, em sua infinita cortesia, deixou que ela mentisse.

O gigantesco tesouro da poesia irrealista

Le Quoi
por Artificielle

O que é?
É
É?
O que
é
o queéoque é
Q
U
E
Q
U
E
É!
O que

28

As semanas que se seguiram trouxeram tédio e frustração a Sloane. O médico tinha lhe dito para não treinar com o sifão por pelo menos duas semanas, então ninguém a incomodou com isso. Ela estava proibida de andar sem muletas, e as muletas machucavam suas axilas, então Sloane passou a maior parte do tempo parada no mesmo lugar, lendo *A manifestação de desejos impossíveis*. O lugar em questão era o banquinho no corredor da oficina de Nero.

Poucas pessoas chegavam perto das portas. Um número ainda menor conseguia passar por elas, e os que eram admitidos lá dentro eram sempre escoltados pelo próprio Nero. Como se a mágica que mantinha a porta fechada fosse controlada apenas por ele.

Foi por isso que Sloane escolheu a oficina dele como alvo em vez do escritório de Élia. A pretora permitia que pelo menos Nero e Cirila entrassem lá. Nero não concedia acesso a ninguém, o que significava que estava protegendo algo importante.

De início, Sloane tentou pensar em uma desculpa para Nero deixá-la entrar. Mas o próprio Nero havia se tornado mais evasivo desde a conversa no escritório de Élia. Perguntou-lhe por que ela gostava de ler naquele banco no primeiro dia em que a viu lá, e Sloane apontou para a janela do outro lado, com vista para a Sears Tower. Depois disso, ele passou a pegar outro caminho até a oficina, para não precisar passar por ela.

Demorou duas semanas para Sloane ouvir. Ao ver Nero se aproximando das portas da oficina, ela se levantara e avançara a passos rápidos — ou o mais rápido que conseguia — para tentar falar com ele. Mas Nero fingiu não vê-la e entrou na oficina quando ela se aproximou. Sloane viu as portas duplas pesadas se fecharem e, então, ouviu uma tranca sendo virada.

Presumira que Nero trancava o escritório com alguma operação na porta. Mas e se a mágica dele se estendesse apenas à fechadura?

Depois disso, Sloane pediu dinheiro a Cirila e foi a uma loja de ferramentas nas proximidades — usando uma nova bota, com a qual não precisava de muletas — para comprar um martelo e uma chave de fenda.

— Não acredito que concordei com isso — disse Esther.

— Não tente fingir que arrastei você até aqui — reclamou Sloane, apontando para ela com a chave de fenda. O cabo era azul-Royal e a marca SIPHONA TECHNICA estava gravada em letras douradas na lateral. Sloane enfiou um dedo na pulseira do relógio de Esther e o aproximou para conseguir ver as horas. —Tudo bem, vamos lá. Mas qual é mesmo a nossa história, caso Nero esteja lá?

— O sifão da sua perna está emitindo um ruído agudo e precisamos que ele dê uma olhada — recitou Esther. —Você sabe que ele não vai cair nessa, não sabe? Poderíamos ter ido falar com Cirila.

— Ele não vai estar lá. Passei as duas últimas semanas de olho nos horários de Nero, e ele nunca fica depois das cinco.

—Você é muito esquisita.

Sloane abriu um sorriso enorme e empurrou a porta da escada com o ombro.

Juntas, ela e Esther caminharam pelo corredor amplo e repleto de janelas que levava à oficina de Nero. Passaram pelo banco onde Sloane ficara muito tempo lendo e por uma escultura rosa monocromática que lembrava um rim. As portas duplas da oficina de Nero pareciam parte de um castelo, não do Camelo, com pinos enormes nas dobradiças velhas e enferrujadas. Sorte dela e de Esther.

— Só me avise se alguém aparecer — pediu a Esther, agachando-se de forma meio desajeitada na frente da dobradiça mais baixa.

Sloane enfiou a ponta da chave de fenda na parte inferior do pino da dobradiça e bateu com o martelo, forçando-o para cima. Quando o pino se ergueu acima da dobradiça, ela o puxou. Um já tinha saído, só faltavam dois.

— Então a magia da porta não impede isso? — perguntou Esther. — Mas que furo.

— Pois é, né? — Sloane passou para a segunda dobradiça. — Mas ele usa a magia só para fechar a tranca, a operação vira a trava e a mantém na posição. A magia não se estende para o resto da porta, senão Nero não se daria ao trabalho de usar uma trava mecânica. Seria desnecessário. Eles usam magia para tudo aqui.

— E como você teve essa ideia...?

— Eu li o jornal. Você não faz ideia de quantos assaltos acontecem nesta cidade só porque as pessoas confiam na segurança mágica e se esquecem de que existem formas práticas de burlá-la. Perderam completamente a noção de como as coisas simples funcionam.

Sloane terminou de soltar a terceira dobradiça e enfiou a parte chata da chave de fenda entre a dobradiça e a parede para tirar a porta do vão.

A trava mágica ainda funcionava, então a porta ficou pendurada em um ângulo estranho, como um dente mole quase se soltando da raiz.

— Pronto — anunciou Sloane.

Ela se virou de lado e entrou no escritório.

— Se por algum motivo ficarmos presas para sempre em Genetrix, você devia considerar uma carreira no crime.

— Vou pensar no assunto. Anda logo, não vai demorar até alguém reparar na porta quebrada.

Ela se virou para examinar a oficina de Nero pela primeira vez. Era um espaço amplo com uma luz pálida e suave vinda do teto semelhante a uma estufa, uma geometria de painéis brancos translúcidos que deixavam entrar a luz do dia. As paredes estavam cobertas de frisos de pedra decorativos, o que fazia o aposento parecer um templo antigo rodeado de símbolos sagrados. Mas o espaço era cheio de livros e equipamentos, pedaços de sifões antigos e ferramentas para consertá-los, obras em diversos idiomas abertas ou empilhadas.

Esther tirou algo do bolso. Era um apito, do tamanho de seus dedos. Sloane tinha visto pessoas na rua e no saguão do Camelo soprarem-nos para fazer operações mais complexas.

Esther colocou o apito na boca e produziu uma nota longa e grave. Nada aconteceu, então ela tentou outra vez, fechando os olhos e franzindo a testa enquanto concentrava sua intenção. Sloane viu uma luz fraca pelo canto do olho, e Esther avançou rapidamente em direção a uma pilha de livros próxima, pegando um diário preto e fino escondido ali. Folheou até a página brilhante e leu em voz alta:

O Escolhido descreve sua percepção única da magia como fios de luz bem finos, como os de um tear, interligando pessoas, objetos e o solo. É a última parte que mais me interessa: a magia que penetra o solo deve ir mais fundo que a terra; deve estar conectada a algo no cerne do nosso planeta, algo que ainda não conseguimos compreender... talvez o que tenha sido quebrado pelo míssil na Garganta do Tenebris, o que explicaria a promulgação do que chamamos de magia em Genetrix.

— É o diário de Nero? — perguntou Esther, fazendo uma pausa na leitura.

— Parece que ele tem alguns — comentou Sloane, apontando para um filete de luz em uma pilha perto de Esther.

Ela vagou pela oficina, examinando os livros que Nero havia deixado abertos em busca de outra marca brilhante. *Reparo de sifões avançado, volume 3. Coluna vertebral, peito e barriga: um estudo dos sifões menos utilizados. Teoria das cordas: uma perspectiva mágica.* Ela correu os dedos pelas páginas enquanto mancava até a extremidade da oficina. Lá, encontrou um pequeno recanto, parecido com um banco de janela, mas, em vez de uma almofada, havia uma mesa.

Esther voltou a ler.

Até o momento, pude vislumbrar outros universos, mas não tentei agir neles. Neste estágio, é mais importante encontrar um universo viável no qual trabalhar. Tenho parâmetros: a presença de pelo menos alguma magia; nenhuma barreira linguística; um ponto de divergência nos últimos cinquenta anos, para aumentar as chances de que o elemento se adapte a Genetrix; e um campeão ou Escolhido capaz de completar a tarefa em questão. É imensuravelmente difícil encontrar um mundo que sirva...

Ela parou.

A mesa estava diante de uma janela com pequenos painéis em formato de losango. Através deles, Sloane só conseguia ver o horizonte indistinto da cidade escurecendo conforme o sol se punha. Havia alguns objetos no parapeito: um relógio de bolso com uma corrente quebrada, um pequeno par de óculos cor-de-rosa, um anel com uma pedra roxa. Debaixo dos óculos — que eram em formato gatinho — havia um tsuru de papel. Sloane pinçou o bico entre o polegar e o indicador e o segurou contra a luz. Tinha sido dobrado com a precisão dos origamis de Albie.

— Espere, encontrei outra coisa — alertou Esther.

Passei dias vasculhando nuvens de matéria que ainda não formaram a Terra; mundos derretidos tóxicos demais para dar suporte à vida; mundos gasosos em constantes tempestades. Vi a Terra dividida em duas por enormes asteroides, a Terra cheia de dinossauros emplumados, a Terra tomada por oceanos. E vi Terras devastadas por bombas atômicas, Terras em que a vida humana foi extinta por algum tipo de praga — as casas ainda intactas, o café da manhã apodrecendo na mesa.

Esther passou para outro diário, de capa vermelha, do tamanho da palma da mão.

Meu campeão morreu. Ele foi assassinado pelo Ressuscitador ontem à noite, à meia-noite e quinze, na praia à beira do lago. Vítima do método de exe-

cução favorito do Ressuscitador, a antítese do fôlego mágico, uma espécie
de colapso mágico...

O tsuru de papel que Sloane segurava tinha sido feito a partir de uma folha de caderno com pauta. Na parte mais alta das costas do origami, ela viu um rabisco rosa, como se alguém tivesse testado uma caneta. Depois de olhar para Esther — que folheava freneticamente o diário vermelho em busca de outra página brilhante —, Sloane puxou as extremidades da dobradura para desfazê-la.

O papel havia sido usado para testar vários tipos de caneta. Havia cores vivas, cintilantes, neon, pastel. O tipo que Albie tinha usado, mesmo com as provocações dos outros. Mas Sloane nunca vira nada parecido em Genetrix. As pessoas dali usavam instrumentos elaborados e antiquados: canetas de pena, canetas-tinteiro, estiletes de metal adaptados com esferográficas.

— Essy! — chamou Sloane.

A voz de Esther soou:

— "Meu segundo campeão morreu." Meu Deus, Sloane.

As duas se entreolharam.

— O *segundo* — repetiu Esther.

— Nós não erámos os segundos? — perguntou Sloane, esquecendo-se da folha de caderno em sua mão por um momento. — O escolhido de Genetrix foi o primeiro, e depois nos trouxeram para cá... não foi?

— Essa foi a história que nos contaram — respondeu Esther, com um olhar distante.

— Continue.

Minha busca continuará — precisa continuar — até que um candidato adequado se apresente. Vasculharei incontáveis mundos durante toda a minha vida, se precisar...

— Bando de mentirosos — rosnou Sloane.

— Quantos foram? — Esther olhou para a amiga. — Dezenas? Centenas? Se não sobreviveram, como a gente vai conseguir? Mal conseguirmos vencer o *nosso* Tenebroso, e isso em um mundo que não conhecia a magia... — Ela se engasgou e ficou em silêncio.

— Se Nero está mentindo sobre isso, pode estar mentindo sobre várias outras coisas — observou Sloane. — Sobre ser assim tão difícil nos enviar de volta para a Terra, por exemplo. — Ela atravessou a sala e colocou as mãos nos ombros de Esther. — Não surte. Ainda não, pelo menos.

Esther encarou o papel amassado entre a mão de Sloane e seu próprio ombro.

— O que é isso?

— Era um tsuru de papel — explicou Sloane. — Ele me lembrou de...

— Ah.

Algo como pena suavizou o olhar de Esther, e Sloane se afastou.

— A gente já encontrou o que veio buscar, agora vamos, antes que Nero...

— Receio que seja tarde demais para isso — interrompeu Nero, dando uma batidinha na fechadura que trancava a porta.

A estrutura caiu no chão com um estrondo alto.

Sloane instintivamente brandiu a folha de caderno na direção de Nero. Os três — Nero, Esther e Sloane — ficaram olhando o papel empunhado como uma espada até que ela o abaixou.

Por um momento — quando Nero pisou com força na porta caída, os dentes cerrados, o cabelo loiro caído nos olhos —, Sloane viu alguém que a amedrontava. Mas então ele alisou o suéter cinza com as mãos, sacudiu o cabelo para longe do rosto e voltou a ser a brandura em pessoa.

— Não sei o que fiz para provocar uma suspeita tão grande a ponto de vocês invadirem minha oficina — comentou ele em tom inexpressivo.

Sloane sentiu um desejo repentino e desesperado de apertar o máximo possível o ponto vulnerável que acabara de descobrir em Nero.

— Bem, teve aquela história de sequestrar três pessoas de uma dimensão paralela — ironizou Sloane. — Mas, mais recentemente, foi Élia ter se referido ao Escolhido no feminino e no masculino na mesma conversa.

— Ah. — Nero passou os dedos pela maçaneta da porta. — Eu disse a ela que você tinha percebido, mas Élia não me deu ouvidos.

— Viemos aqui atrás de provas — explicou Sloane. — Então, a menos que seus diários sejam o rascunho de seu primeiro romance... bem fraco, aliás...

— Quantos foram? — A pergunta de Esther foi repentina e estridente. Ela avançou na direção de Nero, parecendo prestes a estrangulá-lo. — Quantos Escolhidos foram arrancados de suas dimensões para lutar contra o seu maldito Tenebroso?

— A única razão para não terem sido informados é que não queríamos assustá-los — esclareceu Nero. — Nenhum de vocês. Ainda mais porque não conheciam a magia, não...

— Imagino que esses cadernos sejam bem valiosos — apontou Sloane, pegando um dos diários e segurando-o bem aberto, como se estivesse prestes a rasgá-lo ao meio.

— Na verdade...

Sloane puxou as duas metades do diário, rasgando a encadernação.

— Não precisa ser...

— Na verdade, acho que preciso, sim — insistiu Sloane. — Considerando que você não mencionou que somos, sei lá, os décimos a virem lutar sua batalha mortal por vocês.

— Vocês — falou Nero, em voz baixa — são os quintos.

— Os *quintos*?! — gritou Esther.

— Trouxemos outras pessoas antes porque *não* queríamos colocar usuários de magia inexperientes para combater o Ressuscitador — contou Nero, erguendo a voz. Ele formou um punho com a mão do sifão e faíscas dançaram sobre as placas de metal. — Vasculhamos os universos com Escolhidos bem-sucedidos que também eram competentes usuários de magia. Todos foram vencidos pelo Ressuscitador. Tudo pelo bem da Terra e de Genetrix. Por fim, não aguentamos mais tantas perdas. Decidimos que um interesse pessoal na luta talvez pudesse compensar a falta de experiência com magia. Então trouxemos vocês. Sim. Após dez anos de batalhas, finalmente trouxemos vocês.

Nero fez uma careta para a própria mão como se o estivesse desobedecendo. As faíscas desapareceram.

— Nunca ocorreu a vocês que não precisavam de um Escolhido? — perguntou Sloane.

— Você fala como se outras pessoas não tivessem tentado derrotá-lo — retrucou Nero. — Para cada Escolhido, pelo menos dez homens e mulheres comuns morreram tentando vencê-lo, sem contar, aliás, os milhares de pessoas que morreram nos Drenos.

As bochechas de Esther estavam úmidas de lágrimas.

— Eu omiti essa informação porque é alarmante... e desmoralizante — continuou Nero, falando baixo outra vez. — Porque eu não queria que nenhum de vocês se sentisse derrotado antes mesmo de tentar. Eu sabia que você, Sloane, ainda estava particularmente frágil, incapaz de acessar sua magia de maneira constante, e aí você foi levada pelo Ressuscitador e...

— Eu não sou frágil — interrompeu Sloane.

— Não tive intenção de insultá-la — assegurou Nero. — Mas você sofreu um grande trauma nas mãos do Tenebroso, e...

— *Cala a boca.* — Foi Esther quem o interrompeu dessa vez. Ela secou as bochechas e puxou a gola rígida da blusa para chamar atenção para o sifão. — Ou vou botar fogo em você.

Nero ergueu a palma das mãos.

— Vamos embora — disse Esther a Sloane. — Temos que contar a Matt. A menos que você tenha outras mentiras para confessar.

Sloane fez o possível para parecer digna enquanto mancava atrás de Esther em direção à porta. Quando chegaram à entrada, Nero falou novamente:

— Não se esqueçam — disse ele, a voz fria provocando um arrepio em sua nuca. — Vocês ainda precisam de mim para voltar para casa. E precisam matar o Ressuscitador se quiserem ter um mundo para onde voltar.

Sloane não se virou; apenas continuou mancando em direção ao elevador.

— Trouxe um presente — anunciou Matt da porta do quarto de Sloane. Tinham passado a se referir ao cômodo como "o Quarto Branco", por razões óbvias. O de Matt era "a Choupana" e o de Esther era "a Igreja".

Sloane se recostava na cabeceira da cama. Esther, de calça mole-tom, estava sentada no chão, com dois dedos enfiados em uma jarra de manteiga de amendoim. Os três tinham começado a comer manteiga de amendoim — em sanduíches, maçãs e bolachas — porque a marca, Nutty Buddy, era a mesma na Terra e em Genetrix, e o sabor também. Era uma das únicas equivalências perfeitas que encontraram.

Matt ergueu uma garrafa com um líquido escuro.

— Uísque. Fornecido por Cirila.

Esther aplaudiu.

— Essa é a forma dela se desculpar por não ter nos contado que estamos fodidos? — perguntou Sloane da cama.

— Ela não sabia — disse Matt. — Só trabalha para Élia há um ano.

Sloane bufou.

— Não desdenhe de quem conseguiu uísque para nós — retrucou Matt — só porque você acabou de ter sua crença de Nunca Confiar em Ninguém confirmada.

— Minha visão de mundo está certa e quer que eu não me vanglorie?

Matt riu, e por um momento os dois foram o que tinham sido antes. Ele desenroscou a tampa, tomou um gole do uísque e passou a garrafa para Esther.

— Mas eu não concordo que estamos fodidos — disse Matt.

— Nós somos os quintos na fila para lutar contra o Ressuscitador — rebateu Esther. — Somos os únicos que não sabem usar magia direito. Um de nós já foi sequestrado.

Ela se sentou e ofereceu a garrafa a Sloane, que a pegou e tomou um gole.

O uísque tinha gosto de baunilha e amendoim. Sloane fez uma careta e devolveu a garrafa para Matt.

— Estamos fodidos — concluiu Esther.

— Mas aí é que está! — Matt se sentou no chão ao lado de Esther, tomou um gole da garrafa e a passou para ela. — Essa coisa de a história se repetir não me parece tão ruim.

Sloane ergueu uma sobrancelha.

— Se a história quer se repetir, tudo bem por mim — continuou Matt. — Nós *vencemos* da última vez, lembra?

Esther apontou a garrafa para Matt.

— Até que ele tem razão.

— Sei lá — disse Sloane. — Acho que a gente não devia lutar.

— E deixar o Ressuscitador destruir os dois universos? — indagou Matt.

— Nero mentiu sobre isso, o que significa que todo o restante pode ser mentira também. Talvez os universos não estejam conectados. Talvez o Ressuscitador não seja nosso inimigo. O...

— Não seja nosso inimigo?! — Matt estava incrédulo. — Ele sequestrou você. Matou sabe-se lá quantas pessoas. Estava controlando o Dreno!

— Eu sei. — Sloane encostou a mão na testa. — Eu sei, está bem? Só estou dizendo...

— Nós confirmamos a conexão entre os universos — lembrou Esther, entregando a garrafa a Sloane. —Você encontrou aquela matéria de jornal.

— Aquela matéria não é prova definitiva. E agora sabemos que Nero mentiu.

— E sabemos que o Ressuscitador matou — argumentou Matt.

— Não estou dizendo que a gente devia ir tomar uma cerveja com ele ou algo assim, só que devemos ter mais cuidado e confirmar as coisas que Nero diz!

Sloane estendeu a garrafa para Matt, que pegou o uísque e bebeu.

— É. Tudo bem.

* * *

Algumas horas depois, o uísque estava quase no fim, e Esther dormia na ponta da cama. Sloane segurava a garrafa no colo e Matt estava no chão, encostado na parede. Já fazia um bom tempo que não falavam nada, mas nenhum deles foi embora. Sloane não queria sair dali. Queria ficar na companhia tranquila deles o máximo possível.

— É uma merda — disse Matt, do nada.

Sloane assentiu.

— Não sei como não estar com você — continuou ele. — Não vou conseguir namorar ninguém normal na Terra. Não posso abandonar você completamente.

— Bem, você *poderia* — contrariou Sloane.

Ele balançou a cabeça.

— Não. Você e eu, Esther e Inês... estamos juntos para o resto da vida. É como um casamento. Na alegria e na tristeza. Na saúde e na doença...

Sloane apertou a garrafa de uísque com força.

— Você já pensou que talvez a gente devesse ficar aqui? — perguntou Matt. — Aqui ninguém sabe que somos Escolhidos. Seria possível ter um encontro de verdade. Sem todo mundo olhando. Sem ninguém pedir um autógrafo.

— Você não ia conseguir a melhor mesa do restaurante só piscando o olho — lembrou Sloane.

— É. — Ele suspirou. — E provavelmente seriam racistas comigo. Não dá para ter tudo.

Sloane sufocou uma risada. Na verdade, não era engraçado — nada daquilo era —, mas, graças ao uísque, o riso borbulhava dentro dela como uma bebida com gás, e tudo parecia um pouco mais suave. Sloane pigarreou, tentando trazer a nitidez das coisas de volta.

— Você vai encontrar um jeito — afirmou. — Nós dois vamos. Nós vamos descobrir como ser amigos.

Matt fungou e secou uma lágrima que escorreu por sua bochecha.

— Eu sei.

— Eu não estou bem — confessou Sloane. — Sei que pareço estar. Me sinto bem enquanto posso fazer alguma coisa, mas quando voltarmos para casa, quando eu parar... — Ela fez um barulho de explosão. — A Slo vai explodir.

— Acho que isso não deveria ter sido reconfortante — falou Matt. — Mas foi.

Ela colocou a garrafa na mesinha de cabeceira e fechou os olhos.

29

Não demorou muito para Matt exigir mais provas da conexão entre os universos e Élia concordar em apresentá-los. Era impossível ela não ter ficado sabendo que Sloane e Esther invadiram o escritório de Nero, então provavelmente queria acalmá-los. Essa era a teoria de Sloane, pelo menos. Assim, apenas dois dias depois, Élia, Cirila, Sloane, Matt e Esther se viram na beira do rio, olhando para a água.

Dois anos após a queda do Tenebroso, os cinco Escolhidos haviam comparecido à cerimônia para tingir o rio Chicago no dia de São Patrício. Esther usara um vestido verde de lantejoulas e uma peruca verde para combinar, parecendo a rainha de um desfile. Eles ficaram no convés de um barco, o pó laranja sendo pulverizado e tornando a água escura colorida enquanto uma multidão aplaudia.

— Há lugares onde as fronteiras de nossos universos parecem ser mais permeáveis — explicou Élia. — Conseguimos detectar alguns. A água parece ser um elemento comum entre eles. Este é um desses locais.

Sloane pensou no míssil balístico disparado pelo USS *Tenebris* em direção à parte mais profunda do oceano.

E em seu mergulho para buscar a Agulha, quando os pés de pato a impulsionaram mais fundo do que ela deveria ter ido.

E na explosão que a lançara na água no dia em que o Tenebroso morrera, e o brilho sombrio de sua bochecha quando ele se virou.

Água, pensou. *Certo.*

— Não temos o poder necessário para penetrar a barreira entre nossos universos agora — continuou Élia. — Nada será capaz de atravessá-la. Entretanto, nosso antigo Escolhido nos ensinou que a magia pode ser... observada. Podemos fazer uma operação para ajudar um de vocês a perceber as conexões mágicas existentes. Mas precisamos que um de vocês nade até o ponto onde a barreira é mais fina para testemunhar essa conexão entre os dois universos. Quem sabe nadar melhor?

Sloane sentiu todos olharem para ela. Afinal, fora a primeira a emergir desse mesmo rio e quem havia tirado certificação de mergulho para buscar a Agulha. E passara os verões na piscina do bairro com Cameron, os dois competindo para ver quem prendia a respiração por mais tempo...

— Eu — respondeu Sloane, apresentando-se.

Élia contorceu a boca como se estivesse chupando uma bala, mas assentiu. Estava usando três estampas em preto e branco diferentes: calça pantalona listrada, um casaco *pied-de-poule* com uma longa fileira de pequenos botões e uma capa xadrez com gola alta. Ela lembrava uma artista de circo.

— Podemos fazer uma operação para que consiga respirar debaixo d'água por um curto período de tempo — disse Élia. — Se você concordar.

— Está bem. — Sloane se curvou para desamarrar o cadarço do sapato. A outra perna ainda estava dentro do sifão. — Claro.

Enquanto Élia fazia uma operação que manteria Sloane aquecida na água fria, Cirila tirou um grande lenço de uma das mangas, sacudindo-o como um mágico realizando um truque. Ela o colocou por cima do nariz e da boca de Sloane e o amarrou na parte de trás da cabeça. Então Élia juntou a ponta dos dedos e soltou um trinado de seu implante dentário, uma nota mais aguda do que seria capaz de cantar. Sloane estremeceu com o barulho, mas o lenço se inflou em torno de seu rosto como um balão, formando uma reserva de ar.

Ela tirou a camada externa de roupas e caminhou até a beira do rio de blusa e calcinha. Suas pernas estavam arrepiadas. Olhou para a água turva e não viu um reflexo.

— E agora a operação que a ajudará a enxergar as conexões — explicou Élia, segurando o ombro de Sloane.

Ela sentiu o frio das placas do sifão através do tecido da blusa. Cirila apertou seu outro ombro. A nota do implante de Élia foi tão grave que Sloane mal conseguiu ouvi-la, apenas sentiu a vibração na parte de trás do pescoço. Cirila se juntou a Élia em um tom mais agudo e dissonante. Então as duas mulheres afastaram as mãos.

Sloane se virou e viu... luz. Fios de luz envolvendo Cirila, Matt, Esther e Élia. Indo dos seus pés até o chão, penetrando nas rachaduras da calçada de concreto. Feixes de luz como raios de sol atravessavam os prédios atrás deles. A luz brilhava pelas janelas dos arranha-céus e envolvia as construções como barbante ao redor de um ioiô. A cidade estava iluminada pela magia, cheia dela.

— Pode ir — disse Élia, e a luz se derramou de sua boca como uma cachoeira. — Ou ficará sem ar.

Sloane dobrou os joelhos e mergulhou.

Sob a superfície, a água estava escura como a de um lago, mas a luz do mundo acima a seguiu. Ela moveu as pernas como um sapo, sentindo falta dos pés de pato. Conseguia respirar, mas a pressão contra seus ouvidos era perceptível.

Uma corda de magia se estendia pela água. Sloane não a tinha visto de fora, mas ali no rio era da grossura de seu braço. Nadou junto a ela, cada chute a levando mais e mais para baixo.

Nunca havia se sentido tão profundamente sozinha antes — não só isolada ou solitária, mas realmente *sozinha*, a única pessoa na escuridão que se estendia para sempre, apenas na companhia da corda.

Mesmo que não enxergasse a corda, Sloane saberia que havia alguma coisa errada naquele lugar. Sentia um formigamento nos dedos. O rio Chicago tinha no máximo seis metros de profundidade, e Sloane já havia nadado mais do que isso. Onde quer que estivesse, não era no fundo do rio em Genetrix.

E então ela viu um lampejo de luz à frente, onde acabava a corda. Um brilho dourado. Bateu as pernas com mais força, nadando em direção à luz, seguindo a corda como uma criança procurando o fim de um arco-íris. Sua cabeça estava presa no aperto da magia; seus braços e suas pernas formigavam. Sloane sentia como se a água estivesse vindo em sua direção, formando um túnel preto. As plantas que cresciam no fundo do rio roçavam seus joelhos nus.

O brilho era um fio de prata. Não, apenas parecia prata. Era a Agulha.

Assustada, Sloane parou de nadar e se levantou. Bateu a cabeça em algo duro e irregular; um bloco de concreto. Colocou a palma da mão contra o obstáculo e virou para que ficasse abaixo dele. Além do concreto, havia um pedaço de metal retorcido. A massa tomou forma conforme se aproximava: era enorme, mais larga do que a envergadura de Sloane se abrisse os dois braços, sumindo no metal ao redor.

Era a parte de cima de um P.

Tinha sido uma das letras imensas na Trump Tower, até que a magia que matara o Tenebroso destruíra o edifício. Sloane havia mergulhado entre os escombros que submergiram até o fundo do rio, à procura de qualquer sinal do corpo do Tenebroso. Estavam acima dela. Abaixo dela.

Sloane olhou para cima — para baixo —, para as plantas que cresciam de maneira surreal em direção aos escombros. Havia detritos entre as hastes: latas de refrigerante, garrafas de vidro, uma calota deformada, fragmentos de metal com o logotipo da Abraxas. Aquilo estava em Genetrix.

E abaixo — acima — dela, os destroços da torre que eles destruíram ao matar o Tenebroso.

Flutuando ali, mas de alguma maneira imóvel, estava a Agulha.

Sloane foi atraída por seu magnetismo, sentiu o calafrio que percorria seu corpo sempre que pensava nela. Parecia que poderia nadar e simplesmente puxá-la com dois dedos. A Agulha a queria. Ela sabia disso. E Sloane também a queria. Mas quando estendeu a mão, errou, como se tivesse calculado mal a distância. Quando tentou de novo, a mesma coisa se repetiu, seus dedos passando à direita da Agulha.

Estranho.

Estava prestes a tentar uma terceira vez quando vislumbrou outra coisa. Algo pálido e veloz, como um peixe sem o brilho das escamas. Ao se virar, o ser tomou a forma de um homem: cabelo flutuando, com um aspecto macio devido à água; roupas escuras; sapatos com sola de couro duro. O terror apertou seu peito.

O Tenebroso.

Era só uma lembrança. Uma alucinação. Tinha que ser. Sloane estava ficando sem ar e isso confundia sua cabeça. Precisava voltar.

Em vez disso, impulsionou-se para a frente com toda a energia que possuía, as pernas como as de um sapo, as mãos estendidas. Sloane viu as cicatrizes no dorso da mão direita, onde a Agulha esteve, e bateu as pernas com mais força, tentando alcançar o sapato. Viu a sombra à sua frente, e o brilho da magia que a envolvia, gritou na água, sentindo o gosto de plantas e mofo.

A sombra diminuía e os escombros haviam desaparecido, assim como a Agulha e as plantas do rio. Ela nadou com mais ímpeto, até as pernas e os braços arderem...

E rompeu a superfície do rio, encontrando os rostos de Esther e Matt logo acima.

— Acho... — Ela tossiu, agarrando as mãos que lhe estenderam. Então arrancou o pano do rosto, cuspiu um pouco de água e começou de novo: — Acho que o Tenebroso... o *nosso* Tenebroso... ainda está vivo.

— É impossível — sentenciou Esther, balançando a cabeça.

Ainda estavam na margem do rio. Élia havia secado Sloane com uma operação, e ela vestia a calça, os braços e as pernas tremendo de cansaço.

— Nós nunca encontramos o corpo — lembrou Sloane.

— Você mergulhou no rio — insistiu Esther. — Você encontrou o botão dele, parte do casaco... havia tantos escombros...

— Queríamos tanto que ele morresse que nos convencemos de que tinha morrido!

— Então por que ele não voltou para acabar com a gente? Não é como se fôssemos tão assustadores que ele teve que correr para outra dimensão para fugir! — argumentou Esther. Seus gestos estavam exagerados e frenéticos; quase acertou o rosto de Matt antes que ele se afastasse.

Nem Matt nem Élia haviam falado ainda; pareciam se dar por satisfeitos em assistir à discussão de Sloane e Esther.

— Eu não sei — retrucou Sloane. — Talvez já tivesse terminado o que foi fazer na Terra. Talvez estivesse cansado de brincar com a gente e quisesse brinquedos novos. Não sou um supervilão escroto, não entendo a lógica!

— Mas você entende a lógica das alucinações subaquáticas? — perguntou Esther. — Você o vê nadando para longe e de repente tem certeza de que ele está vivo, e é para a gente acreditar em você?

— Quando foi que meu instinto falhou quando o assunto é o Tenebroso? — questionou Sloane. — *Eu* disse que ele ia cair na nossa armadilha, e ele caiu. *Eu* disse que seria uma boa isca, e eu fui. *Eu* disse para deixar Albie vir lutar com a gente, e ele acabou sendo decisivo para vencermos. E *eu* era a única que estava tão convencida de que o Tenebroso ainda podia estar vivo que mergulhei no rio Chicago, o que foi uma experiência *bem* desagradável, e sim, agora espero que vocês acreditem que meu instinto não está errado! Parece tão louco assim?

Esther encarou Sloane, os olhos cheios de lágrimas. Sloane achou que, independentemente do que acontecesse com eles depois, sempre se lembraria de Esther daquele jeito: os braços caídos ao lado do corpo, os olhos brilhando, a lua iluminada atrás de si.

— Sloane — chamou Matt, e ela ficou tensa, embora não soubesse o porquê. — Seu instinto nunca errou... *antes*. Mas agora ele lhe diz várias coisas. Que você ainda é prisioneira do Tenebroso no meio da noite, quando está na nossa cama. Que você podia confiar naquele cara, o Mox, que deve ter delatado você para o Tenebroso. Que você precisava visitar o Bert de Genetrix...

—Vai se foder — disse Sloane em voz baixa. — Não ouse usar meu pânico noturno contra mim. Você só está com raiva porque meu instinto me disse para terminar com você. É óbvio que deve ter alguma coisa errada com minha cabeça se eu não quero me casar com o Escolhido mais perfeito de...

— Puta merda, Sloane, esse é o seu problema, você não sabe brigar sem dar um golpe baixo, sempre foi assim!

— Vocês dois, *parem agora*! — ordenou Esther, sufocando um soluço. — Eu não aguento mais. Preciso voltar para casa. Ok? Preciso. Minha mãe está morrendo. Então, por que não param de brigar feito duas crianças e me digam logo o jeito mais rápido de fazer isso?

Matt e Sloane se encararam. Ele mexeu a mandíbula como se mastigasse um pedaço de carne dura. Sloane apenas olhou para o rio, cansada. Não se lembrava mais por que tinha tanta certeza de que o Tenebroso ainda estava vivo, de que ele atravessara a barreira entre os universos em vez de morrer, só sabia que estava certa... e ninguém, nem mesmo Esther, acreditava nela.

— É enfrentando o Ressuscitador — respondeu Matt. — Se nós o matarmos, eles nos mandam de volta para casa. É a nossa melhor chance.

— Sloane?

Ela foi tomada pela mesma sensação de que havia algo *errado* que sentia perto da Agulha, como se suas entranhas tivessem trocado de lugar, como se o mundo tivesse se transformado em um pesadelo sem que ela se lembrasse de ter ido dormir.

— Está bem — disse, por fim. — Certo. Vamos fazer isso.

Mas ela não sabia se concordava mesmo ou se só queria que Esther parasse de chorar.

PARTE
TRÊS

A manifestação de desejos impossíveis: uma nova teoria da magia

Arthur Solowell

O que é um desejo, então? Podemos começar dizendo o que não é. Um desejo não é um capricho. Não é uma vontade passageira em uma tarde ensolarada. Um desejo é uma ânsia profunda, um querer enraizado que não pode ser negado. É por isso que é impossível obrigar alguém a realizar um ato de magia que a pessoa não deseje de verdade. A magia requer desejo, e um desejo não pode ser coagido ou manipulado.

Pode acabar ficando claro para nós, conforme a magia for se desenvolvendo e mudando em nosso mundo, que não devemos confiar a certas pessoas a abundância de poder oferecida pela magia. Não porque sejam más, mas porque têm problemas incorrigíveis. Elas podem andar por aí como se seus desejos estivessem em conformidade com os das pessoas normais, mas talvez não seja o caso; quando fazem magia, seus verdadeiros eus serão expostos diante de si mesmos e de todos nós.

Em outras palavras, a magia é um espelho. Ela nos mostra quem somos, e nem sempre gostamos do que vemos.

MEMORANDO PARA REGISTRO

PARA: Diretor, Agência Central de Inteligência (CIA)

DE: James Wong, Pretor do Conselho de Cordus

ASSUNTO: Profecia do Projeto Delfos

Conforme solicitado, incluí as palavras exatas da profecia de ███████, codinome Sibila, feita em 16 de fevereiro de 1999, conforme verificado pelo Conselho de Cordus:

Será o fim de Genetrix, a destruição de mundos.

Há algo entre Genetrix e seu gêmeo. O Tenebroso vai destruí-lo, e os mundos serão esmagados um contra o outro, causando o fim de tudo.

O Tenebroso de Genetrix estará oculto, mas não em segredo, e com uma sede que nunca será saciada. Seu Igual, marcado pela magia desde o nascimento e dominado por um poder até então desconhecido por nós é a esperança de Genetrix.

Duas vezes os iguais se encontrarão, e o destino dos mundos estará em suas mãos.

ULTRASSECRETO

Do diário de Nero Dalche, Conselheiro de Cordus:

Em resumo, para cruzar a fronteira de outro universo é preciso simplificar nosso entendimento do que esse ato implica. A magnitude de passar de um mundo para outro é demais para o cérebro humano, não importa o quão avançado seja; portanto, as pessoas não são capazes de convocar o nível apropriado de desejo, conforme definido por Solowell em A manifestação de desejos impossíveis. No entanto, se simplificarmos o conceito para que qualquer um seja capaz de entendê-lo, poderemos transportar pessoas de qualquer capacidade intelectual entre dois universos.

A comparação que escolhi é a da hospitalidade básica. O universo de alguém pessoa é sua casa. A barreira permeável entre os universos é como a porta dessa casa. Se um visitante educado deseja entrar no lar de alguém, ele bate na porta e a pessoa abre para deixá-lo entrar. É assim também com os universos: você deve estender sua mágica para "bater" e um habitante do outro universo deve "abrir a porta".

Um fator complicador é que o tempo se comporta de maneira diferente entre os universos. Você pode achar que está batendo na porta deles em uma quarta-feira às dez da manhã, um horário razoável; no entanto, no outro universo, sua batida pode vir à meia-noite ou vinte anos depois, quando o dono da casa já morreu há muito tempo.

30

Um vento frio deu um jeito de entrar pelo capuz da capa de Sloane e fazê-la tremer. O sol havia se posto algumas horas antes, e ela estava no limiar entre a Wacker Drive e o local do último Dreno, seu último posto de controle antes de ir para a posição.

Até Esther tinha, enfim, concordado com Matt. *Desde que chegamos, você está dando uma de forte*, Esther dissera a Sloane, baixinho, naquela noite. *Seus sentimentos tinham que vir à tona em algum momento, não é? É a maneira do seu cérebro mostrar o que você está reprimindo.*

Ela quase a convencera. Independentemente do que mais tivesse visto debaixo da água, Sloane estivera em um lugar onde os dois universos se tocavam. A Terra e Genetrix estavam conectadas; Nero não havia mentido sobre isso. O que significava que precisavam salvar Genetrix para salvar a Terra. Já haviam derrotado um assassino em massa antes. Usariam a mesma estratégia para derrotar o outro.

Assim, sua função era atrair o Ressuscitador até um espaço aberto. Sloane andaria pela Congress Parkway até passar por baixo do Old Chicago Main Post Office, o esconderijo do Ressuscitador e seu exército. Teria que ir sozinha, mas, depois que o encontrasse, o Exército Esplandecente se juntaria a ela.

Ela já havia feito isso antes. Fora sozinha à ponte Irv Kupcinet na Terra para servir de isca para o Tenebroso. Conhecia muito bem a dormência que tomava conta do seu corpo. Se não estivesse vendo a ponta da bota afundando nos escombros, talvez não soubesse que ainda estava pisando no chão. Mas continuou avançando, exatamente como fizera da outra vez.

Sabia que caminho seguir através dos escombros deixados pelo Dreno. Durante os últimos dois meses, as autoridades da cidade tinham se dedicado a limpar a área, mas ainda havia uma confusão de tijolos, tábuas quebradas e corpos sendo retirados dos porões. Pessoas de todos os tipos reviravam os destroços em busca do corpo de entes queridos, mas Sloane queria lhes dizer para desistir. Seus entes queridos provavelmente tinham virado pedacinhos; era o que sempre acontecia com as vítimas de um Dreno.

Sloane usava uma capa de Élia, pesada e escura. Flocos de neve de uma frente fria no fim da primavera flutuavam sob a luz das lâmpadas de emergência, derretendo ao tocar o chão. Os dedos de Sloane estavam gelados, mesmo agarrando a capa. Ela insistira em usar suas próprias roupas por baixo: o traje preto do velório de Albie, o mesmo que usava quando apareceu em Genetrix.

Sloane chegou ao lado oposto da área do Dreno, as botas sujas de poeira. Caminhou um quarteirão rumo ao oeste, depois começou a atravessar a mesma ponte que cruzara mancando com o tornozelo quebrado, semanas antes.

Desde então, vinha sonhando não com o Tenebroso, mas com o Ressuscitador. No entanto, não eram pesadelos — apenas uma reprodução da breve conversa dos dois, a mesma coisa todas as vezes. *Você está sendo injusta. Você e seus amigos vêm me matar e não posso revidar?*

Ela ficara encarregada de estudar a morte dos Escolhidos convocados de outros mundos. Apesar de Nero ter prometido ser mais transparente, ele e Élia ainda distribuíam as míseras informações que tinham aos poucos. Era como ter apenas algumas peças de um quebra-cabeça, que não se encaixavam. Todas levavam a perguntas que Nero e Élia se recusavam a responder.

Sloane não gostava nada daquilo. Não confiava neles.

Este mundo, o seu mundo, eles se destroem sozinhos. Todos os mundos são assim. Eles não precisam de mim, dissera o Ressuscitador. Ele não se parecia com o Tenebroso. Nem uma versão paralela ou o homem em si.

Outra peça que Sloane não conseguia encaixar.

Ela parou no meio da ponte e olhou para a água. Não sabia o que pensar. Não sabia se o Ressuscitador era o Tenebroso por baixo de todos os sifões e da capa dramática. Não sabia se o Ressuscitador estava provocando os Drenos ou quantos Escolhidos haviam morrido fazendo exatamente o que estava prestes a fazer.

Precisava descobrir.

Então voltou a andar.

Parada no beco entre o Old Chicago Main Post Office e o prédio ao lado — ela pesquisara o nome: era o Chicago Central Carrier Annex —, Sloane encontrou a janela pela qual havia pulado ao escapar do Ressuscitador. Não parecia tão alta naquele momento, semanas depois. Mas era alta demais para ela conseguir subir sem ajuda.

Amarrou um cachecol ao redor do rosto para que apenas os olhos ficassem visíveis e conferiu a posição do capuz. Sua capa era sofisticada demais para se mesclar ao exército esfarrapado do Ressuscitador, mas não havia o que fazer quanto a isso. Sloane contornou o prédio em busca de uma entrada.

Quase na Harrison Street se deparou com uma porta de metal. A maçaneta de puxar tinha uma fechadura embutida. *Bom*, pensou. *Não é uma tranca de segurança.* Sloane vasculhou o chão em busca de algo para usar como martelo. Teve que voltar ao beco, mas finalmente encontrou um pedaço de concreto tão grande que mal conseguia envolver com a mão. Iria servir.

Segurando-o com as duas mãos, ela golpeou a maçaneta. A porta estremeceu. Sloane acertou a maçaneta de novo, de novo e de novo. Lascas de concreto começaram a se soltar, e havia arranhões bem grandes no metal. Continuou batendo até a maçaneta soltar, pendendo da porta pelos mecanismos internos.

Sloane forçou a porta e adentrou o que parecia ser uma antiga área de carga e descarga. O espaço estava tomado de equipamentos enferrujados e cobertos por uma grossa camada de poeira. Havia correias transportadoras e rampas, paletes e escadas podres, cestos grandes o suficiente para carregar uma pessoa com rodinhas quebradas.

Ela tentou imitar o andar desajeitado e manco dos mortos-vivos que a levaram até ali da primeira vez. Entrara pelos fundos, mas o exército do Ressuscitador podia estar à espreita. Ao atravessar a porta interna do compartimento de carga e descarga, saiu em um corredor gasto com chão deformado. Tábuas de madeira quebradas atravessavam o carpete marrom-avermelhado, e havia pedaços da parede e do teto pelo caminho. Sloane os contornou como se estivesse brincando de "lava" com Cameron na sala de casa: o que não fosse carpete marrom era lava.

Tentou fazer um mapa mental do prédio. Virou em um corredor e entrou na escada de emergência. Até então, tudo estava silencioso. Ela subiu dois lances de escada para chegar ao andar de onde havia pulado. Seu tornozelo continuava fraco, mas o sifão havia acelerado a cicatrização dos ossos.

Sloane logo chegou à porta do escritório em ruínas que continha o colchão e os pedaços de sifões. O lugar onde o Ressuscitador parecia morar. Os lençóis com estampa de flores ainda a desnorteavam. Pareciam comicamente deslocados.

Ela tirou a capa pesada. O traje a atrapalharia, e não precisava mais esconder quem era. Tirou a faca militar da bainha presa ao quadril, entrou furtivamente no escritório e se agachou ao lado de uma das escrivaninhas, atrás da parede do cubículo.

Então esperou o Ressuscitador retornar.

Matt e Esther ficariam enfurecidos se soubessem que não estava seguindo o plano. Talvez até a odiassem por isso. Mas eles deveriam ter desconfiado quando ela concordou em ser isca outra vez, pensou Sloane. Além disso, não havia abandonado o plano. Só... alterado o cronograma.

Então esperou.

Seus batimentos cardíacos ainda estavam acelerados quando ouviu passos no corredor. Mas nada de vozes; ele vinha sozinho. Quando a porta se abriu, ela ouviu sua respiração pesada e o farfalhar de tecido ao seu redor. Sloane inclinou a cabeça para trás, apenas o suficiente para ver o capuz dele por cima da parede do cubículo, e então se levantou, contornou o móvel e atacou...

Tirou o capuz do Ressuscitador com uma das mãos e encostou a faca no seu pescoço. Puxou a cabeça dele para trás pelo cabelo escuro e comprido, pressionando a lâmina para que ele sentisse como era afiada.

— Olá — cumprimentou Sloane.

Podia sentir seu calor, sua vida. Sabia que o Ressuscitador era humano, mas uma parte de Sloane se perguntara se não seria como seu exército, mais pó que homem. A respiração acelerada dele chiava ao sair pelo sifão.

— Fique com as mãos paradas — ordenou ela.

Manteve a faca acima do sifão que cobria o pescoço, e, com a mão livre, começou a desfazer o fecho do sifão de pulso. Era tão estranho roçar sua pele enquanto buscava o cordão e o puxava. Por fim, o sifão caiu no chão, pesado. Ela trocou a faca de mão para poder soltar o do outro pulso.

Sloane percebia sua própria respiração, que estava acelerada e ruidosa, igual à dele. Todos os sons pareciam abafados. O Ressuscitador quase matara Ciro com apenas um apito. O que poderia fazer antes que ela o detivesse? E ali estava Sloane só com uma faca militar feito uma idiota.

— Eu devia ter imaginado que você voltaria. — A voz dele soou metálica, distorcida pelo sifão. — Como é uma heroína de verdade e tudo mais. Vocês adoram uma missão suicida.

Sloane soltou uma risada áspera.

— Suas suposições sobre meu caráter estão tão erradas que chega a ser engraçado. Não vim aqui para matar você. Caso contrário, já teria cortado seu pescoço. Também não vim aqui para morrer.

Ele estendeu as mãos ao lado do corpo. Eram grandes e pálidas, com juntas estranhamente delicadas.

— Cortar meu pescoço teria sido mais inteligente — disse ele.

— Eu até queria, mas isso atrapalharia meu propósito. Vim aqui para fazermos uma troca — explicou Sloane. — A verdade pela verdade.

— Verdade... — repetiu ele. — Nem sei mais o que é isso.

— Ah, pelo amor de Deus, não seja um daqueles vilões que fazem discursos poéticos sobre um monte de baboseiras existencialistas, porque aí sim vou esfaquear você. Que tal começar respondendo isso: quem diabos é você?

— Você ainda não sabe?

Quando ela permaneceu em silêncio, o Ressuscitador ergueu as mãos, devagar, até o rosto. Sloane manteve a faca firme. Ele abriu as travas do sifão que cobria seus olhos e o afastou. Sloane viu seu reflexo nas janelas, mas não era nítido — apenas palidez e um contorno no escuro.

Ela se moveu para observá-lo de frente. O homem se manteve imóvel, as mãos erguidas, as palmas voltadas para a frente. Seus pulsos tinham cicatrizes deixadas pelos sifões, o tipo de marca que surge quando se usa algo todo dia, durante anos. A boca e o nariz ainda estavam cobertos, mas os olhos eram escuros, intensos e familiares. Sloane riu.

— Mox! Então imagino que não tenha me encontrado *por acaso* aquele dia no centro cultural.

Ele abriu o trinco do sifão de boca, enxugou o suor do queixo e deixou os dois sifões na mesa ao seu lado. Estava com um aspecto pior do que da última vez em que Sloane o vira: pálido, com olheiras, suado. Parecia jovem.

— Eu lhe dei sua verdade — começou ele. Sua voz parecia mais áspera, diferente da que ela se lembrava. — Agora me dê a minha.

Sloane percebia algo instável nele que não tinha visto quando o conhecera apenas como Mox. Uma espécie de agitação que teria sido assustadora se Sloane não conhecesse o sentimento tão bem. Mox estava com medo, e para ele — assim como para ela — o medo sempre trazia raiva e exigências.

— Não. Não perguntei seu nome. Perguntei *quem é você*. Você é o Tenebroso? Está usando um disfarce?

— O quê? — perguntou Mox. Sua confusão não esclareceu nada.

Sloane tentava manter a respiração estável, mas o ar saía em pequenas lufadas irregulares. Ela não sabia. Não sabia se estava diante do Tenebroso ou de alguém tão ruim quanto ele. Um assassino, um psicopata, um bruxo do mal... ela não fazia ideia do que Mox era.

— Eu tinha um inimigo — explicou Sloane. — Pensei tê-lo matado, mas ele veio para cá. E quero saber... preciso saber se é você.

— Se eu negar, você não vai acreditar em mim. E não vou lhe dizer mais nada até que cumpra o nosso trato.

Sloane confiava em seu instinto. Durante a puberdade, quando seu corpo ganhara uma nova forma, sabia quando alguém a encarava, quando a gentileza de um homem na verdade era uma ameaça. Quando Katy McKinney lhe oferecera uma bebida na única festa à qual Sloane fora antes de sair da cidade, soubera que não devia beber porque havia cuspe ali dentro. E, na última batalha contra o Tenebroso, sabia que deveria usar seu interesse nela contra ele.

Eu saberia, pensou. *Eu saberia se estivesse na frente do Tenebroso. Eu conseguiria sentir.*

— Estão vindo atrás de você. Nero e meus amigos — revelou Sloane. — Era para eu ter atraído você até a Congress Parkway. Em vez disso, vim até aqui.

Ele arregalou os olhos.

— Nero? Nero está com eles? Você tem certeza?

— Hã, tenho?

Mox pegou o sifão que havia largado na mesa e o levou bruscamente ao rosto, cobrindo o nariz e a boca. Então se abaixou para pegar os sifões de pulso que Sloane deixara cair no chão.

— Ei! Ainda não terminamos nossa conversa!

Mox olhou para cima, agachado enquanto recolocava um dos sifões de pulso. Ele assobiou e acenou com a mão nua para Sloane. A faca em sua mão se desfez como uma bola de neve, os pedaços se espalhando pelo carpete gasto.

— Porra! — protestou Sloane. — É sério?

— Podemos continuar a conversa — ofereceu ele, a voz metálica outra vez. — Mas não posso deixar Nero chegar perto deste prédio enquanto eu ainda estiver aqui.

— O quê?

Sloane pensou na oficina de Nero, cheia de livros, e no cabelo loiro caindo sobre seu rosto. Devia ter muito talento com magia ou não teria sido capaz de trazê-los de outro universo, mas não parecia tão ameaçador quanto o Ressuscitador.

Mox se levantou e pôs o sifão dos olhos, transformando-se de novo na criatura que havia sido.

— Eu vou contar tudo. — Ele ofereceu a mão envolta em metal. — Mas você precisa vir comigo.

E embora Sloane soubesse que era loucura escolher aquele homem, um assassino mascarado que tinha um exército de mortos-vivos, em vez de Matt e Esther — em vez de Nero e Élia —, ela também sabia que já havia decidido no momento em que invadira o prédio.

Segurou a mão de Mox. Se morresse por causa disso, bem... pelo menos seria a morte que escolheu.

ox a conduziu pelo hall com piso de ladrilhos pretos e brancos e janelas compridas cobertas de tábuas que Sloane vira ao recuperar a consciência após o sequestro. O espaço continuava repleto de soldados. Passaram por um grupo agachado ao redor de alguns dados e por uma dupla costurando os dedos um do outro com agulha e linha.

A mulher com o buraco na mandíbula marchou na direção deles. Seu cabelo ensebado estava preso em duas tranças, um penteado infantil que não combinava com a pele pálida. Ela encarou Sloane.

— Senhor — começou a mulher. — O que…

— Ela veio nos avisar — interrompeu Mox. — Precisamos ir. Leve todos para o esconderijo.

A mulher se inclinou para perto de Sloane e cerrou o maxilar, os dentes estalando e sua língua se mexendo por trás deles. Então, falou na mesma voz rouca e cansada de que Sloane se lembrava:

— Tem certeza de que não é uma armadilha?

— Acho que ela não teria como planejar algo assim — respondeu Mox.

— Vai se foder — rebateu Sloane.

Por cima do ombro da mulher, ela avistou o homem de olhos leitosos que a carregara até o prédio. Estava sentado com outros mortos-

-vivos, um sifão despedaçado no colo. Ele fez um biquinho, mandando um beijo para Sloane.

— Eu não quis dizer *no geral* — explicou Mox, voltando a soar como o jovem que ela conhecera no centro cultural, mesmo com a distorção metálica do sifão. — Sloane, esta é Ziva, minha tenente. Ziva, Sloane.

— Nós já nos conhecemos — interveio Sloane. — Ela enfiou um pano com clorofórmio na minha cara.

— Nós achamos que você era uma usuária de magia poderosa — esclareceu Ziva, o lábio superior curvado no que pareceria escárnio se sua boca não estivesse rachada como terra seca. — Se eu soubesse que estava completamente indefesa, não teria me dado ao trabalho.

— Indefesa? — Sloane riu. — Então como você explica eu ter escapado?

— Este prédio está prestes a ser invadido pelo Exército Esplandecente, mas fiquem à vontade para continuar discutindo feito duas crianças — retrucou Mox.

Ziva endireitou as costas e se afastou dos dois. Colocou um apito — preso a um dos dedos — na boca e soprou. Quando todos os soldados se levantaram, Sloane levou a mão ao peito para se acalmar. Alguns demoraram mais do que outros; uma mulher menor jogou o corpo contra a parede e depois se ergueu usando as duas pernas como alavanca. Quando se virou, Sloane viu que a mulher segurava um *braço* que claramente havia estado preso a seu ombro antes.

Ziva assobiou outra vez, levando a mão ao sifão arranhado no pescoço. Sua voz saiu duas vezes mais alta, embora continuasse rouca.

— Evacuação de emergência! Para o esconderijo, e fiquem de olhos bem abertos. Estamos sendo perseguidos.

Ziva olhou para Sloane, e havia algo estranho em sua expressão. Uma mistura de esperança e desespero.

— Ainda não aprendeu a usar um sifão? — perguntou Mox a ela.

Ao seu redor, os soldados do Ressuscitador começaram a enfiar pertences — inclusive, Sloane viu, o braço decepado da mulher — dentro de sacos.

— Não — admitiu.

— Então você vai ter que me acompanhar. Melhor não ficar para trás.

O exército formava vários grupos atrás deles. Alguém arrancou as tábuas de uma das portas, deixando entrar uma rajada de ar fresco. Os lustres geométricos azuis balançaram com o vento. Mox seguiu em direção às portas em uma marcha irregular, mas poderosa, a capa balançando nos ombros. Sloane sentiu os soldados se aproximarem e correu para alcançá-lo.

Havia abandonado a capa, então o ar frio atravessou sua blusa, provocando um calafrio. Puxou as mangas para cobrir as mãos.

Atrás dela, o exército do Ressuscitador se derramava pela rua como um copo d'água virado. Eles se dividiram em grupos menores e silenciosos, exceto pelo rangido dos ossos com os passos desajeitados. Sumiram pelos becos e por entre os edifícios, separando-se a cada rua transversal, até que restaram apenas Mox, Sloane e um trio de mortos-vivos decrépitos.

Ao sul do centro da cidade, as ruas eram mais vazias, e os prédios, mais afastados uns dos outros. Passaram por uma loja de esquina com iluminação fluorescente, várias marcas de cigarros na vitrine — como Fada Madrinha e Fumus — e garrafas de refrigerante verdes, laranja e azuis. Atrás do balcão, um homem pálido ficou boquiaberto ao vê-los. Mesmo com as capas, ainda eram uma visão estranha: quatro figuras encapuzadas com as mãos do sifão estendidas e uma mulher aleatória caminhando pela calçada.

Alguns carros desviaram deles como se fossem buracos na rua, mas o caminho estava livre até a Roosevelt Road. À esquerda ficava o pátio ferroviário, o chão repleto de trilhos. E na esquina à direita havia uma viatura policial. Embora as luzes do veículo estivessem apagadas, Sloane viu duas silhuetas nos bancos da frente.

Mox estendeu a mão e todos pararam. Soltou um ruído agudo, como um pardal. Os soldados mortos-vivos estenderam os braços com o sifão e sopraram seus apitos. Em uníssono, os quatro usuários de magia produziram um som alto e leve, como um coro de pássaros.

A viatura foi erguida da calçada e virada de cabeça para baixo. Sloane viu os policiais lá dentro se mexerem e um deles empurrar a mão contra o vidro, a palma metálica inconfundível de um sifão-padrão. Mox assobiou outra vez. O carro se endireitou e pousou na rua como se nada tivesse acontecido.

Um coro de sons dissonantes cercou Sloane, que cobriu os ouvidos com as mãos. Os pneus da viatura giraram para trás, lançando o carro pela barreira para dentro do rio Chicago.

Sloane encarou Mox. Ele voltou a andar, e os outros o seguiram.

Cruzaram o rio, depois se viraram para caminhar pela margem. Passaram por sarjetas cheias de papel e latas de refrigerante amassadas. Sloane chutou uma maçã podre em seu caminho. Estava entorpecida de terror, com medo tanto do Exército Esplandecente encontrá-los quanto do homem que acabara de afogar dois policiais.

Mais adiante, Sloane vislumbrou sombras. Um grito ecoou e, sob a luz laranja de um lampejo de fogo, ela viu o brasão do Exército Esplandecente na jaqueta de um homem.

— Ziva! — gritou Mox, tão alto que o som ricocheteou dentro do sifão. Ele começou a correr.

A parede de fogo lançada pelo Exército Esplandecente dançou em direção a figuras curvadas. Sloane reconheceu Ziva, a tenente, e outros quatro mortos-vivos. Ziva e um dos soldados assobiaram juntos, e um monte de gelo acumulou-se a seus pés, formando uma barreira da altura do joelho que refletia o luar.

Mox alcançou o grupo e lançou os soldados esplandecentes no ar com um ruído grave. Eles caíram de joelhos na rua. Mox gritou instruções para a tenente, mas Sloane não conseguiu entendê-las.

Um arco de energia, parecido com uma bolha de ar, atingiu Mox. Ele foi lançado para trás, em direção ao rio, e para cima, quase dois metros no ar. Caiu de costas, mas, assim que atingiu o chão, ergueu o braço e produziu um som percussivo.

Pedaços da calçada se soltaram e foram arremessados contra os soldados esplandecentes. Eles ergueram barreiras cintilantes de energia, que as rochas não conseguiram romper.

Mox se virou para Ziva e gritou:

— Anda!

Mas Ziva hesitou. Mox assobiou, enviando uma lufada de ar tão intensa em sua direção que o capuz caiu de sua cabeça. Ela correu, seguida pelos quatro soldados mortos-vivos sob seu comando. Mox voltou sua atenção para os soldados do Exército Esplandecente, que haviam dispensado suas barreiras após o ataque e estavam levantando água do rio. Ao sinal da líder do grupo, a água formou uma esfera enorme, do tamanho de um carro, e envolveu Mox.

O orbe se contorceu e girou assim que o atingiu, e de repente Mox estava no centro de um ciclone, o cabelo grudado no rosto mascarado, as roupas se sacudindo nos ombros. Sob seu controle, o ciclone destruía o pavimento, atirando pedras e água contra o Exército Esplandecente.

Um dos inimigos se encolheu diante do ataque, e Sloane reconheceu Edda. Seus olhos se encontraram no instante que Mox ergueu a mão outra vez.

— Não! — gritou Sloane.

Mox hesitou, e isso lhe custou caro. Edda assobiou, um som agudo e nítido, e algo prateado disparou até ele: um grande estilhaço de metal que afundou na lateral de seu corpo. Mox se encolheu. Gritou através do sifão e, em seguida, soltou uma nota longa e chorosa. Uma luz clara como o dia explodiu de sua mão.

Sloane ergueu o braço para proteger os olhos, mas não foi um flash momentâneo — ela sentiu um calor contínuo no antebraço, o que indicava que a luz ainda ardia. Os soldados do Exército Esplandecente gritavam uns para os outros. A mão de alguém envolveu seu cotovelo.

— Continue com o braço levantado — ordenou Mox. —Vamos.

Ele a guiou para longe do Exército Esplandecente, deu um comando ríspido para os mortos-vivos que os acompanhavam, e todos correram.

Cordus Daily

O QUADRO DE RECADOS: ONDE SE REÚNE A JUVENTUDE MÁGICA

Sarah Romanoff

CHICAGO, 3 DE NOVEMBRO: "Se tenho uma ideia para uma operação que não posso fazer sozinha", diz Elissa, de dezessete anos, enquanto grampeia um papel ao quadro de avisos do Palmer Square Park, "eu coloco uma mensagem pedindo uma assembleia. Também dá para especificar as idades, então sempre ponho dezoito anos ou menos. Não queremos um velho esquisito estragando o clima".

E o que Elissa está pedindo no momento? Uma assembleia para uma levitação temporizada. A mensagem dela pede que cinco pessoas, cada uma trazendo um objeto que gostariam de fazer levitar, reúnam-se no Palmer Square Park daqui a dois dias. Juntos, vão fazer uma operação temporizada para a manhã seguinte, quando todos os seus objetos levitarão de uma só vez.

"Operações temporizadas sempre precisam de pelo menos duas pessoas, uma para fazer a operação e outra para ajustar o temporizador", explica Elissa. "Então, são os pedidos mais comuns por aqui. Ah, e também operações de brilho. As pessoas estão *superinteressadas* em fazer as coisas brilharem hoje em dia."

Para a maioria de nós, as assembleias — termo que designa um grupo de usuários de magia executando uma só operação — foram parte fundamental da nossa educação mágica. Porém, antigamente, as assembleias eram organizadas pela escola e tinham que ser supervisionadas por um professor. Agora, os alunos estão aprendendo sozinhos, reunindo-se livremente com jovens de outras escolas e até de outras cidades.

"Fui a Indianápolis uma vez", conta Josh, de dezesseis anos, morador de Buffalo Grove, em Illinois. "Eu disse à minha mãe que estava indo a um show. E eu fui ao show! Mas também fui fazer uma operação em grupo. Construímos uma nuvem de chuva — algumas pessoas fizeram a ilusão da nuvem, outras fizeram a água, uma fez raios e outra, os trovões."

Alguns pais estão preocupados, naturalmente.

"E se eles fizerem algo perigoso?", questiona Ellen Higgins, fundadora do Pais de Adolescentes sob Controle (PAC), um grupo comunitário que procura assembleias não supervisionados e as interrompe. "Eles não podem sair por aí fazendo operações sem ninguém saber. Vão acabar se machucando seriamente! Então, não deixamos isso acontecer."

Quando pergunto a Elissa sobre o PAC, ela apenas revira os olhos.

"Agora temos que usar códigos nas mensagens", diz ela. "Não vou explicar o que significam. Mas minha próxima assembleia será supervisionada, então o PAC não pode estragá-la."

32

Quando a visão de Sloane voltou ao normal, estavam dentro do esconderijo, um grande edifício de tijolos vermelhos situado na beira do rio. O espaço parecia ter sido elegante, mas se encontrava abandonado. O teto era apainelado com madeira, e as claraboias em um arco quadrado deixavam o luar entrar. Assim como no Old Chicago Main Post Office, as janelas de baixo tinham sido fechadas com tábuas, mas, a julgar pela posição do esconderijo no rio, Sloane tinha certeza de que a vista seria do horizonte de prédios.

Lá dentro, os grupos do exército do Ressuscitador que chegaram antes estavam apinhados. Ziva vagava entre eles, as tranças balançando para a frente e para trás contra seus ombros. Assim que entrou, Mox soltou o braço de Sloane e se curvou para examinar o pedaço de metal enfiado na lateral de seu corpo.

— Não arranque — avisou Sloane. — Espere até poder limpar a ferida e fazer um curativo.

Mox a encarou, ou pareceu encarar, virando os olhos mecânicos do sifão na sua direção.

— Então isso vai ter que esperar — retrucou. — Fique aqui.

Ele galgou o piso de madeira empoeirado até Ziva. Sloane se encostou em uma das colunas de madeira no canto da sala e o viu percorrer o espaço cheio de soldados, dando tapinhas em seus ombros ou aproximando o ouvido para escutá-los. A mulher que carregava o próprio braço em uma bolsa o pegou para mostrá-lo quando Mox se aproximou. Sloane ficou surpresa quando ele se ajoelhou ao seu lado e tirou algo do bolso: um pacotinho de couro do tamanho da palma da mão que, ao ser aberto, revelou uma agulha e um fio grosso.

Sloane observou com um misto de repulsa e fascínio enquanto ele costurava o braço de volta na mulher, que o segurava no lugar, olhando a pele ser perfurada pela ponta da agulha, o fio entrando com delicadeza e depois sendo esticado. Quando terminou, Mox amarrou o fio e gesticulou para os pontos. Sloane presumiu que ele estivesse fazendo algum tipo de operação, mas não conseguiu identificar qual. A morta-viva tocou a lateral da cabeça de Mox com carinho e sorriu.

Sloane presumira que o exército de mortos-vivos do Ressuscitador estivesse em transe, que não passassem de escravos zumbis. Mas estava claro que eles o *conheciam*. Talvez até antes de morrerem.

Demorou um pouco até Mox voltar, com o metal ainda cravado na lateral do corpo, as roupas úmidas após a tentativa dos soldados do Exército Esplandecente de afogá-lo.

— Temos comida e água guardadas aqui — indicou ele.

Sloane o seguiu para fora do salão. Sabia que deveria sentir medo de ficar sozinha com ele; de ficar ali, na verdade. Mas era tarde demais para voltar atrás. Traíra seus amigos. Edda a vira com o Ressuscitador.

Eles entraram em um cômodo menor, não muito afastado, também destruído — uma meia parede em ruínas o separava de um banheiro, e as vigas expostas do teto estavam cheias de teias de aranha —, mas com o chão varrido e estocado com enlatados e pequenos galões de água. Também havia uma pilha de cobertores no canto e uma mesa pequena com duas cadeiras instáveis.

Mox foi até a mesa e começou a tirar os sifões: primeiro os de pulso, depois o da boca, o dos olhos e o do ouvido. Sua pele estava suada e pálida.

— Eu não vou bancar sua enfermeira — avisou Sloane.

— Não pedi para você fazer isso — respondeu Mox.

Mas ela pegou um dos galões de água pequenos e o colocou na mesa diante de Mox, depois foi examinar os suprimentos em busca de um kit de primeiros socorros.

Quando encontrou, largou-o ao lado da água, que abriu e bebeu sofregamente. Mox se deixou cair em uma das cadeiras, fazendo-a ranger, e pegou a caixa com os dedos trêmulos.

— O metal é serrilhado? — perguntou Sloane, acenando com a cabeça para o estilhaço logo acima do quadril dele.

— Não, a ponta parece reta.

— Acertou o osso?

Mox pegou uma tesoura do kit de primeiros socorros e cortou a camisa até o estilhaço, depois afastou o tecido do ferimento. Estava com uma aparência péssima: o sangue escorrendo pela pele pálida abaixo do corte, a ponta da lâmina — ou o que quer que fosse — saindo do outro lado. Mas Mox tivera sorte; o estilhaço parecia ter atravessado a carne do quadril, sem acertar ossos ou órgãos.

— Acho que dá para você arrancar — disse Sloane.

Ele respondeu com um grunhido.

— Posso ajudar — sugeriu ela. — Em troca de algumas respostas.

— Não sei por onde começar.

— Que tal começar me explicando por que me seguiu até o centro cultural?

Sloane estava hesitando, mas então se obrigou a se aproximar e começou a procurar um antisséptico no kit de primeiros socorros. Teria que esterilizar o ferimento da melhor maneira possível com o metal ainda lá dentro, depois puxar o estilhaço e pressionar a ferida para estancar o sangramento. Já havia feito isso antes, quando Inês fora perfurada pelos detritos de um Dreno, mas era diferente no silêncio, sem uma batalha ao redor.

— Ziva percebeu que alguma coisa estava acontecendo no Camelo. Toda aquela agitação. Então eu sabia que haviam convocado mais um. Acontece uma... explosão de energia quando fazem isso. — Sua expressão se contorceu um pouco. — Se prestar atenção, dá para sentir a quilômetros de distância. É como... uma bolha de magia estourando. E eu estava esperando por ela.

—Você disse que sabia que eles haviam convocado mais um — começou Sloane. — Mais um *o quê*, exatamente?

Ela derramou água do galão sobre o ferimento para limpar um pouco do sangue, depois encheu o furo de entrada e de saída do estilhaço de antisséptico. Teria que bastar.

Mox abriu um quadrado de gaze.

— Eles trazem guerreiros de outros lugares para lutarem comigo. Você... seus amigos... são os quartos.

Ele lhe entregou a gaze. Sloane a pegou e envolveu o estilhaço para poder segurá-lo com firmeza.

— Os quartos — repetiu ela. — Nero nos disse que éramos os quintos Escolhidos que trouxeram para cá.

— Escolhidos? — Mox franziu a testa.

—Vou puxar agora — avisou Sloane. —A não ser que você queira tentar fazer com magia?

Ele bufou.

— Eu provavelmente acabaria me cortando ao meio se tentasse.

— Entendi. Então prepare-se.

Mox agarrou a beirada da mesa e Sloane segurou a parte plana do estilhaço entre o polegar e o indicador em ambas as mãos. Respirou fundo e puxou com toda a força. Mox gritou, enfiando o punho na boca para abafar o som. O estilhaço se mexeu, mas muito pouco. Ela imediatamente puxou de novo, e dessa vez o metal se soltou. Sloane o deixou de lado. Mox tremia, mas tentava abrir outro pacote de gaze. Ela afastou as mãos dele com um tapa e abriu o pacote, então usou a gaze para cobrir os dois lados do ferimento e pressionou.

— É — disse, voltando à conversa. — Quem você achou que eles estavam trazendo? Mercenários aleatórios? Todos eram Escolhidos, pessoas que derrotaram alguma figura maligna em seus próprios mundos.

Quando Mox se virou para ela, seus olhos pareciam fora de foco, provavelmente por causa da dor.

— Eu não sabia disso. No começo, tentava conversar com eles. Mas não desistiam. — Seu rosto ficou inexpressivo. — Então os matei.

Sloane sentiu uma pontada de medo no peito. No instante seguinte, porém, Mox piscou, e sua expressão mudou. Era quase como se tivesse voltado à superfície da própria mente.

— Você poderia ter me atacado no centro cultural — comentou ela. — E no Caneco. Mas não fez isso.

— Eu não sabia quantos vocês eram ou o que eu estava enfrentando — respondeu Mox. — Sempre quis entender por que esses guerreiros de outros mundos desejavam me matar. Queria entender o que ganhavam com isso.

— Mas não é óbvio? — Ela engoliu em seco. Talvez não fosse sábio insistir naquele assunto, mas precisava de respostas. — Os Drenos. Eles queriam parar os Drenos.

— Como eu já disse — respondeu, encarando-a —, acho que deveria ficar lisonjeado por você achar que sou capaz de tamanha destruição. Mas não sou.

— Então os Drenos… não são controlados por você.

Mox balançou a cabeça.

— Quem os controla?

— Ninguém sabe. Mas a minha teoria é que são um fenômeno natural. Um… subproduto, por assim dizer. Da conexão entre universos.

— Não é isso. Segure aqui para mim. — Sloane esperou até a mão dele tomar o lugar da sua na gaze, então abriu o estojo de primeiros socorros à procura de um curativo, mas só encontrou um pacote de plástico rígido. — O Tenebroso… a figura maligna do meu mundo, a que derrotamos… vivia provocando Drenos. Eles pararam quando ele se foi.

Mox tocou a mão dela, fazendo-a parar, então pegou a embalagem e a abriu. Um sifão comprido e achatado, como o que o médico havia prendido ao redor do seu tornozelo quebrado, escorregou do pacote. Parecia uma pulseira com elos largos e chatos de metal. Lisa e simples, mas elegante. Mox a segurou sobre o quadril, tirou a gaze e cobriu o ferimento com o sifão.

— Ele estanca sangramentos, impede infecções e acelera a cicatrização — explicou, quase como se estivesse recitando algo que lera em um livro ou anúncio.

Sloane franziu a testa para a pele pálida visível acima do cós da calça.

— Então você está sugerindo que o Tenebroso não provocou os nossos Drenos. Mas ele estava presente em cada um deles, e pararam quando ele desapareceu. O que mais poderia ter sido?

Mox franziu a testa.

— Não sei tudo o que pode ser feito com magia — disse ele. — Ainda mais em universos diferentes. Dimensões diferentes. Mas sei o que não consigo fazer. E nunca encontrei alguém tão poderoso quanto eu aqui. Talvez o Tenebroso fosse. — Ele deu de ombros. — Mas duvido.

Sloane bufou.

—Você tem confiança de sobra, hein?

— Sim. — Ele não parecia arrogante, apenas… triste. — Pelo menos quando se trata de poder bruto. Mas há coisas mais importantes, como você sabe. Foi assim que escapou. — Ele sorriu um pouco. — Foi muito inteligente, aliás.

— Obrigada — agradeceu ela, pouco à vontade.

Mox se apoiou na mesa para levantar, então foi até um pequeno armário no canto do cômodo. Lá dentro havia uma pilha diminuta de roupas — todas de cores escuras, porque, afinal de contas, um suposto feiticeiro maligno comandando um exército de mortos-vivos não poderia sair por aí usando roupas laranja. Ele pegou uma camiseta e mancou até o banheiro atrás da meia parede para trocar de roupa.

— Agora é minha vez de fazer uma pergunta — disse ele.

Sloane se sentou na outra cadeira e começou a recolher os pedaços de gaze e embalagens resultantes do seu bico como enfermeira, que ela dissera que não ia fazer. Sabia que aquele não era um bom precedente, mas não adiantava se lamentar.

— Quando estava presa, você disse que não escolheu vir para cá — comentou Mox. Sloane só conseguia ver sua nuca e um de seus ombros por cima da parede em ruínas, mas o vislumbre de pele nua a deixou desconfortável.

— Você está se referindo àquela vez que me sequestrou e me prendeu em um cativeiro? — Sloane inclinou a cabeça. — É verdade. Eu estava no meio de um velório quando fui trazida para Genetrix. Quando dei por mim, estava quase me afogando no rio Chicago.

— E não lhe deram a opção de voltar.

— Não. — Sloane quase suspirou de alívio quando Mox voltou para o estoque de camiseta, o cabelo preso em um coque baixo. — Eles disseram que o destino do nosso mundo e o de Genetrix estavam interligados e que precisaríamos lutar contra o Ressuscitador... quer dizer, contra você... para salvar os dois.

Mox apenas a encarou por um momento. Então seus ombros começaram a tremer. Por um instante de pavor, Sloane achou que ele estava chorando, mas então percebeu que estava rindo, a mão segurando o ferimento.

— Meu Deus! — exclamou Mox, parecendo quase se divertir. — Era disso que eu estava falando. Sabe o que é mais importante que o poder bruto? Mentiras elegantes.

— Então... — Sloane estreitou os olhos. — O destino da Terra e o de Genetrix *não* estão interligados?

Mox balançou a mão.

— Não essa parte. A parte sobre mim. Lutar contra mim e me matar. Como se vocês fossem conseguir. Como se isso fosse resolver alguma coisa.

— Primeiro, se eu tivesse decidido esfaquear sua jugular em vez de bater um papo, você estaria morto — retrucou Sloane. — Magia é uma maravilha, mas no fim das contas você não passa de um saco de carne.

Mox ergueu as mãos — enormes, mesmo sem os sifões para deixá-las mais volumosas — em concordância.

— Segundo... para que tudo isso? Por que eles querem tanto que você morra, a ponto de trazerem pessoas de outras dimensões, mas não o atacam diretamente?

— *Eles* não. *Ele* — corrigiu Mox, agitado. Afastou-se de Sloane. — Nero.

— Nero — repetiu ela. — Não estou duvidando de você, mas ele parece... pouco ameaçador. Tem certeza de que...?

— Se eu *tenho certeza*?

Mox deu meia-volta, e as latas empilhadas ao longo da parede se ergueram ao mesmo tempo, bateram no teto e depois voaram para todos os lados. Sloane se abaixou quando uma veio em direção a sua cabeça; a lata acertou a parede atrás dela e começou a vazar um líquido amarelo.

Ambos estavam sem fôlego: Sloane de medo, e Mox, presumiu ela pelos olhos arregalados, de raiva.

— Não precisa dar chilique, porra! — rebateu. — Até onde pude perceber, Nero é pau-mandado de Élia. Não me parece que daria um bom vilão. Ainda mais comparado com o cara que acabou de atacar uma lata de vagem inocente.

Ela bateu a lata na mesa, o lado amassado virado para ele.

— Poder bruto não é tudo — repetiu Mox.

— Claramente.

Sloane disfarçou as mãos trêmulas cerrando-as em punhos.

— Ele não... faz as coisas — explicou Mox, recomeçando a andar. — Dá um jeito de as outras pessoas fazerem por ele. É bom nisso. Nero é quem você precisa que ele seja, sempre que precisa. Até que, de repente, deixa de ser. Ele trouxe vocês aqui... não para de trazer pessoas aqui... para me matar. E se falharem, não tem problema, assim todo mundo continua distraído, sem perceber o que ele está fazendo. Ele vence de qualquer forma.

Sloane examinou suas lembranças de Nero, tentando encontrar uma ocorrência que confirmasse o que Mox descrevia. Mas a única vez em que o vira desviar de sua personalidade afável foi quando ela e Esther invadiram sua oficina. A voz dele ficara tão fria. Mas isso não era prova suficiente.

— E o que ele está fazendo, para precisar distrair todo mundo? — perguntou baixinho.

Mox passou a andar mais devagar.

— Não sei direito, mas meu palpite é uma operação. Algo para deixá-lo mais poderoso do que eu. Do que qualquer um. Algo que o deixe repleto de magia.

As palavras a fizeram pensar no Tenebroso, que ela considerava uma boca, devorando tudo. Por mais astuto que fosse, o verdadeiro horror de alguém assim era simples: nada — nem magia, nem dor, nem poder — seria suficiente. Ele comia apenas por comer. E não havia como convencê-lo a parar de torturar Albie, a deixar os dois irem embora, a fazer qualquer coisa que não quisesse.

Ela olhou para suas botas e cruzou os braços.

Pés descalços significavam o passado. Botas significavam o presente.

— Você tem alguma prova?

Mox parou de andar de um lado para o outro e a encarou.

— Deve entender por que não posso simplesmente *acreditar* em você — continuou ela. — Preciso mais do que sua palavra.

— Eu ainda não matei você — tentou Mox.

— Muitas pessoas ainda não me mataram — retrucou Sloane. — Isso não significa que esteja dizendo a verdade sobre o Nero.

— Bem, tem a Sibila.

— Sibila?

— A profetisa. A que profetizou o fim de Genetrix.

Ele se sentou na cadeira à frente de Sloane. Parecia tão diferente de quando ela o conhecera apenas como Mox. Antes, tinha sido charmoso e equilibrado, sem mostrar sinal do caos interior. Ela se perguntou como conseguira escondê-lo, mesmo que por alguns minutos. Não parecia capaz de fazer isso agora.

— Ela sabe quem eu sou — contou. — E sabe quem Nero é. E pode lhe dizer como o fim vai chegar.

— Onde ela mora?

— Em uma égide. Bem longe de qualquer magia. Ela odeia a sensação da magia. E também odeia a sensação de ficar perto de *mim*. Mas aguenta por uma hora ou duas, se eu pedir. — Ele coçou a nuca, as unhas marcando linhas vermelhas na pele pálida. — St. Louis. O seu mundo tem uma St. Louis?

Sloane assentiu.

— Eu posso levar você lá — ofereceu Mox. — Amanhã.

—Tudo bem. Mas sem... destruição, está bem? Nada de matanças. Vamos ser discretos.

— Nunca vou me desculpar por defender minha vida.

Seus olhos escuros encontraram os de Sloane com aquele foco que a fazia sentir como se estivesse sendo queimada por um maçarico.

— Eu nunca pediria isso de você — garantiu ela.

Mox a encarou de forma peculiar, como se nunca tivesse ouvido algo parecido antes.

O gigantesco tesouro da poesia irrealista, volume 4

"Um recado para as égides após a instalação de
abafadores mágicos", de Fake e Bake

ÉGIDES
Voltamos a vocês nosso olhar de reprovação
nosso olhar, um olhar
uma bengala
um volante.
VOLTAMOS A VOCÊS NOSSO OLHAR DE REPROVAÇÃO
vocês não ouviram dizer que, não ouviram que
é ilegal abafar a magia de uma pessoa
e arrotar mediocridade?
vocês e seus abafadores de sifões, suas mordaças, suas chupetas, sua fita na
    boca de seus cidadãos reféns
VOLTAMOS A VOCÊS
mas não podemos mudá-los,
então nos voltamos para nós,
e olhamos para
castelos no céu,
vagalumes de papel,
chamas congeladas,
tornamos o impossível possível
e cheio de possibilidades
NOS ABAFAR???
não, nós abafamos vocês

33

Sloane acordou com um sobressalto na manhã seguinte, então deslizou a mão por baixo do travesseiro e segurou a tesoura que havia colocado lá antes de dormir. Sabia que uma tesoura não adiantaria de nada contra feiticeiros poderosos ou cadáveres ambulantes — como Mox havia lembrado quando a viu pegá-la —, mas odiava ficar sem ferramentas.

Ziva estava agachada ao lado de sua cama. Os olhos esbugalhados se voltaram para a tesoura, e ela deixou escapar uma bufada que deveria ser sua risada.

— Uma garota comum em um mundo mágico — comentou, sem ar. — O que você vai fazer com isso, cortar minhas unhas?

— Subestimar minha engenhosidade não deu muito certo da última vez, lembra?

Ziva bufou outra vez.

— O cônsul me pediu para lhe entregar isso — informou, passando algumas roupas para Sloane. Pareciam ser de Mox, então as calças seriam compridas o suficiente, pelo menos. — E para dizer que tem sabonete no banheiro dele, se quiser tomar banho com um galão de água. O trem de vocês sai daqui a duas horas.

— O cônsul? — repetiu Sloane.

Ziva inclinou a cabeça.

—Você achou que nós o chamássemos de Ressuscitador?

— Eu achei que talvez o chamassem pelo nome.

Ziva fez um barulho irônico, não pelo nariz, mas sugando os próprios dentes com a língua. Então se levantou, usando ambas as mãos para mover uma perna e depois sacudir o outro joelho para que também se endireitasse. Sloane se perguntou se o exército do Ressuscitador precisava lubrificar as articulações, como o Homem de Lata em *O Mágico de Oz*.

Sloane foi até o quarto de Mox — onde ficava o banheiro — com as roupas debaixo do braço. Na noite anterior, havia levado alguns cobertores para um canto afastado do prédio, perto da escada, para poder sair rapidamente, se necessário. Demorou muito a pegar no sono; não só por estar em um ambiente estranho ou devido ao turbilhão em sua cabeça depois de tudo o que Mox lhe contara, mas também pela culpa que sentia por ter abandonado Matt e Esther no meio da missão, sem qualquer explicação. Sloane os decepcionara de tantas maneiras desde que chegaram a Genetrix... Entenderia se nunca mais falassem com ela depois disso.

Mas o apelo da verdade tinha sido irresistível. Os documentos da LLI lhe ensinaram que saíra em diversas missões sem saber tudo o que havia para saber. Nunca tinha feito uma escolha bem-informada na vida. Bert se aproveitara da impetuosidade de sua mente jovem, e Nero e Élia pretendiam fazer o mesmo.

Mas isso não aconteceria outra vez.

Mox não estava no quarto, e Sloane ficou grata por isso. Ela se despiu no banheiro, com um dos galões menores de água ao seu lado, e se lavou da melhor forma possível, tremendo de frio o tempo todo. As calças de Mox ficavam compridas demais, então continuou com as suas. Vestiu a camisa dele, mas enrolou as mangas até os cotovelos. Estava fazendo uma trança no cabelo quando ele apareceu, a mão coberta pelo mesmo sifão verde surrado que usava quando o conhecera.

Por um segundo, os dois ficaram se encarando, os dedos de Sloane ainda entre as mechas de cabelo. Então ela se virou para o espelho.

— Acho que você não precisa se preocupar em ser reconhecido — comentou ela.

— É. Poucas pessoas conhecem meu rosto. *Ele* é uma delas.

Sloane se referia ao Tenebroso daquele mesmo jeito ao conversar com Albie — como se o homem estivesse sempre na presença deles e precisasse ser nomeado.

— Na profecia do fim de Genetrix, é uma pessoa contra a outra? Um Escolhido, um... destruidor? — perguntou.

— Com Genetrix como campo de batalha — confirmou Mox, parecendo distraído. — Dois homens se enfrentando.

Ela assentiu.

— E você acha que Nero é um deles. O seu Tenebroso.

— Era assim que você chamava o seu?

Sloane pensou nele, seu rosto de cera contorcido em uma expressão divertida enquanto lhe dizia para escolher. Escolher entre si mesma e Albie, entre um horror e outro.

Sloane engoliu em seco.

— Sim.

— Então, sim — disse Mox. — É o que eu acho.

Sloane terminou a trança e a amarrou com o elástico que mantinha no pulso. Estava tão apertada que repuxava o couro cabeludo quando ela virava a cabeça.

— Aqui.

Mox foi até a mesinha onde Sloane havia tomado uma lata de sopa fria na noite anterior e pegou seu outro sifão de pulso. Não era mais sofisticado do que o que ele usava, mas era mais flexível, feito de pequenas placas pretas que lembravam escamas. Ele soltou um barulho estridente e as placas endureceram, como se tivessem recebido uma descarga elétrica. Estendeu o sifão para ela.

— Sei que você não consegue usar, mas em uma cidade como esta, você vai chamar a atenção sem um.

Sloane suspirou e enfiou a mão esquerda na luva formada pelas placas. Assim que seus dedos se encaixaram, as placas se grudaram em sua mão, cobrindo-a como se fosse cota de malha. Mox virou sua palma para apertar o cordão do punho. Para um homem com mãos tão grandes, seus dedos tinham certa elegância.

— Bem — disse ela. —Vamos lá conversar com a profetisa, então.

Eles começaram o trajeto até a estação de trem a pé, caminhando ao longo do rio. Mox tinha um ar tranquilo que a confundia; mantinha as mãos nos bolsos do casaco, a cabeça inclinada para trás para absorver a luz do dia. Sloane, no entanto, sentia-se excessivamente alerta. Estremecia cada vez que ouvia passos ou gritos distantes.

Longe do Loop, os edifícios ficavam ainda mais parecidos com a paisagem que ela reconhecia. Havia fileiras de prédios de dois ou três andares, feitos do tijolo vermelho típico de Chicago, com gramados e árvores sem folhas entre eles. De vez em quando passavam por algo que lhe era estranho: uma casa em forma de esfera, girando devagar entre duas estruturas similares a agulhas; uma escultura que parecia desmoronar de um ângulo e se reconstruir de outro; uma fachada de loja que combinava as trepadeiras da Art Nouveau com painéis de madeira sobrepostos sob um telhado de mansarda, uma mistureba visual que fez Sloane se encolher.

Quando chegaram à 31st Street, Mox chamou um táxi com um flash de luz da palma da mão e um silvo do apito preso atrás do dente. Sloane já tinha visto outras pessoas com apitos assim: um brilho prateado a cada vez que sorriam, um leve *clique* enquanto mastigavam. Imaginava que fosse mais conveniente do que colocar um apito na boca sempre que quisessem fazer uma operação.

Ficaram em silêncio no táxi, ambos ouvindo o rádio: "*As ações da Siphona Technica tiveram alta recorde nesta semana, depois de chegarem ao fundo do poço no ano passado, quando surgiram denúncias de má conduta...*"

O motorista mudou para uma estação que tocava música instrumental parecida com gravações de baleias no fundo do mar.

— Então você não trabalha no Caneco? — perguntou Sloane.

— Na verdade, trabalho sim — respondeu ele em tom alegre. — Aos sábados, domingos e um ou outro turno durante a semana.

— Como equilibra isso... — Sloane fez uma pausa — ...com seu outro trabalho?

— Meu outro trabalho só exige muito de vez em quando. E não paga bem.

O motorista trocou de estação outra vez, e as notícias voltaram: "*Há relatos de uma luta entre o Ressuscitador e o Exército Esplandecente em Bridgeport na noite passada. A única vítima foi um policial chamado Paul Tegen. Ele deixa a esposa e o filho de dois anos.*"

O motorista mudou de estação novamente. Mox parecia despreocupado, como se a menção ao Ressuscitador não o afetasse.

O táxi atravessou o rio e cruzou a Canal Street, passando por um prédio rosa brilhante que se abaulava em uma das laterais. Era um supermercado chamado Hey Presto!, com um carrinho de compras voador como logotipo.

Estacionaram em frente ao Union Station, um prédio amplo e bege com uma fileira de colunas dóricas na frente. Sloane se lembrava do amplo interior, com sua claraboia quadriculada se curvando em direção ao céu. Ela estivera lá apenas uma vez, quando criança, para pegar o trem do centro de Illinois até a cidade com Cameron e a mãe.

Seguiu Mox porta adentro. Era difícil acompanhá-lo: uma experiência inédita para alguém tão alta quanto Sloane, mas as passadas de Mox eram longas e decididas. Ao chegar na estação, porém, ele pareceu perdido em meio ao caos, encolhendo-se quando as pessoas erguiam a voz ou se aproximavam demais. Sloane pensou na lata de vagem atingindo a parede na noite anterior. Ela o arrastou em direção à fila para comprar as passagens.

— Você tem dinheiro? — perguntou. — Então me dê e espere aqui. Deixa que eu falo com eles.

Quando voltou do balcão de vendas, Mox estava parado no meio da multidão, olhando-a, impotente. Sloane enfiou uma passagem na mão dele e o guiou até a plataforma certa. Mox parecia se confundir com as placas e se distrair com facilidade. Ela teve que arrastá-lo mais de uma vez até chegarem a um banco onde podiam esperar. Não havia mais ninguém no frio da primavera do lado de fora. Sloane usava a capa que Mox usara na véspera, a bainha encurtada por um fogo mágico, e ele usava um casaco não muito diferente do que poderia ser usado na Terra.

— Você não viaja muito — comentou Sloane quando se sentaram. Suas palavras tomaram forma no ar, como fumaça.

— Eu sei fazer magia — explicou Mox, mordendo a unha do polegar. — Nunca fui bom nas outras coisas.

— Coisas tipo... existir, basicamente?

Para sua surpresa, ele assentiu.

— Eu vivia quebrando os pratos da minha mãe. Estava só segurando um quando de repente... sei lá. Me distraia e... *crec*. Lâmpadas também. Até garfos e colheres, às vezes.

— Aquilo que você me contou sobre seus pais e sobre Arlington era verdade? — indagou Sloane.

Ele assentiu.

— Meus pais me colocaram em um avião para Chicago quando eu tinha... nove ou dez anos? Só os vi algumas vezes desde então. — Mox tirou a unha da boca. — Eles acham que morri. É melhor assim.

— Eles não parecem pessoas muito legais.

— Talvez não fossem. — Seu polegar sangrava na cutícula. Havia mordido com força demais. — Ou talvez eles só... não estivessem preparados para um filho com tanta magia. Ainda é... — ele se mexeu no assento — ...demais. É magia demais. Me deixa agitado. Instável.

Sloane colocou a mão no braço dele, a única coisa que conseguira pensar em fazer.

— Eu também não lido muito bem com a magia — disse ela, erguendo a mão com o sifão e deixando a luz forte do dia refletir nas suas escamas. — Não é que eu nunca tenha conseguido usar, sabe? Mas é imprevisível. E... — Ela deu de ombros. — Não gosto.

— Você não gosta? — Mox franziu a testa. — Mas...

O trem se aproximou, os freios rangendo ao entrar na estação. Era grande e estranho, com luzes salientes na frente que piscaram até o veículo parar. Mox e Sloane se levantaram e caminharam pela plataforma até os últimos vagões, para evitar a aglomeração dos primeiros.

Sloane subiu os degraus estreitos e adentrou um caos de cores. O carpete do trem tinha uma estampa berrante amarela, azul e rosa, com triângulos, círculos e linhas onduladas. Mas não era um trem de passageiros padrão: tinha cabines, cada uma com dois longos assentos de frente um para o outro. Ela se sentou em um deles, perto da janela. Mox fechou a porta da cabine, assobiou e puxou a maçaneta para testá-la. Quando não se mexeu, ele sorriu.

— E você não gosta de magia — brincou.

— Se a magia servisse só para satisfazer meus caprichos rabugentos, eu adoraria — retrucou Sloane. — Infelizmente, ela também tem uma tendência a explodir as pessoas, então...

Mox assentiu. Ele se sentou no banco em frente ao dela e apoiou o braço longo na parte de trás do assento.

Algumas pessoas tentaram abrir a porta do compartimento, mas não conseguiram entrar, então quando o trem partiu da Union Station, Mox e Sloane continuavam sozinhos. Ele olhava pela janela enquanto Sloane o observava.

Seu rosto era uma colagem de contrastes: nariz marcante e sobrancelha forte, uma boca vulnerável, orelhas infantis em meio ao emaranhado de cabelos com alguns fios grisalhos que ela não havia notado antes, apesar de Mox ser jovem.

— Parece que você está tentando fazer um buraco no meu rosto com o olhar — comentou ele, sem desviar a atenção da janela.

— Você é difícil de entender.

Mox ergueu as sobrancelhas.

— Você também.

— Não sou, não. — Sloane balançou a cabeça. — É que você nunca esteve no meu mundo.

— Algo me diz que eu não me sairia muito bem lá.

— E você está se saindo bem aqui?

Ele riu.

— É, acho que não.

O trem começou a se afastar da cidade, deixando o lago Michigan para trás e seguindo o rio a sudoeste. Era o mesmo trajeto que Sloane tinha feito para voltar para a casa onde passara a infância. Sua mãe lhe pedira para tirar suas coisas da garagem porque precisava de espaço. Não tinha dito para o quê. Então Sloane embalara seus pertences e os de Cameron e empilhara as caixas em um caminhão alugado. Conhecia a paisagem vazia que os aguardava, os milharais murchos pelo frio do outono, os silos solitários no horizonte. Não achava que o Meio-Oeste rural de Genetrix seria muito diferente do seu.

— Seus soldados vão ficar bem sem você? — perguntou.

— Não é a primeira vez que os deixo. A operação que os mantém vivos durará alguns dias sem que eu esteja lá para sustentá-la, então eles não vão se despedaçar. — Mox fez uma pausa. — Quer dizer, alguns deles literalmente vão se despedaçar, mas isso é fácil de resolver.

Sloane estremeceu.

— Você foi muito… hã… *carinhoso* ao costurar o braço daquela mulher.

— Tera? — Ele deu de ombros. — Bem, é um trabalho delicado, costurar o braço de alguém.

— Eu não tinha me dado conta de que você tinha um relacionamento pessoal com eles.

— Ah.

Até aquele momento, Mox estivera calmo, recostado no banco, as pernas cruzadas na altura do tornozelo. Mas então se sentou na beira do assento, começou a bater os dedos uns nos outros e acrescentou:

— Eles são meus amigos.

Sloane precisava tomar cuidado. Não sabia o que poderia provocar uma explosão da magia de Mox, e eles estavam em um trem em movimento.

— Desde… antes?

— Desde antes de morrerem, sim.

— Como você os trouxe de volta? — perguntou ela.

Não tinha certeza de que queria ouvir a resposta. Saber o método tornaria difícil não tentar fazer o mesmo com Albie, Cameron ou Bert. Seria difícil não transformá-los em uma barreira entre si mesma e o mundo.

— Eu quis isso mais do que jamais quis qualquer outra coisa — respondeu.

— E foi o suficiente?

— É tudo que consigo explicar.

Sloane estendeu as mãos e pegou seus punhos cerrados. Mox se encolheu com o contato, encarando-a com os olhos escuros arregalados.

— Não precisamos falar sobre isso — disse ela, recostando-se.

Mas as mãos dele relaxaram, seu corpo também. Ele era, pensou Sloane, mil coisas ao mesmo tempo. Uma língua que ela não falava.

—Você disse que estava em um velório quando foi trazida para cá — observou Mox. — De quem era?

Fazia muito tempo que ela não pensava em Albie. Ele surgia em sua mente, é claro, quando não estava alerta. Em momentos vulneráveis, como antes de pegar no sono ou quando acordava pensando em algo que queria lhe dizer, mas logo percebia que nunca lhe diria mais nada. Porém, não havia tentado pensar nele.

—Albie — contou, o nome suave em sua boca. Então acrescentou: — Ele era meu melhor amigo.

Mox assentiu como se entendesse, e talvez de fato entendesse.

— Foi o Tenebroso que o matou?

— Não. Bem, talvez indiretamente. Ele... se matou. — Sloane nunca tinha dito aquilo em voz alta antes; não de um jeito tão simples e direto, pelo menos. — Nós derrotamos o Tenebroso há dez anos, mas Albie nunca superou o que aconteceu. Acho que eu também não. — Ela forçou uma risada. — Como se supera algo assim? As coisas que vimos. As coisas que *fizemos*. — As cicatrizes no dorso da sua mão eram um lembrete constante. — De certa forma, tem sido mais fácil estar aqui, fazendo a mesma coisa outra vez. Eu sei como ser isso. Mas nunca descobri como ser uma pessoa comum.

Mox sorriu um pouco.

— Sei como é.

Eles ficaram em silêncio, mas não era um silêncio tenso. Apenas observaram os prédios se tornarem mais e mais espaçados pela janela.

34

A dez minutos da estação de St. Louis, Sloane sentiu algo em seu interior se aquietar. Era como se uma música alta estivesse tocando e de repente alguém tivesse cortado a energia. Mox a olhou como se entendesse.

— Égide — explicou. — Eles não se contentam em proibir a magia dentro dos limites da cidade, precisam abafá-la. Bloqueariam a magia completamente se fosse permitido.

— Como conseguem fazer isso?

— Um sifão não passa de uma máquina que amplifica a energia mágica. Também pode fazer o oposto. — Ele abriu um sorriso sombrio. — É por isso que meus pais ficaram tão alarmados com minha magia, que era incontrolável apesar de morarmos em uma égide.

Mox realmente não havia exagerado ao se gabar de seu poder, pensou Sloane. O corpo dela parecia mais pesado.

Eles desceram do trem e pegaram um túnel de concreto que levava ao Grand Hall. O edifício se assemelhava um castelo, com suas paredes de pedra, torres e telhados vermelhos pontudos, mas o saguão parecia a Union Station de Chicago, amplo e com teto abobadado. Não havia claraboia, contudo, apenas azulejos verdes e arcos com nós decorativos, figuras femininas segurando luzes aqui e ali, oferecendo seu brilho aos céus. Sofás e cadeiras vermelhos estavam distribuídos pelo espaço, para as pessoas se sentarem enquanto esperavam.

Um segurança parado ao lado da porta gesticulou para que seguissem à esquerda, em direção ao guarda-volumes. Mox foi até um dos armários de metal separados por uma corda de veludo e soltou o sifão de pulso. Sloane o imitou. Quando ele colocou o sifão carinhosamente lá dentro, ela aninhou o seu ao lado.

Depois, entraram na fila de espera para sair da área isolada. Dois seguranças manejavam o que pareciam ser palmatórias e as passavam ao redor do corpo das pessoas e de suas sacolas, então acenavam para que seguissem em frente.

Sloane ergueu uma sobrancelha para Mox.

— Detectores de sifão — esclareceu. — Não podem deixar ninguém contrabandear magia, certo?

— Acho que não — concordou Sloane.

A fila andou rápido, e ela passou pelas palmatórias sem problemas. Entretanto, no instante em que a mulher de coque apertado apontou seu detector para Mox, ele ergueu as duas mãos e deu um passo para trás.

— Sou uma Exceção — avisou.

A mulher suspirou.

— Identidade, por favor.

Mox já havia tirado do bolso de trás um cartão branco que parecia uma carteira de motorista. A segurança esticou o cartão contra a luz por alguns segundos e depois o devolveu.

—Tudo bem. Pode passar.

Mox atravessou o posto de controle até Sloane e seguiu na frente em direção à saída. Ela ficou esperando uma explicação, mas parecia que não receberia uma, então, quando estavam na fila do táxi, cutucou o braço dele com força.

— Exceção?

Mox suspirou e aproximou o rosto quase como se fosse beijá-la. Sloane recuou, mas ele apenas apontou para o próprio olho, puxando a pálpebra inferior para que ela pudesse ver melhor.

Com as bochechas coradas, Sloane se inclinou na direção dele. Seus olhos eram castanho-escuros com um pouquinho de verde perto da íris. Um deles era normal, mas no outro a íris parecia quebrada, como se a pupila se derramasse nela. Os olhos de Mox se moveram um pouco, e a pupila deformada brilhou, iridescente como uma escama de peixe.

— O quê...?

— Eu não sei o que é — respondeu. — Mas deixa as máquinas doidas.

Então se endireitou e entrou em um táxi, deixando Sloane ali parada, estranhamente sem fôlego.

A casa de Sibila era um duplex com uma cerca de arame e sinos de vento pendurados ao lado da porta da frente. Havia um Toyota azul na frente da garagem, o para-choque enferrujado. Mox subiu os degraus da varanda, abriu a tela toda esburacada e bateu à porta.

Quando Sloane pensava na figura de um profeta, imaginava um homem de túnica prevendo um desastre próximo ou talvez uma adivinha em alguma saleta esfumaçada, embaralhando cartas de tarô. Sibila não era nada disso, apenas uma mulher pequena de meia-idade que vestia um cardigã verde com uma estrelinha presa perto da gola. Ela abriu a porta em pânico — ou em fúria, era difícil dizer — e enfiou o dedo na cara de Mox.

— O que você trouxe?! — interpelou.

A mulher encarava Sloane, parada no pé da escada.

— Eu vou explicar, mas não aqui — disse Mox.

— Se você acha que vou convidar *isso* para entrar na minha casa — esbravejou Sibila, apontando para Sloane —, está muitíssimo enganado. — Ela calçou um par de chinelos ao lado da porta e saiu. —Vamos para a garagem.

— Sib — interveio Mox.

— *Não me chame assim!* — Ela checou os arredores, de olhos arregalados, como se um vizinho fosse sair de dentro de um arbusto a qualquer momento. — Meu Deus, moleque, você esqueceu onde está?

Sibila desceu os degraus a passos rápidos, evitando passar perto de Sloane, e os conduziu pelo gramado bem-cuidado até a garagem. O espaço cheirava a mofo e gasolina e estava cheio de móveis antigos, caixas tortas e tapetes enrolados. Apesar do monte de tranqueiras, havia uma espécie de organização, observou Sloane. Sibila vagou pelo labirinto de objetos, acendendo lâmpadas, liberando cadeiras, arrancando teias de aranha de seu cabelo.

— Sentem! — ordenou ela, apontando para as cadeiras. — Vocês são dois gigantes. Uma velhinha como eu acaba ficando intimidada.

— Você não é uma velhinha — retrucou Mox com uma inconfundível afeição.

Mas ele se sentou.

Sloane permaneceu onde estava.

— É melhor não. Está bem claro que você não me quer aqui.

— Ela não está falando sério — tranquilizou Mox.

— Não estou? — Sibila ergueu uma sobrancelha. — A magia saindo de vocês dois vai me sufocar, mesmo amortecida. Então, o que ela é? É que nem você?

— Não sei — respondeu Mox. — Depende do que você acha que eu sou.

— Um *Escolhido*, é claro. Vocês dois têm o mesmo fedor — rebateu Sibila, e Sloane sentiu como se alguém tivesse jogado uma pedra em sua barriga.

— Escolhido? — Ela se virou para Mox. — Você é...

Manchas vermelhas surgiram em suas bochechas e começaram a se espalhar até seu pescoço.

— Ora, até as coisas sombrias deste mundo são Escolhidas — disse Sibila. — Não é uma medalha de honra. Está mais para um letreiro piscando com "'Me mate!" — Ela abriu a geladeira no canto da garagem, pegou uma garrafa d'água e se atrapalhou com a tampa, as mãos tremendo. — Porém, nesse caso... Mox é nosso salvador predestinado, envolto em tantos sifões que poderia congelar um quarteirão inteiro, e cercado por cadáveres. Não é um bom presságio para Genetrix.

Mox. Escolhido. Sloane se sentia como um computador com tela azul.

— Sua confiança em mim sempre me anima — ironizou Mox. — Sloane também era Escolhida, Sibila. Mas em um universo paralelo.

Sibila ergueu uma sobrancelha para Sloane.

— Interessante. Sente-se, garota.

Dessa vez, ela obedeceu, escolhendo uma cadeira de jardim ao lado de Mox e se sentando na beirada. Estava presa entre a escultura de um querubim, desgastada pela chuva, e uma caixa de papelão com os dizeres *quarto de Charlie* rabiscados em uma caneta grossa.

— No seu outro mundo, você travou uma batalha — disse Sibila, sentando-se no tronco de uma árvore gorda. Deixou a garrafa d'água de lado, os ombros caídos, os braços em volta dos joelhos. Parecia tão pequena, os ossos da coluna visíveis sob o cardigã de lã. — Ainda está em você.

Sibila olhava para a cicatriz na mão direita de Sloane, que resistiu à vontade de cobri-la.

— Aquela não foi a *sua* luta — continuou. — Não de verdade.

Sloane sentiu o impulso de discordar. Tinha sido a luta dela. Claro que tinha. O Tenebroso havia matado seu irmão. Enfrentá-lo tinha sido inevitável, algo que nem valia a pena discutir. Mas havia verdade no que Sibila dissera, e Sloane não podia negar. Tinha sido uma luta digna, mas isso não significava que era a luta de Sloane. Por dez anos, estivera inquieta, esperando que algo fizesse sentido, que algo acontecesse. Mas até então tinha sido terrível demais considerar a possibilidade de que haveria outra batalha em seu futuro e que poderia ser *dela* de uma maneira que a outra não fora.

— Por que você veio me ver, exatamente? — perguntou Sibila.

— Fui trazida a Genetrix contra minha vontade por Élia, Nero e... não sei quem mais — contou Sloane. — Eles nos disseram que o Ressuscitador estava destruindo nosso mundo junto com Genetrix, e que não nos deixariam voltar para casa até que o matássemos. Mas Mox... — Sloane franziu a testa. — Eu só quero saber a verdade.

— A verdade. — Sibila suspirou e se levantou. — Se vamos falar sobre a verdade, precisaremos de uísque.

* * *

A primeira coisa que Sibila fez foi botar um disco para tocar: *Parsley, Sage, Rosemary and Thyme*, de Simon e Garfunkel. Os acordes do violão eram lúgubres na sala escura, com móveis tão antigos que os assentos estavam puídos. O sofá rosa baixo rangeu quando Mox se sentou; parecia um adulto em um banquinho de criança. O ar estalara ao seu redor quando ele entrara na sala, e Sibila lhe dissera, irritada, para que se controlasse. Não adiantara. Mox fechara a cara.

Sibila foi à cozinha buscar o uísque. Enquanto esperavam, Sloane examinou suas estantes. Não havia livros, apenas uma vasta coleção da *National Geographic* e revistas de tricô, além de pequenas estatuetas de porcelana de bailarinas, gatos se espreguiçando e balões. Era como se Sibila tivesse consultado uma enciclopédia sobre o que havia dentro da casa de uma avó e reproduzido o conteúdo nos mínimos detalhes, até nas toalhinhas rendadas na mesinha de centro de mogno.

Quando a segunda música do disco começou a tocar, Sloane bufou.

— Você adora um clichê, né? — perguntou a Sibila quando a mulher voltou com três copos de uísque.

A profetiza sorriu.

— A música trata de padrões que se repetem. Achei que vocês dois gostariam da temática.

Sloane tomou um gole do uísque, e foi como engolir fumaça. Seus olhos lacrimejaram enquanto ela tentava reprimir a tosse. Sibila, por outro lado, bebeu metade do copo de uma vez e se sentou na poltrona ao lado do toca-discos para observá-lo girar.

— Este é um dom que não escolhi e não queria — revelou Sibila depois de um tempo. — Eu tinha dois anos quando o Evento *Tenebris* aconteceu e quatorze quando comecei a entrar em transe. Era assustador. Eu não me lembrava de nada, mas me diziam que eu falava em enigmas, como se estivesse possuída. E as pessoas passaram a me evitar quando minhas previsões começaram a se tornar realidade. Na verdade, ninguém quer saber o futuro.

Ela tomou mais um gole de uísque. Sloane se sentou no braço do sofá, onde o tecido rosa estava rasgado e parte do estofado saía.

— Era um dom incomum, mesmo entre as pessoas de talento mágico. E o escopo das minhas previsões era mais incomum ainda. Elas tratavam de eventos mundiais. Resultados de batalhas, desastres naturais, leis a serem aprovadas. E, um dia... o fim de tudo. Tenho uma gravação dessa profecia, aliás.

Ela se pôs de pé e pousou o copo na mesa ao lado do toca-discos. Levantou a agulha do aparelho, abriu um armário e começou a revirar uma cesta grande cheia de fitas cassete. Sloane não estava perto o suficiente para ler as etiquetas, mas eram caseiras, com as bordas se soltando.

Sibila encontrou a fita que queria e a colocou em um pequeno toca-fitas no canto da sala, em uma prateleira ao lado das revistas *National Geographic*. Houve um barulhinho agudo enquanto a fita era rebobinada. Sloane bebeu mais uísque e tentou não olhar para Mox.

Sibila apertou *play* e ficou parada na frente do toca-fitas como se estivesse diante de um altar. A gravação estalou algumas vezes, depois se estabilizou, e uma voz tomou forma.

— Será — começou a voz, grave e estranha — o fim de Genetrix, a destruição de mundos. Há algo entre Genetrix e seu gêmeo. O Tenebroso vai cortá-lo, e os mundos serão esmagados um contra o outro, e será o fim de tudo.

Sloane ficou alerta. Pensou no fio de luz que tinha visto no fundo do rio Chicago, conectando Genetrix à Terra.

Aquele mundo e seu gêmeo. A Agulha.

A voz rouca continuou:

— O Tenebroso de Genetrix estará oculto, mas não será segredo, com uma sede que nunca será saciada. — Sibila, parada diante do toca-fitas, murmurava as palavras da profecia junto com a gravação. — Seu Igual é a esperança de Genetrix, marcado pela magia desde o nascimento e dominado por um poder até então desconhecido para nós.

Sloane viu Sibila tamborilar na própria perna, como se a profecia fosse uma música que ela estivesse dançando. Talvez os fios de luz que

Sloane vira fossem mesmo musicais, como as cordas de um violino ou um violão, e a música chegasse a Sibila em profecias.

— Duas vezes os iguais se cumprimentarão, e o destino dos mundos estará em suas mãos.

Mox encarava as próprias mãos, os dedos entrelaçados entre os joelhos com tanta força que os nós estavam brancos.

A Sibila da gravação repetiu a última frase, mas tão baixinho que Sloane mal conseguiu ouvi-la, e então a fita parou.

— Seu olho — comentou Sloane. — Você é marcado pela magia.

Sibila continuava atrás dela, mas Sloane falava apenas com Mox.

Ele assentiu. Parecia instável, prestes a desmoronar.

— Nero foi meu professor por uma década — contou, o lábio inferior tremendo de leve. — E me traiu. — Seus olhos estavam fixos nos de Sloane, mas o defeito na íris era imperceptível sem uma luz forte. — Matou o exército que devia ser do Escolhido, o primeiro Exército Esplandecente. E colocou a culpa em mim. Distorceu a profecia contra mim.

As palavras saíram roucas de sua garganta, provocando um calafrio em Sloane. Ela se lembrou dos dedos longos do Ressuscitador costurando o braço da soldado, puxando o fio com firmeza, do seu desespero ao gritar o nome de Ziva na rua perto do esconderijo. Se aqueles soldados trazidos de volta à vida eram o exército do Escolhido, é claro que Mox os conhecera antes de morrerem e confiava que o ajudariam a lutar contra um mal que não compreendia.

Nero. O homem com uma sede insaciável.

Eles se enfrentariam no campo de batalha de Genetrix, e o destino do mundo — *dos mundos* — estava em suas mãos.

TRECHO DE
A magia da crueldade
Erica Perez

Em seu livro *A manifestação de desejos impossíveis: uma nova teoria da magia*, Arthur Solowell faz a afirmativa ousada de que "um desejo não pode ser coagido ou manipulado". Embora eu concorde que uma simples ameaça não produza resultados mágicos confiáveis, é ingênuo afirmar que a coerção nunca é eficaz ao influenciar a magia. Talvez o sr. Solowell tenha tido a sorte de crescer em uma comunidade de adultos morais que nunca exerceram sua influência sobre as crianças, mas não é o meu caso. Fui testemunha de como pais cruéis moldavam seus filhos e, portanto, seus desejos.

E vi isso em diversas formas. Às vezes, uma educação religiosa rígida transformava uma mente aberta em uma mente fechada, que só era capaz de realizar operações básicas e práticas. Às vezes, a negligência gerava um completo desrespeito aos limites, levando alguém a envolver outras pessoas em operações antiéticas. A pressão para ter um alto grau de sucesso fez com que alguns amigos perdessem a criatividade e a imaginação em sua magia. O abuso emocional perverte as operações, deixando-as mais brutais, menos sofisticadas. Um dos meus amigos mais talentosos perdeu a capacidade de fazer magia e agora vive em St. Louis, uma égide.

Um desejo não é um capricho, como Solowell afirma com razão. Mas um desejo não é imutável. A variável a ser considerada é o poder. Quem tem poder sobre o indivíduo em questão? Será que alguém tem poder demais? Esse alguém no poder é um cônjuge, um familiar ou um amigo abusivo? O indivíduo é particularmente suscetível à manipulação, com um desejo de agradar ou apenas de evitar a dor? Foi isolado de seus pares ou do mundo exterior? Nós devemos aprender a reconhecer os sinais. Não podemos fingir que esse problema não existe. O futuro de nossas crianças depende disso.

35

Não havia muito a dizer depois disso, então Sibila convidou Sloane e Mox para ficarem para o jantar, provavelmente só para quebrar o silêncio. Sloane aceitou porque não sabia o que fazer. Então os três ficaram presos na pequena casa, orbitando uns aos outros em silêncio. Sibila se ocupou no fogão, enfiando fatias de limão dentro de um frango cru, e Sloane se ajoelhou no carpete bege perto do toca-fitas, olhando as revistas. Havia fotografias de países dos quais nunca ouvira falar, nomes, fronteiras e destinos alterados pela divisão dos universos. Viu sifões de aparência bruta nas mãos de moradores da zona rural da Romênia e da remota Sibéria — ainda incomuns naquelas regiões, segundo o artigo, mas encontrados entre as gerações mais jovens.

— Mox disse que não acha que os Drenos sejam controlados por alguém — comentou Sloane, desviando o olhar da fotografia de um trator em uma pequena fazenda na Argentina.

Uma ilha com uma bancada separava a cozinha da sala de estar. Sibila estava atrás dela, picando alguma coisa. Cebolas, a julgar pelo cheiro.

Mox havia sumido alguns minutos antes, tendo aceitado a oferta de Sibila de tomar banho e trocar de roupa. As vestimentas que o marido deixara quando morrera ainda estavam na cômoda do quarto dela. Sloane conseguia ouvir o chuveiro ligado mais adiante no corredor.

— Não podemos confundir causalidade e correlação — respondeu Sibila, segurando o moedor de pimenta. Apesar de ser viúva, ainda usava a aliança de casamento. — No entanto, sabemos que Drenos acontecem toda vez que um de vocês aparece para matar o Ressuscitador, então parece haver alguma relação.

— Espera... é mesmo? — Sloane largou a revista e se levantou. — Então você acha que os Drenos talvez sejam causados... pela presença de alguém de fora?

— Só sei que você não deveria estar aqui — disse Sibila. — Talvez sejam a reação alérgica do mundo a você.

Quando Sloane ergueu uma sobrancelha, a profetiza fechou a cara.

— Bem, eu não sei, garota. Não sou cientista.

Sloane se apoiou na ilha.

— E você trabalhava em quê, afinal? Cuspir profecias não deve ser muito lucrativo.

— Não é nada lucrativo em uma égide. Mas a sensação da magia é como uma lixa na minha pele, então eu não tive muita escolha. — Ela deu de ombros. — Eu era professora. Agora estou aposentada, é claro.

— É como uma lixa na sua pele — repetiu Sloane. — Isso é... estranho.

— Como é para você?

— Como se tivesse um torniquete apertando minha cabeça. Às vezes minhas mãos ficam dormentes. Na verdade, não gosto muito.

— Hum.

Sibila colocou as luvas de forno e pegou a travessa pesada com o frango. Sloane se adiantou para abrir a porta do forno, e o recipiente foi posto lá dentro.

— Ele adora — contou Sibila, acenando com a cabeça em direção ao banheiro onde Mox tomava banho. — Para ele, a sensação é de... fios de luz ou algo do tipo. Ele toca a magia como se fossem as cordas de um violão. *Blém*... adeus, gravidade. *Blém*... a casa está em chamas. Uma maravilha.

Fios de luz. Parecia a operação que Élia havia feito em Sloane antes de mergulhar no rio. Talvez ela tivesse aprendido aquilo com Nero, que havia aprendido com Mox.

— Você conhece o Nero? — perguntou Sloane.

— Conheço. — O olhar de Sibila endureceu. — Ele usa uma máscara em cima da outra, aquele homem. Não dá para ver o que está por baixo. — Ela ajustou o cronômetro de cozinha, que tinha formato de ovo. Os dizeres *Ovacionado seja o café da manhã* estavam pintados na lateral. Então inclinou-se para mais perto de Sloane. — Você, garota, tem a magia mais persistente de todas. O destino agarrou você com força e não quer largar. Então precisa se lembrar de uma coisa. — Ela agarrou o braço de Sloane em um aperto forte para uma mulher do seu tamanho. — A linha entre um Escolhido e seu rival é tênue, então não se acomode muito em um dos lados.

O cheiro de cebola era tão pungente que os olhos de Sloane ardiam. Ela puxou o braço para soltá-lo.

— Eu só quero voltar para casa — disse.

— Essa é a maior mentira que já ouvi. — Os olhos de Sibila brilhavam. — Você quer *tudo*. É um poço sem fundo. Fico exausta só de pensar em você.

— Sabe, você também não é nenhum anjo — retrucou Sloane.

Bem nesse momento, Mox gritou de longe, a voz facilmente audível do outro lado da casa:

— Sloane. Pode me ajudar?

Ela se lembrou da lâmina enfiada acima do quadril dele na noite anterior. Saiu da cozinha para o corredor, que era pintado do mesmo rosa-claro que o sofá da sala. A parede estava cheia de fotos — de Sibila, seu marido e filhos, supôs Sloane, pela maneira como posavam, rígidos e formais. Era difícil acreditar que aquela mulher, com sua casa e família excessivamente normais, pudesse ter feito tantas profecias, inclusive uma sobre o fim do mundo. Não era de admirar que a magia lhe fosse tão repulsiva. Era o oposto da vida que construíra para si, com toda aquela rigidez.

Mox vestia uma calça jeans gasta e uma camiseta cinza, o que a surpreendeu, já que não tinha visto roupas assim desde que chegara a Genetrix. Ele estava apoiado contra a cômoda de Sibila, as mãos apertadas na beirada e a cabeça baixa. O cabelo ficava liso e mais longo quando molhado, quase roçando os ombros. Estava descalço.

Ele era, pensou Sloane, muito sólido. Sua barriga era magra, provavelmente devido à vida difícil dos últimos dez anos, a base de sopa enlatada, mas os braços longos eram fortes o suficiente para preencher as mangas da camiseta, e seus ombros eram largos, como se ele tivesse sido feito para ser mais musculoso. Talvez em outro universo.

Mox estava perdendo o controle. A pressão do ar ao redor dele era tão diferente da pressão no corredor que os ouvidos de Sloane quase doeram ao se aproximar dele.

— Desculpe — pediu Mox em uma voz baixa e tensa, sem olhar para ela. — Mas você conseguiu me acalmar... no trem.

— Ah.

Sloane tentou se lembrar do que tinha feito no trem. Havia segurado as mãos dele. A ideia de tocá-lo outra vez era muito mais assustadora. No trem, havia sido instintivo, mas ali... seria intencional.

Uma lufada de ar soprou contra seu rosto. Foi como quando ela era criança e andava de bicicleta até o alto da Oak Street, só para poder descer de novo. Era quase como se ela pudesse agarrá-lo.

Covarde, disse a si mesma, e colocou a mão no ombro de Mox, na junção com o pescoço. Seu cabelo molhado fez cócegas nos nós dos seus dedos. Sloane se inclinou para mais perto.

— O que foi? — perguntou.

Mox não respondeu. Estava hiperventilando, a julgar pelo movimento rápido do torso sob a camisa. Sloane pôs a mão em sua nuca e apertou de leve. Sua pele estava quente. Fazia muito tempo que ela não tocava alguém que não fosse Matt daquela maneira, vulnerável e insolente.

— Falar sobre ele... todas as lembranças... — disse Mox. Seus dentes pareciam cerrados, embora o rosto ainda estivesse escondido atrás de uma cortina de cabelo.

— Foi demais? — completou Sloane. — Bem, vamos só... nos sentar um pouco.

Ela o empurrou de leve e, quando Mox se ajoelhou, Sloane se abaixou junto e se recostou na cômoda, um dos puxadores de gaveta afundando em suas costas. Ele ainda se recusava a encará-la, os braços trêmulos.

— Eu e meu amigo... o que morreu... — começou ela, sentindo o velho terror surgir dentro de si. — Nós fomos capturados pelo Tenebroso da Terra. Foi só por um dia. — Ela enfiou os sapatos no carpete. Sibila erguera uma sobrancelha quando Sloane entrara sem tirá-los, mas não dissera nada. — Mas o Tenebroso me deu uma escolha.

Ela sentiu facas perfurando sua garganta ao engolir em seco.

— Ele me disse que um de nós... eu ou Albie... sofreria, e eu decidiria quem. — *Você ou ele?* Ela não fechou os olhos. Se fizesse isso, veria o rosto plácido do Tenebroso esperando sua resposta, encostado na moldura na porta. — Eu não queria decidir. Mas ele disse que, se eu não escolhesse, nós dois sofreríamos, e por que nós dois deveríamos passar por aquilo?

Mox havia se endireitado para olhá-la através da cortina de cabelo, que começava a enrolar conforme secava.

— Então, no fim — continuou Sloane, forçando-se a pronunciar as palavras que nunca antes dissera em voz alta —, eu escolhi meu amigo. Eu me salvei.

O horror estava muito perto da superfície. Se quisesse, Sloane poderia tê-lo liberado, tremido, gritado. Estava com medo de olhar para Mox e ver a repulsa que certamente sentia. Ele havia matado, mas apenas para se salvar; não tinha entregado um amigo querido às chamas para não se queimar. Sloane não conhecia ninguém que tivesse feito isso.

Mas ela se obrigou a encará-lo mesmo assim, porque merecia saber o quão repugnante era. Tinha traído e traumatizado seu amigo, colocado Albie em um caminho que levaria à sua morte.

Mas Mox apenas olhava para ela.

A pressão no ar havia diminuído. Sloane não sentia mais como se estivesse forçando cada respiração.

— Eu sei como é essa raiva que toma conta só de pensar em alguém — confessou ela, em uma voz estrangulada. — Essa raiva que muda quem você é.

Mox pôs o cabelo atrás das orelhas com ambas as mãos. Seu rosto parecia mais fino e pálido assim. Estava cansado, e não era de se admirar — passara anos vivendo em prédios e armazéns abandonados com um exército que caía aos pedaços toda vez que se movia, e às vezes até sem se mover, carregando o peso do que acontecera com eles em seus ombros. Estava tão cansado quanto ela.

— Existe um experimento hipotético de ética chamado de dilema do bonde, já ouviu falar?

Sloane balançou a cabeça.

— Basicamente, um bonde está em um trilho e, se seguir em frente, matará cinco pessoas. Porém, se mudar de trilho, matará apenas uma. E você deve decidir se troca de trilho e se torna diretamente responsável por uma morte, mesmo que para poupar outras vidas. — Mox franziu as sobrancelhas. — Eu odiava esse dilema, *odiava*, e dizia ao meu professor que o que eu faria seria pegar a pessoa me obrigando a fazer essa escolha e jogá-la nos trilhos, porque ela é que merecia morrer.

Mox sorriu de leve, e uma covinha se formou em sua bochecha.

— Não é esse o objetivo do exercício — continuou, pondo a mão sobre a dela, que estava apoiada no joelho. O gesto a fez se sentir pequena, mas de um jeito bom, como ela nunca se sentia, alta como era. — Mas a pessoa que pede para você fazer esse tipo de escolha, entre si mesma e um amigo, entre a dor e a culpa... é uma escrota.

Mox apertou a mão dela. Por um momento, os dois apenas se olharam, e Sloane sentiu que o horror estava mais distante, que havia se acomodado no fundo do seu ser outra vez.

Eles comeram o frango de Sibila em silêncio, e claramente ficaram aliviados quando Sloane deu a última garfada. Ela e Mox foram guardar as batatas em potes na geladeira e lavar os pratos e as panelas. Sibila deixou que assumissem o controle da cozinha e foi para a escada dos fundos fumar um cigarro. "Meu mimo da tarde", explicara, embora Mox ou Sloane não tivessem feito qualquer comentário. Depois, ela ligou seu velho Toyota e os levou até a estação de trem, usando óculos grossos com armação tartaruga verde.

Enquanto passavam pelos prédios de tijolos baixos e terrenos vazios que pontilharam o trajeto entre a casa de Sibila e a estação, Sloane ficou impressionada com o quanto tudo parecia estéril sem a arquitetura influenciada pela magia de Chicago. Ela se acostumara àquilo, apesar de estar em Genetrix há pouco tempo. Os edifícios mais interessantes em St. Louis eram as igrejas, que pareciam ter ficado mais simples sem os arquitetos irrealistas ou saudosistas: prédios brancos com cantos retos que lembravam as estruturas minimalistas na Terra, mas com janelas de vidro em forma de cruz.

Sibila lançou um olhar severo a Mox quando pararam no meio-fio ao lado da estação e alertou:

— Fique de olhos bem abertos.

Ele se inclinou e beijou sua bochecha, embora ela parecesse tão irritadiça quanto no momento em que chegaram.

— Obrigado.

Sloane saiu do carro sem se despedir. Estava distraída por uma sensação estranha na pele, como se um gato estivesse ronronando. Deviam estar no limite do alcance do sifão que abafava a magia. Quando Mox fechou a porta e o Toyota se afastou, Sloane se virou para ele e perguntou:

— Como você a conheceu? Eu nunca conheci a profetisa da Terra.

— Eu bisbilhotava muito lá no Camelo. Eles nunca conseguiam me manter fora de uma sala por muito tempo — explicou Mox, inclinando a cabeça para olhar o céu. Estava nublado, o sol coberto por uma neblina pálida. — Tem alguma coisa errada. Você está sentindo também? — Ele mexeu os dedos. — Está tudo claro e brilhante para mim. A magia voltou.

— Por que desligariam o abafador?

— Só consigo pensar em um motivo: sabem que eu consigo usar magia, apesar dos abafadores, e querem poder usar também.

— Bem, então vamos pegar nossos sifões antes que nos encontrem. — disse Sloane.

Mox foi na frente até os armários. Quando pôs o código e abriu a porta deles, soltou um suspiro de alívio. Ainda estavam lá, lado a lado. Ele pôs o verde e flexionou os dedos, depois pegou o acessório dental da bolsinha e o colocou no canino. Sloane colocou o seu sifão de má vontade, odiando a maneira como o metal frio e pesado apertava seu pulso.

Mox viu que ela estava atrapalhada com o fecho e estendeu a mão para segurar seu braço. Enfiou um dedo por baixo do sifão para testar o aperto, depois empurrou o fecho para a posição certa com um movimento da mão. Sloane sentiu o calor da ponta de seus dedos em sua pele. E sabia o que aquele calor significava e no que daria, caso permitisse, mas sentia que aquilo seria outra traição.

Ela fechou a porta do armário e se voltou para o saguão. Em Chicago, a maioria das pessoas usava as roupas dramáticas que, Sloane aprendera, eram a marca da elite mágica. Em St. Louis, porém, por ser uma égide, não havia tecidos esvoaçantes adaptados para exibir sifões de garganta ou de pulso, nem penteados elaborados com prendedores dourados e redondos que acentuavam os sifões de ouvido, nem versões modernas de trajes de bruxos. Inclusive, a moda parecia ter ido na direção contrária: uma mulher com uma blusa de gola tão alta que chegava à mandíbula passou por eles, os pequenos botões formando uma linha do pescoço ao umbigo; um homem de camisa rosa e laranja tinha os pulsos e a parte de cima do braço cobertos, mas entre os dois pontos uma malha translúcida deixava visível a pele, intocada pela tecnologia mágica; uma menina carrancuda usava uma camisa cinza que parecia uma túnica de monge. A criança olhou para o pulso de Sloane e fez cara feia para ela. Sloane retribuiu a expressão.

Então um movimento rápido chamou sua atenção: alguém correndo para trás de uma coluna. Sloane deu um tapa na barriga de Mox, que estava atrás dela, talvez um pouco forte demais.

— Ai — reclamou. — O que foi?

Sloane ergueu a mão com o sifão e apontou para um soldado do Exército Esplandecente, aproximando-se pela sombra do toldo que cobria os cantos do saguão.

Mox se enrijeceu e se virou para o sentido oposto, então ficaram quase de costas um para o outro.

— Sloane.

Reconheceu aquela voz: era Edda, que estivera com ela e os outros durante o Dreno. À sua esquerda, Edda contornou os móveis de falso veludo vermelho, a mão erguida, preta e brilhante. Uma faísca dançava em sua palma, o sifão estava pronto para iniciar a operação.

— Olá — cumprimentou Sloane. Seu olhar ia e voltava entre Edda e a outra soldado, uma mulher pequena e ágil com cabelo preto cacheado. Ela usava um sifão por cima do olho, uma meia-máscara lisa e cromada encaixada sobre a cavidade ocular e a bochecha. — Você está estragando minhas férias em St. Louis, Edda.

— Sloane, ele usou alguma operação em você — disse Edda com firmeza. — Um tipo de manipulação mental.

Todos os civis presentes já haviam se escondido atrás de mesas e cadeiras, aglomeradas nos cantos, ou fugido porta afora. A garotinha vestida de monge tremia, agachada perto dos pés de Edda.

— Não — negou Sloane. — Qual a próxima teoria?

— Não tenho outra teoria.

— Aqui está uma: mentiram para você — sugeriu Sloane.

Só estava ganhando tempo, examinando o saguão em busca de saídas de emergência. Havia uma parede de armários à sua direita, mas ela se lembrava do brilho vermelho de uma placa mais adiante. Se conseguisse fazer com que Mox destruísse os armários, poderiam fugir.

— Impossível — retrucou Edda, balançando a cabeça.

Sloane se recostou ligeiramente para sentir o ombro de Mox contra o seu.

— Bem, é claro que é *possível* que alguém tenha mentido para você — argumentou Sloane.

Cutucou Mox com o cotovelo que estava virado para os armários e bateu de leve na porta do móvel com os nós dos dedos.

—Tenente, ela está... — começou a dizer a soldado na frente de Sloane, mas Mox bateu a mão no armário e produziu um som quase agudo demais para processar.

Houve um barulho ensurdecedor quando o móvel foi amassado como uma bola de alumínio, e Sloane começou a escalá-lo assim que encontrou um apoio. Agarrou a camisa de Mox para não perdê-lo. Porém, a estrutura desabou com ela em cima, desequilibrando-a. Sloane tropeçou e caiu de joelhos no piso de azulejo.

A soldado de máscara produzia uma nota clara, e Edda harmonizou com ela. A combinação das duas vozes fez um peso surgir nos ombros de Sloane, empurrando-a para baixo até cair sobre os cotovelos. Ela gritou entre os dentes e tentou engatinhar, mas o peso só aumentava, esmagando-a, esvaziando o ar de seus pulmões...

Mox achatou a palma no chão e produziu um som gutural, tão grave quanto o rugido de um leão. O chão tremeu, primeiro embaixo dele, depois ondulou sob o corpo de Sloane, balançando o que sobrara dos armários, então sacudiu violentamente, lançando-a para cima. Ela bateu de volta no piso de ladrilhos. Mox a alcançou e passou o braço livre em volta do seu, mudando o tom para um mais agudo.

De repente, um estalo soou e Mox gritou, a concentração interrompida quando uma haste de metal atingiu suas costas. Parecia ter brotado da palma da mão de Edda. Ele caiu no chão.

A soldado de máscara estava a poucos passos de Sloane. Ela sabia que, se a mulher a alcançasse, os dois estariam perdidos. Seriam prisioneiros de Nero.

Então fez a única coisa que lhe ocorreu: ergueu a mão e assobiou no que torcia para ser a frequência exata de 170 MHz, tentando criar um fôlego mágico. Ela pensou no que Sibila lhe dissera antes de partirem, que Sloane queria *tudo*, que era um poço sem fundo, cheia de desejos, e que fedia a magia. O fogo ardeu em seu corpo, queimando os seus membros. Ainda assim, continuou a assobiar. Um vento passou rugindo por ela, e por baixo daquele som ensurdecedor havia o de tecido sendo rasgado, vidros se quebrando, gritos.

Viu Edda tombar, as pernas por cima da cabeça, e a soldado mascarada ser jogada contra uma coluna. O armário do guarda-volumes, que virara um monte de metal retorcido, rangeu nos suportes do chão, prestes a se soltar.

O braço de Mox, sólido como uma viga estrutural, envolveu a cintura de Sloane. Ele a arrastou até a saída de emergência e empurrou a porta com o ombro. Sloane só se permitiu parar de assobiar quando viu a luz alaranjada do pôr do sol, a garganta seca apesar de o som ter sido breve. Ela se apoiou em Mox, certa de que ia desabar, mas ainda não, ainda não.

Mox correu para a rua, obrigando um carro a dar uma guinada brusca e outro a frear cantando pneu. Ele soltou Sloane e abriu a porta do carro.

— Fora — ordenou entredentes, erguendo o sifão.

O motorista não passava de um adolescente cheio de espinhas no queixo, que olhou para Mox, sem se mexer. Sloane já entrava pela outra porta e afundava no banco do carona, aliviada.

—Anda! — rugiu Mox, e chamas dançaram sobre a ponta dos seus dedos, enrolando-se no pulso e subindo em direção ao cotovelo.

Desesperado, o garoto soltou o cinto de segurança, pegou sua mochila e saiu do carro. Mox entrou e pisou no acelerador, fazendo o carro dar um pulo para a frente. Ele virou o volante, quase avançando na calçada.

—Você sabe dirigir? — quis saber Sloane.

— Não — respondeu Mox, tenso.

— O acelerador é o da direita, os freios são os da esquerda — explicou. — Mais devagar! Eles ainda não sabem que roubamos esse carro, mas você só está deixando isso óbvio. — Ela estava tonta e bateu a mão no painel para tentar acordar. — Merda. Pegue a estrada o mais rápido possível e encontre um lugar para parar. De preferência um bem xexelento, como um hotel de beira de estrada ou... — Sloane piscou. Tudo estava diferente, era como se o ar tivesse se transformado em melaço. — Vou desmaiar.

— Sloane!

Foi a última coisa que ouviu antes de desabar no banco.

36

Sloane acordou com uma freada brusca. O carro — com seu cheiro forte de desodorante adolescente misturado à fumaça de cigarro — avançara aos solavancos até uma vaga em uma rua estreita. Do outro lado do gramado, uma placa dizia MOTEL, mas o L já não brilhava direito. Era exatamente o tipo de estabelecimento que Sloane teria escolhido se estivesse acordada.

— Muito bem — disse ela, a voz cansada.

Viu que Mox estava tendo dificuldade com o câmbio, então estendeu a mão e pôs o carro na posição de estacionado.

— A estrada quase matou a gente. Você está proibida de desmaiar outra vez.

— Me desculpe pela inconveniência.

Ele estava sorrindo ao abrir a porta do carro. Desceu com movimentos rígidos, provavelmente sentindo dor onde fora atingido pela haste de metal de Edda. Sloane o seguiu. Continuava cansada, mas a tontura tinha passado.

Mox lhe entregou um punhado de moedas e Sloane foi até a recepção conseguir um quarto enquanto ele procurava por uma máquina de lanches. Não seria seguro ficarem muito tempo ali, com o carro estacionado à vista de todos, mas poderiam descansar por algumas horas antes de seguir viagem. Sloane esperou do lado de fora até Mox aparecer com duas garrafas d'água e vários lanches apertados contra a barriga. Juntos, caminharam ao longo da fileira de quartos até o último.

O cômodo era bem escuro, devido às poucas janelas e aos painéis de madeira nas paredes, teto e piso, que faziam Sloane se sentir dentro do próprio caixão. A cama era grande, mas um pouco funda no meio. Ela fez uma careta e arrancou a colcha floral, largando-a em um canto. Mox ergueu uma sobrancelha. Debaixo da colcha, havia lençóis brancos que pareciam limpos.

— O que foi? — perguntou Sloane. — Nunca lavam o edredom, é nojento. E não ande descalço. Ah! E o telefone. Não encoste no telefone.

Mox riu.

— Eu moro em um armazém e durmo em uma pilha de cobertores velhos, lembra?

— É — concordou Sloane. — Por falar nisso, por que você não… saiu de Chicago? Do país?

Mox largou a comida na mesinha de canto e fechou as cortinas. Então assobiou para acender todas as luzes do quarto.

— Antes de eu descobrir como reviver o exército, tentei ir embora — contou, abrindo uma das garrafas d'água e tomando um longo gole. — Ele me seguiu. E todo mundo com quem conversei, todo mundo que me ajudou… — Mox fez um barulho estrangulado e parou de falar.

— Ah. — Sloane atravessou o quarto e pôs a mão entre as omoplatas dele, delicadamente. — Suas costas estão bem?

— Não sei.

Ela não tinha dúvidas de que o mais inteligente seria se afastar e se recusar a bancar a enfermeira, como havia feito antes — embora sem sucesso. Mas não conseguia. Baixou as mãos até a bainha da camisa de Mox e a ergueu, expondo a pele pálida, a coluna, as linhas tênues de sua musculatura. *Muito sólido*, pensou outra vez.

— É melhor eu avisar… — começou ele, mas então Sloane viu as placas de metal subindo pela coluna, contrastando com a pele clara. Tinham um tom mais quente, entre cobre e ouro. Era um sifão.

Sloane sentiu suas bochechas corarem e ficou feliz por ele não poder ver. Tentou se concentrar. Nero lhe dissera alguma coisa sobre sifões na coluna vertebral. Que as pessoas não usavam, mas ela não se lembrava do motivo e não queria perguntar a Mox.

— Ele que colocou — revelou Mox, em voz baixa. — Isso quer dizer que, quando estou perto dele, Nero pode controlar minha magia. E ele é a única pessoa que pode tirar.

Sua pele já estava mudando de cor onde a haste de metal de Edda o atingira, entre os ombros. Mas não tinha feito um corte. Sloane pôs a mão por cima do sifão, o conjunto de placas entrelaçadas que imitavam a forma e a curvatura de suas vértebras. Eram chatas, quase sem protuberância, o que as tornava imperceptíveis sob a roupa. A pele de Mox aquecera o metal, e a dela fazia o mesmo.

— Eu era bem novo. Praticamente uma criança — continuou Mox. — Não pode ser colocado sem consentimento, mas ele disse que me ajudaria, como rodinhas de bicicleta para deixar minha magia menos esmagadora até eu estar pronto...

— Eu vou matá-lo — anunciou Sloane em um tom inexpressivo, dando um passo para trás, e deixando a camisa cair.

Mox a encarou por cima do ombro. Seu corpo inteiro estava quente, ardendo, como se ácido corroesse seu peito. Se fosse Mox sentindo aquilo, a magia viria e destruiria o pequeno quarto de motel, mesmo que ele não quisesse. Mas Sloane não se sentia assim fazia muito tempo. Sempre havia fundido a raiva com alguma outra emoção, porque era demais para aguentar sozinha. Ela inspirou.

— Eu *odeio* ele.

Mox hesitou, apenas por um momento, então tocou a bochecha de Sloane. Havia algo de estável nas linhas frias de seus dedos, na quietude absoluta em seus olhos.

— Eu sei — respondeu. — Eu sei.

Ficaram parados ali pelo que pareceu um bom tempo, as mãos dele em sua pele, os rostos bem próximos. No começo, Sloane disse a si mesma que ficaria parada só até a raiva recuar. Mas então não conseguiu se mexer. O hálito de Mox cheirava a chocolate — provavelmente comera um ao voltar da máquina de lanches. Sua bochecha estava áspera por causa da barba por fazer. Ela pôs as mãos por cima dos pulsos dele, sem afastá-lo, segurando-o.

— Me beija — pediu em voz baixa. — Agora.

Ele obedeceu, as mãos gentis enrijecendo e se enterrando em seu cabelo. Sloane o fez recuar até a parede e pressionou seu corpo contra o dele, quadris, barrigas e peitos quentes colados um no outro. Era como o fogo e o formigamento da magia, mas sem a destruição; apenas o calor e a intenção. Mas também havia um pouco de magia, o que não era surpresa; Mox vivia se afogando nela, imbuído nela. A eletricidade dançava em seus dedos, brilhando contra as pálpebras fechadas de Sloane. Ela riu ao olhar as faíscas brincando nos dedos dele.

— Desculpa — disse Mox, com um pequeno sorriso e uma expressão convencida.

— Como se você não gostasse, seu besta — retrucou Sloane, e o beijou novamente.

Ela pensou em Matt só por um instante, quando percebeu que não conhecia mais a coreografia, não sabia como beijar alguém muito mais alto, alguém que não era tão cuidadoso, que tinha acabado de vê-la produzir um vendaval capaz de derrubar pessoas em uma estação de trem e que sabia que ela tinha um desejo assassino em seu coração porque sentia o mesmo. Mox envolveu suas costas com o braço e a levantou do chão. Sloane riu quando ele a deixou cair na cama e se afastou para tirar a camisa e os sapatos, sem qualquer sinal de vergonha.

Ela sentia que o ar a pressionava de todas as direções, e não sabia se era a magia ou se era só a sensação de ficar com alguém sem ter que fingir.

Ela o puxou para perto. Mox não era tanta coisa e não fez tantas coisas — não era tímido na hora de tocá-la, não era delicado ao tirar a calça dela e jogá-la no chão, não era comedido ao traçar um novo caminho por seu corpo, não se incomodou quando ela riu e puxou seu cabelo para fazer uma sugestão. E, *caramba*, o cabelo dele, enroscado em suas mãos; os dentes, mordendo de leve a ponta de seus dedos ao tirar o sifão de Sloane; os olhos, fixos nos dela com uma atenção inabalável enquanto descobriam como se mover juntos.

Sloane queria tudo, e teve tudo: fogo, vendaval e risadas; raiva, calor e compreensão.

Ela teve a presença de espírito de notar quando todos os objetos do quarto — bloquinho de papel, garrafa d'água, embalagens de pretzels, controle remoto, TV antiga, sabão empoeirado embrulhado em papel de lavanda — se ergueram no ar e caíram de volta nas mesas e bancadas. Nem sabia qual dos dois tinha feito aquilo.

Quando acordou, estava escuro lá fora, e Mox dormia de bruços, as mãos debaixo da cabeça. Sorriu ao ver seu cabelo despenteado, um cacho caído por cima da testa.

O sifão de coluna chamou sua atenção, e Sloane se debruçou sobre o ombro de Mox para observá-lo melhor. A estrutura era essencialmente a mesma de qualquer outro sifão, com uma placa mais robusta na parte de cima que continha toda a mecânica da coisa e uma fileira de placas que descia até o meio das costas. Tinha certeza de que cumpriam uma função própria — talvez um contato maior com a pele fosse uma fonte de energia térmica? Ou quem sabe elas dessem mais estabilidade ao dispositivo?

Sloane não conseguia entender como o sifão permanecia no lugar. Não estava aparafusado nas costas de Mox, mas era como se estivesse. Se era a magia que o mantinha fixo, então a magia devia ser capaz de removê-lo, porém, como Mox e Nero tinham dito, apenas a magia de quem o colocara era capaz disso. O que significava que cada pessoa tinha uma espécie de assinatura ou impressão digital mágica — que cada um se relacionava com a magia de maneira própria, independentemente da habilidade ou capacidade.

Mas Sloane não conseguia deixar de pensar que o sifão era apenas uma máquina. Se fosse privado de sua fonte, se a energia necessária para seu funcionamento fosse interrompida, teoricamente daria para desativá-lo. Era possível que ninguém em Genetrix tivesse encontrado uma maneira de fazê-lo porque estavam todos tão concentrados na magia que haviam se esquecido de ser práticos, como Nero com sua oficina protegida por uma fechadura mágica.

— Você está me encarando — disse Mox. Estava de olhos abertos, embora não tivesse se mexido, e a olhava por trás do cabelo caído na testa.

— Só estava... pensando. Em como tirar essa coisa de você.

— Ah, a questão central da minha vida. Essa e como matar alguém que pode controlar você.

Sloane passou a perna por cima das costas de Mox e se aproximou, o rosto deles bem perto um do outro.

— Eu só estava pensando que... é uma máquina — explicou. — E é possível mudar o propósito de uma máquina se alterar seu funcionamento.

— O que quer dizer com isso? — perguntou Mox, encostando a testa na dela.

— Quero dizer que, no momento, esse troço canaliza magia. Você poderia transformá-lo em um sifão de égide? Fazer com que canalizasse... antimagia?

— Aí eu não conseguiria fazer nada.

— Eu sei, mas na verdade não estava pensando no sifão de coluna. — Ela brincou com o cacho na testa de Mox. — Estava pensando naquele sifão gigante no chão do Salão das Convocações. Se conseguíssemos desativar *toda* a magia, poderíamos matar Nero com nossas próprias mãos e pronto.

Mox piscou algumas vezes, surpreso, depois pressionou os lábios contra os dela, empurrando-a até ficar de costas no colchão. Sloane riu, e Mox desceu para beijar seu pescoço.

— Você... é *brilhante*.

— Você está me dizendo que... ah... — Ele era bom naquilo. — ...que *nunca* pensou em... Deixa pra lá.

Mox rolou por cima dela. Era pesado, mas Sloane gostava de sentir seu peso e da maneira como o peito de seus pés pressionava a sola dos dela.

— Eu entendo de sifões — disse Mox. — Conserto o meu, o de Ziva, o de todo mundo. E quando eles quebram, sabe, você não consegue fazer mais nada.

Sloane empurrou o cabelo dele para trás das orelhas e sorriu.

— Então vamos quebrar um de propósito.

Já tinha anoitecido quando voltaram para a cidade, uma das horas favoritas de Sloane para atravessar as pradarias de Illinois. Havia apenas a rodovia e o brilho das luzes no horizonte: as pistas dos aeroportos regionais, fazendas em cidades tão pequenas que não constavam na maioria dos mapas, o brilho do arco de um McDonald's ao lado de um posto de gasolina. Mox disse que algumas cidades integraram a magia ao seu cotidiano, mas, em geral, os moradores das áreas ao redor das égides demoravam a fazê-lo, com exceção da geração mais jovem.

— A maioria das pessoas não pensa que dá para destruir o mundo com ela — comentou, tamborilando na janela.

Sloane sorriu.

— A maioria das pessoas não tem ambição.

Mox riu e diminuiu o volume da música. Haviam encontrado um CD que Sloane reconhecera no porta-luvas: *Pet Sounds*, dos Beach Boys. Mox lera os nomes de alguns CDs mais recentes, e nenhum deles soara familiar para Sloane. Sem dúvida não conhecia a banda Unfathomable Cosmic Blackness, cujo primeiro álbum fora feito completamente por magia. Se cantasse as notas exatamente como tinham sido escritas em uma das músicas, contara Mox, faria luzes multicoloridas dançarem pelo painel.

— Acho que descobri qual é o seu problema com o sifão — anunciou Mox. Ele jogava fôlegos mágicos em Sloane de vez em quando, tentando fazê-la rir. Ela ameaçara tirar seu apito mais de uma vez, não que isso fosse fazer muita diferença.

— Ah, é?

— É. Provavelmente falaram com você sobre intenção, certo?

Sloane revirou os olhos em resposta.

— Certo. Bem, a intenção é importante, mas a essência de um ato mágico é...

— Desejo. — Sloane abriu um sorrisinho. — Eu li o livro.

Mox ergueu uma sobrancelha.

— Você leu *A manifestação de desejos impossíveis*? Isso existe na sua dimensão?

— Não, estava no meu quarto quando cheguei aqui. E depois que quebrei o tornozelo pulando da sua janela, tive bastante tempo livre.

— Sinto muito por isso.

— Sinto muito por tentar matar você — devolveu ela. — Quer dizer, eu sei que você transformou minha arma em pó, mas mesmo assim...

— Eu admirei o esforço. Nem todo mundo seria tão corajoso.

— Mas você estava falando de desejo?

— Isso. Bem, você já parou para pensar que talvez, quando estava tentando criar um fôlego mágico, na verdade *não queria* criar um? Que o que você realmente queria era criar um furacão destruidor que quebrasse todas as janelas?

Ela abriu a boca para discutir; é claro que queria fazer o fôlego mágico do jeito certo. Passara dias tão frustrada com o sifão que queria destruí-lo. Mas também não havia se perguntado por que deveria se importar com lufadas de ar, chamar elevadores sem apertar o botão e abrir portas quando tudo isso era simples o suficiente para ser feito sem usar magia? Não havia quebrado a claraboia do Salão das Convocações ao canalizar aquilo que a roía por dentro, dizendo-lhe para consumir mais, mais e mais enquanto ainda podia?

— Talvez você tenha razão — concedeu ela.

— Você não pode obrigar alguém a querer algo. E saber o que quer, não de uma maneira vaga, mas *específica*, é grande parte da magia. Você não escolhe o que vai fazer e depois força o desejo. Primeiro descobre o desejo exato, e depois escolhe o que fazer com isso.

— Foi assim que você aprendeu aquela... coisa de colapsar o pulmão? — perguntou ela com indiferença estudada.

Estava se referindo, é claro, à operação que Mox fazia para matar pessoas. A que quase havia matado Ciro.

— Foi — confirmou ele, parecendo um pouco tenso. — Esse método em particular, de colapsar os pulmões... combinou comigo. — Mox balançou a cabeça, não em negativa, mas como se estivesse tentando tirar a lembrança da mente. — É... horrível. Eu sei, eu...

Sloane estendeu a mão por cima da marcha e a pousou na perna dele. Mox havia começado a balançar o joelho, mas parou ao sentir o seu toque.

— Eu sei qual combina comigo — revelou ela.

E contou sobre o Mergulho.

A lua estava alta quando eles chegaram à cidade. Mox mandou o carro para dentro do rio, como fizera com a viatura alguns dias antes. Quando entraram no esconderijo, o para-brisa ainda estava visível na água.

Austin Chronicle

NOVA LEI DO SIFÃO DE COLUNA APROVADA NO TEXAS

Kiersten Reichs

AUSTIN, 2 DE FEVEREIRO: O governador do Texas, Colin Hauser (R), anunciou nesta quarta-feira uma lei para legalizar, com algumas restrições, os sifões de coluna vertebral para fins de tratamento médico.

O governo federal proibiu os sifões de coluna vertebral há três anos com a Lei do Uso Ético de Sifões (LUES). A aprovação da lei não foi difícil ou polêmica na época, porém, com o surgimento das égides, a questão voltou a ser debatida.

"Não queremos que os sifões de coluna sejam usados de maneira leviana por ninguém. Não estamos defendendo isso", disse Hauser em uma entrevista na tarde de quarta-feira concedida ao *Washington Magical Monitor*. "Mas eles podem ser úteis em alguns casos extremos, e queremos permitir isso, ainda mais em cidades como Arlington."

Os "casos extremos" aos quais Hauser se refere envolvem "um poder mágico destrutivo e incontrolável" que não responde a treinamentos intensivos ou outros tipos de tratamento, incluindo a mudança para uma égide, onde há abafadores mágicos.

Algumas pessoas na comunidade expressaram alívio. "Meu filho estudou com um garoto que não conseguia conter sua magia, apesar de os professores tentarem ao máximo controlá-lo", disse Mary Millay, de Dallas, no Texas, mãe de duas crianças pequenas. "Todos os dias eu morria de medo de mandar meu filho para a escola e depois receber uma ligação dizendo que ele foi incendiado ou flutuou para longe depois de uma operação de reversão da gravidade ou algo assim. Agora as escolas estão mais seguras."

Mas nem todos aprovaram a nova medida. "Essa lei atinge de maneira desproporcional os idosos, pessoas com transtornos mentais e as crianças", disse Darcy Atwood, da Sociedade de Liberdade Mágica. "Os preconceituosos que odeiam a magia em todas as suas formas agora vão poder suprimir os dons mágicos dos mais vulneráveis, o que é, obviamente, ilegal. Nem mesmo nas égides as habilidades mágicas são suprimidas por completo, pois nosso governo decidiu que tal medida se enquadrava na categoria de 'punição cruel e incomum', então como *isso* é aceitável?"

37

O esconderijo estava um caos. Havia filas de soldados do exército do Ressuscitador deitados no chão de madeira e, no espaço entre eles, mãos e pés, braços e pernas soltos. Um morto-vivo se curvava por cima de um pedaço de madeira que se projetava de sua barriga, de onde escorria um líquido escuro. No outro extremo do cômodo, sentada a uma mesa, Ziva segurava de maneira desajeitada uma grande agulha de costura entre dois dedos para tentar prender de volta a perna de um homem, cortada logo acima do joelho. Ela derrubou a agulha e praguejou.

Mox também praguejou e percorreu a passos rápidos o corredor cheio de membros decepados até alcançar a tenente. Sloane desviou o olhar de um osso branco irregular que saía do joelho de um morto-vivo e correu atrás dele.

— O que aconteceu? — perguntou Mox, e Sloane não tinha percebido o quanto ele se controlara durante o retorno a Chicago até que voltasse a ser o Ressuscitador, repleto de caos e fúria.

Ziva olhou feio para Sloane atrás de Mox.

— *Ela*! — Ziva abandonou o soldado de uma perna só e se levantou com um grunhido. — Ela aconteceu. O pessoal veio aqui procurá-la. *Ele* veio procurá-la.

— Nero esteve aqui? — perguntou Sloane.

— Ele não era a nossa maior preocupação, mas esteve, sim. Chegou rastejando como um inseto depois que seus lacaios destruíram a gente — contou Ziva. — Deixou uma coisa para você.

Sua trança balançou para a frente e para trás enquanto ela se afastava a passos duros. Sloane notou um corte no ombro de Ziva e uma mancha escura de qualquer que fosse o fluido corporal dos mortos-vivos quando a tenente se curvou para pegar um pacote no canto.

Ela o largou aos pés de Sloane, que sentiu um gosto azedo e forte, como água com gás, e se agachou na frente do pacote. Tudo dentro dela gritava para não abri-lo, mas seus dedos já estavam puxando a ponta do tecido dobrado.

Nero lhe trouxera um par de botas. Preto e sujo de lama e grama seca. Um pé tinha cadarço preto e o outro, vermelho. As pontas estavam esfarrapadas onde um cachorro havia roído. Eram as botas de Sloane de anos atrás.

O Tenebroso as roubara.

Sloane sentiu o peso de Albie ao seu lado, o próprio ombro ardendo ao carregá-lo. A pele escorregadia de sangue e o cheiro de suor. Percebia os gemidos dele perto de sua orelha, mas a única coisa que conseguia ouvir eram os próprios batimentos cardíacos, mesmo depois de terem conseguido atravessar a grama úmida até a estrada.

Algo cortara seu pé e, quando olhara para ver no que havia pisado, encontrara um caco de vidro enterrado em seu calcanhar.

—Temos que ir — dissera Albie, e era como se ele estivesse falando debaixo d'água. Sloane mal conseguia entender as palavras.

Sapatos significavam que estava no presente. Pés descalços significavam que estava no passado. Mas presente e passado estavam se unindo. O Tenebroso estava vivo.

Nero era o Tenebroso.

— Sloane. — Algo quente tocou sua bochecha. — Inspira. Prende. Expira.

Ela reconheceu o padrão e o seguiu instintivamente. Inspirou, prendeu o ar e depois expirou. A dra. Thomas a treinara em suas sessões para impedi-la de hiperventilar. Contar as inspirações, as pausas e as expirações. De cinco em cinco.

Sloane não estava com Albie. Ele tinha morrido. Ela sabia disso, mas ao mesmo tempo, não sabia. *Eu me sinto como se tivesse um pé no passado o tempo todo*, dissera a Matt certa vez, e então ele agarrara a ponta do seu sapato e balançara. *No passado, você estava descalça. E, no presente, olha só! Está de sapatos. Então você sabe que está com os dois pés aqui.*

Tinha sido a palma áspera de Mox em sua bochecha, e sua voz grave e clara que lhe dissera como respirar. Mas ela se deixou desabar e esticou as pernas para a frente mesmo assim, para poder olhar a camurça fosca de suas botas novas, as que usara no velório de Albie. O sal havia manchado as pontas de cinza em uma linha irregular.

Pés descalços significavam que ela estava no passado. Sapatos significavam que estava no presente.

Mox afastou a mão quando viu que ela não estava mais em pânico, mas permaneceu agachado na sua frente, o cabelo emaranhado puxado para trás em um nó, as orelhas saltadas parecendo as de um garotinho.

— Essas são as suas botas, então? — perguntou.

Sloane assentiu.

— O Tenebroso as pegou — disse, a voz estrangulada. Sentindo-se estrangulada. — Nunca entendi por que ele pegou meus sapatos.

— *Seu* Tenebroso? — perguntou Mox, embora houvesse apenas uma resposta para essa pergunta, apenas um Tenebroso.

Sloane assentiu.

— E Nero estava com elas — concluiu Mox.

— Mas como... *como* pode ser Nero? — questionou Sloane. — Eles são tão diferentes...

— Há maneiras de produzir esse efeito pela magia — revelou Ziva.

— Então... o Tenebroso sobreviveu de algum jeito. Ele é Nero.

Eu saberia se estivesse na frente do Tenebroso, ela havia pensado. Mas estivera na frente de Nero várias vezes. Quando se arrastara para fora do rio. Quando fora atrás de respostas na biblioteca. Quando tentava aprender a usar o sifão. Estivera em sua oficina, a voz dele ao seu redor. Ela havia...

— Meu Deus. — Sloane apoiou a cabeça nas mãos e começou a balançar para a frente e para trás.

O origami. O tsuru de papel que havia encontrado no escritório de Nero, com os riscos coloridos na folha de caderno. Não era parecido com os de Albie; *era* de Albie. O Tenebroso o havia guardado, talvez como um troféu doentio ou uma espécie de base para a magia. Ela não sabia.

Sloane não sabia de nada.

Ele estava parado ao lado da cama quando Sloane acordou. Ela se deteve ao vê-lo, paralisada em meio ao movimento de se sentar.

Olá, Sloane. Apesar da saudação amigável, sua voz era fria e quase robótica. *Conseguiu dormir?*

Ela e Albie tinham sido descuidados na noite em que tentaram emboscar, sozinhos, um grupo de seguidores do Tenebroso, em uma estrada rural. Estavam em Iowa, e o ar tinha um aroma doce de grama assando ao sol. Para Sloane, o lugar parecera familiar: cascalho na beira da estrada, plantas da pradaria arranhando seus tornozelos, um vasto céu pontilhado de estrelas. E talvez por isso ela tivesse baixado um pouco a guarda. Ou talvez não houvesse nada que pudesse ter feito para impedir o que acontecera. Mas eles capturaram ela e Albie, os cercaram e nocautearam. Quando acordara, sentia uma dor de cabeça tão forte que mal conseguia abrir os olhos.

A pergunta do Tenebroso parecera ridícula. Ela não tinha dormido. Estivera inconsciente.

Mas ele não precisava de uma resposta. *Espero que sim, porque você tem uma decisão importante a tomar hoje.* Sloane se obrigara a levantar e viu as saídas. Atrás dela, uma janela. Frágil o suficiente para ser quebrada com um abajur ou com o pé da cama. E, atrás do Tenebroso, uma porta de madeira simples com uma tranca de empurrar. Um grampo de cabelo bastaria...

Você não iria embora sem seu amigo, iria?, perguntara o Tenebroso. Ele conseguia ler pensamentos ou apenas ler Sloane? As duas opções a aterrorizavam.

Seu rosto, no entanto, havia sido o que mais a aterrorizara. Parecia o rosto de um boneco de cera: lembrava alguém que ela já vira alguma vez na rua ou em uma foto genérica de porta-retratos, mas não tinha identidade própria. Sua pele era lisa — lisa demais — e o cabelo era de um marrom indefinido que quase poderia ser loiro. Um rosto construído, ao que parecia, para ser fácil de esquecer, só que por alguém que não sabia o que era uma aparência humana.

Quero saber onde fica o seu esconderijo de objetos mágicos, dissera o Tenebroso. *Em troca, eu lhe darei um grande presente. Eu vou mostrar quem você é, Sloane. É um presente muito raro, poder enxergar a si mesmo.*

Verdade fosse dita, ele havia cumprido aquela promessa.

— Ele manteve a própria identidade em segredo por muito tempo — observou Ziva com a voz rouca. — Por que quer que você saiba quem ele é agora?

Sloane olhou para as botas, os cadarços vermelhos ainda com nós nas pontas, para que não continuassem a se esfarrapar. Ela se sentia paralisada, embora Mox a tivesse levado até o depósito e lhe dado um pouco de água. As botas estavam ao lado da porta, como se o armazém fosse a casa de sua avó.

— Eu... eu não sei.

— Tem uma coisa diferente agora — observou Mox. Ele havia puxado a outra cadeira para se sentar diante de Sloane, e seu joelho direito estava entre as pernas dele. — Você foi embora.

Ela o encarou: a forma como ele fazia a cadeira parecer um móvel infantil, os joelhos mais altos que os quadris, as mãos grandes pendendo entre as pernas. *Louva-a-deus sexy*, dissera Esther.

— Ele está com os meus amigos — lembrou Sloane. — Sabe que vou voltar e tentar ajudá-los se estiverem em perigo.

— Não. — Mox balançou a cabeça. — Você não pode fazer isso.

— Que diferença faz para ele onde você está? — perguntou Ziva. — Você não consegue usar magia. Não sabe nada que ele não saiba. O que você tem de tão especial?

Eram fatos tão óbvios que Sloane não podia nem se ofender. Só balançou a cabeça. Não sabia. Nunca soubera por que o Tenebroso tinha um interesse particular por ela, apenas como manipulá-lo.

Ela se pôs de pé, ainda cambaleando um pouco. Tudo ficava meio embaçado depois do pânico; ela se sentia instável, como um barco à deriva. Mas verificou se o sifão estava bem preso no pulso e começou a procurar uma saída.

As mãos de Mox se fecharam em torno de seus braços. Ele falou perto de sua orelha:

— Quando um maníaco praticamente convoca você, não é uma boa ideia *ir até ele*.

— Meus amigos — insistiu Sloane. — Meus...

— Eu sei. — Mox soou quase brusco, apertando os braços dela com força, uma das mãos fria com o metal que a cobria, a outra quente e calejada. — Nós vamos. Mas não sem um plano.

Ziva se aproximou dos dois com passos pesados e se plantou na frente de Sloane; ele não poderia sair do esconderijo nem se quisesse. A tenente cruzou os braços e Sloane percebeu que havia uma placa de armadura presa em seu antebraço, uma manopla fixada no osso.

— Não vou deixar que saiam como idiotas atrás de um homem que, ao que parece, *vocês dois* não foram capazes de matar em mais de uma ocasião — anunciou Ziva. — Então se controle, Escolhido.

— Ziva — repreendeu Mox.

Mas Sloane apenas assentiu. Havia algo revigorante no jeito de Ziva, como um tapa na cara que a trouxera de volta a si. Ela passou as mãos pelo cabelo e assentiu outra vez.

— Tudo bem — concordou, libertando-se do aperto de Mox. — Vamos criar um plano, então.

38

Sloane nunca tivera que planejar algo assim sem os amigos antes. Sua mente era um labirinto de ruas e pontos de entrada e saída. Seu talento era a observação, não a estratégia. Não era como Matt, que tinha um bom instinto sobre as pessoas e como podiam ser pressionadas, ou como Esther, que conseguia pensar cinco lances à frente de seus oponentes, quem quer que fossem. Juntos, não eram grandes usuários de magia, mas tinham sido como os cinco dedos da mão se fechando em um punho.

E Sloane era um dedo só. *O do meio, provavelmente*, pensou com certa histeria.

Ela e Mox estavam sentados na mesa do salão do esconderijo, a mesma onde Ziva estivera costurando um soldado quando voltaram. Mox havia assumido a tarefa, costurando com habilidade, como se estivesse cerzindo uma meia. Ele perguntara como andava a sorte do soldado nos dados, um jogo com o qual o homem aparentemente se entretinha com o restante de seu pelotão e perdia com frequência. *Eles apostam restos*, explicara o soldado a Sloane ao ver sua expressão confusa. Pedaços bonitos de vidro, tampas de garrafas, porcas e parafusos que encontravam nas sarjetas. Ele lhe dera um pedaço de vidro azul, que havia lixado para deixar oval.

— Você sabe costurar? — perguntou Mox. Sloane olhou para a multidão de corpos gemendo e andando com dificuldade e suspirou.

— Sim — respondeu ela.

Foi assim que terminou com uma agulha de costura na mão, engolindo em seco para não vomitar enquanto juntava a pele morta acima do cotovelo de uma mulher para fechar um corte. Mox lhe entregara luvas para que pudesse manter as mãos limpas, mas o líquido escuro que era como sangue para o exército de mortos-vivos cobria seus dedos enluvados e escorria pelo dorso da mão. Fedia a mofo.

Sloane tentou não pensar na última agulha que segurara, a que usara para abrir um buraco do tamanho de uma casa na Cúpula.

Pelo menos costurar soldados zumbis era uma distração. Seus pensamentos acabavam se voltando para as botas. Lascas de lama seca da Terra caindo no chão de Genetrix. Nero queria que Sloane soubesse quem ele era. Será que isso significava que manteria seus amigos vivos até ela chegar, ou será que já os matara? Depois de um ponto entusiasmado demais, um pouco da gosma cinza espirrou em sua bochecha. Limpou a gota com o pulso, tentando não fazer careta. O Tenebroso que ela conhecia não era errático; sempre pensava bem antes de agir.

Ziva e Mox conversaram na frente dos soldados. Ele explicou à tenente a revelação de Sloane sobre reverter o efeito do sifão fortis no Salão das Convocações. Mox não agia como se os soldados não estivessem presentes — de vez em quando um deles participava da conversa, e era respondido com prazer.

— Você sabe fazer isso com um sifão comum? — perguntou uma mulher, apoiada nos cotovelos para ver a perna sendo costurada. — Porque se não conseguir fazer isso com um normal, provavelmente não vai conseguir com esse gigante.

— É um bom argumento — disse Ziva. — Não podemos simplesmente entrar lá achando que vamos dar um jeito na hora.

— O que você sugere? — perguntou Mox, com uma agulha entre os dentes enquanto verificava os pontos que dera.

Sloane costurava outro corte nojento. Suas luvas sujas mancharam a manga da camisa do morto-vivo.

— Ei, eu acabei de lavar essa camisa! — resmungou o homem.

— Bem — falou Sloane, carrancuda —, é minha primeira vez costurando carne podre, então me desculpe se sou um pouco sem jeito.

— Não é carne podre — retrucou o homem. — É carne apodrecendo.

Os dentes de Ziva assobiaram enquanto ria.

— Não leve a mal, Pete. Ela está um pouco nervosa hoje.

Sloane cerrou os dentes e deu o último ponto. Não se esforçou para mantê-lo reto. *Pete*, que nome ridículo para um zumbi.

—Tem que relaxar — disse Pete, e desencaixou o braço para poder mexê-lo um pouco.

Sloane conteve uma risada.

— Isso não dói?

— Ah, não muito. É mais como a memória da dor, por assim dizer. Tudo é desse jeito para nós, como ecos.

Sloane olhou de relance para Mox. Ele fingiu não ter ouvido.

— Ziva — chamou Mox. — O que você sugere que façamos?

Sloane puxou um pedaço de fio duro pelo buraco da agulha. Como não percebera quem Nero era no segundo em que o viu? Seu cabelo bagunçado de maneira despretensiosa, seu sorriso passivo, a atitude submissa em relação a Élia... tudo fora construído para que ele passasse despercebido bem debaixo do seu nariz. Mas *para quê*? Ela cortou o fio. Suas mãos estavam tremendo de novo.

—Sugiro que você e sua inimiga-barra-amante aí... — começou Ziva.

— Como é? — interrompeu Sloane.

— Sou morta-viva, não idiota. Vocês dois estão... — Ziva abanou a mão para Sloane e Mox. — Então sugiro que eu e ela façamos uma pequena missão de reconhecimento para documentar o interior do sifão fortis.

—Você e Sloane. Sem mim?

— Bem — disse Ziva, a voz tão gentil quanto possível, considerando que era rouca e estridente. — Sua coluna...

— Certo. — Mox franziu o cenho e puxou a agulha com força demais, fazendo o soldado que costurava se sobressaltar.

— Desculpe, Fred.

Fred? Francamente, pensou Sloane.

—Você sabe qual é o alcance do Nero? — perguntou. Ela precisava se concentrar. Se Esther estivesse ali, estalaria os dedos na frente de seu rosto e diria: *Sinta depois, pense agora*, e Sloane obedeceu. —Você sabe a que distância precisa estar para ele poder controlar sua magia?

— Não testei muito — respondeu Mox, suspirando. — O mais perto que cheguei foram alguns quarteirões.

— Bem, então você ainda pode ajudar a gente a chegar lá — concluiu Sloane. — Eles com certeza vão estar em alerta máximo. Talvez a gente precise de você. Ainda sou meio imprevisível com o sifão, vai que a cabeça da zumbi loira sai rolando pelo chão?

— Imprevisível? Acho que você quis dizer *inútil*. Você é inútil com o sifão — reclamou Ziva. — Mas isso levanta outra questão: como vamos entrar no Camelo? Não é como se fôssemos passar despercebidas.

— Poderíamos cobrir esse buraco na sua cara com fita adesiva — sugeriu Sloane.

— Cuidado, saco de carne, ou vai acabar com um igual.

Mox tossiu para disfarçar uma risada e balançou a cabeça.

— Seria melhor se pudéssemos entrar por baixo, mas...

— Espera aí — interrompeu Sloane. Quando o Tenebroso passara a concentrar seus ataques no Meio-Oeste, ela havia absorvido o máximo de informações possível sobre as principais cidades da região, especialmente Chicago. Por isso conhecia todas as suas particularidades, passagens secretas e caminhos menos usados... —Vocês têm a passarela subterrânea aqui?

— O quê?

— Existem túneis subterrâneos para pedestres no Loop, e um deles dá no Thompson Center... quer dizer, em Genetrix é o Camelo — explicou Sloane. — Começaram a construir as passarelas antes de nossos universos se separarem, tenho certeza. Podemos entrar bem no meio do prédio.

— Nossos universos... se separaram? — perguntou Mox.

— Aparentemente estávamos lado a lado, daí o termo *paralelo*. Mas então vocês desenvolveram a magia, e nós, não. — Sloane deu de ombros. — Achava que o Evento *Tenebris* tinha causado a divisão, mas agora acho que foi porque a Segunda Guerra Mundial de Genetrix foi travada principalmente na água em vez de no ar, então concentraram seus esforços na vigilância subaquática, o que precipitou o Evento *Tenebris* e... o que foi?

Ambos a encaravam com expressões estranhas.

— Onde você encontrou essa nerd? — perguntou Ziva a Mox.

Sloane devorou duas latas de sopa no jantar. A primeira estava apenas meio morna, porque começou a tomá-la assim que tirou a tampa, enquanto a segunda esquentava acima do sifão de Mox, que produzia uma chama estável. Ambos estavam calados. Mox parecia quase melancólico ao girar a colher na lata de milho.

Sloane se perguntou como ele seria quando não tivesse mais que lutar por sua vida. Havia passado tanto tempo trancado com os restos de seus amigos, apartado do mundo. Será que saberia como voltar a uma vida normal?

Ela própria não se saíra muito bem. Tinha seus amigos, mas ainda pulava pelos telhados para evitar as perguntas de repórteres, ficava desconfortável durante eventos, mentia para seus entes queridos, tinha pesadelos recorrentes e ataques de pânico. E Albie, que a havia ancorado, se fora. Sloane conseguira adiar um pouco o luto porque não estava na mesma dimensão que os restos mortais dele. Mas não poderia adiá-lo para sempre.

— O que foi? — perguntou a Mox quando ele girou a colher pela vigésima vez.

Ele a olhou e disse, em tom de aviso:

— É idiota.

— E?

Mox abriu um sorrisinho e pousou a lata de milho em cima da mesa. Sloane estava sentada no chão da despensa, de pernas cruzadas, em cima de um cobertor dobrado. A lã pinicava seus tornozelos.

— Estamos mais perto de derrotá-lo do que jamais estive antes — disse Mox. — E eu deveria estar animado. Mas ver o exército daquele jeito... — Ele balançou a cabeça. — Não terei mais desculpa para mantê-los por perto depois que ele se for.

— É — concordou Sloane. — Acho que não.

— E quando eles se forem — continuou Mox, coçando o olho com o nó do dedo, como se quisesse aliviar uma dor de cabeça —, vou ficar sozinho de novo.

E ela também iria embora, caso fossem bem-sucedidos. Algo que nenhum dos dois estava dizendo, porque se conheciam havia apenas alguns dias, e era ridículo se apegar em tão pouco tempo. No entanto, Sloane se apegara. Fazia tanto tempo que ninguém falava com ela como se fosse a Sloane Andrews de dezoito anos.

No entanto, não era a perda iminente *dela* que o atormentava. Sloane vira a maneira como Mox olhava para aqueles seres de olhos de mármore que se adiantavam para ser consertados. Ouvira a ternura em sua voz ao falar com eles. Reparara que ele sabia o nome de todos, que recebia bem cada comentário.

— Essas não eram só as pessoas que você deveria comandar, né? — perguntou. — Vocês eram próximos.

— Não de todos eles, é claro — disse Mox. — Mas de alguns. Especialmente de Ziva. Você e eu estávamos destinados a participar dessa luta. Mas ela não. Foi uma escolha. Ziva queria defender o mundo. Não consigo nem pensar em assumir esse fardo por vontade própria. — Mox sorriu. — Parece que atraio os mal-humorados.

Sloane sentia que estava vendo a pessoa que Mox tinha sido antes daquilo tudo quando ele mexia na manga, cutucava as cutículas ou coçava o antebraço. Sempre em movimento, e sempre distante, observando a luz da magia pela despensa, ou procurando a fonte dela dentro de si: o lugar onde começava, os tons precisos de seus desejos. Ele atraía pessoas com certa rispidez porque precisava delas; precisava de alguém para lhe dar um tapa e dizer para se concentrar.

— Ela é a melhor amiga que já tive. — Mox suspirou. — Você deve pensar que sou um doente, por viver na companhia um monte de cadáveres.

Entender a magia era entender a si mesmo, pensou Sloane. Se fosse honesto consigo mesmo, conseguiria prever melhor o que sua magia poderia fazer. Mas como alguém podia se conhecer nessas circunstâncias? Sloane passara quase trinta anos em seu corpo e em grande parte do tempo não tinha ideia de onde estava ou de como funcionava. Na verdade, estava se tornando um mistério cada vez maior, não menor.

— Bem — começou Sloane —, acabei de ter um ataque de pânico por causa de um par de botas, então acho que não vou ganhar nenhum prêmio de saúde mental tão cedo. Mas se eu soubesse como trazer Albie de volta, ou meu irmão, mesmo que por alguns momentos, até uma versão pálida deles... — Ela deu de ombros. — Eu acho que traria.

— Sério?

Sloane sorriu.

—Você não é o único que está sozinho há muito tempo.

— É. — Mox inclinou a cabeça. — Está se sentindo melhor agora, Sloane?

Ela gostou da maneira como ele disse seu nome, com ênfase no *Slo*. Como se estivesse sentindo o gosto de cada vogal antes de pronunciá-las.

— Na verdade, não. Só estou tentando entender como pude ficar ao lado do Tenebroso sem perceber.

Ela pensara que o reconheceria em qualquer universo. Que podia confiar em seu coração para lhe dizer o que só os corações sabiam. Mas o seu nunca tinha sido muito sábio. Parecia simplesmente não saber certas coisas.

— Mas tudo está começando a fazer sentido agora. Sibila disse que achava que os Drenos eram uma reação alérgica do mundo à presença de alguém que não deveria estar ali. Nós achávamos que o Tenebroso os causava porque estava lá sempre que aconteciam. Mas talvez acontecessem quando ele estava lá, porque *ele* era o que havia de errado naquele universo, e a Terra tentava se corrigir.

— Mas então ele veio para cá, e os Drenos recomeçaram — disse Mox.

— É mesmo? Quando foi o primeiro?

— Depois que fugi. Todo mundo dizia que eu estava planejando algo grande, que eu era perigoso, então… — Mox fez uma pausa, franzindo a testa. — Então ele convocou o primeiro adversário. A primeira Escolhida de outro mundo, eu acho.

— O que causou um Dreno — concluiu Sloane. Ela se recostou com um sorriso satisfeito.

— Ela era jovem, a primeira. — Mox se perdera em pensamentos de novo, os dedos tocando o joelho um por um, o cabelo caído sobre o rosto. — Mais hábil do que poderosa, eu diria. Conseguiu aprender a magia de Genetrix tão rápido e de forma quase instintiva, e era muito esperta, sabia costurar uma operação na outra com a facilidade de quem canta uma música. Era a habilidade dela contra a minha brutalidade e… — Mox deu de ombros. — Eu me sinto preso. Como se estivesse atolado na lama.

— Eu queria ter uma solução para oferecer — disse Sloane bem baixinho. — Mas eu só era boa em coisas de antigamente. Eu era boa em pegar no sono rápido e acordar mais rápido ainda, em correr em direção aos Drenos em vez de fugir, em fazer piadas que deixavam as outras pessoas desconfortáveis. Se você é boa nessas coisas, como é que vai ser boa em trabalhar, se casar, parir um monte de filhos? São vidas opostas. — Ela balançou a cabeça. — Ninguém nunca me preparou para o que viria depois. Partiram do pressuposto que eu nunca descobriria.

Quando olhou para Mox, ficou surpresa ao perceber que ele sorria um pouco.

— Esse é um falso dilema, sabia? Não é como se você tivesse que caçar Tenebrosos ou engravidar, sem nada entre os dois extremos. Você pode ter várias vidas diferentes. Infinitas possibilidades para examinar e descartar.

Ela não tinha considerado isso antes. Perguntara a Mox por que não fugira, saíra do estado, do país, enquanto seu inimigo ainda estava por aí, caçando-o. Mas o dela... bem, Sloane descobrira que continuava vivo, mas antes não sabia disso. Poderia ter deixado Chicago, deixado Matt, deixado sua vida inteira para trás. Ido fazer um mochilão na Europa como uma universitária que quer conhecer o mundo. Comido, rezado e amado pela Índia para se encontrar. Comprado um terreno em Idaho e construído sua própria cabana. Mas não havia tentado nada disso. Seu único desejo fora ser deixada em paz.

Não era de se admirar que não conseguisse usar a magia de maneira consistente. No fundo, nem sabia o que realmente queria.

— Você tem razão — concordou. — Mas primeiro temos que sobreviver a isso.

— Verdade. Mas, antes, nós precisamos dormir um pouco.

— Nós? — perguntou ela. — Quem disse que *nós* vamos dormir juntos?

Os olhos de Mox dançaram um pouco.

— Ninguém — respondeu ele. — Mas nós podemos morrer amanhã, sabia?

— É uma boa cantada.

Sloane abriu um sorriso. Não conseguiu evitar.

— Vou interpretar isso como um sim.

PARA: Élia Haddox, pretora do Conselho de Cordus

DE: Nero Dalche, questor do Conselho de Cordus

RE: Plano de Ação para a Dimensão C

Prezada pretora,

Conforme acertado em nossa última conversa, verifiquei que a Dimensão C-1572, o terceiro universo paralelo descoberto que se sobrepõe de maneira significativa ao nosso, é um candidato apropriado para a nossa primeira convocação de um Escolhido. O Escolhido em questão foi identificado como Sergei Petrov, que venceu uma força sombria conhecida como Nuvem Preta cinco anos atrás, segundo a contagem de tempo daquele universo.

Seguindo as chamadas regras de hospitalidade que governam as viagens entre universos, localizei um ponto de vulnerabilidade na Dimensão C. Ficou definido anteriormente que ponto de vulnerabilidade é um indivíduo suscetível à influência da energia mágica. Ou seja: quando batermos, ele abrirá a porta. Em geral, uma criança serve bem a esse propósito, pois não é tão propensa a questionar estranhezas quanto os adultos. Entretanto, nessa dimensão, nosso ponto de vulnerabilidade é uma adolescente de mente aberta e com uma crença infantil no impossível.

Quando eu conseguir viajar para a Dimensão C, localizarei um objeto significativo para Sergei Petrov — algo que ele tenha personalizado em alto grau. Vou trazer esse objeto para Genetrix, e então o usaremos para convocar Petrov especificamente, pois o item estará embebido com sua energia mágica.

Gostaria de lembrar que, sem um objeto significativo para orientar a operação, é improvável que o alvo responda à convocação de passar para outro universo. O objeto afetará sua mente, de modo que, quando fizermos nosso convite, o alvo o ouvirá na voz de um ente querido que já se foi, uma pessoa na qual ele provavelmente confia. Se aceitar o convite, mesmo que momentaneamente, iniciará o processo de entrada. Enquanto isso, tentaremos estabilizar as flutuações de tempo inerentes às viagens interuniversais para que Petrov não chegue a Genetrix em algum ponto do passado ou em um futuro distante.

Vou precisar de uma assembleia de cerca de dez usuários de magia habilidosos, um grupo que deve ser reunido a partir dos membros do Conselho de Cordus, para que se mantenha o máximo sigilo. O objetivo deste memorando é informá-la sobre meu plano de ação e solicitar a aprovação da assembleia necessária para a convocação.

Não hesite em entrar em contato caso tenha dúvidas ou questionamentos.

Atenciosamente,

Nero Dalche

39

Sloane sonhou com o Dreno. Com Matt dando um passo além do que devia e sendo puxado para seu interior como se por um fio invisível. Seu corpo se desfazendo, braços sendo arrancados, o coração explodindo como um balão. Esther gritando, as bochechas sujas de cinzas e do sangue esguichado. E Sloane sem conseguir se mexer, os pés descalços e, no instante seguinte, envolta em concreto. *Ele* também estava lá — conseguia senti-lo atrás de si, assim como às vezes sentia quando alguém a observava.

Sloane olhou por cima do ombro, e viu o Tenebroso, e era Nero, o rosto alternando entre o que ela lembrava da Terra e o que tinha visto em Genetrix, como as páginas de um livro virando ao vento.

Acordou tremendo e de punho cerrado no cobertor que ela e Mox dividiam. Ele havia adormecido com o braço ao redor da cintura dela, um peso sobre suas costelas, com espasmos nos dedos conforme pegava no sono. Sloane se virou para olhá-lo e descobriu que Mox já estava acordado, olhos escuros em alerta.

—Tudo bem? — perguntou.

—Tudo — respondeu Sloane. — Foi só um sonho. E você?

Só então ela percebeu que não havia acordado por causa do pesadelo, mas por causa de um barulho. Uma caixa de papelão tinha voado pelo quarto e acertado uma parede, esparramando barras de sabão para todos os lados.

—Também — disse Mox, e se levantou.

Bem, pensou Sloane, pelo menos tinham isso em comum.

O sol havia acabado de nascer, mas ela já estava tão tensa que sua cabeça doía. Fez tudo o que precisava fazer: escovou os dentes (com a escova de Mox), jogou água no rosto, vestiu-se, tomou café da manhã, colocou o sifão, estudou o mapa que desenhara na noite anterior. O trajeto era familiar, e a sensação de que podia estar caminhando para o próprio fim também.

Encontraram Ziva na entrada do esconderijo, envolta em roupas escuras, com um sifão que cobria a boca e escondia o buraco na mandíbula. Quando viu Sloane, enfiou a mão no bolso e tirou a tesoura que ela havia posto debaixo do travesseiro em sua primeira noite com o exército.

Algo dentro de Sloane se soltou e ela riu. Gargalhou, na verdade, até que parte da tensão desapareceu.

Os olhos de Mox se enrugaram como se ele estivesse sorrindo, mas era difícil saber com o sifão na parte inferior do rosto, embora fosse um mais elegante do que o que usara como Ressuscitador. Era uma placa de metal uniforme com penas gravadas, como um bando de pássaros mergulhando. Não distorcia sua voz, como o antigo, e Sloane ficou feliz com isso. Havia algo caloroso e musical na voz de Mox, e ela não queria o Ressuscitador em seu ouvido nesta missão.

— Fiz um reconhecimento rápido da área — informou Ziva. — Não há sinal do Exército Esplandecente. Acho que, como ele pretendia atrair Sloane com as botas, deixou o caminho livre até o Camelo.

— Bem, pelo menos isso — falou Mox. — Nunca pensei que ficaria feliz em ouvir que Nero está nos esperando.

— Ele está esperando uma coisa que não vai ter — retrucou Sloane. — Eu não vou sozinha e não vou até ele. Já resolveu qual vai ser sua distração, Mox?

Mox assentiu.

— Distrações são fáceis. Mas uma grande o suficiente para tirar a maioria dos guardas do Camelo, bem… — Seus olhos brilharam. — Vai ser mais difícil.

Eles andaram um quarteirão até o ponto de ônibus da 35th Street, onde estava uma mulher mais velha, a cabeça envolta em um lenço floral, uma cesta cheia de panfletos aos pés. Sloane chegou perto o suficiente para ler o título: "Deus, o primeiro usuário de magia de Genetrix: como a magia pode ser adoração divina".

O ônibus passou alguns minutos depois. Sloane deixou a mulher subir os degraus primeiro e então pagou as três passagens de uma vez só para que o motorista não prestasse muita atenção em Ziva. Seguindo as instruções de Sloane, Mox não se vestira como o Ressuscitador, e sim no estilo de alguns dos jovens de Genetrix que ela vira, com calça jeans rasgada, jaqueta de couro pesada e cores desbotadas. Nada que lembrasse a figura encapuzada e envolta em sifões que ameaçava a cidade.

Ela foi andando até o fundo do ônibus, acomodando-se junto da janela com Mox ao seu lado. Ziva ocupou o terceiro assento, puxando o capuz para cobrir os olhos e se curvando como se fosse dormir. Tinham que torcer para que ninguém reparasse no tom de sua pele, que ainda era estranho quando se olhava com atenção.

O ônibus seguiu pela 35th Street em direção ao Comiskey Park — ou qualquer que fosse o novo nome do lugar onde os White Sox jogavam na Terra. Perto do estádio, eles pegariam o trem da linha vermelha em direção ao Loop, onde poderiam acessar os túneis subterrâneos da passarela. *Se* a Chicago de Genetrix tivesse uma. Sloane estava confiando no que se lembrava da história da cidade para guiá-los.

A 35th Street era larga e plana, com prédios baixos de ambos os lados, a maioria revestida com os tijolos vermelhos que eram a preferência de Chicago. Parecia tanto com a Terra que, em alguns momentos, Sloane se sentia em casa. Mas então ela via uma placa suja em uma vitrine oferecendo reparos de sifões baratos ou osciloscópios com desconto, ou notava uma livraria anunciando os dez volumes de *Operações práticas básicas para o usuário de sifão comum* e se lembrava de onde estava e que sua missão não havia terminado. Nunca terminara. Ela ainda precisava matar o Tenebroso.

Mais à frente, Sloane podia ver uma estrutura alta que tinha que ser o estádio. Havia visitado o local duas vezes nos últimos dez anos, uma vez disfarçada, com um boné do White Sox cobrindo o rosto, e uma segunda vez quando White Sox e Cubs se enfrentaram, sentada nos assentos reservados do proprietário do Sox com Matt. Passara a maior parte do jogo com os celulares de outras pessoas enfiados na sua cara, tentando sorrir para as selfies.

Quando o ônibus se aproximou do estádio, Sloane franziu a testa. Na Terra, o antigo Comiskey Park havia sido demolido no início dos anos 1990 e substituído por um estádio maior, com paredes exteriores cinza-amarronzadas e um andar superior imponente. Mas em Genetrix a estrutura larga e branca permanecia, com os dizeres COMISKEY PARK em letras azuis no topo. Era o estádio original. Sloane tinha certeza.

— Não acredito que ainda está de pé — disse baixinho para Mox.

— Iam reconstruí-lo, mas alguns arquitetos irrealistas se ofereceram para usar suas técnicas para dar um novo suporte e expandi-lo... para trás, ou ao contrário, ou algo assim — contou Mox. — Então mantiveram o estádio.

Sloane sorriu. Teria que rever sua opinião sobre os irrealistas.

— Mesmo ninguém se importando com beisebol por aqui?

— Ah, não é mais para beisebol — corrigiu Mox. — É um estádio de atletismo.

— Ah, não. Essa obsessão com a Grécia e Roma antigas foi longe demais.

Passaram pelo estádio. Mais adiante, ficava a entrada para a interestadual e a estação da linha vermelha no viaduto da 35th Street. Saíram pelas portas traseiras do ônibus direto para o toldo da estação de trem. Sloane foi até uma das máquinas comprar passagens para os três, deixando Ziva na calçada, virada para os carros, os ombros caídos, e Mox olhando para a interestadual.

Atrás da máquina de bilhetes havia um quadro de recados, ou seja, um quadro de cortiça público com folhetos. Em sua maioria, procuravam parceiros para operações complexas. Qualquer grupo maior do que três pessoas era chamado de assembleia. Evidentemente, era assim que os cidadãos de Genetrix trocavam informações sem a internet. Cirila havia ficado confusa com a ideia de que as pessoas prefeririam assistir a um vídeo em vez de fazer algo por conta própria. *Para que ficar na internet quando você pode botar fogo nas coisas com sua mente?*, argumentara Matt, dando de ombros.

Sloane torcia para que ele estivesse bem.

Tomada por outra onda de nervosismo, ela acenou para que Ziva e Mox se aproximassem e lhes entregou suas passagens. Juntos, atravessaram as catracas e desceram a rampa até a plataforma da linha vermelha. Havia mais gente ali do que no ônibus — mais gente para notar Ziva e Mox, mas também mais gente para ignorá-los, para fazê-los se misturar à multidão indo para o trabalho.

Um grupo de mulheres no fim da plataforma usava roupas folgadas e esvoaçantes em todas as cores do arco-íris, e os tecidos brilhavam quando se moviam. Uma delas tinha o cabelo preso em um lenço igualmente colorido. Pareciam caricaturas de cartomantes, as pulseiras tilintando, os olhos arregalados enquanto vislumbravam o futuro. Depois de conhecer Sibila — paranoica e avessa à magia —, Sloane as achou ridículas. Quem queria ver o futuro, afinal de contas?

Mas havia outras alusões a usuários de magia do passado entre as pessoas na plataforma. Um adolescente de cartola e luvas brancas — o restante de suas roupas era mais comum — estava parado ao lado de uma garota com uma coroa de flores, como uma ninfa. Outra mulher usava um amuleto grande e elaborado; seu companheiro vestia uma gola alta, emoldurando o rosto, como se tivesse saído de *Branca de Neve*.

— Tudo tem que ser irônico agora — resmungou Ziva, a voz distorcida pelo sifão. — Você não me vê saindo por aí enrolada em gaze.

— Você daria um Frankenstein bem convincente — observou Sloane. — É só colocar uns parafusos na cabeça.

Ziva estreitou os olhos para ela.

—Vi uma pessoa de chapéu pontudo outro dia — comentou Mox, balançando a cabeça. — Estava produzindo runas no meio da calçada. Um homem tropeçou em uma e quase caiu de cara no chão.

A luz do trem se aproximando da plataforma chamou a atenção de Sloane. Ela os levou para longe das pessoas em trajes esvoaçantes, em direção a um dos vagões do meio.

O trem não era prateado e elegante como Sloane estava acostumada. Era mais velho, pintado de marrom na parte inferior e laranja na superior. As laterais eram planas; as pontas, quadradas, como uma caixa de sapatos. No interior, os assentos eram macios e dispostos em fileiras voltadas para a frente, mas havia uma pequena alcova na parte de trás, onde os lugares ficavam voltados para dentro, separados do restante do vagão por uma barreira. Sloane se acotovelou com um homem de suspensórios vermelhos para chegar lá primeiro. A barreira seria útil para esconder Mox e Ziva.

A tenente se sentou em um dos bancos e Mox, no que ficava de frente para o dela. Sloane ficou em pé, bloqueando o corredor entre eles, e olhou pelas janelas enquanto se afastavam da plataforma.

O trem parou em Cermak/Chinatown, e uma mulher de uniforme hospitalar verde-menta entrou, a bolsa enfiada debaixo do braço, junto com um homem de tênis surrado. Mais adiante, os trilhos se curvaram em direção ao lago e depois desceram, entrando em um túnel. Por todo o carro, Sloane ouviu os assobios baixos e rápidos das pessoas fazendo pequenas operações para acender luzes de leitura ou erguer barreiras, aparentemente para bloquear o som. Era como ouvir pombos em um poleiro.

Na estação de Jackson, Sloane lançou um olhar significativo a Mox. Desceriam na próxima. O trem guinchou ao parar, e Mox e Ziva a seguiram para fora do vagão, passando pela enfermeira e pelo homem de tênis, que tentava fazer uma operação, estalando os dedos e assobiando. O que quer que fosse, não parecia estar indo bem.

Os três subiram os degraus até a rua e entraram no ritmo do tráfego de pedestres: o virar do sinal, o roçar de ombros e cotovelos. Ziva permaneceu de cabeça baixa, segurando a manga de Mox para não se perder dele. Sloane o manteve em sua visão periférica, o cabelo solto caindo pelas bochechas.

Ela se demorou ao lado da St. Peter's Church, um edifício baixo de pedra entre dois prédios de vidro gigantes. Um crucifixo enorme tinha sido esculpido na fachada, com janelas góticas por trás e portas de madeira abaixo. A familiaridade da igreja a estabilizou. É claro que na Terra nunca haveria um homem na porta fazendo malabarismos com bolas de água flutuantes, usando um sifão em cada pulso, mas era melhor do que nada.

Estavam a um quarteirão do Daley Center, o prédio marrom que Sloane havia reconhecido em sua primeira saída pela cidade com Ciro. Na Terra, a entrada para a passarela subterrânea ficava no pátio em frente a ele. Se também existisse em Genetrix, estaria lá. Ela reconheceu a grade decorativa ao longe, pintada de azul-claro, marcando os degraus que levavam ao subsolo. Era também onde deixariam Mox, a um quarteirão do Camelo.

Sloane parou junto da grade, sentindo um aperto estranho no peito ao olhar para ele.

Mox ergueu a mão e abriu os fechos do sifão em seu rosto. Passou a mão acima do lábio superior para limpar o suor, então se inclinou na direção de Sloane para beijá-la.

Apesar de o hálito dele não estar fresco e de sua pele estar úmida por causa do sifão, apesar do movimento ao redor e do nervosismo que a desestabilizava, Sloane se viu na ponta dos pés, inclinando-se na direção de Mox e enterrando a mão nua em seu cabelo.

— Nada de fazer merda — pediu ela baixinho ao se afastar. —Todo mundo vai sair disso vivo.

Mox sorriu e recolocou o sifão no rosto. Sloane se virou para Ziva e balançou a cabeça na direção da entrada da passarela subterrânea. Enquanto ela as conduzia escada abaixo, Ziva beliscou a manga de Sloane e a segurou durante o trajeto.

40

A passarela subterrânea tinha o mesmo cheiro das plataformas do metrô: um fedor de mofo, como o de uma garagem velha, além de um resquício de urina. O caminho que seguiram era de azulejos cinza-escuros, alguns rachados e outros quebrados. Aqui e ali, porém, havia vitrais nas paredes com uma luz por trás, como se estivessem em uma área externa. Alguns tinham padrões geométricos; outros eram redemoinhos coloridos, ciclones de círculos entrelaçados em tons monocromáticos ou quadriculados de chumbo e dourado.

A passarela era confusa, e apenas o senso de direção de Sloane impediu que se perdessem. Com um olhar severo, ela convencera Ziva a andarem com os braços entrelaçados, a mão apodrecida da tenente enfiada em sua manga. O braço dela parecia frágil, como um galho seco. Sloane se forçou a não apertar o passo quando passaram pela escada que levava à prefeitura. Só tinham que andar por baixo da Randolph Street e chegariam ao Camelo.

Não sabia como fariam para ter certeza de que estavam no lugar certo, dada a falta de sinalização, mas acabou não sendo um problema. Mais adiante, acima das duas grandes colunas, as palavras CENTRO CORDUS PARA O AVANÇO DA MAGIA E ENSINO LIVRE UNIVERSAL tinham sido pintadas em um roxo intenso. Abaixo delas, havia um véu de névoa. Sloane olhou para Ziva.

—Vamos lá — disse a tenente.

Quando Sloane atravessou a névoa, um vento forte soprou seu cabelo para trás e fez suas roupas colarem no corpo. Seu sifão se acendeu como uma lanterna, e uma luz branca dançou no dorso da sua mão direita, onde a Agulha estivera. Diante dela, estava um soldado com o brasão do Exército Esplandecente no peito.

O capuz de Ziva havia sido jogado para trás, revelando a pele acinzentada e os olhos esbugalhados. Assim que o vento parou, ela se apressou para cobrir a cabeça, expondo os dedos que descascavam e as unhas afiadas. O soldado olhou na direção das duas, desviou a atenção e depois olhou de novo. Sloane levou Ziva para longe o mais rápido possível sem correr. Ela não se virou para ver se o soldado as seguia.

— Esses babacas do Camelo — murmurou Sloane. — Essa operação é uma desculpa esfarrapada para levantar a saia das mulheres.

— Ela revela muita coisa, com certeza — disse Ziva. —Vamos torcer para aquele sujeito achar que eu tenho um problema feio de pele.

Já estavam longe do pavilhão, atravessando um corredor de pedra cinza que combinava com o entorno do Salão das Convocações, que era sempre escuro, como se estivesse chovendo do lado de fora. Sloane sentiu algo na nuca: era como se a Agulha estivesse arranhando sua pele do espaço entre os mundos.

Quando chegaram à escada, ela finalmente se atreveu a olhar para trás. Não viu o soldado em sua cola, mas isso não queria dizer que ele não havia reparado em Ziva e ido buscar reforços. Subiram as escadas até o saguão, onde Sloane deu as costas para os elevadores e seguiu para o corredor de vitrais que separava o entorno do Salão das Convocações do restante do edifício. Uma luz verde dançava sobre seu corpo enquanto elas avançavam, e os vidros em leques delicados brilhavam com a luz do dia.

Ao sair do corredor, Sloane puxou Ziva para uma alcova com um pequeno banco de pedra. Elas precisavam esperar a distração de Mox, que, segundo ele, seria barulhenta o suficiente para ouvirem mesmo de dentro do prédio.

As duas ficaram quietas enquanto esperavam, ou, o mais quietas que conseguiam, uma vez que cada respiração de Ziva rasgava os pulmões e saía com força pela boca.

— Você se sente como si mesma? — perguntou Sloane.

Ziva estreitou um dos olhos para ela. O outro parecia estar sem a pálpebra superior.

— Você não está cogitando trazer amigos de volta à vida, está?

— Não — respondeu Sloane. — Quer dizer, é meio difícil não pensar nessa possibilidade após descobrir que ela existe.

— Agora que já pensou, pode descartar a ideia.

— Então você não se sente feliz em estar de volta. Em estar viva de novo.

Ziva a olhou. Era incrível, pensou Sloane, que alguém tão rígida e inumana pudesse parecer tão cautelosa.

— Tenho uma sede de justiça que estar aqui ajuda a saciar — explicou Ziva. — Não me lembro muito sobre... o tempo antes disso. Mas tenho a impressão de que não estava... acomodada. Como seria de se esperar de um... espírito assassinado.

— Mas... — estimulou Sloane.

— Mas... — Ziva suspirou. — ...quanto mais tempo passo aqui, mais sinto que... minha hora já chegou e cada momento a mais é uma violação de... alguma coisa. — Ela deu de ombros de maneira exagerada. — Além disso, olhe só para mim. Eu sou horrenda.

Ela bateu na mandíbula, onde o sifão cobria o buraco que expunha as raízes de seus dentes. Foi quando ocorreu a Sloane que a mesma repulsa que sentira ao olhar para Ziva pela primeira vez era compartilhada pela própria ao se olhar no espelho. Ninguém queria acordar como um ser morto-vivo.

— Você já falou com Mox sobre isso?

Ziva balançou a cabeça.

— Ele precisa de mim. Não posso ir embora enquanto ele ainda precisar.

Sloane assentiu, mas não pôde deixar de pensar que as pessoas não deixavam de precisar de seus amigos de um dia para o outro.

De repente, um som alto e grave a fez soltar um gritinho de susto e uma nuvem de poeira se soltou das paredes, caindo ao redor delas como flocos de neve. Sloane ouviu gritos e passos distantes através das paredes.

Um dos olhos de Ziva se virou para ela. Estava na hora.

As duas seguiram pelo caminho que Sloane memorizara ao seguir Cirila até o Salão das Convocações pela primeira vez, quando quebrara a claraboia com o sifão e depois desabara no chão. Ia na frente, contornando pilares e passando sob arcos, em meio à luz acinzentada da tempestade que se aproximava. Enfim chegaram às portas pesadas que traziam a placa de ouro com o nome da sala e o ano em que fora construída: 1985.

Um guarda estava de pé ao lado das portas. Ziva deu um assobio curto com o sifão que fez o homem bater com a cabeça na parede de pedra e desabar. Ela se curvou sobre o guarda, enfiou os dedos em sua boca e tirou o apito do dente.

—Você pega o sifão — disse a Sloane, que se sentia atordoada.

Ela se agachou junto do guarda — que estava vivo, apenas desacordado — e soltou seu sifão de pulso, grata pelo fecho ser simples. Ela o jogou no Salão das Convocações, onde Ziva esperava. Assim que entrou, a tenente fechou a porta.

— Posso fazer uma operação temporária para trancar as portas — informou Ziva. — Mas vai passar em alguns minutos. Se precisarmos de mais tempo, terei que refazê-la, então não me deixe esquecer.

Sloane assentiu. Andou até o sifão no chão, que era coberto por uma placa dourada de 1,80 metro de comprimento. A sensação estranha na nuca que sentira debaixo do Camelo tinha se transformado em uma pressão nas têmporas, como se alguém estivesse tentando esmagar seu crânio. Não havia mais dúvida: a Agulha a chamava. A questão era se Sloane queria responder.

Ziva estava ajoelhada ao lado do sifão fortis. Tentara erguer a grande tampa de metal com o apito, mas não conseguira, então enfiava os dedos por baixo da placa e a puxava.

— É resistente à magia — explicou. — Acho que teremos que movê-la manualmente.

Sloane se ajoelhou ao lado dela e segurou a outra extremidade da tampa. Mesmo com as duas empurrando, o objeto machucou as palmas de Sloane e quase não se moveu.

Então lembrou-se de quando entrara na Cúpula, de como Agulha fizera a porta atravessar o telhado e pairar no ar.

— Merda. — Ziva bateu com força na cobertura. — Merda!

—Você morava aqui, não é? — perguntou Sloane, sentindo-se estranhamente distante. A Agulha era como outro batimento cardíaco em seu peito, uma presença em seu ombro. Ela a sentia, de outro universo. E era para a Agulha que Sloane sempre recorria quando ficava desesperada.

— Que diferença isso faz? — Ziva ficou de cócoras.

—Talvez eu tenha uma solução — respondeu. — Mas preciso chegar ao rio sem passar pelo caminho por onde entramos. Essa porta vai dar aonde?

Ela apontou para uma porta enferrujada do outro lado da sala. Parecia pequena o suficiente para uma criança rastejar por ela, considerando o tamanho do corredor.

O rio ficava só a um quarteirão ao norte do Camelo. Se corresse, poderia ir e voltar em dez minutos.

— É uma porta dos fundos — explicou Ziva. — Não sei bem o que tem atrás dela, mas você pode encontrar uma saída de emergência.

— Você consegue manter essas portas fechadas? — perguntou, apontando para a entrada. — Só por alguns minutos.

Ziva estreitou o olho para ela e depois assentiu.

Sloane correu até a pequena porta enferrujada, que dava em um corredor vazio, como o que tinham percorrido para entrar no saguão, porém mais abandonado, com sujeira e detritos pelos cantos, a pedra cinza com rachaduras ou pedaços faltando. Parecia um corredor de serviço, os canos no teto expostos.

Ela virou à direita, aleatoriamente, e procurou pelo brilho de uma saída de emergência. Duas mulheres se afastaram uma da outra quando

Sloane passou por elas, invadindo seu momento íntimo. Pediu desculpas, esbaforida.

No final do corredor seguinte, havia uma placa indicando a direção de uma escada. Ela irrompeu pela porta, então olhou a curva da escada, procurando outra. Encontrou uma, mas não sabia onde ia dar. A escada tinha cheiro de lixo, e ela ouvia passos ecoando acima.

Decidiu se arriscar. A porta levava a um beco — onde havia uma fileira de lixeiras, cheias de sacos de lixo pretos e caixas de papelão achatadas — que ia dar em uma rua que ela não reconheceu. Mas, no espaço entre os prédios à sua frente, conseguiu ver o rio. Correu em sua direção, quase batendo em um táxi na faixa de pedestres. O motorista buzinou e gritou algo pela janela, mas Sloane já tinha voltado a correr.

Quando atravessou a Wacker Drive e se aproximou do rio, diminuiu a velocidade e subiu na barreira que impedia os pedestres de caírem na água. Não tinha tempo de procurar as escadas que levavam até lá embaixo. Seu corpo queimava, formigava, doía, tamanha a necessidade de se reunir com o item que odiava tanto que chegara a mutilar a própria mão para se livrar dele.

Sloane passou uma perna por cima da mureta e depois a outra, as costas contra a barreira… e então pulou.

A água gelada a fez perder o fôlego. Ela voltou à superfície tossindo, as roupas pesadas e o cabelo grudado no rosto. Após respirar fundo outra vez, ela mergulhou, batendo as pernas como um sapo.

Dessa vez, não havia uma luz mágica para guiá-la até a membrana entre os mundos, que era mais fina em Chicago do que em outros lugares. Sloane achava que havia algo especial naquele lugar, sim. Podia sentir como a cidade a atraíra desde a infância: linda, estranha e brilhando ao sol. A escuridão ao seu redor era absoluta e sem fim. Seguiu o puxão da gravidade, como se estivesse passando um fio em uma agulha.

Sloane bateu as pernas, a princípio de maneira regular e forte, depois frenética, e moveu os braços para descer cada vez mais rápido. Seus pulmões ardiam, mas não era diferente da queimação no peito, na cabeça. Ocorreu-lhe que a sensação de estar debaixo d'água — o fogo em seu interior, a pressão na cabeça, o formigamento em todos os membros — era a mesma que ela sempre associara à magia. Talvez sua vida não tivesse sido um movimento de avanço, mas sim ao redor daquele momento, como a água descendo pelo ralo.

Precisava de ar. Ela se lembrou do sifão na mão e começou a cantarolar sem abrir a boca, escolhendo um tom parecido com o de Élia ao prender o ar atrás do lenço na primeira vez que Sloane mergulhara, então subiu o tom. Não havia dúvida de seu desejo: ela queria respirar. Sloane imaginou uma bolha ao redor da sua cabeça, como a de um astronauta, e a água ao redor do rosto se afastou como uma corrente marinha. Quando Sloane expirou, ouviu o barulho do ar, como se estivesse na superfície.

Meu primeiro fôlego mágico, pensou, e riu um pouco.

Acima, ela avistou os escombros da torre que jaziam no fundo do rio na Chicago da Terra, o P entre blocos de concreto e aço; mais abaixo, o emaranhado de plantas crescendo no rio da Chicago de Genetrix. Chegara ao espaço entre os dois mundos.

Sloane havia deixado os dois pedaços da Agulha cair no rio antes do velório de Albie, sabendo que seria capaz de encontrá-la, se precisasse. A agulha sempre falava com Sloane, mesmo quando ignorava sua voz. Ela estendeu a mão do sifão e cantarolou, sem pensar no tom, na frequência, na linha que apareceria no osciloscópio. Pensou apenas em como a Agulha a ajudara quando tinha precisado invadir a Cúpula para destruir o protótipo mágico e quando tinha precisado destruir o Tenebroso.

Sloane precisava dela outra vez.

Pairou no canal entre a Terra e Genetrix, sem sentir a gravidade puxá-la em qualquer direção. Era o mais próximo que já tinha chegado de se sentir sem peso. Pensou na voz de Albie sussurrando em seu ouvido para atraí-la até Genetrix, então sussurrou no bolsão de ar que criara em torno da cabeça:

—Venha… Venha!

Algo reluziu à sua frente, apesar da ausência de luz. Dois fragmentos finos ganharam forma: tinham um aspecto metálico, embora os cientistas da APIS não conhecessem aquele metal. Cada pedacinho de Sloane cantou de alívio. Ela estendeu a mão.

O primeiro contato com as duas metades da Agulha a chocou e fez seu corpo enrijecer. Por um segundo, Sloane temeu que tivessem se enterrando em sua mão outra vez, mas então as viu brilhando em sua palma.

Ela chamara e a Agulha viera. A frase *manifestação de desejos impossíveis* nunca tinha feito tanto sentido. Era algo mágico.

Sloane segurou metade da Agulha entre o polegar o indicador da mão esquerda e a outra metade entre os da direita, mantendo-as separadas enquanto nadava em direção à superfície.

A bolha de ar ao redor de seu rosto estourou de repente enquanto se afastava do espaço entre os mundos, e ela bateu as pernas com mais força. Seus músculos doíam quando finalmente viu a luz da cidade acima, apenas uma faísca a princípio, um fósforo aceso na escuridão, e depois um brilho. E então: o ar e a beira do rio. Sloane se ergueu para fora da água e desabou no concreto, ofegando.

— *Slo*. — A voz de Esther a recebeu.

Ela levantou a cabeça. A amiga estava com Matt, as mãos erguidas — os sifões engatilhados, por assim dizer — mirando Ziva, em frente aos dois.

Sloane tossiu.

Eles estavam vivos. Estavam bem.

Matt manteve o sifão voltado para Ziva, enquanto Esther se virou para apontar o seu para Sloane.

— Eu posso explicar, obviamente — disse Sloane, quando conseguiu respirar outra vez.

— É melhor começar logo, porra — respondeu Esther.

TRECHO DE

HISTÓRIAS DO MULTIVERSO

Rufus Egerton

Chicagoan, 11 de agosto de 1994

Um homem deixa seu universo em busca de aventura, e a incidência direta da luz do sol em uma atmosfera destruída o cega instantaneamente.

Um homem deixa seu universo em busca de aventura e acaba virando uma pilha de cinzas porque o calor do universo paralelo (cerca de dois mil graus) faz com que seu corpo entre em combustão.

Um homem deixa seu universo em busca de aventura e morre afogado em um planeta coberto por oceanos. Seu corpo é devorado por criaturas marinhas oportunistas.

Um homem deixa seu universo em busca de aventura e se vê em um planeta devastado pela guerra nuclear. Ele bebe água contaminada e morre.

Um homem deixa seu universo em busca de aventura e é assassinado por sobreviventes pós-apocalípticos que querem comer sua carne.

Um homem deixa seu universo em busca de aventura e nunca mais consegue voltar para casa.

41

— Nero é o Tenebroso — revelou Sloane.

Parecia um bom lugar para começar.

De início, Esther e Matt não reagiram. Sloane se manteve entre eles e Ziva, os braços estendidos. O caminho ao longo do rio estava vazio, e o sol começava a se pôr. Ainda havia tempo de voltar ao Salão das Convocações e documentar o mecanismo interno do sifão para Mox, ainda havia tempo para escapar sem que Nero os encontrasse. Só precisava convencer os amigos.

— Edda, que deslocou o ombro, aliás, disse que você estava sob algum tipo de... encantamento — comentou Matt.

Sloane se sentiu culpada ao vê-lo, embora não houvesse motivo para isso. Ela não o havia traído, não fizera nada que não faria outra vez se tivesse a oportunidade, mas mesmo assim sentiu-se culpada. Os olhos de Matt tinham uma dureza que não estivera ali alguns meses antes.

Mas *isso*, Sloane enfim reconhecia, era inevitável. O que Matt e ela tinham vivido juntos fora como prender a respiração. A expiração sempre vinha.

— E quem disse isso a Edda? — questionou Sloane. — Nero, obviamente. Que, como já falei, *é o Tenebroso*.

Esther inclinou o corpo para trás a fim de ver Ziva melhor. Seu cabelo estava preso em um rabo de cavalo alto.

— Isso é um zumbi? Está sob seu feitiço ou algo assim?

Ziva pigarreou, um som parecido com um polidor de pedras.

— É falta de educação falar sobre alguém como se a pessoa não estivesse presente, seu saco de carne.

— Puta merda! — exclamou Esther, os olhos arregalados.

Ela era puro brilho, literalmente. A jaqueta de gola degagê tinha fios prata entrelaçados com fibras pretas; o sifão cobrindo o pescoço era de cromo polido; suas pálpebras delineadas em prateado.

— Como a gente pode saber que você não está sendo influenciada por alguma coisa? — perguntou Matt.

As metades da Agulha fizeram suas mãos, cerradas em punhos ao lado do corpo, latejarem de tanta energia. Sloane ainda se sentia debaixo d'água, e tudo parecia estar muito perto, colado nela.

Não sabia o que responder. Se achavam que o Ressuscitador a manipulara, acreditariam que tudo o que ela dissesse seria decorrente disso. Nero tinha dado um jeito de fazer com que não acreditassem nela. Mesmo assim, Sloane precisava tentar.

— Ontem à noite, Nero me mandou um recado — contou. — As minhas botas. De... — Ela lançou um olhar suplicante a Matt. — Você sabe de quando. O Tenebroso é a única pessoa nos dois mundos que poderia estar com elas. Não sei como Nero as trouxe para cá nem por quê, não sei como ele sobreviveu e veio para outro universo quando nós supostamente o matamos, mas pelo visto foi o que aconteceu. — A desconfiança nos olhos de Matt a fez fechar a cara. — É você quem sempre diz que, para saber quem uma pessoa é de verdade, basta observar suas atitudes. Nero ajudou a nos sequestrar e depois mentiu. Mas Mox... quer dizer, o Ressuscitador... não me fez mal, mesmo quando achou que eu estava tentando matá-lo, e me levou para conhecer a profetisa.

— Espera aí — interrompeu Esther. — O louva-a-deus sexy é o *Ressuscitador*?

— O louva *o quê?* — perguntou Matt.

Esther abanou a mão com desdém.

— Ele estava seguindo você ou algo do tipo?

— Não exatamente — respondeu Sloane. — Nero não para de convocar esses Escolhidos de outros universos para lutar com ele. Então Mox achou que fôssemos mais do mesmo.

—Vocês *são* — apontou Ziva.

— Espera — interveio Matt. — Você disse que conheceu uma profetisa?

Sloane assentiu.

— A que profetizou o fim de Genetrix.

— Embora eu saiba por experiência própria que é uma história *emocionante* — intrometeu-se Ziva —, não podemos ficar aqui esperando o Exército Esplandecente chegar. Sugiro que seus amigos venham conosco para um lugar mais seguro.

— Um lugar cheio de mortos-vivos, você quer dizer — observou Esther. — Não é melhor deixar você comer meu cérebro logo, para dar menos trabalho?

— Não estou nem aí para quem vai estar lá — retrucou a tenente, irritada —, desde que não seja um pelotão de soldados esplandecentes com sifões a postos!

— Ziva tem razão, temos que ir — concordou Sloane. — Podemos ir a algum lugar neutro. — Ela olhou para Ziva por cima do ombro. — Público. Com várias saídas.

— Não podemos ir até entendermos o que está acontecendo! — esbravejou Esther.

Sloane não tinha reparado antes, mas a amiga parecia cansada de novo, apesar de todo o brilho. Lembrou-se de quando Esther lhe dissera, enquanto olhavam os escombros em Genetrix, que tinha medo de sua mãe morrer sem ela. E Esther acreditava que Nero era o caminho mais rápido de volta para casa.

Ainda assim, havia ido à oficina dele com Sloane para provar que Nero estava mentindo.

— Vocês podem, caso... decidam confiar em mim e pronto — sugeriu Sloane. — Eu sei que não mereço, mas nunca faria nada para colocar vocês em perigo. Espero que saibam disso, pelo menos.

Matt já estava abaixando a mão.

— É — concordou bem baixinho. —Tudo bem.

— Na verdade, não podemos ir até olharmos o sifão fortis no Salão das Convocações — anunciou Ziva.

— Por quê? — perguntou Esther.

— Sloane — chamou Matt. — Isso é...?

Sloane tinha quase se esquecido de que segurava uma metade da Agulha em cada palma. Quando erguera o portão de segurança da Cúpula, fora como respirar ou piscar. Mas a Agulha em suas mãos parecera ácida — viva e vibrante, com motivações próprias. Ela ainda podia sentir isso, só um pouco menos forte em Genetrix: a Agulha queria se enterrar em sua mão novamente. Sloane a empurrou para trás, movendo uma das metades para que rolasse até a ponta dos dedos.

— A Agulha estava na Terra — disse Matt. — Como a conseguiu?

— No espaço entre os universos — explicou Sloane, franzindo a testa para a lasca prateada na mão direita.

Estava prestes a elaborar quando notou Matt contrair a mandíbula e Esther levar a mão até o pescoço, para o sifão que usava. Sloane se virou e viu dois homens descendo os degraus da rua até o rio, próximo ao pequeno parque onde os quatro estavam.

Um deles era Nero, a máscara de brandura finalmente despida. Em seu lugar, estava o homem frio e concentrado que Sloane vira na oficina, com o cabelo despenteado e a capa jogada sobre o ombro, mostrando o forro azul-marinho. O broche dourado do Camelo estava torto. Nero estendia o braço direito, a mão pesada na nuca do outro homem.

O outro homem, é claro, era Mox.

Mox não usava o sifão que cobria o nariz e a boca, e seus olhos não tinham o foco habitual. O suor pontilhava sua testa perto do couro cabeludo, e os tendões de seu pescoço e os ombros estavam tensos. Nero tirou a mão da nuca dele e assobiou. Uma lufada de ar fez com que Mox tropeçasse em direção a Ziva.

— Cônsul? — perguntou ela.

— Fujam — disse Mox, olhando de Ziva para Sloane sem muita esperança.

— Nada de fugir — interveio Nero.

Sloane estava procurando por semelhanças entre Nero e o Tenebroso que conhecia, e as viu. Não no rosto — que provavelmente fora alterado na Terra, já que parecera tão pouco natural —, mas em sua postura e porte: os ombros jogados para trás e o peito estufado, os movimentos bruscos e eficientes. Sua voz também era a mesma, dura como pedra, cada palavra soando mecânica.

Nero assobiou pelo implante dental, e uma rigidez antinatural tomou o corpo de Mox, puxando seus ombros e sua cabeça para trás. Sloane achou que aquilo lembrava a maneira como o sifão dourado havia endurecido como uma luva quando ela o calçara, relaxando ao entrar na posição correta. Era como se o próprio Mox estivesse sendo usado como um sifão, por meio daquele que estava preso em sua coluna.

A área foi cercada pelo brilho iridescente de barreiras mágicas, mantendo qualquer intruso longe e impedindo-os de escapar — não que Sloane tivesse considerado fugir. Ela não podia deixar Mox ser usado como o fantoche mágico de Nero.

As metades da Agulha zumbiam em suas mãos, reagindo a Nero, Mox ou talvez a ambos. Sloane se sentiu como na infância, quando sem querer enfiava a ponta do dedo no soquete de uma luzinha de Natal na hora de enrolar o fio pela árvore: a eletricidade percorria seu corpo, uma sensação desagradável, mas tão inofensiva quanto um pequeno choque.

— O que está acontecendo, Nero? — perguntou Matt, dando um passo à frente. Seu tom era de calma forçada, uma atuação na qual Nero sem dúvida não acreditaria.

Ele olhou para Matt com vago reconhecimento, como se o tivesse visto apenas uma vez, mas não conseguisse se lembrar de onde. Sloane aproveitou seu silêncio.

— Mox — chamou. Seu tom era suplicante, mesmo que essa não fosse sua intenção. Mox segurava a lateral do corpo, meio curvado. — Você está machucado?

— Não. Só... desconfortável.

— Mox? — indagou Nero, com um olhar foi quase afetuoso. —Ah, entendi. Micah Oliver Kent Shepherd. M-O-K-S. Combina mais com você do que Escolhido.

Sloane considerou brevemente o nome Micah. Ficava melhor esquecido: era um nome para um garoto normal e não para o homem marcado pela magia que estava diante dela, suado e curvado, pouco acostumado à drenagem de seu poder.

— Escolhido? — perguntou Matt, de olhos arregalados.

— O primeiro — respondeu Mox, tenso. —Você... ou algum de vocês... seria o quinto.

— Mas você matou os outros...? — O tom de Matt não era acusatório, apenas confuso. — Por quê?

— Eu não sabia o que eles eram — explicou Mox. — E eu não queria morrer.

Matt lhe lançou um olhar de compaixão com apenas uma pitada de condescendência. Sloane sentiu o desejo familiar, quase reconfortante, de dar um tapa nele.

Nero acenou, cantarolando sem abrir a boca. Sua voz era mais aguda e menos melodiosa que a de Mox. Um tenor. Mas a nota foi firme. Mox se encolheu de novo, e Matt gritou quando seu sifão foi amassado, as placas de metal esmagando sua mão. Um filete de sangue escorreu por entre os dedos e pingou no concreto. O sifão de Esther também se contraiu ao redor de seu pescoço, e ela começou a sufocar, puxando a corrente que se fechava na nuca. Conseguiu quebrá-la, e o sifão caiu no chão, fora de seu alcance.

Por último, o sifão da boca de Ziva voou para longe do rosto, levando um pedaço de carne podre junto. O buraco em sua mandíbula ficou ainda maior, mostrando mais dentes.

— Sloane — pediu Nero —, pode por favor juntar os pedaços da Agulha?

Ele soava cansado. Os raios de sol brilhavam em seu cabelo fino, fazendo com que parecessem fios dourados.

— Não — respondeu Sloane automaticamente.

Ela cogitou jogar uma das metades no rio, mas não sabia se seria capaz de soltá-la. A eletricidade ainda zumbia nas duas partes e, embora não soubesse o porquê, tinha certeza de que se abrisse os punhos as metades da Agulha permaneceriam grudadas na palma de sua mão como se estivessem magnetizadas.

—Você me desafia sem necessidade — alertou Nero, afastando uma mecha de cabelo da testa. — Não vou pedir com educação outra vez.

— Não tenho muitas regras para viver a vida — retrucou Sloane —, mas, quando um psicopata assassino me manda fazer alguma coisa, me recusar é uma delas, com certeza.

— Está bem.

Nero assobiou, um som leve e agudo como o canto do tentilhão.

Mox se enrijeceu outra vez, e Sloane viu a tensão em seu rosto e em todo o seu corpo.

Os dois pedaços da Agulha começaram a se mexer, as pontas afiadas espetando as mãos de Sloane enquanto lutavam para escapar de seu aperto. Tentou segurá-las, mas, quando uma delas furou a ponta de seu dedo, Sloane gritou e sacudiu a mão, e de repente as duas metades da Agulha pairaram no ar diante de seu rosto.

Mas ainda podia senti-las queimando, zumbindo e ardendo. Sentia o ácido em suas veias. A Agulha ser dela, não dele. E tudo o que Sloane precisava fazer era *querer* também.

Vamos lá, então, pensou, e virou as palmas para cima, como se a estivesse chamando.

Sentiu uma dor aguda e horrível em ambas as mãos quando as duas metades se afundaram pelos seus dedos indicadores, unhas se erguendo da pele. Os fragmentos percorreram suas mãos, e ela conseguia vê-los, como vermes se contorcendo sob a terra. Horrorizada, viu a pele do dorso da mão cicatrizada se erguer para acomodar o corpo estranho, mas familiar.

Fora ela quem havia quebrado a Agulha, concentrando cada molécula naquele esforço. Mas sabia que poderia ser reparada sem dificuldade. A Agulha estava ansiosa para se consertar, assim como estava ansiosa para se enterrar em sua carne.

O fragmento na mão esquerda ainda estava em movimento, traçando uma linha de agonia em seu braço e na dobra do cotovelo. Um hematoma surgiu quando a Agulha perfurou um vaso sanguíneo. Sloane mordeu o lábio enquanto ela passava pelo ombro, pelo peito e depois descia pelo braço, deixando outro hematoma, igual ao primeiro. As duas metades se uniram com um brilho intenso e uma ardência mais forte do que Sloane jamais sentira. Ela gritou, cada centímetro de sua pele sensível.

Mox a encarava boquiaberto, as bochechas rosadas devido a sua resistência fútil. Gotas de sangue pingavam dos furos feitos pela Agulha. Sloane deixou o sangue escorrer, engolindo um gosto amargo.

— Agora eu vou ter que cortar você para arrancar — reclamou Nero, parecendo frustrado.

Ele deu um passo em direção a Sloane, que ergueu a mão para detê-lo. Não precisava emitir sons para usar a Agulha, porque ela expressava seu desejo mais puro. O que Sloane queria naquele momento era um segundo para pensar, então uma barreira se formou entre ela e Nero, ondulando quando o homem a tocou. Nero tentou destruí-la apenas com a própria magia antes de concentrar a de Mox também. Sloane podia sentir a diferença entre as duas: uma afiada e inteligente, a outra áspera e quente.

Por mais nojo que sentisse do corpo estranho alojado no dorso de sua mão outra vez, Sloane também estava um pouco maravilhada com a ideia de que algo tão pequeno pudesse ser tão poderoso e tão além de sua compreensão. Era como o Sol: mesmo bem distante e filtrado pela atmosfera, seus raios ainda eram fortes o suficiente para aquecer a Terra. Todas as coisas poderosas que Sloane conhecia também eram destrutivas, a menos que diluídas de alguma maneira.

Ela olhou para Nero — o Tenebroso — através da barreira.

— Isso tudo era por causa da Agulha? — perguntou.

Lembrou-se de quando o Tenebroso lhe perguntara sobre o esconderijo de armas — logo antes de forçá-la a escolher entre si mesma e Albie. Ele havia olhado para a sua mão, para as cicatrizes, com algo parecido com fascínio. Sloane pensara que ele estava fascinado por ela, mas, como Ziva dissera de maneira tão franca, não havia nada de especial, nada de poderoso nela — exceto pelo fato de que a Agulha era sua arma e de mais ninguém.

— O que você quer? — perguntou, e sua voz soou calma, curiosa.

Os olhos de Nero se focaram nos seus, e Sloane ouviu um zumbido ou um assobio, mas já não estava prestando atenção. Tinha ido para outro lugar.

42

Nero agarrou o parapeito de metal, a água escorrendo pelos dedos. Élia esperava por ele na beira do rio, agachada, a saia vermelha apertada na altura dos joelhos. Ele ergueu o par de botas, e ela as pegou, embora as mantivesse longe do corpo, como se sentisse nojo.

— Isso? É sério? — perguntou Élia. — Foi esse o objeto ao qual ela se dedicou?

— Ela não é sentimental e não tem um diário, ao contrário do último Escolhido. — Ele saiu da água e passou por cima do parapeito, braços e pernas pesados depois de nadar entre os universos. — Eu precisava de algo que ela tivesse modificado e mantido perto de si para convocá-la.

Suas roupas estavam encharcadas. Élia pôs as botas no chão e fez uma operação para secá-lo, mexendo os dedos perto de sua capa.

— Pode tirar a máscara agora — disse Élia, encolhendo-se. —Você parece uma vela derretida.

Ele desabotoou o primeiro botão da camisa e abriu o fecho que prendia o sifão no peito. A operação não mudava seu rosto, mas projetava uma aparência diferente para quem o olhava, mesmo na Terra. Élia lhe dissera que a projeção não parecia exatamente normal, o que talvez servisse ainda melhor a seus propósitos. O povo da Terra era vulnerável até à operação mais transparente, visto que negava a existência da magia.

Ele se divertira lendo as teorias mais recentes: o Tenebroso era um experimento do governo que deu errado; um invasor alienígena em busca da dominação mundial; um bilionário louco que virou um supervilão. O povo da Terra, decidiu ele, lia gibis demais.

Nero pegou as botas da garota e, junto com Élia, saiu em direção às plataformas de árvores ao longo do rio. Ainda não havia amanhecido, e a cidade estava praticamente deserta. Ele ouviu alguns poucos carros na Wacker Drive, a moradora de rua na esquina da LaSalle cantando para si mesma, o bater dos sapatos de Élia. Nero já a repreendera por suas roupas chamativas e calçados pouco sutis. Era importante que fossem discretos nessas missões noturnas ou alguém repararia.

— É magia que ela derrama nas botas? — perguntou Élia. — Não compreendo.

— Não me surpreende — disse ele. Os dois começaram a subir as plataformas, abrigando-se sob as flores rosadas das macieiras e das árvores-de-judas. — E é uma espécie de magia, se pensarmos na magia como manifestação da vontade. Ela exerceu sua vontade sobre as botas, modificando-as e reparando-as, calçando-as e tirando-as, assim como o garoto exerceu sua vontade sobre o tsuru de papel. — O origami havia sobrevivido à viagem da Terra até Genetrix em um saco plástico para embalar sanduíches, e estava empoleirado no parapeito de uma janela em sua oficina. — O apego emocional ao objeto fortalece a energia associada a ele, o que me permitirá convocar os dois até aqui.

— Porque você não sabe qual dos dois tem a Agulha.

— Acredito que seja a garota, mas prefiro não arriscar.

— Quando você vai voltar?

Eles chegaram ao nível da rua. Nero parou e sorriu para Élia.

— Não me diga que está querendo se livrar de mim de novo?

Élia se encolheu um pouco, os cantos da boca se virando para baixo.

— Eu só quero me preparar para a minha realocação, se for iminente.

— Ainda estamos a muitos meses da destruição destes universos, eu lhe garanto — informou Nero. — Já cuidei para que você tenha um lugar em um novo universo. Não tem nada a temer, desde que continue a me ajudar.

Élia deu um sorriso tenso e seguiu pela rua em direção ao Camelo.

Quando Nero passou pela mulher cantarolando na esquina, deixou uma moeda na xícara dela. Não havia mal, pensou ele, em dar a alguém um alívio momentâneo, mesmo que seu universo estivesse fadado à destruição.

O sorriso de Élia foi a última coisa a desaparecer, permanecendo fixo como o do gato de Cheshire enquanto uma nova memória vinha à tona.

—Você não está ouvindo — reclamou ele.

Estavam na sua oficina, com esferas brilhantes flutuando ao redor. Nero se debruçava sobre um caderno, rascunhando alguns pensamentos soltos antes que os esquecesse. O Camelo estava sem energia, então os orbes eram a única fonte de luz, dando um brilho assustador ao rosto da nova pretora.

— A colisão é inevitável — explicou devagar, como se estivesse falando com alguém muito burro. Nunca tinha achado Élia burra antes, mas a mulher vinha demonstrando uma falta de compreensão notável durante aquela conversa. — Estou mantendo os dois mundos separados por enquanto, usando uma parte considerável da minha magia, devo dizer. Porém, quando eu morrer, eles seguirão no rumo em que entraram quando o incidente do Tenebris os conectou: destruição.

Um raio brilhou nas janelas, agourento. O trovão veio logo depois, como um tambor.

— O incidente do Tenebris? — repetiu Élia. Um dos orbes flutuava ao lado da orelha onde ela usava um sifão dourado e pontudo, um reflexo da moda ridícula de Genetrix, que fazia as mulheres se vestirem como princesas élficas. Seu vestido era longo e solto, com mangas folgadas. —Você nunca me disse que foi isso que forjou a conexão.

— O que mais poderia ter causado uma coisa dessas? — Nero fechou a cara. — O núcleo mágico deste planeta se fragmentou e parte da magia de Genetrix foi mandada para outro universo. Devido à instabilidade temporal durante as viagens entre universos, esses fragmentos acabaram no passado e se tornaram objetos mágicos lendários na Terra. Entretanto, são tantas as lendas falsas que tem sido difícil discernir quais são verdadeiras. É por isso que preciso continuar viajando entre os universos. Estou pensando em tomar uma atitude mais drástica para descobrir a verdade mais rápido. Estou cansado de adiar o inevitável.

— E não há nada que você possa fazer, mesmo com todo o seu poder, para quebrar essa conexão e salvar os dois mundos?

— Mesmo que eu quisesse, e não quero, sou imortal, não todo-poderoso — observou ele. — E em breve, se as circunstâncias permitirem, nem isso serei.

— Nunca vou entender você. — Élia se aproximou das janelas, que tremiam com o vento. A chuva fustigava o vidro, obscurecendo a vista da cidade além. — Muitos matariam para viver para sempre. Sacrificariam seu amor, seus filhos, cada centavo que tivessem. E você passa o seu tempo procurando por alguém capaz de acabar com sua vida.

— Aqueles que anseiam pela imortalidade não a compreendem. — Nero foi até o carrinho de bebidas ao lado da porta e serviu uísque em um copo limpo. — Nos primeiros duzentos anos, é maravilhoso, de fato. — O cristal do copo refletiu a luz de um dos orbes pelo chão. — Mas depois tudo começa a perder o sentido. Uma vida, uma nação, um universo inteiro... seus triunfos, suas picuinhas, suas disputas de poder patéticas... é tudo igual, não importa aonde eu vá, não importa o que eu faça. — Ele tomou um gole do uísque, e o sabor forte fez sua garganta arder. — Estou cansado.

Élia o olhou de relance. Não tinha mais tanto medo dele como no início, quando ele lhe contara o que era e a convidara a matá-lo. Nero soubera que Élia havia sido a pessoa certa para contar a verdade quando ela realmente tentara — experimentara meia dúzia de operações que haviam lhe sufocado, parado seu coração ou tentado decapitá-lo. Nero havia permitido, embora ele próprio tivesse tentado tudo isso. Também havia amarrado pesos nos tornozelos e pulado no mar; injetado em si mesmo o veneno da cobra mais venenosa da Terra, a Taipan; e, em determinado universo, jogara-se em um vulcão em erupção. Todas as tentativas — dele e de Élia — falharam, sua magia sempre defendendo-o e preservando-o.

Ainda assim, ela às vezes deixava seu medo transparecer. Como naquele momento, as sobrancelhas juntas, uma expressão assustada.

— E esse garoto, você acredita que ele vai conseguir? — perguntou.

— Já estive em dezenas de universos com dezenas de Escolhidos, guerreiros e mágicos de renome. Nenhum jamais teve o poder bruto desse garoto. Ele pode não ter a habilidade ou o foco, mas não preciso disso. Ele é só um instrumento de força bruta.

Élia assentiu.

— Mas o desejo dele deve ser cultivado — respondeu, distante. — E o desejo não pode ser forçado.

Nero esvaziou o copo.

— É exatamente por isso que preciso de sua ajuda.

O brilho de uma esfera foi tudo o que restou.

A porta da oficina estremeceu quando ele a escancarou com o sifão e a fechou com força. Nero tremia. Praguejou e sacudiu as mãos. Seria de se esperar que centenas de anos de vida erradicariam essa fraqueza, mas ela persistia.

Nero apitou várias vezes, primeiro para trancar a porta, depois para criar uma barreira sonora em torno da oficina, então para trazer o caderno até a mesa à sua frente e um último apito para preparar a caneta para anotar o que ditava. Ele se deixou cair em uma cadeira próxima a uma pilha de livros e usou um lenço para enxugar o suor da testa. O lábio superior estava com um gosto salgado.

A caneta ficou em pé, tremendo em antecipação à sua voz.

— Pronto — anunciou. — O Exército Esplandecente está morto.

A caneta começou a se mover. Nero passou a palma das mãos pelas pernas para secá-las.

— Agora ele vai querer me matar — acrescentou, com algum alívio.

Sloane sentiu a fome do Tenebroso e, acima de tudo, o cansaço. Sentiram ambos juntos.

Ele pensou em Micah e seu sorriso irônico. Sempre achara estranho que uma criança tão extraordinária viesse de pais tão comuns. Nancy, que recebia o grupo de tricô em sua casa toda semana, vencedora do concurso de chili na feira de outono da cidade. Phil, com sua falta de cabelo e seu excesso de barriga, gerente do banco local. Olharam com desconfiança para o sifão de Nero quando ele apertou suas mãos, e o casal não relutou quando levou o filho embora.

Micah não precisava de um sifão para fazer magia. Mal precisava de intenção. Seus desejos simplesmente se manifestavam quando provocados. Ele havia incen-

diado seu primeiro quarto no Camelo. Quebrara todos os pratos do refeitório de uma só vez. Fizera flores brotarem do chão de pedra no Salão das Convocações.

Naquele momento, estava sentado em cima do sifão fortis no Salão das Convocações, parecendo pequeno apesar dos braços e pernas compridos. Talvez fossem as orelhas aparecendo por entre o cabelo que o fizessem parecer tão jovem.

Havia um toca-fitas em sua frente, e a voz de Sibila, rouca e seca, foi reproduzida pela terceira vez naquela manhã: será o fim de Genetrix, a destruição de mundos.

— O que você acha? — perguntou Nero.

— "Marcado pela magia" — ecoou Micah, dando algumas batidinhas no canto do olho esquerdo. — Então esse ponto é magia?

— Acredito que sim — respondeu Nero e, apesar de detestar se sentar no chão, sentou-se diante de Micah, ao lado do sifão fortis. O frio da pedra atravessou suas roupas, deixando-o gelado. — Minha teoria é que o Evento Tenebris espalhou pequenos pedaços de magia pelo mundo, e um deles acabou no seu olho.

O olho em questão se estreitou para ele.

— Isso foi há séculos. Eu só tenho onze anos.

— Você sabe o que é um buraco de minhoca? — perguntou Nero.

Micah balançou a cabeça.

— Deixe-me explicar, então. Um buraco de minhoca é como um túnel. Em uma extremidade desse túnel, tudo pode estar se movendo bem devagar. Na outra, tudo pode se mover muito mais rápido. Portanto, se você atravessar o túnel, poderá chegar a algum lugar distante no futuro, mas fazer a travessia bem rápido. Entende?

Fora assim que Nero vivera por centenas de anos, embora sua própria Terra estivesse no mesmo século que Genetrix quando ele nascera. O tempo não cooperava entre os mundos.

— Então a magia explodiu, passou por um túnel — resumiu Micah — e acabou no meu olho.

— Eu não sei. É só uma teoria.

— E é por isso que tenho tanta magia — concluiu o garoto. — Por isso que meus pais sentem tanto medo de mim.

— Talvez. E talvez exista uma maneira de mantê-la sob controle até você estar pronto. Gostaria de fazer isso?

Micah assentiu.

Pobre criança, *Nero se permitiu pensar.* Repleto de magia, e nenhuma pessoa no mundo capaz de entendê-lo, nem mesmo eu.

— *Vou lhe contar sobre um tipo específico de sifão, que é usado na coluna —* começou Nero.

A coluna, pensaram os dois.

Cláudia bateu os dedos nas vértebras proeminentes sob a camisa de Nero quando ele se curvou. Tap, tap, tap.

O fogo estava baixo. Ele havia se esquecido de acrescentar toras, e o ar tão frio que conseguia ver a própria respiração. Era difícil para ele se afastar desses preparativos. Havia esperado tanto por aquela noite em que tudo estava finalmente pronto. Os objetos de poder dispostos em um amplo círculo no pátio, interligados por uma linha de sal. Ele passara os últimos cinco anos reunindo-os, seguindo lendas até becos sem saída, sussurros que levaram a tesouros.

O verdadeiro tesouro, no entanto, ardia em seu peito. Um raio X o havia revelado. O médico suspeitara de um buraco em seu coração, e tinha sido isso, em certo sentido, que encontrara. Mas o buraco havia sido tapado por algo. Um estilhaço, o médico declarara, mas Nero nunca estivera perto de nenhum explosivo. Não representava um perigo imediato para sua saúde, então ele seguira assim, sem fôlego e cansando-se com facilidade e o estilhaço permaneceria onde estava.

Ele se endireitou e puxou os suspensórios de volta para os ombros. Sua irmã, Cláudia, estava atrás dele, usando uma blusa elegante com um laço, logo acima do espaço entre as clavículas. O cabelo fora repartido de lado, cachos se formando nas pontas.

— *Você está bonita —* elogiou.

— *Não é? —* Cláudia se afastou e balançou os quadris para que ele pudesse ver sua saia longa dançar. *— Achei que devia me arrumar para o seu primeiro dia de vida eterna.*

Nero fechou a cara.

— *Você se vestiu para a viagem de trem e pronto —* rebateu.

Ela abriu um sorrisinho.

— E tem certeza de que não quer participar? — perguntou Nero.

— Terei uma eternidade no céu — disse ela baixinho. — Embora eu esteja triste que meu irmão não vá se juntar a mim. Você continuará aqui na Terra.

— Eu não acredito no Céu — respondeu ele.

Cláudia assentiu.

— Você me disse.

Ela se inclinou para a frente e beijou sua bochecha. Cheirava a perfume floral. Quando se afastou, ainda estava com aquele sorrisinho.

O fogo estalou na lareira quando o último graveto se partiu.

A sensação era de fogo.

Quando um tronco de bétula queimava, a casca se soltava da madeira e virava cinzas. Nero sentia isso acontecer com sua pele. Cada camada dele — pele, tendões e ossos — se descascou e queimou até virar cinzas.

E foi só o começo. Mais tarde, em outro universo, quando encontrasse as palavras, diria que foi como mergulhar de cabeça no sol. Mais quente que lava ou que qualquer calor que ele conhecia, e o impulso de se afastar, de tirar a mão do fogão ou de bater na brasa que havia caído na sua roupa persistia, mas ele não conseguia se mexer. Tornara-se uma nuvem de poeira, um aglomerado frouxo de partículas, e não conseguia gritar.

Uma eternidade se passou. Sem erguer um dedo, ele usara o estilhaço em seu coração para cavar fundo a terra e beber da magia mais pura. Não havia simplesmente tomado um gole: ele a bebera como se usasse um canudo, sorvendo o máximo que podia suportar e depois mais ainda. A conexão, depois de formada, não podia ser interrompida — embora ele estivesse desesperado para interrompê-la.

Só quando a fonte tivesse se esgotado.

Quando acordou, segundos depois, anos depois, estava sozinho, e todas as formas de vida, todas as ervas daninhas nos campos, todas as flores nas árvores, todos os insetos e cobras rastejando e pássaros em voo, todos os humanos que um dia caminharam pela Terra, haviam morrido.

Eles haviam destruído seu mundo e teriam que encontrar outro.

Do diário de Nero Dalche, questor do Conselho de Cordus

É estranho suportar o peso de um mundo. Nunca imaginei que teria tanto em comum com Atlas. Por seu erro, por ir contra os deuses, ele passou uma eternidade com os céus sobre os ombros — não a Terra, como muitos acreditam. Pelo meu erro, por investigar os segredos do universo, devo carregar meu planeta morto para sempre.

Mas não são as flores e os animais que mais me assombram, nem as árvores e as maravilhas do mar profundo, nem as crianças cujos rostos nunca vi e cujos nomes nunca ouvi. Essas coisas são tão numerosas que desaparecem na abstração. Especificidade, não escopo, é o que torna algo significativo.

No fim das contas, é a vizinha de rua que me dava uma fatia de pão com manteiga todos os dias quando eu ia para a escola porque dizia que eu era magro demais, e o gato do beco que traçava um sinal de infinito ao redor de minhas pernas quando eu saía para fumar, e o nosso vizinho de cima que me ensinou a amarrar um nó seguro — são eles que me assombram.

E, é claro, minha irmã, Cláudia.

Às vezes, odeio o Ressuscitador pela magia que ele possui, por saber como trazer os mortos de volta. Eu tentei.

43

O Tenebroso torturara Albie com brutalidade e delicadeza; às vezes, paradoxalmente, com ambos ao mesmo tempo. Sloane se lembrava de várias ferramentas brilhantes: chave inglesa, faca, alicate de ponta fina. Os instrumentos pareciam novos, recém-comprados em uma loja de ferragens.

Queria algo dela, e machucara Albie para conseguir. Mas Sloane não cedera.

O Tenebroso parecera impressionado.

— Ele quer morrer — revelou Sloane, e quase disse *nós queremos morrer*, de tão entrelaçados que estiveram em suas lembranças.

No instante seguinte, sentiu repulsa. Seu estômago se revirou. Ela tropeçou até a grama e vomitou.

— O que houve? — perguntou Esther. — O que você fez com ela?

— Eu respondi à pergunta dela — disse Nero. — Não precisa se preocupar com como fiz isso.

— Se queria morrer, poderia ter dito antes — retrucou Matt em tom sombrio, inclinado para a frente devido à dor, a mão esmagada aninhada junto do peito. — Qualquer um de nós... atenderia com prazer.

— Não! — Sloane se endireitou, sentindo um gosto ácido na boca. Ela limpou os lábios com o dorso da mão. — Genetrix e a Terra estão em uma rota de colisão. *Ele* mantém os dois mundos separados. Se for morto, todos nós morreremos.

Sloane se esforçou para respirar. Ele tinha que morrer. Mas não podia. Entretanto, se não o matassem como ele queria, Nero podia simplesmente parar de manter a Terra e Genetrix separados e seguir para outro universo, outro conjunto de vítimas. E então todos morreriam do mesmo jeito.

Não havia saída.

Sloane olhou para Mox, curvado sob o sifão, o cabelo caído no rosto. Desde o início, Nero quisera moldar o desejo de Mox como forma de moldar sua magia. Nero o esculpira como uma estátua de barro.

E esculpira Sloane também. Não ao longo dos anos, mas em breves momentos. Quando lhe oferecera a escolha entre si mesma e Albie. Ao cair na armadilha que ela armara na ponte Irv Kupcinet. Ao atraí-la para Genetrix com a voz de Albie. Mas Nero nunca tivera que mudar os desejos de Sloane, porque ela e o Tenebroso sempre quiseram a mesma coisa.

— Não achei que fosse possível você amolecer em relação a mim — disse Nero.

— Eu não amoleci — rebateu ela.

Bem devagar, caminhou na direção do homem.

— Entregue a Agulha a Micah, Sloane, para que ele possa realizar aquilo para que foi feito — ordenou Nero, e não soava maligno, apenas cansado. — Ou terei que motivá-la.

Sloane conhecia o estilo de motivação dele. Torturara Albie para que ela lhe contasse onde estavam suas armas — onde estava a Agulha. Nero conhecia suas partes mais frágeis, mais vulneráveis. Sabia que, acima de tudo, ela era solitária.

Mox estava curvado para a frente, o rosto molhado de lágrimas e suor. Havia sido usado a vida toda, pensou Sloane. Ela não podia deixá-lo ser usado para acabar com o mundo.

— Mox não foi feito para isso — afirmou. — *Eu* fui.

— Sloane, não! — gritou Matt, e parecia que ele estava gritando no meio de um vendaval. Talvez estivesse, pensou Sloane.

Seu cabelo chicoteou o rosto, obstruindo a visão enquanto Esther se lançou alguns metros à frente para pegar o sifão de garganta no chão. Ela o segurou junto do pescoço com uma das mãos, enfiou um apito na boca com a outra e mordeu com força. Mas, antes que pudesse emitir qualquer som, Nero a derrubou com um aceno da mão.

— Nem tudo precisa acabar, sabia? — observou Nero. — A energia produzida pela morte pode ser usada para salvar alguma coisa. Micah tem um poço de bondade imaculado dentro de si e pode desejar salvar o mundo o suficiente para preservar parte dele. Mas você… você sempre desejou a destruição.

Ele tinha razão, é claro. Mox dissera que a magia era uma expressão dos desejos mais profundos de uma pessoa, o que significava que, quando Sloane eviscerara a tripulação durante a missão do Mergulho, quando produzira um vendaval em vez de um fôlego mágico no Salão das Convocações, quando explodira uma cratera na lateral da Cúpula, ela quisera fazer essas coisas. Nunca realizara um ato mágico que não provocasse ruína. Dentro dela havia algo que queria consumir, e consumir, e consumir, até que não restasse mais nada, assim como Nero fizera com seu próprio universo, sua sede por poder e magia saciada apenas quando a fonte sob a crosta terrestre se esgotara.

Sloane ergueu a mão e fez o corpo de Nero flutuar. A capa foi puxada por cima do ombro, sacudindo ao vento, o broche que a prendia indo parar junto do pescoço. A Agulha cantou dentro dela, cantou sua vingança. Sloane abaixou a mão e Nero caiu na calçada com as pernas dobradas sob o corpo. Quebradas, ela presumia, pelo som que fizeram. Não se importava.

— Há algo entre Genetrix e seu gêmeo. O Tenebroso — começou ele, rindo um pouco, com uma careta de dor — vai cortá-lo, e os mundos serão esmagados um contra o outro, e será o fim de tudo.

— Sim — concordou Sloane. — Já me disseram que a linha entre o Tenebroso e o Escolhido é tênue.

Uma parte dela de fato queria destruição — mas isso não era tudo. Sloane também queria outras coisas: justiça e misericórdia, bebidas com Albie, beijos com Matt, risadas com Esther. Queria acordar de manhã cedo, com a luz pálida, e correr até a margem do lago. Queria ficar sentada em silêncio na ala moderna do Art Institute e olhar as janelas do Frank Lloyd Wright e pensar em Cameron. Queria ensinar Mox a dirigir. Queria ler o manifesto Irrealista. Queria assistir a uma azeitona dançar em uma coqueteleira.

Precisaria confiar que esses desejos se sobreporiam os outros.

Sloane ergueu a mão que continha a Agulha e se imaginou no fundo do oceano, uma adolescente especialista nas lendas de Koschei, o homem que não podia morrer, que escondera sua alma em uma agulha. Sentia a pressão da água ao seu redor, assim como o fogo da magia, um aperto tão doloroso que a fazia se debater. Mas por baixo da dor havia outra coisa — uma pontada de fome. Ela escrevera em seu diário que era como querer tanto alguma coisa que estava disposta a morrer para tê-la. Um reconhecimento de quão profunda e desesperadamente ela não queria mais se sentir vazia.

Sloane se imaginou no centro de um Dreno, a visão obscurecida pelos detritos em turbilhão. A poeira marcava a direção do vento, fazendo pressão ao redor de seus ombros, e pedaços de pedra, nacos de carne e fragmentos de osso a envolviam. Seu cabelo chicoteou o rosto, entrou na boca, e ainda assim sua magia pedia mais. Mais.

Mais.

Ela se concentrou em Nero, a mão estendida. A mão com a Agulha, com a teia de cicatrizes de quando havia virado um animal, mordido a própria carne para se soltar de uma armadilha. E se o desejo era o que alimentava a magia, então o que Sloane desejava era a vida de Nero, cada segundo dela. Os olhos do homem se arregalaram, e ele levou as mãos ao pescoço — ou assim teria feito se não tivesse sido erguido no ar, bem acima do rio.

Sloane estava no monumento, os nomes dos mortos brilhando ao seu redor e...

Estava sentada com Albie no bar, a fileira de copos vazios no balcão e...

Estava andando descalça pela estrada, um caco de vidro em seu calcanhar e...

Estava na margem do rio de Genetrix.

Queria todas as coisas que o Tenebroso havia tirado dela. Sloane gritou. O som rasgou seu interior, esvaziando-a ainda mais, e se encheu com a vida dele. As perdas que ele acumulara como fichas de cassino. A magia que absorvera em suas andanças por outros mundos, talvez centenas deles, tantos que já havia esquecido seus nomes.

Ela *o devorou*.

O corpo de Nero se rasgou de uma só vez, pairando, eviscerado, sobre a cidade: as tripas, o coração ainda batendo, preso aos vasos sanguíneos e veias. Sloane viu um emaranhado de nervos brancos e ossos, e havia sangue para todo o lado. Talvez ele estivesse gritando, mas, talvez não pudesse mais gritar, os dentes arrancados do crânio e a língua ao vento.

E então ela foi incendiada pela magia, como na lembrança de Nero, um mergulho de cabeça no sol. Desfazendo-se em uma nuvem de carne e sangue que não conseguia gritar. Não houve um exercício de vontade, apenas uma extração do *desejo*, enquanto a água caía sobre ela, a fina membrana entre os mundos se rompendo.

A água transbordou da margem do rio e inundou as plataformas com árvores, arrastando os carros que dirigiam pela Wacker Drive e os pedestres na ponte. Sloane se levantou, ou talvez tenha caído.

Caiu na água outra vez, em meio aos escombros da torre que haviam destruído e bateu...

... *para sua surpresa*...

... no chão ao lado do Monumento aos Dez Anos, onde haviam espalhado as cinzas de Albie.

44

E m algum lugar próximo, um alarme de carro havia disparado. Mas o som parecia abafado. Sloane sentia como se alguém tivesse enchido seu ouvido com algodão. Ela ergueu a mão e tocou seu canal auditivo pegajoso, mas desobstruído.

Havia mais alarmes soando. Um coro, todos berrando a intervalos diferentes; sistemas de segurança anunciavam intrusos; sirenes vinham de todas as direções. Sloane piscou, olhando para cima. Pareceu estranho encontrar o céu límpido, embora não soubesse bem o que estivera esperando.

Examinou a cabeça e o pescoço com as duas mãos em busca de ferimentos e, quando não encontrou nenhum, sentou-se. Uma orelha ainda escutava um tinido, e tudo parecia girar, estar meio torto. O que só deixava o cenário mais surreal.

De um lado havia o rio e o monumento do Tenebroso, um bloco de bronze modesto com uma abertura. E do outro havia a metade de aço ondulado da Warner Tower de Genetrix, assomando-se no horizonte. Mais adiante na rua, ela viu metade do edifício da 300 North Wabash, uma estrutura preta de aço e vidro. Na parte leste, o interior estava exposto, como se o prédio tivesse sido cortado como um pedaço de queijo. Sloane enxergou meio sofá, cortado bem no meio de uma almofada, escorregar e despencar vinte andares até a calçada.

Sua mente estava vazia. Seu corpo inteiro doía, até as unhas. Testou as pernas: trêmulas, mas ainda se mexiam. *Os outros*, algo sussurrou. *Encontre os outros.*

Ela se arrastou pelo concreto por alguns momentos, então se levantou e cambaleou em direção ao rio. Era como se estivesse bêbada. Viu uma cabeça com cabelo escuro surgir na superfície e correu em direção à ponte, onde degraus levavam à água. Bem na sua frente, um táxi quadrado de Genetrix colidiu com uma BMW elegante. Os motoristas saíram dos carros e começaram a esbravejar, um deles agitando um sifão na mão esquerda.

Sloane correu escada abaixo e se ajoelhou na beira do rio, onde vira o homem. Mox tossiu, afastando o cabelo do rosto. Sloane o abraçou, quase entrando no rio, mas mantendo os quadris no concreto.

— Seu ouvido está sangrando — avisou ele.

— Tímpano perfurado.

Mox esmagou a boca de Sloane com a sua, sem delicadeza. Ela sentiu gosto de água do rio, poeira do monumento e sangue. Ele estava vivo.

Sloane ouviu uma tosse e se afastou de Mox. Viu Esther a alguns metros de distância, apoiada com os cotovelos na beira do rio, cuspindo água. Cambaleou até a amiga e a puxou pelos braços.

— Essy — chamou. Esther tossiu em seu ombro, agarrando sua blusa. — Cadê o Matt?

— Não... não sei.

Por cima do ombro de Esther, Sloane viu Ziva arrastar algo para fora do rio. Água jorrava pelo buraco em sua mandíbula. Ela jogou Matt na margem. Ele tossiu e rolou para o lado.

— O Tenebroso, ele...? — perguntou Esther, a voz fraca.

— Morreu? — completou Sloane. Suas mangas estavam manchadas de sangue. — Sim. Ele morreu.

***

Eles atravessaram a ponte juntos. Sloane foi na frente, com Ziva e Mox logo atrás. Matt caminhava apoiado em Esther, debilitada pela dor de sua mão esmagada.

Passaram por pessoas confusas ao lado da grade de proteção. Uma delas era uma adolescente de calça jeans rasgada e tênis All Star, sem sifão. Mais adiante, Sloane avistou a Décima Sétima Igreja de Cristo, Cientista: uma cápsula de pedra onde a Wacker Drive se dividia em duas. No entanto, o prédio que ficava logo atrás, do qual Sloane se lembrava vagamente, fora substituído por uma estrutura irrealista que parecia uma banana descascada, com escritórios em todas as direções, arqueando sobre a rua.

Viraram à direita na Wacker Drive, ignorando os gritos que vinham de todas as direções e os alarmes que os abafavam.

— Temos que encontrar Inês — falou Esther. — E minha mãe.

— Os telefones não devem estar funcionando — comentou Sloane.

Havia linhas de energia na rua. Fios tinham sido cortados por prédios e por postes a gás.

— Então eu vou para a Califórnia.

— Primeiro, vamos encontrar Inês. Vocês duas podem ir juntas — sugeriu Sloane. Ela não acrescentou *se ela estiver viva* porque se recusava a considerar aquela possibilidade. — Podem até passar pelo México na volta. E eu vou...

Ela parou de falar antes que pudesse dizer que procuraria pela mãe, porque de repente teve certeza de que não havia como sua mãe ainda estar viva. Embora não soubesse por que estava tão convencida disso.

Quando viu o Camelo — em vez do Thompson Center — mais adiante, quase desabou no chão de alívio. Precisariam do conhecimento mágico coletivo do Camelo para sobreviver ao que estava acontecendo.

Havia um tinido em seus ouvidos quando atravessaram as portas do Centro Cordus e entraram no saguão, que estava cheio de genetrixeanos berrando uns com os outros. Um alarme tocava e era difícil pensar em algo além do som estridente. Havia soldados do Exército Esplandecente espalhados, gritando para que todos se acalmassem.

Esther e Sloane observaram a cena, caladas. Sloane engoliu sua histeria crescente.

— O que houve? — perguntou, a voz falhando. — Isto é a Terra ou Genetrix?

Esther olhou para o caos no saguão do Camelo.

— Um pouco de cada, eu acho.

O primeiro sinal de que Inês ainda podia estar viva era que seu prédio continuava de pé.

Não tinha sido algo certo. Esther, Matt e Sloane haviam percorrido o caminho junto ao lago até lá, deixando Mox e Ziva irem procurar o restante do exército do Ressuscitador, e viraram na Wilson Avenue para seguir pela Uptown, onde a paz da margem do rio havia cedido lugar à loucura. Alguns prédios estavam partidos ao meio, com um pedaço de uma sala de estar visível da rua ou uma pia pendurada na beira de um andar dividido, prestes a despencar. Passaram pelo chão inclinado de uma cozinha acima de um beco, e vários ladrilhos caíam quando o vento soprava. Uma escada estava apoiada na lateral de um prédio de três andares, e um homem entrou pela janela de seu apartamento no segundo andar enquanto a filha pequena gritava instruções da rua:

— O urso com a orelha faltando! — Os olhos da menina estavam cheios de lágrimas. —Você está vendo?

Mais adiante, Sloane viu outro edifício partido, com um braço e uma perna pendendo de uma das tábuas do assoalho de um apartamento no terceiro andar. Tentou não encarar.

Do lado oposto da rua onde ficava o prédio de Inês e Albie, onde antes houvera um pub escuro, estava um parque de Genetrix com uma estátua colorida no meio de um pequeno lago. Luzes mágicas dançavam sob a superfície da água, inafetadas pela colisão dos mundos.

— O que foi? — perguntou Esther.

Sloane encarara o parque por um bom tempo.

—Aquele bar ruim que deixou Inês com intoxicação alimentar sumiu — disse Sloane.

—Você odiava aquele lugar — comentou Matt, e não como se estivesse apresentando um fato, mas como uma revelação.

— É. — Sloane franziu a testa.

— Inês — insistiu Esther. — Lembram? Vamos lá, gente.

Ela puxou Sloane pelo cotovelo.

O interfone estava quebrado, então Sloane forçou a entrada no prédio — a fechadura nunca fora muito segura — e subiu as escadas até o apartamento de Inês e Albie. Não podia suportar a ideia de que Inês não estivesse lá dentro. Esther teve que arrastá-la pelos últimos degraus e começou a bater na porta do apartamento.

— Inês! Inês, aqui é Essy, abra a porta!

Sloane se preparou para o silêncio. Mas ouviu passos e a voz grave de Inês enquanto mexia na chave.

— Ai, meu Deus, ai, meu Deus! — repetia, balançando a porta de um lado para o outro na moldura.

Por fim, a porta se abriu… Inês estava descalça e vestindo uma calça de pijama amarrada nos quadris por um cordão, os olhos vermelhos e o cabelo embaraçado. Cheirava a maconha, suor e café.

— Onde vocês *estavam*, porra? — questionou.

Eles desabaram uns nos outros como um castelo de cartas, e foi por pouco que continuaram de pé.

45

Naquela noite, Sloane acordou de um pesadelo no qual o cadáver de Albie saía do rio e cambaleava em sua direção. Em uma voz rouca, ele a condenava pelo que havia feito, por matar Nero, por destruir a melhor parte dos dois mundos.

Sloane acordou sem fôlego e tremendo. Uma vela tremeluzia no centro da mesa da cozinha. Esther estava sentada em um dos banquinhos segurando uma garrafa d'água e observando a chama.

— Esther — chamou Sloane, abraçando um travesseiro. — Eu acho que... descobri uma coisa.

Esther descansou a bochecha na tampa da garrafa d'água e encarou a amiga com olhos cheios de sofrimento e preocupação.

— Sua mãe está viva — afirmou Sloane, abraçando o travesseiro com mais força, o coração martelando. — Ela deve estar, porque eu a amo, e as coisas que eu amava nos dois mundos sobreviveram à colisão. — Sua voz falhou. — Minha magia transformou a morte de Nero nesse mundo Frankenstein, feito de todas as coisas que eu queria e...

Esther foi até o sofá e sentou-se ao lado de Sloane, encostando seu ombro no dela.

— Algumas das coisas que eu quero... — sussurrou Sloane — ...não são boas. Ninguém deveria ter o poder de criar seu próprio mundo...

— Eu sei, Slo.

Sloane enfiou o rosto no travesseiro e tentou não gritar.

Matt saiu do quarto de Albie, deixando óbvio que estivera escutando, escondido no escuro. Ele mexeu nos armários da cozinha por alguns minutos, enquanto Sloane tentava afrouxar o aperto no travesseiro, depois lhe trouxe uma pequena pílula amarela.

Sloane a engoliu.

O esconderijo estava silencioso. A maioria das tábuas que cobriam as janelas fora arrancada, então a luz do sol atravessava a camada de poeira. Sloane passou pelos cobertores amassados perto da porta — sua antiga cama — e pela sala cheia de soldados, sentados juntos no chão, jogando cartas, consertando sifões e, em um grupo, batucando em panelas velhas com os dedos ossudos.

Ela foi ao depósito atrás de Mox e o encontrou sentado à mesinha em frente a Ziva. Estavam de mãos dadas, a palma grande e quente dele cobrindo quase completamente as juntas dos dedos apodrecidos dela.

— Sloane! — exclamou Mox, e os dois se afastaram como se tivessem sido flagrados fazendo algo vergonhoso.

— Desculpe, eu posso voltar depois.

Sloane sentia como se tivesse interrompido algo importante.

— Não, pode ficar — convidou Ziva. — Eu só estava contando a ele sobre uma conversa que nós duas tivemos.

Sloane tinha certeza de que, com o tempo, seria capaz de desatar o nó dos últimos dias, mas ainda era muito cedo para isso.

Depois de tomar a benzodiazepina, ela apagara no sofá de Inês, depois acordara, pegara roupas limpas emprestadas e, com a ajuda da amiga, fizera ligação direta em um carro que usara para atravessar a cidade, mas fora tudo o que conseguira até o momento.

No entanto, pelas conversas na frente da bodega na rua de Inês, ninguém tinha internet, sinal de celular ou eletricidade. As pessoas da Terra tinham começado a se aventurar nas partes da Chicago de Genetrix por curiosidade e desespero, já que o povo de lá se saíra melhor depois do desastre, pois seus sifões ainda funcionavam. Mas então o dono da bodega começou a esbravejar sobre feitiçaria, e Sloane não conseguiu descobrir mais nada sobre o estado do mundo ao seu redor.

— Uma conversa que nós duas tivemos? — repetiu Sloane.

— Sobre eu não me sentir feliz por estar viva de novo — esclareceu Ziva.

Ela mexeu a mandíbula para cima e para baixo até ouvir um estalo. Sloane observou sua língua se mover por trás dos dentes expostos e se admirou como, no decorrer de alguns dias, seu nojo pelo corpo em decomposição de Ziva quase desaparecera.

— Ah — fez Sloane.

— Zi e eu decidimos que chegou a hora de ela ir — anunciou Mox. Ele estava olhando para a mesa.

— É? — perguntou Sloane. Parecia incapaz de falar mais de uma sílaba de cada vez.

Ziva assentiu.

— Nero morreu, o que significa que o cônsul está a salvo e não precisa mais de nós. Conversei com os outros e eles concordam.

— Eu sempre vou precisar de você — retrucou Mox em tom fervoroso. — De todos vocês.

— Mox — começou Ziva, no tom mais gentil que Sloane já ouvira em sua voz áspera e seca. Também nunca ouvira Ziva chamá-lo pelo nome. Era sempre "cônsul" ou "senhor".

Mox olhou para Ziva. Ela pôs a mão na dele.

— Você vai sentir saudade — explicou Ziva. — Vai desejar nossa presença. Mas é completamente diferente.

Mox não respondeu, o que era o mesmo que concordar.

— Vamos fazer isso agora, enquanto Sloane está aqui — continuou Ziva, levantando-se. — Assim, não vou ficar tão preocupada com você.

— Agora? — Mox se engasgou um pouco.

— Nunca é uma boa hora — argumentou Ziva. — Para deixar alguém partir ou descansar.

Ziva abriu um sorriso torto para Sloane. Ela retribuiu.

Juntos, os três foram para o salão principal, onde o restante do exército esperava. Quando Mox entrou, todos se puseram de pé, alguns com mais facilidade do que outros. Os mais inteiros ajudavam os demais a se levantarem ou seguravam braços e pernas decepados como um marido seguraria a bolsa da esposa.

Sloane não era capaz de imaginar Mox fazendo um discurso, e ele não a surpreendeu. Percorreu as fileiras de soldados, cumprimentando-os pelo nome, falando baixinho em seus ouvidos, colocando o braço em volta de seus ombros. Enquanto percorria a multidão, Sloane se perguntou se Mox conseguiria, se a profundidade de seu desejo pela presença dos amigos desviaria sua magia.

Ela se sentou apoiada na moldura da porta e ficou observando a cena. Os soldados que já haviam se despedido de Mox começaram a se despedir uns dos outros. Duas mulheres ali perto divertiam-se com uma piada antiga; as risadas roucas e sufocadas soavam moribundas. Um dos homens, sentado com as costas contra a parede, o pé decepado no colo, segurava o tornozelo com delicadeza.

Por fim, Mox se aproximou de Ziva, que estava com a cabeça erguida, a trança roçando o meio da coluna curvada. O sol pálido e brilhante iluminava seu rosto, diminuindo o tom esverdeado de sua pele. Sloane tentou imaginar Ziva quando estava viva, as bochechas cheias e rosadas, os ombros largos e os olhos brilhantes.

Mox a abraçou com força, quase levantando-a do chão. A mão esquelética de Ziva envolveu a parte de trás da cabeça dele enquanto Mox falava baixinho, baixo demais para Sloane ouvir — não que estivesse tentando. Os soldados ao seu redor ficaram quietos, sentando-se no chão outra vez em seus pequenos grupos, aglomerados com seus baralhos, tambores improvisados e pilhas de vidro colorido, que eram os tesouros de suas apostas.

Finalmente, Mox se afastou o suficiente para encostar sua testa na de Ziva.

Quando ela desabou, Mox estava pronto para ampará-la. De repente, uma tensão que Sloane não sentira antes deixou o lugar, como uma mudança na pressão do ar. O corpo de todos os soldados ficou rígido e seco, imóvel. Mox abaixou Ziva até o chão, o cabelo caído no rosto.

Sloane se aproximou dele. Ficou em silêncio por um tempo, observando seus ombros se sacudirem. Quando Mox parou de tremer, ela ofereceu a mão e o levou para fora do esconderijo.

E quando o prédio se incendiou, Sloane ficou junto ao rio com ele, olhando as chamas.

Inês estava sentada no banco do motorista de um jipe velho, xingando a barra de direção. Mox ao seu lado no banco do carona com uma caixa de ferramentas no colo, oferecia sugestões que faziam Inês xingar ainda mais. Sloane observava a cena do meio-fio, de onde estava de guarda — saques tinham se tornado frequentes, e havia uma onda de violência —, com uma chave grifo na mão, pronta para defender os amigos distraídos caso fosse necessário.

Tiveram sorte de chegar primeiro ao jipe, que estava estacionado na rua bem na frente do apartamento de Inês. A maioria dos carros bons já havia sido roubada, restando apenas latas-velhas e motocicletas.

— Oi.

Matt saiu do prédio trazendo algumas garrafas de água na mão. A outra, que havia sido esmagada pelo sifão, estava envolta em um curativo grosso. Cirila encontrara um médico de Genetrix para ele naquela manhã.

Matt ofereceu as garrafas a Sloane, e ela pegou uma.

— Obrigada.

— Acabei de voltar da nossa casa — contou. — Ou, melhor dizendo, do parque público de Genetrix que fica onde antes era nosso apartamento.

Havia um quê de acusação na voz de Matt. Sloane ficou calada. Ele parecia exausto, os olhos inchados e os ombros curvados.

— Se sua teoria é verdadeira, então nosso apartamento sumiu porque você *quis* — disse Matt em voz baixa.

— Não é o que você está pensando — respondeu ela. — É um lugar para o qual eu tinha medo de voltar. Porque eu sabia que seria difícil. Só isso.

Matt assentiu, mas sua mandíbula continuava contraída.

— Você pode ficar com esse se estiver com pressa para ir embora — ofereceu Sloane, apontando para o jipe.

Todos estavam prestes a partir em suas próprias viagens: Inês e Esther iriam para a Califórnia primeiro, para ver como estava a mãe de Esther, e depois seguiriam para o México, para visitar a família de Inês; Matt seguiria para Nova York atrás de seus pais; e Mox e Sloane iriam para a região central de Illinois para descobrir se a mãe de Sloane ainda estava viva ou se a cidade inteira havia sumido do mapa. Ela estava morrendo de medo de descobrir, embora, no fundo, já soubesse que o lugar tinha desaparecido.

Os mundos haviam se combinado de acordo com seus caprichos, suas preferências e seus medos fúteis. Ela se sentia despida de uma maneira que não imaginara ser possível. Mas ficara extremamente grata por Matt ainda estar vivo, por ainda querer a presença dele em seu mundo, embora seus desejos tivessem se revelado mais sombrios e mesquinhos do que esperava.

— Não, prefiro encontrar alguma coisa que não beba tanta gasolina — respondeu. — É uma viagem longa até Nova York.

— Tem certeza de que quer ir sozinho?

Matt assentiu.

— Acho que seria bom ter um tempo para pensar.

A separação deles parecia mais real agora que estavam — mais ou menos — de volta à Terra. Matt havia conhecido Mox, e ele e Sloane estavam, literalmente, indo em direções opostas. Mas era pior do que antes. Quaisquer ilusões que Matt tivesse sobre Sloane ser mole por dentro haviam sido desfeitas. Ele só precisava olhar em volta e ver todas as coisas que ela havia destruído para saber a verdade.

Um grito vitorioso veio de dentro do jipe quando o motor rugiu. Inês enfiou a cabeça para fora da janela.

— E o tanque está cheinho!

— Tudo bem — disse Sloane. — Então acho que vejo vocês daqui a um mês.

Todos haviam combinado de se encontrar na casa de Inês para fazer um balanço da situação após esse período.

Havia tantas coisas que ela queria dizer a Matt. Que sentia muito por não ter salvado o apartamento deles. Que não o superara tão facilmente quanto parecia. Que queria conseguir ser melhor. Mas seu drama íntimo parecia insignificante perto do caos exterior, do destino incerto de suas famílias. Então Sloane ficou quieta. Entregou uma garrafa de água a Inês e a abraçou enquanto Mox guardava suas coisas no porta-malas.

Por fim, ela se pôs na frente de Matt, sem saber como deixá-lo partir.

Ele se aproximou primeiro, passando um braço ao redor dela e apertando bem forte. Sloane tinha começado a retribuir o gesto quando Matt a soltou.

— Fique bem — pediu ele.

— Você também.

— Você vai ter que aprender a dirigir — avisou Sloane enquanto Mox se espremia no banco do carona.

Ela havia tentado encontrar um carro grande o suficiente para acomodá-lo, mas acabara sendo impossível. Pelo menos o jipe daria conta das estradas irregulares rumo ao sul.

Mox havia encontrado seu sifão de pulso na oficina intacta de Nero no Camelo, e o usava na mão. Ele se oferecera para encontrar um para Sloane, mas ela sabia que não precisava. Tinha a Agulha.

No banco de trás havia duas bolsas, uma com roupas e a outra com comida e itens necessários. Normalmente, Sloane não achava certo saquear lojas, mas todas as suas posses haviam desaparecido e ela não tinha acesso a seu dinheiro — não que dinheiro fosse muito útil no momento, com duas moedas americanas em circulação. Sem um governo ou alguma ordem, dinheiro não passava de papel.

Sloane virou o carro na Lake Shore Drive, que permanecia quase inalterada, como era parecida nos dois universos. Havia alguns sulcos e rachaduras nos pontos onde as calçadas diferentes se uniram, mas ela entreouvira alguém falando que ainda era possível dirigir pela rua.

Não queria fazer essa viagem, mas, como Mox dissera na noite anterior: *talvez você precise saber*. Algum dia talvez ele descobrisse que também precisava saber o que acontecera com sua própria família.

Mox procurou algo em uma das bolsas. Enquanto estava curvado, Sloane olhou para o relevo de suas vértebras. O sifão da coluna se soltara quando Nero morrera, e devia estar no fundo do rio Chicago.

Ele pegou um CD. *Pet Sounds*.

Sloane sorriu.

Quando a primeira música começou, Mox disse:

— Acho que sei qual foi sua motivação, lá no fundo.

— Minha motivação para quê?

— Para matar Nero.

— Ah. — Sloane olhou de relance para ele. — E qual foi?

— Foi porque ele ia me obrigar a matá-lo — respondeu Mox. — Você decidiu que, se um de nós teria que carregar esse fardo, seria você. Então, no fim… não foi vingança, inevitabilidade ou algum propósito sombrio. Foi uma espécie de… misericórdia.

— Ah, com certeza teve um quê de vingança — retrucou ela.

— Sim, claro. — Mox apoiou a cabeça no banco e fechou os olhos. — Mas também teve um quê de bondade.

Ele estendeu o braço por cima do câmbio e segurou a mão de Sloane.

Eles seguiram pela margem do lago Michigan, a água brilhando ao sol.

Agradecimentos

Obrigada.

Primeiro, a três pessoas sem as quais eu jamais teria escrito este livro: John Joseph Adams, por ser sempre calmo, engraçado e sábio, e por me ajudar a moldar esta história desde o início. (Embora eu não tenha usado aquela piada excelente de zumbi.) Joanna Volpe, pelos dez anos de amizade e defesas destemidas (!!!) e por nunca duvidar de mim, mesmo quando duvido de mim mesma. Nelson Fitch, por sofrer vários dias junto comigo com a construção do mundo, ler os primeiros rascunhos e fazer o possível para ajudar minha escrita e minha saúde mental. Somos só você e eu, amigo.

Na HMH: a Jaime Levine, a outra metade da dupla que fez este livro dar certo, pelo prazer de trabalhar com você em todas as etapas. E a todos na minha casa na HMH, em especial Ellen Archer, Bruce Nichols, Helen Atsma, Fariza Hawke, Lori Glazer, Taryn Roeder, Matt Schweitzer, Hannah Harlow, Becky Saikia-Wilson, Jill Lazer, Katie Kimmerer, Jenny Freilach, Tracy Roe, Diana Coe, Chloe Foster, Emily Snyder, Rita Cullen, Christopher Moisan, Jim Tierney, Ed Spade, Colleen Murphy, Candace Finn e todos os nomes que sem dúvida esqueci do editorial, da gerência editorial, da publicidade, do marketing, das vendas, do financeiro e do jurídico — meu obrigada por seu trabalho incansável neste livro e além dele. E para minha equipe de áudio, na Audible, em especial Kristin Lang, Rena Ayer e Dan Battaglia!

Na New Leaf Literary: Jordan Hill e Abigail Donoghue, sempre pacientes comigo; desejo tudo de bom. Mia Roman e Veronica Grijalva, que fazem um trabalho maravilhoso com os direitos de publicação em outros países. Hilary Pecheone e Meredith Barnes, por ficarem de olho em todas as coisas que eu esqueceria. Pouya Shahbazian, pelo seu entusiasmo por cada nova história e sua sabedoria em todos os temas cinematográficos. Todo mundo na New Leaf, obrigada por fazerem um trabalho tão bom, dia após dia, ano após ano.

Rawles Lumumba, pelo seu feedback inestimável. Katherine Tegen, por sempre me dar apoio.

Courtney Summers, Somaiya Daud, Maurene Goo e Sarah Enni, vocês foram especialmente prestativas, generosas e hilárias enquanto eu escrevia este livro; sempre me esforçarei para ser para vocês o que foram para mim este ano. Amy Lukavics, Kaitlin Ward, Kate Hart, Michelle Krys, Kara Thomas, Laurie Devore, Diya Mishra, Aminah Mae Safi, Zan Romanoff e Elissa Sussman, obrigada pelo apoio no mundo da escrita e por me mostrarem coisas estranhas e maravilhosas na internet. Margaret Stohl, por ser minha alma gêmea emocional, mesmo quando as coisas ficam meio doidas. Essas são apenas algumas das escritoras que me dão um colete salva-vidas quando estou me afogando — como sou afortunada! Obrigada a todas.

Minha família — Barb, Frank, Ingrid, Karl, Frank IV, Candice, Beth, Roger, Tyler, Rachel, Trevor, Tera, Darby, Andrew, Billie, Fred, Chase, Sha e minhas três sobrinhas — por terem paciência quando sumo no trabalho e por me lembrarem que sou amada para além do que faço. Meus amigos que não são escritores, agradeço pelo mesmo motivo.

E obrigada a meus leitores, por darem uma chance a cada nova história.

intrinseca.com.br

@intrinseca

editoraintrinseca

@intrinseca

@editoraintrinseca

editoraintrinseca

1ª edição	AGOSTO DE 2022
impressão	IMPRENSA DA FÉ
papel de miolo	PÓLEN NATURAL 70G/M²
papel de capa	CARTÃO SUPREMO ALTA ALVURA 250G/M²
tipografia	PERPETUA